本书的出版受到山东大学"学科高峰计划——国学（儒学）"建设经费资助

从祖先记忆到地方传说
湘西白帝天王叙事的形成与变迁

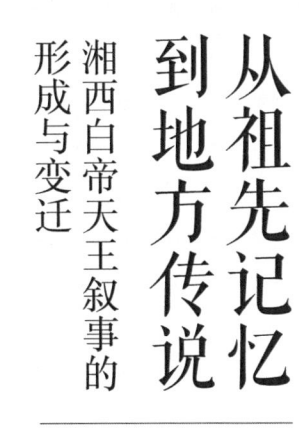

FROM ANCESTRAL MEMORY TO LOCAL LEGEND

THE FORMATION AND CHANGES OF THE NARRATIVE OF THE HEAVENLY KINGS IN WESTERN HUNAN

龙圣 著

社会科学文献出版社
SOCIAL SCIENCES ACADEMIC PRESS (CHINA)

吉首雅溪天王庙（龙圣　摄）

雅溪天王庙白帝天王神像（宁雪频　摄）

目　录

第一章　绪论	001
第二章　白帝天王的历史渊源	017
一　先秦时期的巴国	017
二　白帝天王与廪君巴人之关系	025
第三章　英雄祖先：宋元白帝天王故事的兴起	058
一　靖州等地的杨氏	058
二　杨氏之祖先记忆	077
三　杨氏故事传入湘西	084
四　杨氏权威与故事的在地化	096
第四章　杨业后裔：明代白帝天王故事的变化	107
一　明朝对五寨一带的治理	108
二　明代五寨杨氏族人的分布及其境遇	115
三　从土酋到汉将：祖先重塑与故事演变	129
第五章　龙神之子：杨氏天王故事在清代的演变	139
一　清代湘西的治理及其社会变化	140
二　从审判到祈雨：天王神格的转变	146
三　从人子到神子：杨氏家族重建下的新故事	153
四　故事进入地方志：由家族叙事到地方话语	160

第六章　清代民间流传与官方主导下的天王叙事……………… 168
　　一　清初流传于民间的天王故事…………………………… 168
　　二　天王是谁：康乾时期地方官的考论…………………… 176
　　三　清中后期有关天王的灵验叙事及其影响……………… 196

第七章　结论………………………………………………………… 223

附录　部分现存白帝天王庙考察记……………………………… 231

参考文献…………………………………………………………… 261

后　　记…………………………………………………………… 276

第一章　绪论

在今天湘西吉首、凤凰、花垣一带，民间有很多的天王庙（亦称天王行宫、三王庙、三王宫等）。[①] 这些庙宇的正殿当中供奉着三尊神像，当地人称之为"白帝天王"，它们最显著的特征是分别拥有白、红、黑三张不同的面孔。位于中间的一尊神像，人称"大王爷"，面为白色。其左边的一尊神像称"二王爷"，面为红色。在大王爷右边的一尊是"三王爷"，面呈黑色（参见本书彩页照片《雅溪天王庙白帝天王神像》）。湘西一带几乎所有的白帝天王神像都是如此。据民众反映，白帝天王在湘西已有很长历史，民间信奉者甚多。

只要稍微翻检一下史料，便会发现当地民众所言非虚，白帝天王在湘西一带确实有着悠久的历史。早在明代，嘉靖《湖广图经志书》便已提到吉首雅溪的天王庙和白帝天王祭祀习俗。[②] 清代以来，湘西乾州（今吉首）、凤凰、永绥（今花垣）三厅已有很多天王庙，民间祭祀尤为虔诚。嘉庆二年（1797），驻扎在永绥的总兵张廷彦便提到："楚之凤凰、永绥、乾州三厅所立天王庙……苗民畏其威，立庙以祀，无敢怠者，尊之曰白帝天王。其显赫灵异著于篇者不可胜纪，然亦未有英爽如今日者。"[③]

[①] 湘西，是湖南省湘西土家族苗族自治州的简称，其下有吉首、凤凰、花垣、泸溪、保靖、古丈、龙山、永顺八县市。天王庙主要分布在湘西南部的吉首、凤凰、花垣、泸溪等地，吉首雅溪、乾州，凤凰观景山、都吾、务头，花垣茶洞以及与湘西相邻的麻阳等地皆有天王庙，里面主要供奉白帝天王。

[②] （明）薛纲纂修，吴廷举续修《湖广图经志书》卷十七《辰州府·山川·卢溪县》，明嘉靖元年刻本。值得注意的是，这座庙宇在历史上被称为"鸦溪天王庙"，而现在其地名已改为"雅溪"。本书在引用史料时遵从原文，在叙述性的文字中则统一使用"雅溪"，特此说明。

[③] （清）张廷彦：《三侯庙碑记》，载（清）董鸿勋纂修《永绥厅志》卷十二《营建门三·坛庙》，清宣统元年铅印本。

至晚清民国时期，乾州、凤凰、永绥等地天王庙数量极多，祭祀不绝，香火一度旺盛。例如，1933年5月，凌纯声、芮逸夫两位人类学家在湘西进行苗族社会历史调查时就发现当地有很多天王庙，当地百姓尤其是苗民对庙里供奉的白帝天王极为尊崇。这一现象引起了他们的注意，并被记录在了调查报告当中。

> 苗疆中于小暑节前，辰巳两日为禁日，祀天王或称白帝天王……苗人最敬畏此神，如在天王庙吃血设誓，无敢后悔者。苗中天王庙甚多，在乾城鸦溪者最大，苗人视为圣地。①

除了外地学者，民国年间的两位湘西本土学者石启贵、沈从文，对各自家乡崇祀白帝天王的情形亦有记载。石启贵（1896~1959），苗族，出生于乾城县仙镇营，曾协助凌纯声、芮逸夫在湘西进行调查，并受二人委托担任补充调查员，在当地从事调查工作。石启贵利用这个机会详细调查、记录了湘西一带苗族的历史掌故、风俗习惯等情况。白帝天王也作为其中一项重要的内容被石启贵记录下来，在讲到乾州雅溪天王庙时，他这样写道：

> 乾城县东七里许之鸦溪有天王神，在湘边区，人民视为至尊神圣，阴阳两管，灵应非常。苗民于此甚为敬畏。每有纠葛难解之事，辄诸神前，发誓洗心，颇有灵异，实可怪之奇闻。暗事亏心，不敢往誓。间有胆大妄为誓之，对方自愿牺牲权利也。所以古人设有神道设教之遗意，纠正社会之人心。倘遇诉讼制裁莫决，借此匡助司法官裁判力之欠缺，又可补救条文中之不逮。他如求嗣医病，婚姻家宅，以及地方治安诸端，莫不仰赖神力扶持，诚意叩之，大有显验。故退迹崇仰，香火甚盛，男妇老幼前往进香者，一年四季络绎不绝。若逢岁节，日有千人敬备香仪，杀猪宰羊以及鸡鱼致祭者，一年过去不知消耗若干也。威名赫赫，为世人所崇拜耳。不但是一般苗民如此信念，而知识分子，地方官绅及文明优秀之汉人，外来之中西学者，文职武将，犹

---

① 凌纯声、芮逸夫：《湘西苗族调查报告》，民族出版社，2003，第114页。

为崇信。争上匾额,几无悬处;题字宣扬,威名赫赫之空气充满全堂。①

从石启贵的描述可以看出,20世纪30年代白帝天王在乾城及附近地区极受尊崇,不论是地方文武官员,抑或士绅百姓,甚至中外学者,一年四季前往鸦溪天王庙进香、祈愿、还愿、参观的人络绎不绝,庙中香火不断。特别是在节岁时,白帝天王祭祀尤为隆重,鸦溪天王庙香火极为旺盛。这种传统即便是在后来的艰苦抗战时期亦未曾中断,1940年编的《乾城鸦溪乡土调查》记载道:"有天王庙……四季香火甚盛,冬至后,杀猪宰羊,日必早起,邻近各县人士,崇信尤深,远道携牲牢来拜。前主席何健,亦曾为题匾额。乡人有民刑案件,经官不决,或不经官,便可凭神前一誓,以了之。或因病不愈,则以牲牢许祭,据传至为灵验,土人迷信如此。"②

与石启贵同时代的沈从文,对湘西民间崇信白帝天王的情形亦有生动描写。沈从文(1902~1988)是湘西凤凰县人,著名文学家,出生于凤凰古城,并且从小在古城长大。古城东南的观景山下便有一座白帝天王庙,儿时的沈从文经常跑去庙里看审讯犯人,每当节庆时他也去庙里祭拜,因此对当地白帝天王祭祀的情况很是熟悉。后来,他在散文中描述了年少时城内百姓虔诚信奉和隆重祭祀白帝天王的情状:"城中人每年各按照家中有无,到天王庙去杀猪,宰羊,磔狗,献鸡,献鱼,求神保佑五谷的繁殖,六畜的兴旺,儿女的长成,以及作疾病婚丧的禳解。"③

此外,民国年间湘西民众崇信白帝天王的现象,也频频出现在一些曾经到过湘西的游客的笔下。1937年,名为玫君的客人在湘西凤凰县居住了半载,并记录了当地崇拜白帝天王的情形:"三王庙,一称天王庙,一称三侯祠。在湘西及黔东几乎无处没有,这中间以苗民崇信最甚……三王在嘉庆三年,奉敕封都冠以'宣威助顺'四个字,再系以侯爵……每年以春秋

---

① 石启贵:《湘西苗族实地调查报告》,湖南人民出版社,1986,第247页。
② 闻立侠、高学闵合编《乾城鸦溪乡土调查》,载教育部战区中小学教师第九服务团编《湘西乡土调查汇编》,沅陵合利益群印刷所,1940,第61页。
③ 沈从文:《我所生长的地方》,载沈从文著、卓雅选编《从文自传》,岳麓书社,2010,第27页。

二仲月上巳致祭，现在祀典早废，但是一般人民崇拜与信仰的精神，仍未稍减。"① 1939年，有位名叫立波的游客经过乾城县鸦溪，顺便参观了天王庙，并了解到民间对白帝天王的敬畏和尊崇："晨由所里至乾城。中途经鸦溪，参观天王庙。天王是湘西汉苗共奉的神灵，各地都有庙……各寨的苗家，却都奉为最大的神，敬畏非常。有什么纷争，到天王面前发一个誓，什么都可了结。庙里的香火，终年不断。特别是在旧历六月，川、贵、湘三省各寨的苗人，都盛装着，从千百里外，携着猪羊牛酒，来祭天王……鸦溪像是三省苗人的巴力斯坦。但奇异的是湘西汉人的'善男信女'也多崇敬这天王。"② 1940年，又有一位名叫金汉虚的人到湘西游历，途经乾城雅溪天王庙时，从其雇用的苗族挑夫口中得知，当地百姓对白帝天王最为崇拜。回去后，他在游记中写道："过鸦溪时，看见右侧山下，有一丛树林，丛林中隐约出现一座庙宇，颇为幽静。旅伴告知我，这是天王庙，每年八月十五，附近各地村寨的汉苗男女都来进香，热闹非常。进香的数日内，每日要杀几百只鸭子和二三十只猪羊。"③

在尊奉白帝天王的同时，湘西民间还一直流传着关于白帝天王的故事。譬如，21世纪初在吉首雅溪天王庙正殿外侧所立的一通碑刻上，便有对白帝天王故事的记载（见图1-1）。

> 夫白帝天王者，驱妖邪除灾患之神也。有曰竹王三郎神，或曰三侯神，或曰天王神，皆是。
>
> 溯源：据《后汉书·南蛮南夷传》载有东汉时的竹王三郎神即白帝天王神。其传说，古时乾城鸦溪杨老栋官（妻罗氏）之外孙。杨老有女曰穆英，天旱时浣衣鸦溪钻潭中，龙神显身，与之交孕，遂生三子。长大为国有功，为盖世名将，卒后为天王神。故天王父姓龙，母姓杨。厥父母被尊称为龙家圣主，杨（穆英）圣婆。世人还傩愿时，尊称傩公、傩母。宅祭天王神，名之为"还大愿"。
>
> 三兄弟长大后，勇猛无比，因"平苗"有功，朝廷重用。尔后有

---

① 玫君：《苗疆杂记》，《潇湘涟漪》1937年第3卷第4期，第38~40页。
② 立波：《湘西行（续）》，《中学生战时半月刊》1939年第7期，第16页。
③ 金汉虚：《苗疆纪行》，《全民抗战》1940年第128期，第1948页。

臣妒嫉，欲将其陷害致死，无赖[奈]无机遇。乘皇帝召之入朝觐见，见毕归之，至白马渡时故曰念及先祖有功为国，遂将皇上恩赐玉酒泼洒一半在白马渡上，以祀先人。一些洒于河中，任其流入洞庭湖而达御河以谢皇恩浩荡，然后三兄弟各有所饮。岂知此酒乃是鸩毒之酒，三兄弟当场被毒致死。尸首运回，其母悲痛万分，口吐鲜血而亡。世人哀之。三王所至各地均建有三王神庙，四时奉祀。湘黔边界大地，庙宇星罗棋布，更有泸溪僻处，三王曾至杨长问娘，为世人树立孝子楷模。

图1-1 雅溪天王庙《白帝天王暨还原记》碑

问娘圣地至今留名。鸦溪地灵人杰，庙宇宏阔为最，世人称鸦溪庙、竹王庙、大王庙。诗云："犹是当年报主身，辰阳边域显灵神，千年香火供生佛，万里长城属死臣。兹蠢已知非我族，此心终不负斯民。只今圣主酬勋渥，助顺宣威宠命新。"

历代王朝敬重白帝天王，宋孝宗时，歼厥渠魁，开九溪十八峒，孝宗嘉其勋劳，赐以王爵。当乾隆六十年（一七九五年）变，实有捍灾御患之功，奏请赐封庙号，各系侯爵，长镇远侯，次靖远侯，三绥远侯。奉旨依议，修建神祠，列入祠典，每岁春秋致祭。

旧时，鸦溪庙香火极盛，日夜不绝，尤以每年古历五、六月间为最盛。在夏至小暑间，辰日起、巳日止，说是三王忌日，禁屠宰，禁渔猎，不着红色衣裳，不做任何娱乐，否则将有灾异降临。

庙中规模。集儒道佛教，与之有关联的均设有相应的神像、神坛、宝殿,尤以三王神像特异,大王白脸,二王红脸,三王黑脸,是因喝毒酒多少而异。

新时,因"破旧""除迷信",曾几度歼神像,毁庙宇,至"文革"时,鸦溪庙址呈凄凄荒芜草坪。

改革开放后,宗教信仰自由兴,佛教会成立,年年光佛身。

观今鉴古,弘扬民族精神。鸦溪地灵育人杰。近代,罗荣光为国抗强敌,以身殉职,可歌可泣!现代,鸦溪为四化建设涌现一批又一批优秀干部和无数的英雄儿女。炎黄子孙好,龙马精神振乾坤;欣逢新千年,善男信女万众一心,修复还原白帝天王身,特以作文以记之。①

此碑是 2003 年吉首、张家界、泸溪三地信众捐资所刻,碑中记载了吉首一带流传的白帝天王故事,包括天王名称、来历、事迹、形貌、祭祀以及天王庙的兴衰演变等内容。比如,在形貌上,白帝天王大王爷、二王爷、三王爷的面部分别为白、红、黑三色。在祭祀方面,民间祭祀白帝天王颇为虔诚,庙中香火旺盛。每年夏至、小暑间从辰日起到巳日止为白帝天王忌日,禁屠宰,禁渔猎,不穿红衣裳,不进行任何娱乐活动,禁忌严格。

此外,该碑还讲到白帝天王的来历和事迹,然而对这方面的叙述,前后颇有矛盾。一说白帝天王乃东汉竹王三郎神,其母杨姓,感龙而孕,遂生三者,三兄弟长大后,勇猛无比,因"平苗"有功,受朝廷重用,结果却被奸臣算计,喝毒酒而死。民间为纪念三人,于是立庙祀之。一说白帝天王三兄弟为南宋人,宋孝宗时因歼灭蛮酋,开拓九溪十八峒,受到孝宗嘉奖,被赐以王爵。至清代乾隆年间,白帝天王神因捍灾御患有功,被朝廷封为三侯,故又称三侯神。显然,碑文前后叙述冲突。这表明白帝天王故事应有不同的版本。

事实上也的确如此,关于白帝天王的来历、身份众说纷纭,清代以来民间就流传着各种说法。早在 1933 年凌纯声、芮逸夫就注意到这一问题。当时,他们看到乾州一带百姓非常尊崇白帝天王,想弄清楚这一神祇的来历、身份,结果发现有多种故事版本,说法不一。二人通过查阅清人严如

---

① 《白帝天王暨还原记》碑,2003 年吉首、张家界、泸溪三地信众立,碑存吉首雅溪天王庙内。

熤所编《苗防备览》，发现在白帝天王究竟系何神这一问题上，有汉代田疆三子、竹王三子、宋代杨瀚兄弟三人三种说法。严如熤认为第三种较为可信，凌纯声、芮逸夫则认为杨瀚兄弟为征苗宋将，必不能使苗人敬畏，故不赞同严氏的说法。他们根据《乾州厅志》中白帝天王是其母感龙而孕的记载，认为此故事与竹王三子的故事相近，更为可信，虽然竹王崇拜原在贵州施南一带流行，但乾州、凤凰、永绥苗民多自贵州迁来，竹王对于苗民而言有悠久的历史，故能使其尊奉。[①] 此外，他们还从凤凰苗民吴良佐那里听到另一个版本的天王故事，说从前有一个杨姓老人，没有儿子，后来收养了一只青蛙为子，并为其娶妻，生下三个男孩。长大后，三兄弟个个力大无比，有一次被皇帝叫去盖房子，结果很快便完成任务，皇帝担心三人造起反来会威胁到自己的江山，于是设计用毒酒害死了他们，这遇害的杨姓三兄弟就是三位天王菩萨。[②] 凌纯声、芮逸夫将此故事收录到调查报告中，但未表达对这个故事的看法。

协助凌纯声、芮逸夫一同在湘西调查的石启贵、石宏规，也注意到当地有多种故事版本的现象。但与凌、芮二人不同的是，他们在白帝天王是谁这一问题上，皆反对竹王三子的说法。石启贵指出，关于白帝天王的来历、身份众说纷纭，有的说是东汉竹王三郎神，也有的说是东汉伏波将军马援，还有的说是宋朝人。石启贵站在乾州本地人的立场上，指出这些将白帝天王说成外来者的看法皆荒诞不经。他赞同当地流传的一种说法，即白帝天王实为乾城雅溪土著，母为杨姓，感龙而孕，诞下三子，从母姓杨。长大后，三兄弟平苗有功，被皇帝召见。群臣嫉妒，用毒酒害死三人。后来皇帝敕封三人为天王，在雅溪建庙祭祀。[③] 石启贵对这一民间故事做了详细的搜集、整理，并将其收录到自己的调查报告中。[④]

另一协助调查者石宏规是湘西永绥县人，历任凤乾麻三县联合乡村师范学校校长、乾城县县长。1933 年 6 月凌纯声、芮逸夫在湘西调查时，时任湖南第九专署主任秘书的石宏规作为地方代表之一，陪同二人开展了对苗族的调查活动。在调查过程中，石宏规做了详细的调查笔记，同年底写

---

① 参见凌纯声、芮逸夫《湘西苗族调查报告》，民族出版社，2003，第 114 页。
② 参见凌纯声、芮逸夫《湘西苗族调查报告》，民族出版社，2003，第 187 ~ 189 页。
③ 参见石启贵《湘西苗族实地调查报告》，湖南人民出版社，1986，第 481 页。
④ 参见石启贵《湘西苗族实地调查报告》，湖南人民出版社，1986，第 247 ~ 253 页。

成《湘西苗族考察纪要》一书。① 书中亦提到有关白帝天王的多个故事："传说纷纭，有谓为汉时竹王三郎神者；有谓为马伏波昔乘白马征苗，土人敬而祀之者；有谓为靖州土人平苗有功者；有谓为南宋时鸦溪有杨姓处女浣于溪，有感而孕，生三子，依母为姓，及长英武有神力，以三十六人杀苗九千，事闻于朝，天子召之，归赐鸩酒行至桃源白马渡，开坛饮之，均毒死，故苗人畏而敬之。"② 在天王是谁这一问题上，石宏规既不赞同白帝天王是外来者的说法，也不赞同白帝天王是本地平苗有功者的说法，他认为以上故事皆不足信，白帝天王究竟是苗人、汉人，还是土人，生于何时何地等问题都无法考证，能确定的仅仅是这一神祇与苗族有密切关系，是当地的土神。③

自1933年凌纯声、芮逸夫等人在湘西展开苗族调查直至新中国成立，不少学者也都注意到白帝天王故事的多样性，并就天王的来历进行了讨论。结论大致可以分为两种：一是认可竹王三郎之说，二是认可雅溪杨姓兄弟之说。

认可竹王三郎之说的主要有盛襄子、卫聚贤二人。1935年，民族学家盛襄子在梳理湖南苗瑶二族历史、习俗时注意到湘西地区的白帝天王，他也参考了清人严如熤《苗防备览》一书中关于这个地方神明来历的记载，了解到白帝天王有多个起源传说。最后，他没有采纳严氏提到的东汉田疆三子、宋代杨濑三兄弟的故事，而选择了夜郎竹王的故事，认为白帝天王即竹王三郎。④ 持相同意见的卫聚贤，在1939年考察了麻阳县城北的天王庙，并从庙中的碑刻上得知白帝天王三兄弟为乾城县人，平苗有功，受到宋高宗的召见。皇帝因见三人相貌伟岸，恐为边患，遂赐予他们毒酒。三人在返家途中饮酒毙命，被土人祀为神明，异常灵验。不过，他并未相信这个流传于民间的故事，而是根据《麻阳县志》中的记载"竹王庙，土人

---

① 参见石宏规《湘西苗族考察纪要》，刘佛林校，飞熊印务公司，1936，第2页。该书于1933年出版，1936年重版，重版时增加了《湘西苗民经济文化建设方案》一文。
② 石宏规：《湘西苗族考察纪要》，刘佛林校，飞熊印务公司，1936，第25～26页。
③ 参见石宏规《湘西苗族考察纪要》，刘佛林校，飞熊印务公司，1936，第25页。石宏规的看法提出后产生了一定的影响，1936年一位叫玉光的作者在《上海报》上连续发表了《红苗风土志》系列文章，其第六篇文章提到苗民信仰的白帝天王及其故事，便直接抄自石宏规的《湘西苗族考察纪要》，参见玉光《红苗风土志（六）》，《上海报》1936年8月20日，第2版。
④ 参见盛襄子《湖南苗猺问题考述》，《新亚细亚》1935年第10卷第5期，第21页；盛襄子《湖南苗史述略》，《新亚细亚》1937年第13卷第4期，第70页。

称为天王庙,在北城外二里许",认为白帝天王即竹王,且认为凤凰一带的"红苗"与《后汉书》所记的夜郎竹王为同一族类。①

赞同雅溪杨姓兄弟之说的主要有立波、杨力行。立波在1940年所写的《湘西苗民的过去和风俗——一个备忘录》一文中,对白帝天王的来历故事作了讨论。此前一年,他曾到乾城雅溪天王庙参观、考察,并从当地听说了很多关于白帝天王的传说故事,故对白帝天王究竟是谁这一问题产生了兴趣。他认为,白帝天王就是民间传说中的雅溪本地人,其母为杨姓未婚女子,感龙而孕,一产三男。三兄弟长大后威武雄壮,平苗有功,后来被宋朝的皇帝给毒死了。有些传说故事称天王是苗人,但苗族只有吴、龙、廖、石、麻五姓,天王既然为杨姓,自然不是苗人。苗人信仰平苗的白帝天王,是统治者蒙蔽和宣传的结果。② 在立波撰文的同一年,杨力行有《湘西苗民的信仰》一文问世,其中亦讨论了白帝天王的故事。文章提到,在白帝天王来历方面,众说纷纭,莫衷一是。有的说是汉时的竹王三郎,有的则说是东汉伏波将军马援,有的说是北宋杨令公,也有的说是靖州土人平苗有功者,还有的说是南宋时乾城雅溪的杨姓兄弟。他倾向于认为白帝天王就是雅溪的杨姓三兄弟,他从当地苗民口中搜集、整理了相关故事,并在文中用很长的篇幅记载了整理后的天王故事。此外,他认为关于白帝天王究竟是汉人还是苗人的问题,传说中没有提到,也没有典籍可查,故不易得出具体的结论。③

除二说之外,另有极个别学者从哲学层面对白帝天王的来历进行了探讨,与诸说颇有不同。譬如,玫君注意到白帝天王有杨姓三兄弟、伏波将军马援、杨业八世孙、欢兜、竹王三郎、雅溪龙神三子等传说故事。他认为这些故事或得之于传闻,或见诸载籍,但都荒诞不可为据。他从哲学角度提出了一种关于白帝天王来历的看法,认为未开化民族以"三"为数之最多,以"三"为最神秘、最灵验之数,比如八卦这一先民的哲学便是以三画成之,所谓三光、三才、三宝、三元、三生、三身、三位一体,均由此孕育而来。此外,基督教有圣父、圣子、圣灵,佛教有三尊大佛,道教

---

① 参见卫聚贤《红苗见闻录》,《说文月刊》1940年第1卷第10、11期合刊,第629页。
② 参见立波《湘西苗民的过去和风俗——一个备忘录》,《中国文化》1940年第1卷第5期,第46页。
③ 参见杨力行《湘西苗民的信仰》,《西南边疆》1940年第11期,第39~42页。

有三清，亦是从"三"这一数字发展而来。因此，他认为三位白帝天王也是如此，来源于未开化民族对"三"这一数字的崇拜。①

民国时期有关白帝天王来历故事的讨论，是在湘西苗族调查、苗族研究这一背景下展开的，焦点集中在湘西南部乾城、凤凰、永绥三个苗族人口较多地区民间流传和文献记载的天王故事上，其讨论也多与苗族有着紧密的联系。随着解放初期民族识别的进行，这种局面有了很大的转变。以潘光旦为代表的白帝天王及其故事研究者已将讨论的重心从此前的湘西南部地区转移到了湘西北部地区，同时出现了新的看法。

1950年，来自湘西永顺县的一名"苗族"代表田心桃在北京参加国庆观礼活动时声称自己不是苗族，而是"土家"。这一问题引起了中央领导和相关部门的重视。1951年开始，中南民族学院、中央民族学院的专家先后被派往湘西北部的龙山、永顺、古丈、保靖等县进行土家历史、语言、政治、经济、风俗调查。在此基础上，1953年中央民族学院潘光旦先生受命对土家的历史文化进行研究。② 通过广泛的资料搜集和仔细的梳理研究，1955年潘光旦撰成10余万字的长文《湘西北的"土家"与古代的巴人》，指出分布在湘西北部（龙山、永顺、保靖等县）、湖北西南部、四川东南部和贵州东北部的土家人，与当地的苗族不同。他们起源于古代的巴人，有着自己独特的民族语言、风俗习惯，是一个单一民族。③

在此文当中，潘光旦对白帝天王及其故事亦作了深入的探讨。首先，他根据地方志和民间传说，指出白帝天王的身份主要有竹王三郎、杨氏三兄弟、伏波将军马援以及毗沙天王之子四种说法，并认为这些说法皆不正确。原因是竹王比其三子更加重要，天王庙祀其三子而漏了竹王是不合理的，因此白帝天王并非竹王三郎。杨氏三兄弟、马援都是打击当地少数民族有功者，当地百姓不可能对其加以崇拜，因此白帝天王也不可能是他们。至于毗沙天王之子，其说更加无据。④ 接下来，潘先生将目光转向了湘西北

---

① 参见玫君《苗疆杂记》，《潇湘涟漪》1937年第3卷第4期，第38~40页。
② 参见孙珉《潘光旦的土家族研究》，《社会科学论坛》1999年第4期。
③ 潘光旦的《湘西北的"土家"与古代的巴人》一文，原载于中央民族学院研究部编《中国民族问题研究集刊》第四辑（1955年11月），后被收入潘乃穆、潘乃和编《潘光旦文集》第七卷（北京大学出版社，2000）。
④ 参见潘光旦《湘西北的"土家"与古代的巴人》，载潘乃穆、潘乃和编《潘光旦文集》第七卷，北京大学出版社，2000，第508~509页。

部地区，通过梳理清代地方志的记载，他指出湘西北土家聚居的永顺、龙山、保靖以及湖北来凤等地区皆有白帝天王庙。因此，他认为白帝天王本是土家之神，并提出一个全新的观点：白帝天王即巴人起源传说中的廪君（巴务相）。① 此外，潘先生还创造性地对白帝天王三色脸谱和名称由来进行了考察，这在之前的讨论中是从未有过的。他指出，白帝天王红、白、黑三色脸谱是由廪君巴人的传说故事衍化而来的。② 白帝天王的名称，则经过了三个发展阶段。先是廪君死后化身为白虎神，后在五行玄学影响下由西方白虎之位发展成白帝，最后人们再于"白帝"之后冠以无限崇高的"天王"，由此形成了"白帝天王"的名称。③

潘光旦先生在白帝天王及其故事研究上有独到之处，发现前人所未见，贡献甚大。然而，至少在完成《湘西北的"土家"与古代的巴人》一文之前，他既未能前往湘、鄂、川、黔土家地区进行实地调查，也未能去白帝天王崇拜最集中的湘西南部地区调研，加上他对明清以来白帝天王资料的梳理和讨论不多，故在认识白帝天王及其故事上难免存在局限和不足。尽管如此，潘先生的文章在整体上仍然是很成功的，在学界产生了重大影响，同时推动了我国对土家的民族识别工作。1957年，土家最终被识别为一个单一民族，之前的"湘西苗族自治州"更名为"湘西土家族苗族自治州"。自此以后，土家族成为我国的少数民族之一，土家族、苗族成了湘西地区最重要的两个少数民族，这一变化亦直接影响到后来学界对白帝天王故事的研究。

自20世纪50年代后，受到国内外政治、经济、文化等多种因素的影响，白帝天王及其故事的研究长期处于停滞状态，直至改革开放后才又逐步得到恢复和发展。20世纪80年代以来，随着社会学、人类学、民俗学等学科的恢复，以及民间文化的复兴，白帝天王逐渐引起了历史学、民族学、社会学、人类学、民俗学、宗教学、法学、文学等多学科学者的关注

---

① 参见潘光旦《湘西北的"土家"与古代的巴人》，载潘乃穆、潘乃和编《潘光旦文集》第七卷，北京大学出版社，2000，第512页。
② 参见潘光旦《湘西北的"土家"与古代的巴人》，载潘乃穆、潘乃和编《潘光旦文集》第七卷，北京大学出版社，2000，第512页。
③ 参见潘光旦《湘西北的"土家"与古代的巴人》，载潘乃穆、潘乃和编《潘光旦文集》第七卷，北京大学出版社，2000，第512~528页。

和讨论。他们从多种角度出发，就白帝天王的起源流变、传说故事、庙宇分布①、祭祀习俗②、社会功能③等问题进行了大量的研究，取得了突出的成绩。其中，信仰流变和传说故事研究都涉及对白帝天王故事的讨论。

在起源流变研究过程中，不少学者都探讨了白帝天王的起源传说，即白帝天王究竟是谁的问题，相关讨论主要是在民族史研究的脉络下展开的。研究苗族信仰崇拜的学者，如石宗仁、吕养正、曹毅等大都延续了民国以来的竹王说，认为白帝天王来源于夜郎竹王三郎，是苗族的信仰。④ 研究土家族信仰崇拜的学者，比如杨昌鑫、彭官章、向柏松、黄柏权等则基本上承袭了新中国成立后潘光旦的土家族研究观点，认为白帝天王源自巴人的

---

① 在白帝天王庙宇分布问题上，学界主要对明清以来白帝天王庙的地域分布、地域扩展及扩展原因等进行了分析和讨论。参见龙圣《清代白帝天王信仰分布地域考释——兼论白帝天王信仰与土家族的关系》，《民俗研究》2013 年第 1 期；姚慧、吕华明《湘西天王庙考探》，《遵义师范学院学报》2013 年第 2 期；陆群《明清时期湘西天王庙地理分布及其扩展原因探讨》，《青海民族研究》2017 年第 4 期。

② 在白帝天王祭祀习俗方面，学者主要围绕白帝天王的祭祀空间、祭祀神图、祭祀组织等展开讨论。参见向口之《土家地区〈还天王愿神象画〉结构及功能试析——兼谈土家族傩坛祭祀的基本特征》，《吉首大学学报》（社会科学版）1991 年第 4 期；钱安靖《论"梯玛"神图》，《宗教学研究》1995 年第 Z1 期；陈文武、陈一山《老爷子画与月皮比较研究》，《铜仁学院学报》2017 年第 4 期；陆群《雅溪天王庙祭祀空间演变及常规化组织活动考察》，载金泽、李华伟主编《宗教社会学（第五辑）》，社会科学文献出版社，2018。

③ 对白帝天王社会功能的讨论，主要集中在纠纷调解、缓解冲突、道德教化等方面。在调解纠纷方面，学界主要探讨了清代至当代白帝天王在湘西民间纠纷解决上所扮演的角色、产生的影响等问题。参见吕养正《清代苗官制对苗族神判权威性合成之影响》，《吉首大学学报》（社会科学版）2002 年第 2 期；石伶亚《人神沟通与情感宣泄：特定场景中的纠纷解决——以吉首乡鸦溪天王庙神判活动为考察背景》，载谢晖、陈金钊主编《民间法》，济南出版社，2011；龙圣《试析清代湘西苗疆天王神判延续的因素》，《民族论坛》2010 年第 8 期。在缓解社会冲突方面，明跃玲探讨了白帝天王在调适湘西苗疆边墙内外苗、汉、土家民众冲突，整合社会秩序方面的作用。参见明跃玲《湘西苗疆边墙与白帝天王崇拜文化》，《怀化学院学报》2008 年第 3 期；明跃玲《冲突与对话——湘西苗疆边墙地区白帝天王崇拜的人类学考察》，《中南民族大学学报》（人文社会科学版）2009 年第 4 期。此外，有关白帝天王教化功能的研究，可参见周兴茂、李梦茜《论土家族神话中的特殊伦理精神》，《湖北民族学院学报》（哲学社会科学版）2012 年第 3 期；杨月《湘西"天王"信仰的道德教化功能研究》，硕士学位论文，吉首大学，2016。

④ 相关讨论参见石宗仁《苗族多神崇拜初探》，《中南民族学院学报》（社会科学版）1986 年第 4 期；吕养正《湘鄂西苗族崇拜"白帝天王"考辨》，《中央民族大学学报》（哲学社会科学版）2002 年第 1 期；曹毅《"向王天子"、"白帝天王"考——土家族族源探讨中的一个问题》，《湖北民族学院学报》（哲学社会科学版）1993 年第 4 期。

廪君白虎神崇拜,是土家族的信仰。① 此外,部分学者,如向柏松、向春玲等则认为白帝天王源自汉族白帝神话,后为苗族、土家族吸收,形成了竹王三郎、白虎神、杨氏三兄弟多个天王故事。② 这一类的讨论,多从宏大的区域和抽象的群体出发,从文化相似性的角度,探讨白帝天王及其故事的源流和族群归属问题,难免忽略不同版本的白帝天王故事所形成的具体历史情境和动因。

在源流和归属讨论之外,也有越来越多的学者注意到将白帝天王及其故事的形成置于具体的地方历史发展脉络和人群关系中加以理解,比如苏堂棣、田泥、粟世来、谢晓辉、王爱英等。这进一步推动了对白帝天王及其故事的探讨。

苏堂棣(Donald S. Sutton,又译作"苏堂栋")在《族群边缘的神话缔造:湘西的白帝天王信仰(1715—1996)》一文中提出,历史上白帝天王神话故事的版本并不固定,而神话故事的创造具有集体性和竞争性,从而形成了关于神灵起源的不同传说。因此,他特别关注不同的社会群体是如何在具体的地方历史建构过程中创造神话的。与之前的某些研究不同,他并不先入为主地将白帝天王信仰做族群上的分类,而是将其视为湘西这一边缘社会中地方官、移民、苗民、土家等各类人群借以表达诉求的文化资源。在文中,他将搜集到的八个不同版本的白帝天王传说故事分作四类,分别代表地方官、汉族知识分子、苗人和土人,并分析了17~20世纪湘西社会变迁过程中,各类人群怎样借助这些白帝天王神化叙事来改变身份和建构关系,由此理解湘西这一边缘社会中的白帝天王神话故事是如何被一步一步缔造出来的。③

---

① 相关研究,参见杨昌鑫《土家族风俗志》,中央民族学院出版社,1989,第195~198页;彭官章《土家族白虎图腾崇拜》,《民族论坛》1991年第3期;向柏松《土家族民间信仰与文化》,民族出版社,2001,第99~100页;黄柏权《土家族白虎文化》,中国文联出版社,2001。
② 参见向柏松《土家族白帝天王传说的多样性与多元文化的融合》,《民族文学研究》2007年第3期;向春玲《湘西凤凰城天王信仰的历史考察》,《西南民族大学学报》(人文社科版)2007年第3期。
③ Donald S. Sutton, "Myth Making on an Ethnic Frontier: The Cult of the Heavenly Kings of West Hunan, 1715-1996," *Modern China*, Vol. 26, No. 4 (Oct. 2000), pp. 448-500. 中译本可参见〔美〕苏堂栋《族群边缘的神话缔造:湘西的白帝天王信仰(1715—1996)》,申晓虎译,《民族学刊》2013年第3期。

此外，田泥、粟世来用故事学的方法梳理了湘西地区有关白帝天王的多种异文，并将之置于清代本地区社会变迁过程中探讨。认为白帝天王传说的核心母题在清代经历了由"威慑""忠顺"到"三王之母"的转变，同时神祇的功能亦从审判、教化发展成赐福。二人认为，不同群体都参与了清代神祇故事的建构，探讨白帝天王及其故事应注意人神关系的变化。①

同样，谢晓辉亦认为对湘西白帝天王的理解，必须放在一个具体的空间与时间的历史情境中加以发掘。但她对苏堂棣的故事分类，以及将这些故事按照时间顺序编排处理后所得出的土家扩张的结论持保留意见。此外，与苏堂棣不同的是，她强调对雅溪这一白帝天王信仰中心进行研究的重要性，同时认为应该从明清这一更长的时段来加以讨论。因此，她在《苗疆的开发与地方神祇的重塑——兼与苏堂棣讨论白帝天王传说变迁的历史情境》这篇回应苏堂棣的文章中，围绕雅溪天王庙附近天王故事的流变，探讨了明清开发苗疆过程中，雅溪天王庙所在的雅溪及武溪流域地方格局的变迁、神祇故事的重塑以及由此展现出的地方对国家之认同，同时注意到口述与文字传统、苗疆宗族的建构、王朝礼仪正统与地方社会既有传统之间复杂的互动过程。②

秉持相同研究理念的还有王爱英，但与上述几位学者不同的是，她关注的时段更长，强调宋代以来湘西社会的开发过程是理解民间有关白帝天王传说故事的关键，同时认为白帝天王与之前的白虎廪君崇拜亦有着潜在的文化传承关系。随着宋代以来湘西的开发，"杀苗有功的杨氏三兄弟"取代"白虎神廪君"，成为新的敬畏对象，于是此后湘西民间广泛流传着白帝天王为杨姓三兄弟的传说。相比其他诸说，杨氏三兄弟的故事流传更

---

① 参见田泥、粟世来《白帝天王：传说与信仰》，《吉首大学学报》（社会科学版）2017年第5期。
② 参见谢晓辉《苗疆的开发与地方神祇的重塑——兼与苏堂棣讨论白帝天王传说变迁的历史情境》，《历史人类学学刊》2008年第6卷第1、2期合刊。文章题目中"神祇"应作"神祇"，特此说明。在另一篇文章中，她亦从明清以来湘西社会的变迁入手，探讨了白帝天王叙事从女性生育到男性权威的转变。参见 Xie Xiaohui, "From Woman's Fertility to Masculine Authority: The Story of the White Emperor Heavenly Kings in Western Hunan," in David Faure and Ho Ts'ui-p'ing (eds.), *Chieftains into Ancestors: Imperial Expansion and Indigenous Society in Southwest China*, UBC Press, 2013, pp. 111-137.

广、影响更深远，反映了湘西社会对宋代以来凸显的新的社会力量的敬畏。① 在另一篇文章当中，她根据白帝天王为宋代杨氏三兄弟的民间传说，进一步推测三位天王的最初形象可能是唐宋时湘西社会中较有势力的酋领，与中央王朝保持着较为一致的关系，或曾出兵帮助镇压湘黔"苗蛮"叛乱，有功于"九溪十八峒"的开发，由此取代了此前的白虎神廪君崇拜。②

笔者认为，时下已经很少再有学者从宏大叙事出发探讨白帝天王的起源故事和族群归属问题。相反，应将特定人群（包括个人）的白帝天王叙事置于具体的时空、社会环境中加以探讨的看法，得到了越来越多的认可。然而到目前为止，在白帝天王叙事研究上，对特定人群的考察以及社会变迁的把握还远远不够。在人群考察方面，白帝天王为杨氏三兄弟的故事不论历史上还是今天，在湘西民间的流传都颇为广泛，然而湘西杨氏家族的白帝天王崇拜及其叙事却没有引起大多数学者的讨论。诚然，也有少数学者如苏堂棣、谢晓辉等在各自文章中都注意到了湘西的杨姓人群，但苏堂棣将凤凰一带信奉白帝天王的杨氏视为17世纪的移民，而谢晓辉虽然认为明初以来雅溪天王庙所在区域就有杨姓人群的活动，比苏堂棣的看法要早，但她提到的不同时期、不同地点的杨氏之间的关系以及他们与白帝天王的联系是不清楚的，大有因为他们都姓杨便可与白帝天王及其传说故事扯上关系的嫌疑。此外，苏堂棣、谢晓辉对杨姓的讨论局限于明清以后，这大大低估了与白帝天王有关的杨姓人群在湘西一带活动的历史。在考量白帝天王叙事的时间节点上，笔者更倾向于王爱英的看法，认为宋代以来湘西的开发是理解白帝天王故事的关键，但她仅是推测，并没有详细的论证。

事实上，早在宋代，湘西一带便已经有杨姓人群的活动，而且与白帝天王直接相关，包括雅溪的天王庙、杨氏三兄弟的故事、白帝天王的名称，以及后来湘西有关白帝天王的几个重要说法，都与这个杨氏家族有着密切

---

① 参见王爱英《文化传承与社会变迁——湘西白帝天王信仰的渊源流变》，《济南大学学报》（社会科学版）2004年第2期。
② 参见王爱英《变迁之神：白帝天王信仰流变与湘西社会》，《中南民族大学学报》（人文社会科学版）2007年第5期。

的关系，笔者在早前的几篇文章中对此已有过部分讨论。① 在本书中，笔者将围绕宋代湘西社会变迁过程中的杨氏家族及其天王叙事这条主线来探讨不同时期的白帝天王故事。当然，在这条主线之外，亦须留意之前的地方文化传统，以及清代各类人群乃至朝廷对天王叙事的创造，它们与杨氏家族的天王叙事共同构成了湘西白帝天王的多元叙事结构。因此，本书虽以宋代以来湘西社会变迁下的杨氏及其故事为主线，但相关讨论并不局限于宋代以后以及杨氏本身。

---

① 参见龙圣《一个腹地边缘的形成与变迁——以宋至清湘西白帝天王信仰建构为视角》，硕士学位论文，北京师范大学，2009；龙圣《晚清民国湘西屯政与白帝天王信仰演变》，《吉首大学学报》（社会科学版）2010 年第 4 期；龙圣《清代湘西社会变迁与白帝天王信仰故事演变——以杨氏家族为例》，《民俗研究》2011 年第 3 期；龙圣《变迁与认同：区域社会史视野下的湘西白帝天王信仰》，《宗教学研究》2013 年第 2 期；龙圣《论明代杨家将小说对族群认同的影响——以湖南杨氏家族为例》，《明清小说研究》2014 年第 3 期。

第二章 白帝天王的历史渊源

诚如本书绪论所言，白帝天王曾盛行于湘西各地，直到今天湘西民间还保留着部分的天王庙，并且流传着有关白帝天王的传说故事。相信去过这些天王庙的人，也都会对白帝天王一白、一红、一黑的三色脸谱有深刻的印象。为何湘西会盛行白帝天王？它从何而来？其脸部何以呈白、红、黑三种颜色？要回答这些问题，得从先秦时期的巴国以及廪君巴人说起。

一 先秦时期的巴国

巴国，先秦古国之一。根据其在先秦时期的活动范围，巴国可分为汉上巴、清江巴、川东巴三个发展阶段。

（一）汉上巴

巴国比较确切的历史可追溯到商代，此后直到春秋中期，其一直活动于汉水中上游地区，故称这段时期的巴国为汉上巴。

关于巴国的文字记载最早见于甲骨卜辞。[①] 当时的巴国是一个距离商较

---

① 除甲骨卜辞外，后世亦有一些文献将巴国的历史推至夏代及其以前。如《山海经·海内南经》记载"夏后氏之臣曰孟涂，是司神于巴。（巴人）请讼于孟涂之所，其衣有血者乃执之，是请生。（孟涂）居山上，在丹山西。丹山在丹阳南，丹阳居属也"，将巴的历史推至夏初第一位君主启之时代。东晋常璩所作《华阳国志·巴志》则进一步将巴国历史前推至启父大禹之时代，"禹聚于涂山……会诸侯于会稽，执玉帛者万国，巴蜀往焉"。不少学者据此认为巴国早在禹、启时代即已有之。这种不加辨别、全盘接受史料的做法，并不可取。从上引史料可知，随着时间往后推移，巴国历史被后世建构得越来越早。而后世之说，未必可信。例如，常璩所记实出自《左传·哀公七年》，然是书仅言"禹合诸侯于涂山，执玉帛者万国"，其后并无"巴蜀往焉"一句，该句为常璩作志时增补，似有附会（转下页注）

远的部落方国,因此它又有"巴方"之称。甲骨卜辞记载,商朝后期商与巴处于敌对状态,商王武丁及其妻妇好曾联合沚、奚二国对巴国进行了多次讨伐。①据李学勤先生考证,沚国大致在今晋中、晋南一带,"沚应在山西南中部"②,与汉水上游接近,故学界普遍认为商代巴国位于汉水上游(今汉中一带)。20世纪50年代以来,考古学家陆续在陕西汉中城固、洋县发掘出商晚期巴文化遗址,也证明了甲骨卜辞当中记载的巴国位于汉水上游一带的观点。③

商末,巴国军队参加了武王伐纣的战争,"巴师勇锐,歌舞以凌殷人,前徒倒戈,故世称之曰'武王伐纣,前歌后舞'也"④。巴军在军乐配合下,唱起战歌,跳着战舞,以鼓舞士气,然后冲向敌阵,表现十分勇猛。被迫安插在商军前阵的战俘和奴隶见巴军势如破竹,不仅放弃抵抗,而且阵前倒戈,致使殷商大败而亡。这就是历史上著名的"牧野之战"。"阵前倒戈"之语亦来源于此。

克殷后,周武王以其宗室之女嫁与巴君,封巴为子国,"武王既克殷,以其宗姬于巴,爵之以子"⑤,故周代的巴国又称"巴子国"。它的位置仍在

(接上页注①)之嫌,不足为信。《山海经》之说,未见其他先秦文献记载,目前也得不到考古证据的支持,亦须审慎对待。相反,商代甲骨卜辞中有商朝伐巴的记载,属当时人记当时事,这说明巴国在殷商时期确实存在,故本书倾向于从商代开始叙述巴国的历史。

① 参见杜勇《说甲骨文中的巴方——兼论巴非姬姓》,《殷都学刊》2010年第3期。
② 李学勤:《殷代地理简论》,载《李学勤早期文集》,河北教育出版社,2008,第234页。
③ 参见杜勇《说甲骨文中的巴方——兼论巴非姬姓》,《殷都学刊》2010年第3期。
④ 〔晋〕常璩:《华阳国志》卷一《巴志》,中华书局,1985,第2页。
⑤ 参见〔晋〕常璩《华阳国志》卷一《巴志》,中华书局,1985,第2页。在克殷之后周武王如何对待巴国这一问题上,学界因使用的《华阳国志》版本不同而存在不同的看法。例如,1938年商务印书馆在《四库全书》本基础上校勘出版的《华阳国志》记载"武王既克周,以其宗姬封于巴,爵之以子"(第2页),不少学者根据此条认为,周初武王封其姬姓宗室于巴,此后的巴国国君及王族为姬姓周人的一支,取代了原来巴国的国君及其王族。若这一看法成立,似难解释为何巴国在灭商之战中立有大功,但克殷后巴君及其王室反而遭到取而代之的惩罚,成了周人统治的对象。顾颉刚先生也曾对此大为不解,疑惑道:"而克商之后,巴之君乃遽易以周王之宗室,何其赏罚之颠倒也?"(参见顾颉刚《史林杂识初编》,载《顾颉刚全集·顾颉刚读书笔记卷十六》,中华书局,2011,第287页。)也有学者怀疑此条材料的可靠性,认为周初分封巴国为子国是事实,但它与楚国一样,并没有另立王族、易君改姓,"以其宗姬封于巴"有可能是常璩推测出来的(参见杜勇《说甲骨文中的巴方——兼论巴非姬姓》,《殷都学刊》2010年第3期)。本书认为,问题可能出在不同版本的史料上,中华书局本根据宋底本等校勘出版之《华阳国志》与商务印书馆本记载略有不同,曰"武王既克殷,以其宗姬于巴,爵之以子",此句宗姬之后无(转下页注)

其故地,即汉水上游。《左传·昭公九年》记载:"及武王克商……巴、濮、楚、邓,吾南土也。"①据童书业先生考证,位于周初南土的巴国"当近汉水上游"②。张正明亦认为周初巴国位于汉水上游"汉中盆地和安康盆地"一带。③《逸周书·王会解》记载,周成王时有巴人进贡比翼鸟。④宗周钟铭文记载周昭王南征,有南国服孳率二十六邦抵抗,据研究,南国服孳即巴人。⑤除此以外,文献绝少提到巴国在西周时期的情况。不过,从后来巴国的一些活动来看,直到春秋中期,它依然没有脱离汉水中上游地区。比如,鲁桓公九年(前703),巴国派使者韩服前往楚国,想通过楚国与邓国建立友好关系。于是楚国派使者道朔同韩服一起前往邓国,到达邓国南境的属国鄾国时,鄾国人夺走了二人携带的礼物,并将他们杀死。为此,楚巴二国派军围鄾,并打败了前来解围的邓军,灭了鄾国。"巴子使韩服告于楚,请与邓为好。楚子使道朔将巴客以聘于邓。邓南鄙鄾人攻而夺之币,杀道朔及巴行人……夏,楚使斗廉帅师及巴师围鄾……邓师大败,鄾人宵溃。"⑥鄾,在今湖北襄阳;邓,在今河南邓州。它们均位于汉水中上游流域,巴国应与之接近。楚文王即位第二年(前688),楚国与巴方讨伐申国,楚师羞辱巴师,巴国叛楚,攻下楚国那处,"及文王即位,与巴人伐申而惊其师。巴人叛楚而伐那处,取之"⑦。申在河南南阳,那处在湖北荆门,巴国能很方便地北伐申国、南取那处,必然是处在两者中间,即汉水中上游一带。鲁文公十六年(前611),秦、巴、楚三国联合灭掉庸国,"秦人、巴人从楚师。群蛮从

(接上页注⑤)"封"字,而姬既可作姓,亦可称女子,"宗姬"亦有"宗室之女"意。"以其宗姬于巴",可理解为周武王将宗室之女嫁与巴君。因巴国灭商有功,为笼络巴国,武王在克殷后将宗室之女嫁与巴君并封其子爵,巴国成为大周子国,巩固了两者之间的关系。如此理解,似更合情理。

① (周)左丘明传,(晋)杜预注,(唐)孔颖达正义《春秋左传正义》卷四十五,北京大学出版社,1999,第1268页。
② 童书业:《春秋左传研究》,上海人民出版社,1980,第242页。
③ 张正明:《巴人起源地综考》,《华中师范大学学报》(人文社会科学版)2004年第6期。
④ (晋)孔晁注《逸周书》卷七《王会解》,中华书局,1985,第248页。
⑤ 参见田敏《先秦巴族族源综论》,《东南文化》1996年第3期。
⑥ (周)左丘明传,(晋)杜预注,(唐)孔颖达正义《春秋左传正义》卷七,北京大学出版社,1999,第189~190页。
⑦ (周)左丘明传,(晋)杜预注,(唐)孔颖达正义《春秋左传正义》卷九,北京大学出版社,1999,第260页。

楚子盟，遂灭庸"①。庸在今湖北竹山，位于汉水中游的支流上。以上记载说明，春秋中前期巴国活动的范围不出汉水中上游地区。

（二）清江巴

鲁文公十六年（前611）以后，商周时期一直活跃在汉水中上游的巴国突然销声匿迹，很长时间不见踪影。孔颖达疏《春秋左传》，指出巴国在"文十六年，与秦、楚灭庸。以后不见"②，并认为可能是楚国灭了巴国。然而，灭庸时正值楚国发生饥荒，楚国联合秦国、巴国才灭掉庸国，紧接着楚国再灭掉巴国是不太可能的。田敏认为，灭庸后巴国离开其故地，即从汉水中上游退出，进入清江流域。其原因是巴国处在秦楚之间，"东受楚国威胁，西、北为秦所逼迫"，不得不转入开发较晚的清江流域发展，以免与秦楚发生正面冲突。③ 这一看法颇有道理，但并未厘清汉上巴迁徙至清江流域的过程。汉上巴如何能从汉水中上游转移到距离较远的清江流域？这个问题需要结合春秋中前期秦楚二国崛起的大环境以及灭庸之战的具体情形来讨论。

春秋时期，秦据关中，其东南方、南方与汉水中上游流域相连；楚据江汉，其北方、西北方与汉水中上游流域相连，巴国正好处在秦楚中间地带。随着秦楚二国的逐渐崛起，位于二者中间的巴国日益受到制约。一方面，秦向西灭西戎，向东与晋争霸，而且有向东南汉水中游发展的趋势。如秦穆公二十五年（前635），秦兵攻打位于淅川（汉水中游支流）附近的鄀，鄀是楚的附庸国，楚有申公子仪和息公子边驻军于鄀国国都商密。秦兵巧用计策，诱骗楚军投降，并将子仪、子边俘获，大胜而归。④ 秦攻鄀，已将势力深入巴国活动的汉水中游地区，威胁到巴国的安全。另一方

---

① （周）左丘明传，（晋）杜预注，（唐）孔颖达正义《春秋左传正义》卷二十，北京大学出版社，1999，第566~567页。
② （周）左丘明传，（晋）杜预注，（唐）孔颖达正义《春秋左传正义》卷七，北京大学出版社，1999，第189页。
③ 参见田敏《廪君巴与汉上巴之关系探略》，《中南民族学院学报》（哲学社会科学版）1995年第2期。
④ 参见（周）左丘明传，（晋）杜预注，（唐）孔颖达正义《春秋左传正义》卷十六，北京大学出版社，1999，第428~429页。

面，春秋中前期楚国伐邓（前703）、伐申（前688）、灭庸（前611），不断向北方和西北方向发展。在前635年左右，楚国几乎灭掉了周初分封在汉水中游的所有姬姓小国，"汉阳诸姬，楚实尽之"[①]。前611年灭庸后，楚国势力继续向汉水中上游地区推进，对巴国构成威胁。概言之，春秋中前期秦向东南而下，楚向西北而上，逐渐向汉水中上游发展，巴人的活动范围不断受到限制和挤压，特别是前611年的灭庸之战中，巴国虽与秦、楚联盟出兵灭了庸国，但同时为楚国势力延伸至巴国附近打开了方便之门。故此战以后，巴国遂放弃在汉水中上游的故地，寻找新的发展地域。

这个新的发展地域最早在哪？是通常认为的清江流域吗？结合灭庸的之战的情形来看，这个新的发展地域一开始并不是清江流域，最有可能的就是庸国故地。前611年，楚国出现严重饥荒，饿死不少百姓，军力也受到很大影响，庸国趁机率领四周蛮部大举伐楚。楚在存亡之际，一方面联合秦、巴二国抗庸，另一方面与跟随庸国攻打楚国的各蛮部订下盟约，瓦解了庸国的盟军，庸国孤立无援，才最终被楚、巴、秦三国灭掉。[②] 灭庸后，秦军北归，正值饥荒的楚军也只能收兵南撤。这时巴国最有可能趁机占据庸地。庸国背靠大巴山脉，前据汉水支流，可攻可守，反观汉水中上游一带，多为平原，无险可守。从战略上说，巴国转移到庸国故地发展，可凭借地理上的优势，在秦楚两大国的夹缝中多一分安全保障。而且，只有占据庸地，巴人才有可能南下至清江流域。从地理条件来看，巴人到达清江流域的路径主要有三条：一是从汉水中游顺江而下，迂回到清江流域，此线路会遭遇楚国，显然行不通；二是从汉水上游往东南方向至清江，此线路需穿越绵延不断的大巴山区，亦不太可能；三是从庸地出发顺着东北—西南走向的巫山南下至清江流域，此线路距离最短，同时可避开东边的楚国。庸地具有颇为重要的地理优势和战略优势，这便不难理解为何巴国在庸被灭后要趁机占据庸地。庸被灭后，巴国为避开秦楚的压力而占据庸地并与外界断绝了联系，才出现此后巴国"不见"的现象。

---

① （周）左丘明传，（晋）杜预注，（唐）孔颖达正义《春秋左传正义》卷十六，北京大学出版社，1999，第447页。
② 参见（周）左丘明传，（晋）杜预注，（唐）孔颖达正义《春秋左传正义》卷二十，北京大学出版社，1999，第566~567页。

汉上巴占据庸地，有了向南挺进的跳板，其后裔再逐渐南下，最终到达清江，巴人便是这样从汉水流域转入清江流域的。这在文献中也得到了证实。成书于战国晚期的《世本》记载，清江（夷水）下游的武落钟离山（在今湖北长阳）有巴氏子务相统一了另外四个氏族，被推选为廪君。廪君以五姓联盟为基础，在清江上游（盐阳，今湖北恩施一带）建立了巴国。

> 廪君之先故出巫诞。巴郡南郡蛮，本有五姓，巴氏、樊氏、瞫氏、相氏、郑氏，皆出于武落钟离山。其山有赤、黑二穴，巴氏之子生于赤穴，四姓之子皆生黑穴，未有君长，俱事鬼神。廪君名曰务相，姓巴氏，与樊氏、瞫氏、相氏、郑氏，凡五姓俱出，皆争神，仍共掷剑于石，约能中者奉以为君，巴氏子务相乃独中之，众皆服。又令各乘土船，雕文画之而浮水中，约能浮者当以为君，余姓悉沉，惟务相独浮，因共立之，是为廪君。

> 乃乘土船从夷水至盐阳，盐水有神女，谓廪君曰："此地广大，鱼盐所出，愿留共居。"廪君不许，盐神暮辄来取宿，旦即化为飞虫，与诸虫群飞，掩蔽日光，天地晦冥，积十余日。廪君不知东西所向，七日七夜，使人操青缕以遗盐神，曰缨此，即相宜云，与女俱生，宜将去。盐神受而缨之，廪君即立阳石上，应青缕而射之，中盐神。盐神死，天乃大开。廪君于是君乎夷城，四姓皆臣之。①

这个在清江流域重建巴国的廪君，是汉上巴的后裔，而且正是占据庸地的汉上巴人的后裔。《世本》卷三记载"巴氏。巴子国，子孙以国为氏"②，巴子国即周初所封汉上巴，而廪君务相既以巴为氏，称"巴氏子"，说明廪君是汉上巴的后裔。此外，"廪君之先故出巫诞"，据段渝研究"巫诞"即"句亶"，其地在巫山山脉北端，今湖北竹山县南。③可见，巫诞即前611年巴所灭的庸国故地，廪君之先正是灭庸后留在庸地的汉上

---

① （汉）宋衷注，（清）茆泮林辑《世本》，中华书局，1985，第91~92页。
② （汉）宋衷注，（清）茆泮林辑《世本》，中华书局，1985，第74页。
③ 参见段渝《政治结构与文化模式——巴蜀古代文明研究》，学林出版社，1999，第73~74页。

巴人。① 从二者间的联系出发，我们可以大致勾勒出巴人从汉水流域向清江流域迁徙和发展的过程：迫于秦楚的压力，汉上巴在前 611 年灭庸后据有庸地，巴人再以此为基地继续南下，到达清江流域。经过一段时间的生息繁衍，清江流域的巴人势力逐渐发展壮大起来。至巴务相时（大约在春秋末），巴人征服了清江下游的樊、暉、相、郑四大氏族，并与之结盟，共同拥立巴氏首领务相为五姓君主——廪君。此后，廪君带领五姓沿清江而上，战胜了上游的盐神部落，统一了清江流域并建立起以五姓联盟为基础的巴国。这就是清江巴，或称廪君巴。

为光复汉水中上游巴人曾经活动的地域，崛起于清江流域的廪君巴曾在前 477 年发动了一次对楚的战争。《左传·哀公十八年》记载："巴人伐楚，围鄾……楚公孙宁、吴由于、薳固败巴师于鄾。"② 伐楚围鄾之战，成为廪君巴在清江流域发展的转折点。从结果来看，廪君巴的这次军事行动遭到挫败，不但没能光复旧地，反而暴露了自己在清江流域的位置和实力，引起了楚国的注意。

（三）东川巴

围楚伐鄾失败后，为遏制廪君巴势力的发展，楚国对其开展了军事打击，使得巴人不得不放弃清江流域，向别处转移。唐代梁载言的《十道志》记载："故老云：楚子灭巴，巴子兄弟五人流入黔中。"③ 宋代罗泌的《路

---

① 关于廪君所处的时代及其与汉上巴的关系，学界多有争论，主要有原始社会说、西周以后说、春秋中期至战国初期说、战国中后期说几种。持原始社会说者主要根据以上记载具有的神话色彩将廪君所处时代推定为原始社会末期。西周以后说，认为廪君所处时代不会早于西周，此说以蒙默、刘琳等为代表，参见蒙默、刘琳等编著《四川古代史稿》，四川人民出版社，1989，第 25 页。春秋中期至战国初期说认为，廪君处在春秋中期至战国初期之间，是汉上巴的后裔，此说以田敏为代表，参见田敏《廪君巴与汉上巴之关系探略》，《中南民族学院学报》（哲学社会科学版）1995 年第 2 期。战国中后期说认为，廪君是战国中后期的人物，是川东巴人的后裔，此说以彭官章、何光岳等为代表，参见彭官章、朴永子《羌人·巴人·土家族》，《吉首大学学报》（社会科学版）1982 年第 1、2 期；彭官章《廪君时代考略》，《贵州民族研究》1987 年第 3 期；何光岳《巴人的来源和迁徙》，《民族论坛》1986 年第 1 期。本书认为，结合文献和考古资料来看，廪君生活于春秋末战国初，是占据庸地的汉上巴之后裔。

② （周）左丘明传，（晋）杜预注，（唐）孔颖达正义《春秋左传正义》卷六十，北京大学出版社，1999，第 1701 页。

③ （宋）李昉等撰《太平御览》卷一七一《州郡部一七·江南道下·辰州》，中华书局，1960，第 835 页。

史》亦称:"巴灭,巴子五季流于黔而君之。"① 其中的"巴子五人""巴子五季"当指五姓廪君巴人。他们当中部分有能力迁徙者在楚国的进攻下转移到"黔中"。据田敏研究,黔中即川东南乌江流域,也就是今重庆市的东南部地区。② 可见,在楚国打击下,春秋末战国初,部分廪君巴人从清江流域进入今重庆东南部的乌江流域,开始了另一个发展阶段。

由于当时乌江上游地区(今贵州)为夜郎国占据,廪君巴人进入黔中后便向北顺着乌江下游前进,在乌江与长江的交汇处——枳(今涪陵)建立了国都,并在此地发展了较长一段时间。这个早期定都于枳的巴国,此后主要活动在原来的四川东部地区,范围大致相当于今重庆市,故学界习惯上称之为"川东巴"。为便于论述,本书仍然沿用这一叫法。通过不断开拓,最鼎盛时的川东巴国东至鱼复(今奉节),西至棘道(今宜宾),北接汉中,南达黔涪,地域相当的广大。③ 在此范围内的众多族类皆被廪君巴人征服,"其属有濮、賨、苴、共、奴、獽、夷、蜑之蛮"④,形成以廪君巴人为主体的巴国。

不过,这一强盛局面并没有维持太久。随着东边楚国和西边蜀国势力的扩张,川东巴的地盘不断遭到两者蚕食,日益缩小。最后北面的秦国趁机南下,灭了巴国。东南面,枳都东南方向的地域陆续被楚国攻陷。至前361年时,原属于川东巴的黔中地区已变成楚国的南境,"楚自汉中,南有巴、黔中"⑤。由于枳都以东经常遭到楚国的攻伐,巴国不得不将都城西迁至江州(今重庆)。后来在楚、蜀二国的夹击下,巴国又先后迁都至垫江、平都和阆中,"巴子时虽都江州,或治垫江,或治平都,后治阆中,其先王陵墓多在枳"⑥。西北面,蜀国也对川东巴虎视眈眈。前316年,蜀王伐苴侯(居四川广元),苴侯逃到巴国,巴国向秦国求救。秦惠王派遣张仪、司马错救苴,趁机灭了蜀国。因贪图巴苴之富,张仪在灭蜀后挥师东进,活捉了巴王,川东巴由此灭亡,秦旋即置巴郡、蜀郡、汉中郡。⑦ 其中属巴郡

---

① (宋)罗泌:《路史·后纪》卷一,上海中华书局,1936,第62页。
② 参见田敏《廪君巴迁徙走向考》,《中南民族学院学报》(哲学社会科学版)1996年第6期。
③ 参见(晋)常璩《华阳国志》卷一《巴志》,中华书局,1985,第2页。
④ (晋)常璩:《华阳国志》卷一《巴志》,中华书局,1985,第2页。
⑤ (汉)司马迁:《史记》卷五《秦本纪》,中华书局,1959,第202页。
⑥ (晋)常璩:《华阳国志》卷一《巴志》,中华书局,1985,第8页。
⑦ (晋)常璩:《华阳国志》卷一《巴志》,中华书局,1985,第3页。

的有阆中、江州、垫江、宕渠、枳、朐忍、鱼复等县，即今阆中、重庆、合川、渠县、涪陵、云阳、奉节等。

灭巴置郡后，秦以巴郡为前沿阵地，与楚国形成对峙之势。大致来说，从鱼复往西顺长江而上，包括朐忍、枳等县属巴郡，为秦所有。鱼复往东沿长江而下的巫山一带为楚国的巫郡、江南（长江以南，包括清江流域）。巴郡枳县以东以南为楚之黔中，其北与巫郡、江南相连。巴郡之枳、楚之黔中处于秦楚对抗的前沿，成为此后二者反复争夺、拉锯之地。前280年，秦司马错攻下"楚黔中"。① 前276年，楚国又集中力量夺回黔中之地，"襄王乃收东地兵，得十余万，复西取秦所拔我江旁十五邑以为郡，距秦"②。

川东巴国灭亡后，枳、黔中一带廪君巴人分布最集中的地域反复遭到秦楚争夺，迫使大量廪君巴人逃亡外地，其中就有一部分从东南方向进入今湘西地区。湘西距枳和黔中不远，而且非秦楚拉锯之地，社会环境相对安定，故成为部分廪君巴人的避难之所。廪君巴人进入湘西，生息繁衍，得以延续，这点也反映在后世的文献当中。比如三国时期，湘西一带属武陵郡管辖，《三国志》在提到"武陵蛮"时说这里有"巴、醴、由、诞"等族类③，巴居当地各族之首，这一方面可以证明部分廪君巴人确实流散到了湘西地区，另一方面也可以证明廪君巴人定居湘西后在人数上有了较大的增长。

二 白帝天王与廪君巴人之关系

商代至春秋中期，巴人主要在今汉水中上游一带活动。春秋战国之际，原汉上巴人之后裔已经转移到今湖北清江流域发展，形成了以廪君务相为首领的五姓巴人集团。大约在战国初期，廪君巴人受楚国排挤，进入川东（今重庆）发展，创立了以廪君巴人为主体的川东巴国。战国后期，川东巴国为秦所灭，廪君巴人集中分布的地域遭到秦楚反复争夺，导致部分廪君巴人流散到今天的湘西地区。后世湘西民间所崇信的白帝天王其实就源自这些廪君巴人。这在白帝天王的脸谱颜色和祭祀习俗上均有明显的体现。

---

① （汉）司马迁：《史记》卷五《秦本纪》，中华书局，1959，第213页。
② （汉）司马迁：《史记》卷四十《楚世家》，中华书局，1959，第1735页。
③ （晋）陈寿：《三国志》卷五十五《吴书十·黄盖传》，中华书局，1959，第1285页。

（一）白虎崇拜与赤黑二穴：白帝天王三色脸谱的缘起

廪君巴人以白虎为图腾，拥有崇拜白虎的习俗。这点在《后汉书》《十六国春秋》当中皆有所反映。二书与《世本》一样，均记载了廪君务相带领五姓在清江流域创建巴国的故事，而且三者的故事内容基本一致，但二书在故事末尾还特别提到廪君死后灵魂化为白虎的情节。

廪君死，魂魄世为白虎……①

是时，廪君死，魂魄化而为白虎……②

廪君是五姓联盟之主，地位崇高，传说其死后化为白虎，因此五姓廪君巴人崇拜白虎，将白虎视为自己的图腾和保护神。

关于廪君巴人崇拜白虎，不仅有相关文字记载，而且在出土文物当中也有较为明显的反映。考古发掘显示，鄂渝湘黔交界地区——廪君巴人曾经生活的区域——先后出土过大量战国至两汉时期的青铜器，包括青铜錞于、青铜剑、青铜戈等，其中不少器物上都有老虎纹饰或者老虎造型，这一特点非常显著。

1. 虎钮錞于

錞于，是一种打击乐器，状如圆桶，上部外张，腰部收紧，向下垂直，顶部有钮。这种乐器主要用于战争当中，使用者以不同的敲击方式和节奏来指挥军队进退。錞于在今鄂渝湘黔交界地区皆曾出土，包括湖北西南清江流域长阳、五峰、鹤峰、巴东、建始、恩施、利川、宣恩、咸丰，重庆的涪陵、万州、云阳、梁平、奉节、黔江、彭水、酉阳、秀山，湖南西北部的石门、慈利、常德、张家界、沅陵、溆浦、吉首、花垣、泸溪、龙山、保靖等地，贵州东北部铜仁、松桃。以上地区发现的錞于当中，有大量以虎为钮部造型的錞于。

---

① （宋）范晔：《后汉书》卷八十六《南蛮西南夷列传》，中华书局，1965，第2840页。
② （魏）崔鸿：《十六国春秋》卷七十六《蜀录一·李特》，载《景印文渊阁四库全书》第463册，台湾商务印书馆，1986，第937页。

(1) 鄂西南

在湖北清江流域，从下游到上游皆有大量战国至汉代的虎钮錞于出土。清江下游的长阳，也就是文献记载的五姓廪君巴人的发祥地，1964年至1988年共发掘出5件虎钮錞于，时代均为战国时期。其虎钮造型生动、体形较大，如长阳千渔坪出土錞于，"虎钮植于盘中。虎体硕健，张口露齿，头部肥大，四肢作前撑后蹲欲扑势；虎尾上翘，项背饰条斑纹"[1]。长阳杨林头出土錞于，"虎钮伫立盘中。虎瞪目张口，作后蹲状；尾端上勾而不卷，前胛与后臀各饰一涡纹"[2]。长阳县渔泉村出土錞于，"虎钮极大，长达38.0厘米。虎四肢雄壮，作后蹲欲扑势；巨口锯牙，瞪目贴耳。尾下垂，末端上勾而不卷；虎背饰鳞纹"[3]。

清江中游地区，1980年五峰仁和坪区莲花岩出土1件东汉时期錞于，疑为虎钮，"钮立盘中，形如绵羊；双腿并铸，粗壮如虎；似为虎钮粗陋所致"[4]。1983年鹤峰容美镇附近鸡公洞峡谷出土1件战国虎钮錞于，"虎钮伫立盘中。虎四肢雄壮，作后蹲势；臀、胛各饰一涡纹；张口露齿，瞪目垂耳；长尾下垂，端上卷；颈饰项圈"[5]。同年，鹤峰新华书店建房工地挖出1件战国虎钮錞于，"虎钮较完整，虎四肢饰鳞纹，臀、胛饰一涡纹，肋间饰云纹。阴刻数道虎须"[6]。

清江下游地区，从北往南，巴东、建始、利川、恩施、宣恩、咸丰也发掘出较多的虎钮錞于。巴东先后出土过3件战国时期虎钮錞于，其中一件在巴东清太平区野三河边出土（出土年代不详），原为虎钮，后钮遗失。[7] 另一件是巴东县博物馆1974年从当地土产收购部购回的虎钮錞于，其"虎尾断失……虎钮胛、臀部各有一涡纹，两肋饰有回字纹；虎瞪目张口，神态生动"[8]。还有一件是1976年巴东耀英乡水谷坝出土的虎钮錞于，其"虎钮伫立盘中，虎体修长雄健，大头长尾，张口露齿，立耳瞪目，作前扑势。

---

[1] 王子初主编《中国音乐文物大系·湖北卷》，大象出版社，1999，第89页。
[2] 王子初主编《中国音乐文物大系·湖北卷》，大象出版社，1999，第97页。
[3] 王子初主编《中国音乐文物大系·湖北卷》，大象出版社，1999，第97页。
[4] 王子初主编《中国音乐文物大系·湖北卷》，大象出版社，1999，第94页。
[5] 王子初主编《中国音乐文物大系·湖北卷》，大象出版社，1999，第98页。
[6] 王子初主编《中国音乐文物大系·湖北卷》，大象出版社，1999，第98页。
[7] 王子初主编《中国音乐文物大系·湖北卷》，大象出版社，1999，第95页。
[8] 王子初主编《中国音乐文物大系·湖北卷》，大象出版社，1999，第95页。

臀、胛饰叶翅纹,臀翅后出上翘,虎肋饰二行回字形重环纹,无爪趾"①。建始出土过2件,其中一件是1972年建始三里区河水坪出土的战国虎钮錞于,其"盘内饰凸弦纹二道,中立虎钮;虎张口贴耳,尾下垂,尾端上勾"②。另一件为东汉时期的双虎錞于,1977年在建始景阳河区格子桥乡二台子出土③,"钮作双虎……虎体修长,作奔跑状;张口露牙,唇齿分明;尾粗壮,尾端上卷;足无爪趾,颈系项圈,双耳紧贴"④。利川也出土过2件虎钮錞于,其时代均为战国时期。一件是1972年利川忠路镇出土,"盘中立虎为钮,虎口微张,双耳直立;身饰阴刻小圆圈纹,四肢用顺向线条勾勒;尾断面呈扁方形,尾端上卷;颈饰贝纹项圈"⑤。另一件是1985年利川凉雾区出土,"虎钮,虎口微张,牙齿醒目;耳用阴刻线勾勒而成;臀、胛饰阴刻涡纹,颈置项圈;底口内卷成三棱状唇沿"⑥。恩施有3件战国虎钮錞于出土。1972年恩施屯堡区大树乡花枝村出土1件,"虎四肢雄壮,作后蹲势。臀、胛各饰一旋纹,腿部有细密鳞纹,腹侧为云纹。颈部饰一贝纹项圈,大耳下垂,张口露齿"⑦。1961年恩施新塘区白沙村出土1件,"虎钮伫立盘中。虎垂耳张口,颈饰贝纹项圈;虎头顶刻有方格纹及'X'形徽记。四肢饰细密鳞纹,臀、胛各有一涡纹,腹饰云雷纹。作后蹲欲扑势"⑧。恩施崔坝镇滚龙坝乡向家湾村出土1件(出土年代不详),虎钮头部向前,张嘴瞪目,四足前伸呈弓状跳跃之势,尾部前翘后垂,末端朝上。⑨ 宣恩出土过2件战国虎钮錞于,1978年宣恩下河三河沟出土1件,其"顶部的圆盘中有一虎钮,圆盘下为柱形,鼓腰,上大下小,敲其器声音洪亮"⑩,1987年宣恩椒园区出土1件,"虎钮长尾下垂,尾端上卷"⑪。咸丰甲马池

---

① 王子初主编《中国音乐文物大系·湖北卷》,大象出版社,1999,第92页。
② 王子初主编《中国音乐文物大系·湖北卷》,大象出版社,1999,第96页。
③ 王晓宁:《虎钮錞于》,《湖北民族学院学报》(社会科学版)1990年第1期。
④ 王子初主编《中国音乐文物大系·湖北卷》,大象出版社,1999,第92页。
⑤ 王子初主编《中国音乐文物大系·湖北卷》,大象出版社,1999,第87页。
⑥ 王子初主编《中国音乐文物大系·湖北卷》,大象出版社,1999,第95页。
⑦ 王子初主编《中国音乐文物大系·湖北卷》,大象出版社,1999,第96页。
⑧ 王子初主编《中国音乐文物大系·湖北卷》,大象出版社,1999,第96页。
⑨ 参见王子初主编《中国音乐文物大系·湖北卷》,大象出版社,1999,第98页。
⑩ 陈绍义:《虎钮錞于和古代巴人编钟》,载宣恩县政协文史资料委员会编《宣恩文史资料》第14辑,恩施日报社印刷厂,2010,第252页。
⑪ 王子初主编《中国音乐文物大系·湖北卷》,大象出版社,1999,第96页。

区甲马池镇墨池寺村在1990年也曾出土过1件战国虎钮錞于,"钮长16.0厘米。盘内虎钮形体丰健,虎背饰菱形纹,作张口欲扑势"[1]。

(2) 重庆市

重庆地区,以涪陵为中心,顺长江而下的东北部地区(包括梁平、万州、云阳、奉节)以及顺乌江而上的西南部地区(包括彭水、黔江、酉阳、秀山),与鄂西南和湘西北接壤。这一带是廪君巴人从鄂西南进入川东后较早的活动区域,因此也发现了较多数量的虎钮錞于,其时代主要是战国时期,个别为西汉时期。

涪陵是廪君巴人在川东最早的立都之地。1972年,四川涪陵(今属重庆)小田溪墓葬二号墓出土了1件战国虎钮錞于,其顶部"中有虎纽,虎仰头张嘴,倨牙翘尾,虎身上有纹饰"[2]。2002年,涪陵小田溪又出土1件战国后期的虎钮錞于,其"顶部正中有一张口龇牙的虎形纽"[3],虎钮周围刻画有六组图语符号。

涪陵东北方向,四川梁平(今属重庆)曾出土战国虎钮錞于1件(出土年代不详),该錞于"保存基本完好,虎钮头和尾残失……中央立虎钮,虎钮素纹,盘面饰鲤鱼纹、人首纹等"[4]。四川万县地区(今属重庆),20世纪30年代出土1件战国虎钮錞于,"虎钮折断,已修复,虎尾失……中央立虎钮。虎腹微伏,虎头硕大,张口露齿。虎体饰叶纹"[5]。1989年,万县甘宁乡高粱村又发现1件战国虎钮錞于,其顶部有一虎钮,虎头向前张嘴,虎尾长而卷曲,四足前伸呈准备跳跃之势。虎钮四周刻有五组巴文符号(见图2-1)。[6] 1982年四川云阳(今属重庆)革岭乡发现1件战国虎钮錞于,"中央立虎钮,虎钮张口露齿,突目贴耳。四肢上方虎体各饰一蛇纹,下肢圆点纹。虎背正中两竖线纹。虎腹双勾卷云纹,虎颈部一圈突箍"[7]。

---

[1] 王子初主编《中国音乐文物大系·湖北卷》,大象出版社,1999,第88页。
[2] 四川省博物馆、重庆市博物馆、涪陵县文化馆:《四川涪陵地区小田溪战国土坑墓清理简报》,《文物》1974年第5期。"虎纽"又作"虎钮",在引文中笔者采用原文,引文之外则使用"虎钮"。
[3] 重庆市文化遗产研究院、重庆市涪陵区博物馆、重庆市文物局:《重庆涪陵小田溪墓群M12发掘简报》,《文物》2016年第9期。
[4] 严福昌、肖宗弟主编《中国音乐文物大系·四川卷》,大象出版社,1996,第71页。
[5] 严福昌、肖宗弟主编《中国音乐文物大系·四川卷》,大象出版社,1996,第71页。
[6] 参见廖渝方《万县又发现虎钮錞于》,《四川文物》1991年第1期。
[7] 严福昌、肖宗弟主编《中国音乐文物大系·四川卷》,大象出版社,1996,第72页。

四川奉节（今属重庆）1989年在梅魁乡青龙包出土西汉时期虎钮錞于1件，"虎尾缺失，足略残……虎钮四足下有长方座，铸焊于錞面。虎首平伸，方口，虎腹下沉，四肢前倾后弓"①。

图2-1 重庆万县甘宁出土虎钮錞于（作者根据实物照片手绘）

涪陵西南方向，1956年在四川黔江（今属重庆）寨子乡大路村玉皇阁征集到1件战国虎钮錞于，其盘面"中央立虎钮。虎钮造型生动，写实性强。虎首平伸，张口露齿，竖耳，眼目突视，虎腹细长下沉。虎尾先翘后垂，长拖于盘沿，末端曲卷"②。1992年在四川彭水（今属重庆）黄家坝猴里乡征集到战国虎钮錞于1件，盘面"中央立虎钮。虎钮造型简单，方头，方口，贴耳，细腰下沉，尾下垂拖至盘沿，末端微卷"③。四川酉阳（今属重庆）文物管理所旧藏1件战国虎钮錞于，出土年代不详，錞于盘面"中央立虎钮。虎方口露齿，昂首贴耳，四足前倾后弓作跳跃状，尾拖至盘沿"④。四川秀山（今属重庆）有传世战国虎钮錞于1件，出土年代不详，现流散于民间，秀山县文物管理所举办文物展时曾借用。该錞于盘面"中央立虎钮……虎首左向，虎首下方人面纹，虎体一侧鲤鱼纹，另一侧船纹，船上树建鼓、茅旗，虎尾下方日月纹"⑤。

---

① 严福昌、肖宗弟主编《中国音乐文物大系·四川卷》，大象出版社，1996，第70页。
② 严福昌、肖宗弟主编《中国音乐文物大系·四川卷》，大象出版社，1996，第68页。
③ 严福昌、肖宗弟主编《中国音乐文物大系·四川卷》，大象出版社，1996，第71页。
④ 严福昌、肖宗弟主编《中国音乐文物大系·四川卷》，大象出版社，1996，第71页。
⑤ 严福昌、肖宗弟主编《中国音乐文物大系·四川卷》，大象出版社，1996，第72页。

(3) 湘西北

湖南西北部的澧水流域，从下游往上游依次包括石门、慈利、张家界等地，与鄂西南清江中上游地区接壤。湘西北是战国后期以来廪君巴人进一步迁徙流散的地区，这一带也发现了大量的虎钮錞于。

澧水下游的石门县在位置上靠近清江中上游廪君巴人故地，受其影响较大。廪君巴人被迫迁徙川东过程中，部分巴人有可能流落到石门一带，因此当地出土的虎钮錞于数量较多，达到了19件，其中属于战国时期的有17件，属于汉代的仅2件。在两件汉代虎钮錞于中，有一件是1976年石门县磨市乡俄公山出土的，"虎纽躯体瘦长，腿高，头昂，耳向上直竖，项颈细小，戴有圈饰，尾残。虎身全铸实。虎纽前后均铸五铢钱纹，左侧作鱼纹，右侧为船纹"①。另一件是1989年在石门雁池乡金盆村出土的，其"虎头较小，虎之躯体低矮瘦长。头顶平伸双耳贴头，眉目清晰，口微张未镂空，腰微垂，虎身从头至尾刻直线纹一道，有六道虎斑纹向直线两面斜分，虎身下半部镂空。尾微翘，末端卷曲于盘沿"②。其余17件战国虎钮錞于皆是20世纪80年代陆续发现的。1983年，石门新关镇安乐村熊家岗一次性出土虎钮錞于15件。虎钮有三种造型。其中一件"虎纽躯体高大，形象凶猛。虎头外形肥大，口张开并全镂空。尾平拖卷于盆沿之上。虎身中空，下腹部仅铸两侧"，为战国时期作品。另有5件"虎之躯体低矮，但铸造精致，造型生动。头顶部平展，口微张未镂空。虎背从头至尾刻直线纹一道，五至六道虎斑纹向直线两面斜分，虎身下半部铸空"，为战国晚期作品。还有9件"虎纽之躯体壮实，头上昂。张口呲牙，但口腔未铸空，尾长而上卷于盆沿上。项戴圈饰，虎背从头至尾刻直线纹一道。六至七道虎斑纹布于直线两侧……并于虎纽四周铸一长方形线框"③，亦为战国晚期作品。1986年，石门易家渡太子坡出土1件虎钮錞于，盘底中部铸虎钮，虎钮尾巴残缺，后修复。④ 1989年，石门雁池乡金盆村出土虎钮錞于2件，一为汉

---

① 龙西斌、高中晓：《石门、慈利出土錞于简介》，载湖南省博物馆、湖南省考古学会合编《湖南考古辑刊》第3辑，岳麓书社，1986，第261页。
② 龙西斌：《湖南石门县出土窖藏錞于》，《考古》1994年第2期。
③ 龙西斌、高中晓：《石门、慈利出土錞于简介》，载湖南省博物馆、湖南省考古学会合编《湖南考古辑刊》第3辑，岳麓书社，1986，第261页。
④ 参见高至喜、熊传薪主编《中国音乐文物大系Ⅱ·湖南卷》，大象出版社，2006，第159页。

代作品（上文已述），一为战国后期作品。后者"虎纽躯体肥实，口腔内未镂空，虎体两侧微现肋骨。尾部翘起后向盘沿斜直垂下并上卷，虎身有简易的纹饰"①。澧水中下游距离石门不远的慈利长建村化子坡，在1979年也出土过1件虎钮錞于，虎头略小，"口呈咧咀呲牙状，但口腔内未镂空。躯体肥实，体两侧微现肋骨。尾部翘起后向盆沿斜直垂下并上卷"②。此外，1981年在澧水中游的大庸县兴隆公社熊家岗大队（今张家界市永定区兴隆乡熊家岗村）也发现了1件汉代的虎钮錞于，其"顶端为椭园（圆）形平盘，盘沿平坦，盘正中立一虎为纽，虎作奔跑状，四肢伫立，咧咀倨牙，面目狰狞，尾下垂，其尾端卷于沿上。虎身饰线条纹，间饰点纹"③。

（4）湘西

除澧水流域外，与渝黔交界的湘西地区也陆续发掘出数量庞大的虎钮錞于，其所属时期多为汉代，仅1件属于战国时期。这些已出土的錞于主要分布在今湘西土家族苗族自治州境内，包括龙山、永顺、保靖、花垣、吉首、凤凰、泸溪七县市，其所属时期均为汉代。据不完全统计，龙山县洗车镇洗车河村、召市镇招头寨④、农东乡花桥村⑤各出土1件，共计3件。永顺县卡必枯、连洞乡鲁那村各出土4件，王村镇青龙阁出土1件，共计9件。⑥保靖县梅花乡龚家湾村、簸箕乡、梅花乡魏家村各出土1件，共计3件。⑦花垣县道二乡、鸦桥乡各出土1件，团结镇出土2件，共计4件。⑧吉首市万溶江乡双合村出土4件，河溪镇岩排村出土2件，石家冲漆树湾出土2件，共计8件。⑨凤凰县篁子坪乡牯牛坪村、千工坪乡崖路塍村（亦写作"岩六屯村"）各出土1件，黄合乡出土2件，共计4件。⑩泸溪县出土1

---

① 龙西斌：《湖南石门县出土窖藏錞于》，《考古》1994年第2期。
② 龙西斌、高中晓：《石门、慈利出土錞于简介》，载湖南省博物馆、湖南省考古学会合编《湖南考古辑刊》第3辑，岳麓书社，1986，第261页。
③ 熊传新：《记湘西新发现的虎钮錞于》，《江汉考古》1983年第2期。
④ 周明阜等编著《凝固的文明》，青海人民出版社，2006，第194页。
⑤ 高至喜、熊传薪主编《中国音乐文物大系Ⅱ·湖南卷》，大象出版社，2006，第179页。
⑥ 周明阜等编著《凝固的文明》，青海人民出版社，2006，第194~195页。
⑦ 周明阜等编著《凝固的文明》，青海人民出版社，2006，第195页。
⑧ 周明阜等编著《凝固的文明》，青海人民出版社，2006，第196页。
⑨ 周明阜等编著《凝固的文明》，青海人民出版社，2006，第197页。
⑩ 周明阜等编著《凝固的文明》，青海人民出版社，2006，第197页。

件。① 湘西州共出土汉代虎钮錞于32件。其虎钮造型明显,如吉首市万溶江乡双合村出土的4件錞于当中,有两件"虎钮造型瘦长,头平伸,双耳贴头,眉目清晰,腰微沉,身有简易纹饰,尾长拖,末端上卷,接于盘沿。顶盘虎钮之下有方形座纹"。另外两件,"作为钮的虎,体型粗短,昂首,竖伸双耳,拖长尾,尾端上卷,接于盘沿"。② 又如,龙山县农东乡花桥村出土的虎钮錞于,"顶盘内置虎钮,虎尾下垂,末端卷曲"③。保靖县梅花乡龚家湾村出土的虎钮錞于,"虎昂头,虎尾上翘"④。凤凰县千工坪乡岩六屯村出土的虎钮錞于,"中部铸虎钮,虎身饰麟状纹"⑤。总之,这些錞于"都呈椭圆形、鼓肩、收腹、直口、平顶、顶上有盘,盘内中间铸虎钮,虎昂头张嘴,倨牙翘尾,虎身饰虎皮纹"⑥,其虎钮看起来惟妙惟肖,非常逼真。除湘西州外,沅水中游地区的沅陵县丁家庙村在1984年出土汉代虎钮錞于1件,其顶"上有虎钮,体型瘦长,头平切,张嘴,背部有八字形纹饰,腿前伸,腰部下沉,作欲跃状,长尾拖至盘沿,尾端上卷"⑦。此外,同为沅水中游地区且距离沅陵不远的溆浦大江口镇,在1980年发掘出战国时期虎钮錞于1件,其顶"上有虎钮,虎身长20厘米,昂首翘尾,形态生动"⑧。"盘底中部铸虎钮。虎身肥实,昂首卷尾。虎钮颈部有圈饰。"⑨

(5) 黔东北

贵州东北部的松桃、铜仁与重庆、湘西北接壤,是历史上巴人的迁徙之地,因此也有虎钮錞于出土。1962年,松桃长兴区木树乡发掘出虎钮錞于5件,1件残损严重未能保存,其余4件保存完好。其中两件的时代为战国时期,一件为"上塑较粗大的立虎",虎高8.5厘米。另一件为"上塑较清瘦的立虎,虎尾已断",虎高6厘米。另外两件所属时代为西汉,一件为"上塑清

---

① 周明阜等编著《凝固的文明》,青海人民出版社,2006,第198页。
② 参见林时九《湘西吉首出土錞于》,《文物》1984年第11期。
③ 高至喜、熊传薪主编《中国音乐文物大系Ⅱ·湖南卷》,大象出版社,2006,第179页。
④ 周明阜等编著《凝固的文明》,青海人民出版社,2006,第201页。
⑤ 高至喜、熊传薪主编《中国音乐文物大系Ⅱ·湖南卷》,大象出版社,2006,第180页。
⑥ 周明阜等编著《凝固的文明》,青海人民出版社,2006,第201页。
⑦ 夏湘军:《湖南沅陵发现一件錞于》,《考古》1986年第8期。
⑧ 张欣如:《溆浦大江口镇战国巴人墓》,载湖南省博物馆编《湖南考古辑刊》第1辑,岳麓书社,1982,第37页。
⑨ 高至喜、熊传薪主编《中国音乐文物大系Ⅱ·湖南卷》,大象出版社,2006,第160页。

廋的长尾立虎",虎高6厘米。另一件虎体较小,虎高4.5厘米。① 1982年,铜仁市滑石乡上塘村发掘出1件虎钮錞于,其顶端铸一虎为钮。②

兹将上述鄂渝湘黔交界地区发现的虎钮錞于分布地点及所属时代列为表2-1。

表2-1 鄂渝湘黔交界地区虎钮錞于出土情况

单位:件

地区	时代	出土地点	件数		
鄂西南	战国	长阳	5	19	21
		鹤峰	2		
		巴东	3		
		建始	1		
		利川	2		
		恩施	3		
		宣恩	2		
		咸丰	1		
	汉代	五峰	1	2	
		建始	1		
重庆市	战国	涪陵	2	11	11
		梁平	1		
		万县	2		
		云阳	1		
		奉节	1		
		黔江	1		
		彭水	1		
		酉阳	1		
		秀山	1		

---

① 参见贵州省博物馆考古组《贵州省松桃出土的虎钮錞于》,《文物》1984年第8期。
② 参见铜仁地区地方志编纂委员会编著《铜仁地区志·文化新闻出版志》,贵州人民出版社,2010,第196页。

续表

地区	时代	出土地点	件数		
湘西北	战国晚期	石门	17	18	21
		慈利	1		
	汉代	石门	2	3	
		大庸	1		
	战国	溆浦	1	1	
湘西	汉代	龙山	3	32	33
		永顺	8		
		保靖	3		
		花垣	4		
		吉首	8		
		凤凰	4		
		泸溪	1		
		沅陵	1		
黔东北	战国	铜仁	5	6	6
		松桃	1		

　　从上文以及表2-1可以清楚地看出，廪君巴人曾经生活过的鄂渝湘黔交界地区有大量虎钮錞于出土，这印证了文献记载的巴人崇拜白虎的现象。此外，从出土器物所属时代来看，鄂西南清江流域、重庆东北部和西南部出土的虎钮錞于基本上属于战国时期，而湘西北澧水下游的石门、慈利因与鄂西南接近，往来便利，出土虎钮錞于也多为战国晚期和汉代，湘西北沅水中游地区（即今湘西地区）出土的虎钮錞于基本上属于两汉时期，鄂西南、重庆出土的虎钮錞于时代明显早于湘西北和湘西，这也证实了廪君巴人先是生活于鄂西南清江流域和重庆地区，后来才迁徙到湘西北和湘西地区的历史过程。

2. 虎纹铜剑

　　除錞于外，重庆等地的战国时期巴人墓葬当中出土过很多柳叶形铜剑。这种剑大多无格（护手），剑茎（柄部）扁平，茎与身铸为一体，形似柳叶,且以巴蜀地区出土最多,尤其是巴地,故称巴式柳叶剑①,是巴人使用的典型兵器之一。巴人墓葬出土的不少柳叶剑,剑身上铸有虎形纹饰,这同样可以反映出廪君巴人崇拜白虎的习俗。

今重庆市是战国时期巴国的核心区域,因此这一地区发现的虎纹柳叶剑也最多,像重庆冬笋坝、涪陵小田溪、云阳李家坝等地的巴人墓葬都曾出土。比如重庆冬笋坝,早在1955年其第50号墓就出土了战国晚期的铜剑2件,其中一件的剑身上铸有虎纹。② 重庆市涪陵区,1972年小田溪巴族墓葬战国一号墓出土铜剑8件,均为巴式柳叶剑,其剑身近柄处刻有虎纹;二号墓出土铜剑1件,柳叶形,剑身近柄处刻有虎纹;三号墓出土铜剑1件,形制亦为柳叶剑,剑身近柄处同样刻有虎纹。这些虎纹铜剑的时代均为战国时期。③ 1993年,涪陵小田溪9号墓出土战国晚期铜剑2件,其中一件为柳叶形,剑身一面铸有虎纹及巴蜀符号。④ 重庆涪陵小田溪出土虎纹铜剑示意如图2-2所示。2001年,涪陵镇安出土虎纹柳叶剑1件,剑身铸有浅浮雕虎纹及巴蜀符号,其时代为战国时期。⑤ 2002年,又有虎纹柳叶剑在涪陵小田溪墓地出土,其中M15号墓出土2件,其剑身的一面铸有虎纹图案组合,为战国晚期器物。⑥ M12号墓出土2件,其剑身的一面铸有虎纹,另一面铸有手心纹,其所属时代大约在战国晚期至秦代。⑦ 重庆市云阳县,1998年李家坝巴人墓葬也发掘出虎纹柳叶剑。其中M23号墓出土1件,剑身末端一面饰虎纹及其他巴蜀纹饰,一面饰手心纹。M9号墓出土1件,剑身

---

① 关于巴式柳叶剑的出土情况可参见朱世学《巴式柳叶剑的考古发现与研究》,《三峡大学学报》(人文社会科学版)2015年第5期。
② 参见前西南博物院、四川省文物管理委员会《四川巴县冬笋坝战国和汉墓清理简报》,《考古通讯》1958年第1期。
③ 参见四川省博物馆、重庆市博物馆、涪陵县文化馆《四川涪陵地区小田溪战国土坑墓清理简报》,《文物》1974年第5期。
④ 参见四川省文物考古研究所、涪陵地区博物馆、涪陵市文物管理所《涪陵市小田溪9号墓发掘简报》,载四川省文物考古研究所编《四川考古报告集》,文物出版社,1998,第188页。
⑤ 参见北京市文物研究所、重庆市文物局、重庆市涪陵区博物馆《2001、2003年度涪陵镇安遗址发掘报告》,载《重庆库区考古报告集(2001卷)》下,科学出版社,2007,第1941、1972页。
⑥ 参见重庆市文物考古研究所、重庆市文物局《涪陵小田溪墓群发掘简报》,载《重庆库区考古报告集(2002卷)》中,科学出版社,2010,第1347页。
⑦ 参见重庆市文化遗产研究院、重庆市涪陵区博物馆、重庆市文物局《重庆涪陵小田溪墓群M12发掘简报》,《文物》2016年第9期。

"一面铸虎纹及其他巴蜀符号,虎纹作奔跑状,口吐花舌,凤眼、凤爪,背部生翅,卷尾,虎身饰树叶形纹"[①]。2001年重庆市开县余家坝战国墓地有虎纹柳叶剑出土,其中M56号墓出土1件,剑身一面饰虎纹,另一面饰巴族图形文字。M60号墓出土1件,剑身一面饰有虎纹,另一面为其他巴族图形文字。两剑所属时代均为战国时期。[②] 重庆万州区,2001~2004年大坪东周墓地发掘出柳叶形铜剑,其中有4件战国中期的柳叶剑剑身上铸有手心纹和虎纹,另一件战国中期的柳叶剑铸有虎纹、蛇纹和手形纹。[③]

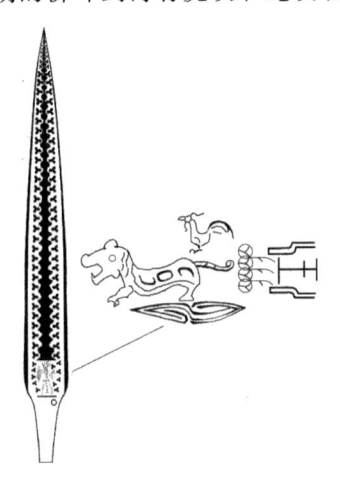

图2-2 重庆涪陵小田溪出土虎纹铜剑(作者根据实物照片手绘)

除今天重庆市外,四川渠县、仪陇也在战国时期川东巴国的范围之内。这两个地方同样发现了虎纹柳叶剑。1986~1989年,四川渠县城坝村出土战国晚期柳叶剑6件,其中一件铸有虎纹、泪滴纹。[④] 2006年,四川仪陇新县城北出土战国时期巴氏柳叶剑1件,剑身基部一面阴刻虎纹,另一面刻心手纹。其虎纹"与其他巴式兵器的虎纹相似,老虎四肢腾跃向前,张口瞪目,口向锋尖,竖耳向后,狰狞凶猛,虎尾长拖向上卷,尾尖指向虎头"[⑤]。

---

① 四川大学历史文化学院考古系、云阳县文物管理所:《云阳李家坝巴人墓地发掘报告》,载《重庆库区考古报告集(1998卷)》,科学出版社,2003,第375页。
② 参见山东大学考古学系、重庆市文物局、开县文物管理所《开县余家坝墓地2001年发掘简报》,《重庆库区考古报告集(2001卷)》中,科学出版社,2007,第1430、1434~1435页。
③ 参见重庆市文物局、重庆市移民局编《万州大坪墓地》,科学出版社,2006,第37页。
④ 参见朱世学《巴式柳叶剑的考古发现与研究》,《三峡大学学报》(人文社会科学版)2015年第5期。
⑤ 王琳琅、李晓清:《仪陇发现巴式铜剑》,《四川文物》2007年第1期。

这些在战国时期川东巴国范围内发掘出土的巴氏虎纹剑，亦可证明当时巴人崇拜白虎之现象。

此外，春秋末战国初，虽然廪君巴人主体从清江流域转移到川东发展，但仍有部分巴人留在当地，后来清江流域被纳入楚国范围。这些留居楚地的巴人与楚人往来密切，甚至其中有部分人后来迁到了楚国都城——郢都附近定居。战国后期，楚国辞赋家宋玉（约前298～前222）在回答楚襄王（前329～前263）的问题时，便曾提到有客在郢都演唱巴歌，而且听者当中有数千人能跟着吟唱①，这些人应该就是留居楚地的巴人。1975年，湖北江陵纪南城附近出土了2把战国时期的巴式柳叶剑，其中一把剑身一面铸有老虎图形，虎尾后面有巴蜀地区出土器物常见的符号。另一把剑的剑身也铸有张嘴卷尾的老虎形象以及其他的巴蜀符号。②巴氏虎纹柳叶剑在纪南城出土，这既印证了战国后期楚国郢都附近有廪君巴人居住的记载，同时说明这部分留在楚地的廪君巴人虽然后来成了楚国人，但他们依旧保持着崇拜白虎的习俗。

3. 虎纹铜戈

除铜剑外，不少巴人使用的铜戈上也有老虎纹饰，也能反映出巴人崇拜白虎的习俗。这样的虎纹铜戈在战国时期川东巴国范围内（今重庆市及其以北的四川渠县）都曾出土。

（1）重庆市万州区

1973年重庆市博物馆在万县新田公社发现1件战国前期的虎纹铜戈，其援的后部"有一凸起成浅浮雕状的虎头装饰，瞪目咧嘴，状极狰狞。虎耳向后伸出，越栏以包戈柲，虎身则延伸至内上，用阴刻的线条表示"③。2002年，万州大坪又发掘出土1件战国中期的虎纹铜戈，其"援后端与胡上两面有对称的虎纹图案，张口吐舌，神态威猛可怖"④。

---

① 战国后期楚国郢都有客唱巴歌以及有巴人附和之事，可见宋玉《对楚王问》，其文曰："客有歌于郢中者，其始曰《下里》《巴人》，国中属而和者数千人。"
② 参见杨权喜《江陵纪南城附近出土的巴式剑》，《江汉考古》1993年第3期。
③ 童恩正、龚廷万：《从四川两件铜戈上的铭文看秦灭巴蜀后统一文字的进步措施》，《文物》1976年第7期。
④ 重庆市文物局、重庆市移民局编《万州大坪墓地》，科学出版社，2006，第42页。

(2) 重庆市云阳县李家坝

李家坝在20世纪90年代末出土了多件虎纹铜戈（见图2-3）。1997年，李家坝东周巴人墓地出土虎纹铜戈3件，其中两件（M43、M23）"援后端和内上有两面对称的虎纹图案，虎耳和腿部突出斜立，两面对称形成双翼"①，时代为战国中期。另外一件（M45）"援后端和胡上有两面对称的虎纹图案，张口吐舌，虎耳突出斜立，两面对称形成双翼"②，时代为战国晚期。1998年，李家坝巴人墓地又出土战国中晚期虎纹铜戈3件，其中M21号墓出土1件，其"援本及胡部饰两面对称的浅浮雕虎纹，虎头正视，虎身侧视，耳向后斜竖"③。M25号墓出土1件，其"援本及胡部饰两面对称的浅浮雕变形虎纹，虎头虎身均侧视，通体线刻涡旋纹和变形三角纹，凤眼，凤爪，象牙状齿，吐花舌上卷，耳竖斜"④。M45号墓出土1件，其"援本及双翼饰两面对称的云雷纹和浅浮雕变形虎纹，虎身似龙，回首张望，口吐长舌，挥舞利爪，造型生动，援末向后斜竖的长方形耳上亦饰两较小虎纹"⑤。1999年，李家坝再次发掘出战国中期巴式虎纹铜戈2件。其中一件出土于M21号墓，其"援部及胡正反面皆有一相同的阳刻虎纹，虎头大身小，面向援锋，双眼圆睁，立耳，四肢弯曲作俯卧状，兽足，尾下卷"⑥。另一件出土于M31号墓，其"援部及内正反面皆有一相同的阳刻虎纹，虎头大，张口吐舌，锋齿毕露，舌与脊相连，眼圆睁，耳立，身细长，鸟爪，尾上卷"⑦。

---

① 四川大学历史文化学院考古系、云阳县文物管理所：《云阳李家坝东周墓地发掘报告》，载《重庆库区考古报告集（1997卷）》，科学出版社，2001，第276页。
② 四川大学历史文化学院考古系、云阳县文物管理所：《云阳李家坝东周墓地发掘报告》，载《重庆库区考古报告集（1997卷）》，科学出版社，2001，第276页。
③ 四川大学历史文化学院考古系、云阳县文物管理所：《云阳李家坝巴人墓地发掘报告》，载《重庆库区考古报告集（1998卷）》，科学出版社，2003，第378页。
④ 四川大学历史文化学院考古系、云阳县文物管理所：《云阳李家坝巴人墓地发掘报告》，载《重庆库区考古报告集（1998卷）》，科学出版社，2003，第378页。
⑤ 四川大学历史文化学院考古系、云阳县文物管理所：《云阳李家坝巴人墓地发掘报告》，载《重庆库区考古报告集（1998卷）》，科学出版社，2003，第378页。
⑥ 四川大学考古学系、重庆市云阳县文物管理所：《重庆云阳李家坝巴文化墓地1999年度发掘简报》，载《南方民族考古》第7辑，科学出版社，2011，第472页。
⑦ 四川大学考古学系、重庆市云阳县文物管理所：《重庆云阳李家坝巴文化墓地1999年度发掘简报》，载《南方民族考古》第7辑，科学出版社，2011，第473页。

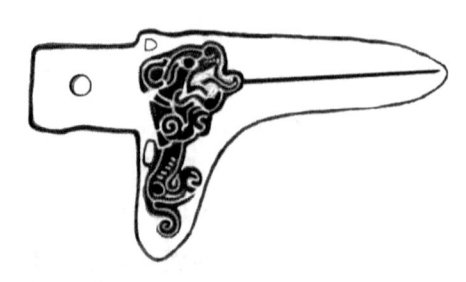

图 2-3 重庆云阳李家坝出土虎纹铜戈（作者根据实物照片手绘）

（3）重庆市开县余家坝

自20世纪90年代以来，余家坝陆续出土了不少战国时期虎纹铜戈（见图2-4）。1994年，余家坝M4号战国墓出土虎纹铜戈1件，其"援、胡近阑处一侧正、反两面均铸有花纹：主体为一侧身正首的虎，双目圆睁，牙齿排列整齐，犬齿夸张外伸，双耳竖立，双眉以上部分向后倾斜，成翼状越阑以包秘，尾巴上卷，前后爪尖锐；虎身饰目字形回纹，其间饰有斑点"[1]。2000年，余家坝战国墓出土4件虎纹铜戈，其时代均为战国中晚期。其中M8号墓出土虎纹铜戈1件，其"援胡近阑处一侧正反两面均铸有虎首花纹，纹饰较粗犷，虎首下铸有一巴族文字"[2]。M9号墓出土虎纹铜戈1件，"援胡近阑处一侧正反两面均铸有虎首花纹，虎口向前锋，纹饰较粗犷，虎首下有一圆形穿"[3]。M10号墓出土铜戈1件，其"援胡近阑处一侧正反两面均铸有虎形花纹，虎首向援，背朝阑，长尾朝向胡末端，纹饰简洁粗犷"[4]。M13号墓出土铜戈1件，其"援胡近阑处一侧正反两面均铸有虎首花纹，虎口向前锋，纹饰简洁粗犷，胡末端向后突出一牙"[5]。2001年，余家坝出土战国时期虎纹铜戈2件。其中M56号墓出土铜戈1件，"援胡近栏处一侧正反两面均铸有虎首花纹，纹饰较粗犷，虎纹之下饰有巴族图形

---

[1] 山东大学考古系：《四川开县余家坝战国墓葬发掘简报》，《考古》1999年第1期。
[2] 山东大学考古学系、重庆市文化局、开县文物管理所：《重庆开县余家坝墓地2000年发掘简报》，《华夏考古》2003年第4期。
[3] 山东大学考古学系、重庆市文化局、开县文物管理所：《重庆开县余家坝墓地2000年发掘简报》，《华夏考古》2003年第4期。
[4] 山东大学考古学系、重庆市文化局、开县文物管理所：《重庆开县余家坝墓地2000年发掘简报》，《华夏考古》2003年第4期。
[5] 山东大学考古学系、重庆市文化局、开县文物管理所：《重庆开县余家坝墓地2000年发掘简报》，《华夏考古》2003年第4期。

文字。胡末端向后应突出一牙，已残"①。M60号墓出土铜戈1件，"援胡近栏处一侧正反两面均铸有虎首花纹，内部饰虎身纹，纹饰粗犷，身首比例悬殊。胡末端向后突出一牙"②。

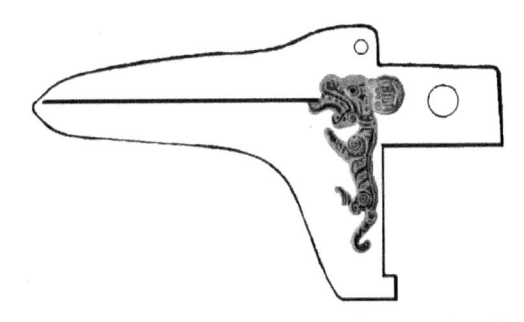

图2-4 重庆开县出土虎纹铜戈（作者根据实物照片手绘）

（4）重庆市巫山县秀峰

2000年，巫山秀峰出土战国时期虎纹铜戈1件，属巴人遗物，其"胡侧有二长穿。正面上部有虎纹"③。

（5）四川渠县

20世纪80年代，四川渠县城坝村出土战国晚期虎纹铜戈3件。编号为01130的铜戈，"援本两面均饰有浮雕虎首人身纹"。编号为01070的铜戈，"援本两面均饰有浮雕虎纹，一面内部铸刻有一组巴蜀符号"。编号为01863的铜戈，"援本饰有浮雕虎纹"。④

除川东巴国外，战国时期湖北西部三峡地区、湘西地区也有廪君巴人分布，因此考古学家在这些地区也陆续发掘出了巴式虎纹铜戈。在三峡地区，1981年，湖北秭归卜庄河出土战国晚期虎纹铜戈1件，"援部与栏部间饰一虎纹"⑤。2003年，湖北秭归兵书宝剑峡发掘出战国中晚期虎纹铜戈1

---

① 山东大学考古学系、重庆市文物局、开县文物管理所：《开县余家坝墓地2001年发掘简报》，载《重庆库区考古报告集（2001卷）》中，科学出版社，2007，第1430页。
② 山东大学考古学系、重庆市文物局、开县文物管理所：《开县余家坝墓地2001年发掘简报》，载《重庆库区考古报告集（2001卷）》中，科学出版社，2007，第1433页。
③ 河南省文物考古研究所、重庆市文物局、巫山县文物管理所：《巫山秀峰一中战国、两汉墓地发掘报告》，载《重庆库区考古报告集（2000卷）》上，科学出版社，2007，第186页。
④ 四川省文物考古研究院、渠县博物馆编《城坝遗址出土文物》，上海古籍出版社，2014，第12页。
⑤ 梅云来、余波、周昊：《秭归出土青铜兵器概说》，《江汉考古》1997年第1期。

件,其"援后端和内上有两面对称的虎纹图案,虎耳和脚腿部突出斜立,两面对称形成双翼"①。湘西地区,巴人进入最晚,但也有虎纹铜戈发现,其造型与1973年四川万县新田公社(今重庆万州区新田村)出土的战国时期巴人铜戈形制相同,其虎形纹饰也与之一样,显然也属于廪君巴人的遗物。②

4. 其他带有虎纹的出土器物

除錞于、剑、戈之外,战国时期矛、钺等其他的巴人器物表面也多刻有虎纹。

以铜矛为例,1997年重庆云阳李家坝东周巴人墓地出土虎纹铜矛4件:铜矛M54:1"骹的后部一面饰虎和手臂图案,另一面饰蝉和心形纹图案"。铜矛M43:3"骹的后部一面饰虎纹等,另一面饰手臂纹等图案"。铜矛M51:1"骹的后部一面饰虎,另一面饰手臂纹和心形纹等图案"。铜矛M53:1"骹的后部一面饰虎纹和手臂纹,一面饰心形纹和蝉纹等图案"。③1998年,李家坝战国巴人墓地又出土虎纹铜矛3件。铜矛M23:1的两面有巴蜀纹饰,其中一面饰有虎纹。铜矛M15:1的骹部一面刻有兽面纹、虎纹及其他巴蜀符号。铜矛M10:3的一面刻有虎纹,另一面刻有异兽纹。④1999年,李家坝再次发掘出虎纹铜矛1件,其骹部一面阴刻手心纹,另一面阴刻虎纹,虎纹细小。⑤

此外,虎纹铜矛在重庆万州大坪、巫山秀峰、开县余家坝等地也有出土。1999年余家坝M4号战国墓出土虎纹铜矛1件,其脊的两侧有血槽,骹之上下两面各铸一虎形,头向前方。⑥2000年,巫山秀峰出土战国时期铜矛

---

① 秭归县屈原纪念馆:《秭归兵书宝剑峡悬棺清理简报》,载《湖北库区考古报告集》第五卷,科学出版社,2010,第149页。
② 参见熊传新《湘西土家族出土遗物与巴人的关系》,《西南师范大学学报》(人文社会科学版)1980年第4期。
③ 四川大学历史文化学院考古系、云阳县文物管理所:《云阳李家坝东周墓地发掘报告》,载《重庆库区考古报告集(1997卷)》,科学出版社,2001,第276页。
④ 参见四川大学历史文化学院考古系、云阳县文物管理所《云阳李家坝巴人墓地发掘报告》,载《重庆库区考古报告集(1998卷)》,科学出版社,2003,第376~377页。
⑤ 参见四川大学考古学系、重庆市云阳县文物管理所《重庆云阳李家坝巴文化墓地1999年度发掘简报》,载《南方民族考古》第7辑,科学出版社,2011,第469页。
⑥ 参见山东大学考古系《四川开县余家坝战国墓葬发掘简报》,《考古》1999年第1期。

1件（编号M5：4），其骹面上饰有一虎纹和符号。① 2001年，余家坝M96号墓出土战国时期铜矛1件，"骹部正反两面均饰虎纹、手形纹"②。2002年，万州大坪出土战国巴式虎纹铜矛3件（编号为M158：6、M70：11、M126：1），这些铜矛的骹两面均饰有虎纹。③

在巴人的铜钺、铜饰件上，也偶见虎纹。四川阆中是战国时期巴国的都城之一，1981年阆中彭城公社出土了1件虎纹铜钺，钺的刃部成弧形，中部有一凸起的单线圆圈，圈内有一透雕的虎纹。④ 1972年，四川涪陵小田溪巴族墓葬一号墓出土兽头饰件4件，均为长方形，中空，前面作虎头形，嵌有黑色眼珠，身上有错银云纹。其中两件虎口张牙衔珠，腹部未错银。另两件虎张口无牙，未衔珠，腹部有错银纹饰。⑤

以上众多的出土实物均可印证文献当中关于廪君巴人崇拜白虎的记载。

因为崇拜白虎，廪君巴人崇尚白色。此外，五姓廪君巴人皆发源于武落钟离山，巴氏生活于赤穴，其余樊氏、曎氏、相氏、郑氏生活于黑穴，所以分别崇尚红色和黑色。为纪念这段历史，白、红、黑三色后来成为廪君巴人共同崇尚的颜色，用以象征廪君和五姓联盟。直到比较晚近的时候，我们在廪君巴人曾经生活的鄂、渝、湘、黔交界地区都还可以看到一些白、红、黑三色脸谱的神明，即廪君巴人三色崇拜的遗存。在此，可举一个"大二三神"的例子加以佐证。大二三神，主要流行于鄂西南鹤峰、五峰及湘西北慈利、桑植、石门等地。同治《续修鹤峰州志》记载："大二三神，田氏之家神也。刻木为三，其形怪恶，灵验异常，求医问寿者，往来相属于道。神所在人康物阜，合族按户计期迎奉焉，期将终，具酒礼刲羊豕以祭之，名曰喜神。不然，必罹奇祸。"⑥ 同治《续修鹤峰州志》中说大二三神为田氏家神，其实这并不准确，事实上大二三神并非田氏独有，其他家

---

① 参见河南省文物考古研究所、重庆市文物局、巫山县文物管理所《巫山秀峰一中战国、两汉墓地发掘报告》，载《重庆库区考古报告集（2000卷）》上，科学出版社，2007，第187页。
② 山东大学考古学系、重庆市文物局、开县文物管理所：《开县余家坝墓地2001年发掘简报》，载《重庆库区考古报告集（2001卷）》中，科学出版社，2007，第1445页。
③ 参见重庆市文物局、重庆市移民局编《万州大坪墓地》，科学出版社，2006，第40页。
④ 参见张启明《阆中县出土虎纹铜钺》，《四川文物》1984年第3期。
⑤ 参见四川省博物馆、重庆市博物馆、涪陵县文化馆《四川涪陵地区小田溪战国土坑墓清理简报》，《文物》1974年第5期。
⑥ （清）徐澍楷修，雷春沼纂《续修鹤峰州志》卷十四《杂述》，清同治六年刻本。

族也将之作为神明供奉，比如鹤峰谷、王、钟三姓白族就在祠堂中供奉大二三神，应该说供奉大二三神是鹤峰一带民间比较流行的习俗。根据对鹤峰谷、王、钟三姓民俗的调查，当地所崇拜的大二三神的脸部正是白、红、黑三种颜色。

　　三月清明会。清明会时间长达六七天，俗称前三天后三天。赶会时全族都去，都带着东西货物去交换，还要举行仪式，由族长头人领头给三位老爷祝祷，然后各房分别去挂青。谷姓祠堂里还有一笔经费，清明这天，凡参加者要吃一餐饭，敬大二三佬，红、黑、白三张脸谱的神，烧纸化钱后就去挂青。赶清明会在这里直到解放后才逐步消失。①

不仅如此，鹤峰各地还曾流行一种傩戏，其"演唱时供红、黑、白三神"②，直到新中国成立后这种傩戏才逐渐停演。可见，曾经流行于鹤峰民间的傩戏所供奉的"红、黑、白三神"，正是大二三神。这既显示出当地普遍信奉大二三神的情形，也再次印证了其脸谱为白、红、黑三色。

除鄂西南鹤峰、五峰外，与之接壤的湘西北慈利、桑植、石门等地也崇拜大二三神。在慈利，同治年间所修县志记载县西北有九龙山，山上"有庙祀大二三神"③。在桑植，"白族则普遍建有祠堂，祠堂即是'本主庙'，供的是大二三老爷，凡谷王钟三姓居住集中地必有祠堂，每年以'赶会'形式祭祀，月月皆有"④。在慈利、桑植等地，民间传说大二三神为帮助女娲补天，老大右手托天，左手叉腰，涨得满脸通红，称红脸大人；老二双手顶天，不能走动，只好让烟熏烤，后来成了黑脸大人；老三脚踩白石，脸沾白石灰，成了白脸大人。⑤ 由此可见，湘西北与鄂西南一样，所崇奉的大二三神也都是白、红、黑三张脸谱。

同样，在湘西各地流行的白帝天王也是白、红、黑三张脸谱。据载，

---

① 鄂西土家族苗族自治州民族事务委员会编《鄂西少数民族史料辑录》，1986，第407页。"挂青"是当地方言，即上坟扫墓之意。
② 鄂西土家族苗族自治州民族事务委员会编《鄂西少数民族史料辑录》，1986，第411页。
③ （清）嵇有庆、蒋恩澍修，魏湘纂《续修慈利县志》卷三《山川》，清同治八年刻本。
④ 鄂西土家族苗族自治州民族事务委员会编《鄂西少数民族史料辑录》，1986，第406页。
⑤ 参见彭继宽主编《土家族传统文化小百科》，岳麓书社，2007，第69页。

早在雍正八年（1730），雅溪天王庙中的白帝天王三神便已是白、红、黑三张脸谱的样貌。当时，驻扎在凤凰厅（今凤凰县）的镇筸总兵官周一德听说"鸦溪有天王庙，王为杨姓兄弟三，名应龙、应虎、应彪，面分赤、白、黑，苗人奉之谨"①，于是命人夜入庙内查验，结果发现情况与民间所传相符，"乃遣健儿夜逾庙垣，查视神状及各仪物，归述其详，并云幪后有三纛尚完好"②。这说明至少在清代前中期，雅溪白帝天王的面部已是白、红、黑三色。事实上，不仅雅溪天王庙中的白帝天王如此，湘西各地天王庙中的三天王神像均是白、红、黑三色脸谱。嘉庆年间，溆浦人严如熤在谈及白帝天王时便说"五溪蛮所祀白帝天王神三人，面白、红、黑各异"③，表明白、红、黑三色脸谱是湘西各地白帝天王具有的普遍性特征，并非雅溪白帝天王所独有。此外，清中叶至清末的文人日记以及湘西地区的不少地方志也都提到白帝天王具有红、白、黑三色脸谱这一特征。例如，道光八年（1828）九月十一，有名为吴杰者在经过凤凰厅桐木坉时见到一座天王庙，发现里面供奉的三尊神像面部正是白、红、黑三色。

> 桐木坉半里许天王庙，神杨姓，昆弟三人，庙貌分赤、白、黑，或云宋杨业八世孙应龙、应虎、应豹名。④

再如道光《凤凰厅志》载：

> 《乾州厅志》曰：三侯庙，俗所称白帝天王者也，兄弟三人，塑像一白面、一赤面、一黑面。⑤

又如光绪《龙山县志》《乾州厅志》《凤凰厅续志》以及宣统《永绥厅

---

① （清）潘曙等修，凌标等纂《凤凰厅志》卷二十《艺文·总戎事略》，传抄清乾隆二十三年刻本。
② （清）潘曙等修，凌标等纂《凤凰厅志》卷二十《艺文·总戎事略》，传抄清乾隆二十三年刻本。
③ （清）严如熤：《苗防备览》不分卷《杂识》，清道光二十三年刻本。
④ （清）吴杰：《澹静斋巡轺百日记》，清道光三十年刻本。
⑤ （清）黄应培修，孙均铨、黄元复纂《凤凰厅志》卷五《典礼志·三侯新识》，清道光四年刻本。

志》均载：

> 五溪蛮所祀白帝天王神三人，面白、红、黑各异。①

可以看出，湘西各地的白帝天王均具有白、红、黑三张脸谱这一明显特征。

通过以上分析和比较，我们会发现一个有意思的现象，即不论是鄂西南、湘西北所流行的大二三神，还是湘西各地所流行的白帝天王，这些神明均拥有白、红、黑三色脸谱。这种情况并非巧合，正是因为上述三个地区曾经都是廪君巴人生活的区域，其崇尚白、红、黑三色的传统被后人继承下来并传播和影响到附近的其他族群，所以白帝天王和大二三神才都具有相同的脸谱特征。因此，本书认为湘西的白帝天王以及鄂西南、湘西北的大二三神，其白、红、黑三张脸谱都源自廪君巴人。

除了从"地域吻合""颜色一致"这两个因素可判断白帝天王脸谱源自廪君巴人外，我们还可以从三色脸谱所体现的等级结构来证明白帝天王源自廪君巴人。在廪君巴人社会中，廪君为五姓共主，地位最高。巴姓为廪君之族，即后来的王族，地位次之。而四姓为臣，地位最低。又因廪君死后化为白虎，白色象征着廪君，故最为尊贵。而巴姓出于赤穴，红色象征着巴王之族，等级低于代表廪君的白色。其余四姓出于黑穴，黑色象征着四姓臣民，等级最低。可以说，"以白、红、黑三色代表不同等级的社会阶层"是廪君巴人重要的文化特征。而白帝天王三色脸谱恰恰符合这一文化特征。如前所述，白帝天王拥有白、红、黑三张脸谱，根据文献记载和民间传说，白脸之神地位最高，是三兄弟中的老大，红脸之神地位次之，是三兄弟中的老二，黑脸之神地位最低，是三兄弟中的老三。白帝天王白、红、黑三张脸谱等级依次降低，这与白、红、黑三色所代表的廪君巴人社会等级结构完全相符。

---

① （清）符为霖修，吕茂恒纂，谢宝文续修，刘沛续纂《龙山县志》卷十《祠祀下》，清同治九年修、光绪四年续修刻本；（清）蒋琦溥修，林书勋续修，张先达续纂《乾州厅志》卷四《典礼·三王杂识》，清同治十一年修、光绪三年续修本；（清）侯晟、耿维中修，黄河清纂《凤凰厅续志》卷一《典礼志》，清光绪十八年刻本；（清）董鸿勋纂修《永绥厅志》卷三十《艺文门二·丛谈》，清宣统元年铅印本。

白色——廪　　君	白脸——老大
红色——巴王之族	红脸——老二
黑色——四姓之族	黑脸——老三

由此也可以看出，白帝天王三色脸谱源自廪君巴人，是对廪君巴人文化传统的继承，也是对廪君巴人社会等级结构的象征和再现。

值得注意的是，鄂西、湘西北流行的大二三神也具有白、红、黑三张脸谱，但湘西北民间传说红脸为老大，黑脸为老二，白脸为老三，与廪君巴人三色崇拜的等级顺序不符。或许有人会因此质疑大二三神三色脸谱与白帝天王三色脸谱一样皆来源于廪君巴人的看法。在此有必要稍作解释，以消除这种误会。之所以会产生这样的疑问，是因为受到后人的误导。湘西北民间传说大二三神红脸为老大、黑脸为老二、白脸为老三，主要是清代改土归流后当地百姓逐渐附会汉族女娲补天神话所创造出来的，其实当地有关大二三神更早的说法并非如此。乾隆《桑植县志》记载："狮子洞，城东四十里。洞临半山，可容百人，相传昔有赤、白、黑三羊出食禾麦，逐之入洞中，乃三土神，遂移祀狮子岩上。"① 可见，当地更早的传说只是提到作为土神的大二三神为白、红、黑三种颜色，并没有对白、红、黑三色的等级高低给予划定。如果结合廪君巴人源自赤、黑二穴的历史背景来看，大二三神呈红、白、黑三色源自居住在洞穴中的土神这一说法，显然与廪君巴人起源于洞穴的传说是一脉相承的，这也可以说明大二三神脸谱之所以保持了红、白、黑三色，实际上与廪君巴人具有密切的关系。

（二）以人为祠：白帝天王祭祀中的巴俗遗风

除三色脸谱外，我们从廪君巴人和白帝天王的祭祀方式出发进行比较分析，亦能发现白帝天王源自廪君巴人。关于廪君巴人的祭祀方式，《后汉书》《十六国春秋》皆有记载：

廪君死，魂魄世为白虎。巴氏以虎饮人血，遂以人祠焉。②

---

① （清）顾奎光纂修《桑植县志》卷一《陂堰》，清乾隆二十九年刻本。
② （宋）范晔：《后汉书》卷八十六《南蛮西南夷列传》，中华书局，1965，第2840页。

> 是时，廪君死，魂魄化而为白虎，故巴氏以虎饮人血，遂以人为祠。①

廪君死后，其魂魄化为白虎，因此廪君巴人将白虎视为图腾，即祖先神和保护神。又因虎饮人血，所以廪君巴人用人来祭祀白虎廪君。

通过考古发掘，我们可以得知廪君巴人这种"以人为祠"的祭祀方式和观念早在廪君死后不久的战国时期便已经形成。1976 年，四川宣汉（战国时期川东巴国的东北境）普光乡进化村一社以西靠近江边的台地上出土了 3 件战国时期的巴氏铜矛。其中一件铜矛的"骹部一面铸手、草叶、人形纹，一面铸虎纹，虎头朝矛身，怒目圆瞪，张口列齿作扑食状，口前上下一对长齿，面对虎口跪一人，双手后摆，腋下长带或刑具朝向虎齿"②。这件铜矛上刻画的人物双手被向后捆绑，跪于虎口之下，显然是被当成祭品献给老虎，这非常鲜明地体现出廪君巴人"以人为祠"的祭祀风格。

这种情况并非特例，在距离宣汉不远的开县出土的战国时期巴人器物上，也有类似的纹样。1994 年，开县余家坝 M4 号战国墓发掘出一件战国时期的巴式铜戈，其"援、胡近阑处一侧正、反两面均铸有花纹：主体为一侧身正首的虎，双目圆睁，牙齿排列整齐，犬齿夸张外伸，双耳竖立，双眉以上部分向后倾斜，成翼状越阑以包秘，尾巴上卷，前后爪尖锐；虎身饰目字形回纹，其间饰有斑点；虎口下方铸一人，侧身跪姿，面向虎身，束发前飘，腰佩利器，下肢前、后各有尖部向上的镰形齿纹"③。这件铜戈上跪于虎口下方的人物，显然与前述铜矛上的人物一样，都是被用来祭祀白虎的祭品。这里的人物腰部佩有利器，其身份极有可能是巴人在战场上抓获的战俘。白虎是廪君的化身和廪君巴人的保护神，保佑巴人平安并战胜敌人，故巴人将获胜后得到的战俘献给白虎，以报答其护佑。可以说，这件铜戈上的图像不但展现出廪君巴人"以人为祠"的祭祀习俗，而且通过对人物的细致刻画，将"以人为祠"的缘由和内在逻辑表达出来。

---

① （魏）崔鸿：《十六国春秋》卷七十六《蜀录一·李特》，载《景印文渊阁四库全书》第 463 册，台湾商务印书馆，1986，第 937 页。
② 马幸辛：《试探川东北出土的巴蜀铜兵器》，《四川文物》1996 年第 2 期。
③ 山东大学考古系：《四川开县余家坝战国墓葬发掘简报》，《考古》1999 年第 1 期。

除上述一戈一矛两件兵器以外，考古学家在战国时期川东巴国范围内所发掘出的大量虎纹铜戈、铜剑，也能体现出廪君巴人"以人为祠"的祭祀习俗。这类铜戈有一个共同的特点，即戈身上不仅铸有白虎图案，而且白虎的嘴朝向戈锋，在嘴的前面有一条长长的血槽向前延伸至戈锋位置（见图2-3、2-4）。此种造型的巴式虎纹铜戈，寓意比较明确，即廪君巴人将其所崇拜的保护神白虎铸于铜戈之上，希望白虎保佑自己征战平安并获得胜利。在白虎的护佑下，巴人用戈挥向敌人，当戈锋刺进敌人身体的时候，敌人的血也顺着血槽流进白虎的嘴里，成为献给白虎的祭品。可以说，这种虎纹铜戈的设计鲜明地体现出廪君巴人"以人为祠"的祭祀观念。与此类铜戈相似，有一类巴式柳叶剑的剑身上铸有白虎，虎口朝向剑锋，部分剑身上有血槽从虎口开始延伸至剑锋部位（见图2-2）。这类巴式虎纹剑如此设计，其寓意与上述铜戈一样，都是用人血来献祭白虎廪君，鲜明地体现出"以人为祠"的祭祀习俗。

据文献记载和田野调查，这种"以人为祠"的祭祀习俗，在廪君巴人社会长期流行，从唐宋以来直到新中国成立前后仍可见到其影响。比如，唐开元年间（713~741），"峡口多虎，往来舟船皆被伤害。自后但是有船将下峡之时，即预一人充饲虎，方举船无患，不然，则船中被害者众矣。自此成例，船留二人上岸饲虎"[1]。此峡口即瞿塘峡[2]，是战国时期川东巴国的东境。直到唐代，这里还延续了廪君巴人以人祠虎之俗，舟船过峡，必以人祭虎，否则乘船之人到岸后易遭虎患。唐代，峡口东北方向的房州永清县，即今湖北房县一带，也保留着廪君巴人以人祠虎的习俗。据载，唐代这一带有不少永清大王庙，其神为廓浦，以斩杀白虎而立祀。但廪君巴人崇拜白虎，反而把该庙当成白虎神庙来祭祀，"岁祀绵远，俗传多误以余祠为白虎神庙，谬之甚矣"[3]。唐穆宗时（821~824），曾有人为此正名。唐宣宗大中六年（852），襄州观风判官王士澄亦为之正名，且刻石于庙。然

---

[1] （宋）李昉等编《太平广记》卷四百二十六《虎一·峡口道士》，中华书局，1961，第3472页。

[2] 峡口，即瞿塘峡，唐代诗人杜甫曾作有《峡口二首》，以描述瞿塘峡之形胜。

[3] （前蜀）杜光庭撰，王斌、崔凯、朱怀清校注《录异记辑校》，巴蜀书社，2013，第100页。相似记载，另见（宋）李昉等编《太平广记》卷三百七《神十七·永清县庙》，中华书局，1961，第2431~2432页。

而民间习俗依旧，直到元明时期，房县一带的民众仍以人来祭祀白虎神。元代赵道一为汉代张道陵作传时说："忽一乡夫告曰：西城房陵间有白虎神，好饮人血，每岁其民杀人祭之。真人召其神戒之，遂灭。"① 事实上，正如上文所述，该地以人祠白虎神的习俗直到唐代都还存在，并未灭绝。这里的记载，应是赵道一受元代这一地区以人祠虎风俗的影响，将其时代背景更改后编入传中的，它所反映的应是元代当地以人祠虎的现象。这一风俗至少到明代仍得以延续，明人陈继儒便提到"西域房陵间有白虎神，好饮人血，每岁其民杀人祭之"②。

宋代，以人为祠的祭祀现象在廪君巴人分布的湘、鄂交界地区仍屡见不鲜。在今鄂西南以及鄂西地区，北宋淳化二年（991），"富州向万通杀皮师胜父子七人，取五藏及首以祀魔鬼。朝廷以其远俗，令勿问"③。富州即今位于鄂西南清江上游的来凤县，是廪君巴人的故地。宋真宗咸平元年（998）十月二十八日，"禁峡州民杀人祭鬼"④。峡州，即今湖北宜昌，在从宜昌开始沿长江而上的秭归、巴东等原属楚国的地区，巴人与楚人长期杂居，故廪君巴人以人为祠的祭俗也得以在这些地区流传下来。并且此俗在鄂西南、鄂西巴人社会广为流行，故北宋时期朝廷曾多次下令禁止荆南一带杀人祭祀，如大中祥符三年（1010）二月，"乙巳，禁荆南界杀人祭稜腾邪神"⑤。可以看出，荆南一带杀人所祭的"鬼"，名为"稜腾"。"稜腾"，南宋时期的文献亦写作"稜睁"，即"廪君"的谐音。这点亦有据可查。例如，北宋晋江人赵诚（字希中）在天圣年间（1023～1032）中进士，先官于抚州，后"知归州，州有淫祠，曰巴王，岁夕杀人以祭。诚毁祠，投像于江"⑥。归州，即今鄂西秭归。由此可知，荆南一带杀人祭祀的"鬼"（"稜腾""稜睁"）正是指巴王廪君，这明显是巴人以人祭祀白虎廪君之俗

---

① （元）赵道一：《历世真仙体道通鉴》卷十八《张天师》，明正统道藏本。
② （明）陈继儒：《虎荟》卷五，中华书局，1985，第65页。
③ （元）脱脱：《宋史》卷四百九十三《蛮夷传一·西南溪峒诸蛮上》，中华书局，1977，第14174页。
④ （清）徐松辑《宋会要辑稿》刑法二，咸平元年十月二十八日，中华书局，1957，第6498页。
⑤ （宋）李焘：《续资治通鉴长编》卷七十三，大中祥符三年二月乙巳，中华书局，1995，第1656页。
⑥ （明）陈道修，黄仲昭纂《八闽通志》卷六十七《人物》，明弘治四年刻本。

的延续，只不过这种祭俗与朝廷的礼法相悖，故官方往往将其祭祀对象抹黑成"鬼"，或者偶尔以"稜腾""稜睁"等"廪君"的谐音形式将其祭祀对象记录下来。

在今湘西北地区，北宋时期也可见到杀人祭祀之俗。北宋仁宗景祐年间（1034～1038），在澧州（今湖南澧县）发生了一件诬告案，"澧州逃卒匿民家，佣以自给。一日，诬告民家事摩驼神，岁杀人十二以祭。州逮其族三百人系狱，久不决"①。因案子久而未决，朝廷不得不于景祐四年（1037）派遣御史台推直官方偕前去办理，方偕让原告写出被杀者姓名，并按照这些名字去逐一查验，发现这些人大多无恙，即知是诬告，由此了结了此案。在这个案件中，杀人祭祀虽未真实发生，但从侧面反映出今湘西北澧水一带以前有这种祭俗。而且从"岁杀人十二以祭"的记载来看，这种习俗与清代民国时期重庆等地血祭白虎廪君极为相似，血祭时正是为了应十二月之数，由此推测这里祭祀的"摩驼神"极有可能就是白虎廪君，可见这种杀人祭祀的习俗与廪君巴人有着密切的关系。为打击荆南等地杀人祭祀之俗，北宋朝颁布诏令对这种祭俗的实践者给予惩罚，对告发者和抓捕者给予奖励，天圣九年（1031）四月规定："如闻荆湖杀人以祭鬼，自今首谋若加功者，凌迟斩之。募告者，悉畀以罪人家赀。官吏捕获者，其赏与获全伙劫盗同。"② 这些举措可能产生过一定的作用，但这种祭俗在湘鄂交界地区并没有因此而彻底消除，比如北宋神宗熙宁年间（1068～1077）中进士的王回（字景深），后"为荆南松滋令，邑多淫祠，以人祭鬼，谓之采生，行旅不敢。回捕治甚严，其风为之变"③。松滋在长阳东南，曾出土过战国时期巴人器物，说明直到北宋后期，荆南一带仍延续着廪君巴人以人为祠的祭俗。

南宋时期，在鄂、渝、湘、黔交界的巴人分布地区也多见以人为祠的记载。绍兴十二年（1142）六月，"言者论夔路有杀人祭鬼之事，乞严禁之"④。

---

① （宋）李焘：《续资治通鉴长编》卷一百二十，景祐四年五月丁卯，中华书局，1995，第2832页。
② （宋）李焘：《续资治通鉴长编》卷一百十，天圣九年四月壬子，中华书局，1995，第2558页。
③ （宋）李俊甫：《莆阳比事》卷五，清嘉庆宛委别藏本。
④ （宋）李心传：《建炎以来系年要录》卷一百四十五，绍兴十二年六月己未，中华书局，2013，第2736页。

南宋夔（州）路，包括重庆和贵州，治所在今重庆奉节，称夔州，为战国时期川东巴国东境，其杀人祭鬼显然是延续了廪君巴人的祭俗。除渝、黔二地外，与北宋时期一样，从鄂西宜昌开始至重庆的长江沿线地区（如峡州、秭归等地）依旧流行以人为祠的风俗。绍兴二十三年（1153）七月，将作监主簿孙寿祖曾说"湖、广、夔、峡多杀人而祭鬼"①，"至于杀人以祭巫鬼，笃信不疑，湖、广之风自昔为甚"②，说明今重庆奉节（夔州）至湖北宜昌（峡州）的长江三峡地区自古以来就多有此俗。南宋诗人陆游在乾道六年（1170）沿长江经过峡州、秭归、夔州入巴蜀，在到达秭归时，他作有七言律诗一首，名为《秭归醉中怀都下诸公示坐客》，其中便提到"蛮俗杀人供鬼祭，败舟触石委江沙"③，亦可证明当时这一带流行杀人祭祀之俗。此外，该习俗还见于今湘西北地区。庆元年间（1195～1200），王中行（字知复）官湖北提刑司，当时澧州慈利县出现过一桩"杀人祭鬼"案。经过其对比和研究，发现这并非杀人祭鬼案，而是寻常的杀人案件，"出为湖北提刑司，干办公事。澧之慈利有诉杀人祭鬼者，君取其案反复推究，且访其土俗，咸以为设此祭者必以两目手足先登于俎，而此狱所验目及手足无不具者，言于宪曰是岂可遽加以法乎？时人服其精察"④。此案虽然并非以人祭鬼，但王中行正是通过实地调查得知当地祭俗的特征，再与此案作案手法相比较，才断定案件不是杀人祭祀，这恰恰可以证明今湘西北澧水一带在南宋时期确实存在这种祭俗。从以上记载来看，南宋时期，大致东到今湖北宜昌，西、北到重庆奉节，南到湘西、黔东北一带都盛行杀人祭鬼之俗。这些地区在宋代主要属于荆湖北路（少部分属夔州路），所以文献多言此俗在湖北流行。如绍兴十九年（1149）二月丁丑，"禁湖北溪洞用人祭鬼及造蛊毒，犯者保甲同坐"⑤。再如，庆元四年（1198）"五月六日，臣僚言：'楚俗淫祠，其来尚矣。惟是戕人以赛鬼，不宜有闻于圣世……浸

---

① （宋）李心传：《建炎以来系年要录》卷一百六十五，绍兴二十三年七月戊申，中华书局，2013，第3133页。
② （清）徐松辑《宋会要辑稿》礼二〇，绍兴二十三年七月二十一日，中华书局，1957，第771页。
③ （宋）陆游著，钱仲联校注《剑南诗稿校注》卷二《秭归醉中怀都下诸公示坐客》，上海古籍出版社，1985，第168页。
④ （宋）袁燮：《絜斋集》卷十九《志铭·朝奉郎王君墓志铭》，清武英殿聚珍版丛书本。
⑤ （元）脱脱：《宋史》卷三十《高宗本纪七》，中华书局，1977，第569页。

淫妖幻，诅厌益广，逐至用人以祭。每遇闰岁，此风犹炽。乞告戒湖北一路监司、帅守……庶几此俗渐革。'从之"①。其祭祀之"鬼"，也就是白虎廪君。洪迈在《夷坚志》中收录了《湖北稜睁鬼》一文，其中提到："杀人祭祀之奸，湖北最甚，其鬼名曰稜睁神。得官员士秀，谓之聪明人，一可当三；师僧道士，谓之修行人，一可当二；此外妇人及小儿，则一而已。"②稜睁神，即北宋时文献记载的"稜腾神"，为"廪君神"的谐音，可知主要隶属于荆湖北路的鄂、渝、湘、黔交界之地，在北宋、南宋时期杀人祭祀的对象，正是白虎廪君，这种习俗显然来源于战国时期廪君巴人的祭俗。

元代，这种祭祀在上述四省交界地区仍可见到。《元典章》记载：

至元二十九年闰六月，行台准御史台咨：

据监察御史呈："近至荆湖，访闻常、澧、辰、沅、归、峡等处，地连溪洞，俗习蛮淫。土人每遇闰岁，纠合凶恶，潜伏草莽，采取生人，非理屠戮，彩画邪鬼，买觅师巫祭赛，名曰采生。所祭之神，呼为云霄五岳之神，能使猖鬼，但有求索，不劳而得。日逐祈祷，相扇成风。"③

这段文字提到的常、澧即湘西北澧水流域，辰、沅即湘西沅水中游地区，归、峡即秭归、宜昌山峡一带，这些地区在两宋时期皆属湖北，杀人祭祀最为盛行。元代也是如此，其风未变。不过，这段文字说其杀人所祭之神为云霄五岳，祭祀目的是追求财利，可能是在祭祀白虎廪君过程中，融合了其他神祇，祭祀目的也变得更加多元化。不过，希望获得祖先神、保护神的庇佑，仍是其以人为祠的重要目的，尤其是当有疾病缠身之时，多有此举。元人揭傒斯就曾提到，沅湘间，人有疾病则多信巫鬼，甚至杀人祭祀，以祈祷能祛除疾病，"楚俗信巫不信医……甚而沅湘之间，用人以祭非鬼"④。由此可见，这些地区杀人祭鬼，仍与其祖先神崇拜（即白虎廪

---

① （清）徐松辑《宋会要辑稿》刑法二，庆元四年五月六日，中华书局，1957，第6560页。
② （宋）洪迈：《夷坚志》三志壬卷第四《湖北稜睁鬼》，中华书局，1981，第1497页。
③ （元）佚名：《元典章》卷四十一《刑部卷三·不道·禁采生祭鬼》，陈高华等点校，中华书局、天津古籍出版社，2011，第1422~1423页。
④ （元）揭傒斯：《揭文安公全集》卷八《赠医氏汤伯高序》，《四部丛刊》影旧抄本。

君崇拜）有关。

明清以来，上述地区有关杀人祭祀的现象相比之前少了很多。在明代，偶见这方面的记载，如沈德符的《万历野获编》提到楚中永顺、保靖、石柱、酉阳等土司崇信樊哙，"杀人亦献首于其庙"[1]，可算是以人为祠的巴俗遗风。此外，很少见到杀人祭祀这种现象。窥其原因，主要是土司地区受到的王朝礼仪教化日益增多，尤其是在清代鄂西、川东、湘西、黔北等土司地区大规模改土归流之后，杀人祭祀过于残忍，且为法、理所不容，这些地区逐渐以使用少量人血或者宰杀动物等形式替代了生人祭祀的方式，将廪君巴人的祭俗传承下来。

比如，根据20世纪80年代的田野调查资料，鄂西恩施等地供奉的祖神是三位"相公"，其脸色分别为红脸、黑脸、花脸。从名称来看，"相公"之称显然源于廪君务相，是还相公愿的主要对象。而红、黑、花三色脸谱应为廪君巴人崇拜的红、黑、白三色发展而来。早些时候，鄂西恩施等地是以杀人来祭祀祖神白虎廪君的，叫作"还人头愿"，后来因为杀人太残酷，改由做仪式的掌坛师自己歼头，"人头愿"改称"相公愿"。所谓"歼头"，就是由掌坛师用自己头上的几滴血来代替杀掉一个人。还愿的具体做法是，"由掌坛师用杀猪刀在自己头上砍出血来，滴在用清明纸打成的钱上，悬挂后再烧。按还愿的要求，要'见红'才能'落愿'"。当时恩施县大集公社的覃、田、向、黄、焦、刘、何、陈、盛、余等姓，在解放前都是还的相公愿。"还相公愿是三年两头还，家景好的也可以一年一还；但生了男孩一定要还一堂愿。相公愿是祖籍愿，又叫子孙愿，这是祖传，是子子孙孙必须一代代的传下去。"[2] 由此可见，鄂西恩施一带，原先是杀人祭祀白虎廪君，早在解放前，当地就已经改成由掌坛师在自己额头上划一道口子，用少量的人血来祭祀，这明显是对廪君巴人祭祀的改良和传承。此外，鄂西咸丰县龙坪一带的田姓，以前也是杀人祭祀白虎廪君，后来因为出了事故，改成了杀牛祭祀白虎廪君，"田姓在堂屋里设有白虎神座堂。最早是杀人祭祀，事先买一个小乞丐（在十二岁以下），在还愿时杀以祭白虎，表示对白虎的诚虔。有一次族长的儿子犯了煞，要还人头愿，买了一

---

[1] （明）沈德符：《万历野获编》卷三十《土司·樊哙祠》，中华书局，1959，第764页。
[2] 参见鄂西土家族苗族自治州民族事务委员会编《鄂西少数民族史料辑录》，1986，第359页。

个小孩，与自己的孩子同宿，深夜巫师进屋，错捉了族长的儿子杀了，全族恐惧，生怕以后自己孩子遭同样命运。便请巫师设香案卜问大神，能否以牛代替人祭，大神允许用牛还愿，从此改人祭为牲祭了"①。

又如，在重庆、川东北、川南、黔北，清代、民国时期文献记载这些地区供奉坛神，包括重庆巴县、长寿、涪陵、合川、云阳、綦江，川东北万源，川南合江、筠连，黔北遵义、仁怀等地，均有记载。其所供坛神，是一块白色石头，摆放在堂屋右侧靠里的墙角下，康熙《重庆府涪州志》曰："俗多供坛神，名元坛罗公之神，用纸书其位，贴于堂之西北隅，离地尺许，前设石墩一座，其名曰坛。"②《民国新修合川县志》载："有信坛神，则以径尺之石，高七八寸，置于堂右倚壁，曰'坛等'。"③ 民国《万源县志》亦载："以径尺之石供于中堂右角地下。"④ 可见，清代、民国时期这些地区民间均以白石为坛神，置于屋内右侧靠墙处。这种现象直到今天仍可见到。按照风俗，凡供坛神之家，通常每三年要举行两次庆坛仪式，叫作"三年两头庆"，条件好的人家也可以一年一庆，庆坛又叫作"还愿"。比如，重庆云阳，"蜀民祀坛神，县人尤严奉之，三年两祀，曰'庆坛'，有求而应则酬之，曰'还坛'"⑤。重庆巴县、贵州遵义，"每岁一祭，杀豕一，招巫跳舞，歌唱彻夜，谓之'庆坛'"⑥。在庆坛过程中，主持仪式的端公用刀在自己的额头上划出一道口子，让血滴在白纸上（或者旗帜上），以此祭祀。

> 巫师持斧自破其首，以血洒滴纸上，贴于坛侧，名曰染红衫，以卜一岁之吉凶。（康熙《重庆府涪州志》卷一）
>
> 毕，张白纸，巫自划其额，沥血点之坛侧，谓应十二月之数，或曰世代奉此可致富，稍忽致家道不昌。（《民国新修合川县志》卷三十

---

① 鄂西土家族苗族自治州民族事务委员会编《鄂西少数民族史料辑录》，1986，第360页。
② （清）董维祺修，冯茂柱纂《重庆府涪州志》卷一《风俗》，清康熙五十四年刻本。
③ 郑贤书修，张森楷纂《民国新修合川县志》卷三十《风俗》，民国十年刻本。相似的记载另见朱之洪等修，向楚等纂《巴县志》卷五《礼俗》，民国二十八年刻本。
④ 刘子敬修，贺维翰纂《万源县志》卷五《教育门·礼俗》，民国二十一年铅印本。
⑤ 朱世镛、黄葆初修，刘贞安等纂《云阳县志》卷十三《礼俗中》，民国二十四年铅印本。
⑥ 朱之洪等修，向楚等纂《巴县志》卷五《礼俗》，民国二十八年刻本；（清）平翰等修，郑珍等纂《遵义府志》卷二十《风俗》，清道光二十一年刻本。

《风俗》)

俗庆贺则杀一豕,招十数村巫解秽,扮灯歌唱彻夜,谓之大庆,并用白纸十二张,巫以剃发刀自划其额,滴血点之,粘坛侧,谓应十二月之数。(民国《万源县志》卷五《教育门·礼俗》)

将圆满之时,巫师以小刀砍其额,出血滴于坛旗上,谓之"砍洪山",亦必向主人及客索赏……道光初年,此风尤甚。(光绪《增修仁怀厅志》卷六《风俗》)

通过描述,可以看出,重庆、川东北、川南以及黔北的"庆坛还愿",与鄂西恩施等地的"还相公愿"高度相似,均为三年两还,或一年一还,而且还愿时,巫师均在额头上开血口,用额血滴在白纸上来祭祀。此外,鄂西还相公愿,祭祀的主要对象是白虎廪君。在重庆等地庆坛还愿是祭祀白色的石头,白石显然象征着白虎,是廪君的化身。此外,文献记载坛神叫"坛等",笔者调查时发现,当地人实际发音为"坛登",这与南宋时期记载的"稜睁"神发音接近,应该都是"廪君"的谐音。所以上述地区的庆坛还愿与鄂西还相公愿的祭祀对象其实也是一致的,两者应属于同一文化系统。而且,上述地区或在战国时期川东巴国范围内,或与之相邻,其庆坛还愿应与鄂西一样都是继承了廪君巴人以人为祠的祭俗,只不过明清以来两地逐渐用少量人血替代了杀人祭祀。

经过比较分析可知,鄂西、重庆等地在清代、民国以来均有巫师割额取血祭祀白虎廪君的习俗,这是廪君巴人以人为祠的遗风。与此相似的做法,其实在湘西地区也同样存在,即本书涉及的白帝天王的祭祀。清代、民国以来,湘西民间祭祀白帝天王与鄂西、重庆等地一样,都是巫师割额取血祭祀。清代嘉庆年间,凤凰厅同知傅鼐与当地民众去白帝天王庙神前盟誓,其祭祀仪式正是如此:

乃遍檄苗酋,与饮血盟三侯庙,额血淋淋,矢不复反。①

---

① (清)魏源:《古微堂外集》卷四《苗疆敕建傅巡抚祠碑铭》,载《魏源全集》第十二册,岳麓书社,2004,第252页。

这里的三侯庙，即白帝天王庙，嘉庆二年（1797）白帝天王三神被清廷敕封为三侯，称"宣威助顺靖远侯、镇远侯、绥远侯"，故天王庙又称"三侯庙"。从这个记载可以看出，清代湘西地区祭祀白帝天王时，正是以割额取血的方式进行的。直到今天，湘西白帝天王的祭祀也仍然如此。可见，白帝天王祭祀与鄂西还相公愿、重庆等地庆坛还愿如出一辙，它们都源自廪君巴人以人为祠的祭俗。

综上，湘西盛行的白帝天王源自古代廪君巴人。战国后期，随着川东巴国的灭亡，廪君巴人流入湘西，其以白、红、黑三色纪念白虎廪君和出自赤、黑二穴的五姓联盟的文化传统也在湘西地区传承下来，演变成白帝天王白、红、黑三张脸谱。因为白帝天王中的白色代表着白虎廪君，所以白帝天王的祭祀也承袭了廪君巴人以人为祠的祭俗，后来演变成以人血替代杀人的方式进行。

第三章　英雄祖先：宋元白帝天王故事的兴起

从脸谱颜色和祭祀仪式可知，湘西白帝天王源于先秦时期廪君巴人的三色崇拜，并承袭了其以人为祠的祭祀风俗。然而，先秦时期的廪君巴人故事，与后来湘西流传的白帝天王故事相去甚远。先秦廪君巴人故事主要讲述巴、樊、曋、相、郑五姓的来源以及廪君务相如何统一各姓，建立巴国，而湘西白帝天王故事主要讲的是宋代杨姓三兄弟征讨蛮夷，保护地方百姓，死后成神的过程。为何湘西白帝天王源自廪君巴人，后来湘西民间所流传的白帝天王故事却丝毫不讲廪君五姓，而偏偏讲的是杨姓故事？这一故事是何时、如何形成的？又是如何与廪君巴人的三色崇拜产生联系的？要解开这些谜题，需留意宋元时期今湖南靖州一带的杨氏家族。

一　靖州等地的杨氏

靖州，位于今湖南西南部，与贵州东南部以及广西北部毗邻。历史上，这一带有大族杨氏。迟至宋代，以今靖州为中心，包括湖南绥宁、武冈、通道，贵州天柱、锦屏、黎平、从江，广西三江、融水等地，即湘、黔、桂三省交界地区皆有杨氏族人分布。这些地方多深山溪谷，史称"溪峒"（亦作"溪洞"），杨氏在溪峒地区颇有名望，其族人多为各峒首领。比如，早在五代后周显德年间（954～960），今靖州一带便有名为杨正岩（亦作杨政岩）的著名酋首，"后周时，节度使周行逢死，叙州刺史钟存志奔武阳，而杨正岩以十洞称徽、诚二州（周显德中）"[①]。诚州即今靖州，

[①] （宋）王象之：《舆地纪胜》卷七十二《荆湖北路·靖州》，中华书局，1992，第2416页。

徽州即今绥宁。五代十国时期各地割据，群雄纷起，天下大乱，以杨正岩为代表的杨氏一族亦趁机称雄于当地。直到北宋初年，杨氏仍然统治着这些区域。《宋史》记载，诚、徽二州，"宋初，杨氏居之，号十峒首领，以其族姓散掌州峒"①。

北宋立国（960）后，诚、徽二州杨氏凭借溪峒复杂的地理环境以及族人众多的优势，长期观望，未能及时归附。直至北宋太平兴国年间（976~984），诚州杨氏土酋才开始陆续与朝廷交往。太平兴国四年（979），有名为杨通蕴（亦作杨蕴）的首领内附。②次年（980），又有酋首杨通宝入贡，被宋廷任命为诚州刺史。③淳化元年（990）十一月，诚州刺史杨正岩"遣使以方物、蜀马、锦绸、龟铜、犀甲来贡，亦溪峒之首也"④。次年（991），杨正岩卒，其子杨通塭继为诚州刺史。⑤为怀柔远人，宋廷赐予归附的诚州杨姓土酋刺史等职，免其土地、人口和赋税登记，让其代表宋朝治理当地，史称"羁縻州制"，"羁縻"即笼络牵制之意，由此确立宋廷在当地的间接统治。羁縻州制下，杨氏土酋与宋廷关系松散，在杨正岩父子之后，诚州杨氏很长时间不与宋廷往来。

与诚州紧邻的徽州杨氏归附更晚，直到庆历元年（1041），始见其首领知徽州杨通汉入贡。⑥此时距离北宋开国已八十余年。至和元年（1054），

---

① （元）脱脱：《宋史》卷四百九十四《蛮夷传二·西南溪峒诸蛮下·诚徽州》，中华书局，1977，第14197页。
② 关于"杨通蕴"与"杨蕴"，诸史记其事同而名异。（宋）王象之《舆地纪胜》卷七十二《荆湖北路·靖州》、（宋）祝穆《方舆胜览》卷三十一《靖州》，皆作"杨通蕴"。（宋）李焘《续资治通鉴长编》卷二十、（元）脱脱《宋史》卷四百九十四《蛮夷传二·西南溪峒诸蛮下·诚徽州》、（清）徐松辑《宋会要辑稿》蕃夷五，则作"杨蕴"。"杨蕴"疑为"杨通蕴"脱字所致。
③ （元）脱脱：《宋史》卷四百九十四《蛮夷传二·西南溪峒诸蛮下·诚徽州》，中华书局，1977，第14197页。
④ （清）徐松辑《宋会要辑稿》蕃夷五，淳化元年十一月，中华书局，1957，第7803页。关于"杨正岩"与"杨政岩"，（宋）朱熹《通鉴纲目》卷四十一下、（宋）王象之《舆地纪胜》卷七十二《荆湖北路·靖州》、（宋）祝穆《方舆胜览》卷三十一《靖州》，皆作"杨正岩"。（元）脱脱《宋史》卷四百九十四《蛮夷传二·西南溪峒诸蛮下·诚徽州》、（清）徐松辑《宋会要辑稿》蕃夷五，则作"杨政岩"。杨正岩入贡一事，《宋会要辑稿》记在淳化元年十一月，《宋史》记在淳化二年，当从《宋会要辑稿》。
⑤ （清）徐松辑《宋会要辑稿》蕃夷五，淳化二年，中华书局，1957，第7803页。
⑥ 参见（清）徐松辑《宋会要辑稿》蕃夷五，庆历元年十二月，中华书局，1957，第7807页。

杨通汉死，其子杨光倩代行州事。嘉祐五年（1060），宋朝正式任命杨光倩为徽州知州，"邵州溪峒蛮杨光倩知徽州。光倩，通汉之子也。通汉庆历初尝入贡，既死，光倩继之。旧制，溪峒知州卒，承袭者许进奉，行州事、抚遏蛮人及五年，安抚司为奏给敕告。至是，光倩行州事七年，无他过，故命之"①。

北宋神宗时期，"开边拓土"之议兴起。受此影响，地方官员纷纷前往溪峒地区招抚各峒首领，使之向朝廷献纳土地、人口及赋税。在这一背景下，诚、徽二州杨氏酋首陆续率众归附。熙宁八年（1075）四月，诚州杨光富率其族姓二十三州峒二千七百一十九户九千四百九十六丁来附，愿岁输课米。作为回报，朝廷授予杨光富及其子侄人等官职，杨光富为右班殿直，杨昌运、杨昌进等五人补三班奉职，杨晟情、杨晟坚等十六人补三司军将，杨琇延等六人补下班殿侍。② 同年八月，徽州一带关峡、城步等三十峒首领杨晟进率众归附，愿岁输课米。③ 十二月，又有诚州土酋杨昌衔愿罢进奉，出租赋，为汉民，诏补昌衔为右班殿直，补其弟侄男等十人为三班奉职、借职差使、下班殿侍、土军都头。④

熙宁九年（1076），诚州溪峒酋首杨光僭率众归附，向朝廷提出授官、兴学等条件，均获允准。

> 独光僭颇负固不从命，诏湖南转运使朱初平羁縻之，未几亦降，乃与其子日俨请于其侧建学舍，求名士教子孙。诏潭州长史朴成为徽、诚等州教授；光僭皇城使、诚州刺史致仕，官为建宅；置飞山一带道

---

① （宋）李焘：《续资治通鉴长编》卷一百九十二，嘉祐五年十一月己丑，中华书局，1995，第4649页。
② 参见（宋）李焘《续资治通鉴长编》卷二百六十三，熙宁八年四月丙申，中华书局，1995，第6427页；（元）脱脱《宋史》卷四百九十四《蛮夷传二·西南溪峒诸蛮下·诚徽州》，中华书局，1977，第14197页；（清）徐松辑《宋会要辑稿》兵四，熙宁八年四月五日，中华书局，1957，第6836页。
③ （宋）李焘《续资治通鉴长编》卷二百六十七，熙宁八年八月辛丑，中华书局，1995，第6547页。
④ 参见（清）徐松辑《宋会要辑稿》蕃夷五，熙宁八年十二月十三日，中华书局，1957，第7809页。按，《宋史》记载诏补杨昌衔子弟侄数额为十八人。参见（元）脱脱《宋史》卷四百九十四《蛮夷传二·西南溪峒诸蛮下·诚徽州》，中华书局，1977，第14197页。

路巡检。光僭未及拜而卒，遂以赠之，录其子六人。①

朱初平言："杨光僭见乞一刺史名目，况其人年已八十余，溪峒素所推服，兼父祖亦曾授此官。"诏授光僭皇城使，诚州刺史致仕。寻诏光僭依有功致仕例给俸，就三州一镇，官为建宅一区。光僭又请于其侧置学舍，从之。仍相度差管勾招纳使臣一人，充飞山一带道路巡检以闻。光僭未及受官而卒，遂以赠之，其父、母、妻皆赠封，优给赙，并录其子。②

杨光僭要求补授诚州刺史的理由是，其祖父、父亲都曾获任此官。根据前文所述，父子皆为诚州刺史者，即杨正岩、杨通塭，加上杨光僭，是为祖孙三代。由此得知，990年杨正岩、杨通塭父子不过是名义上的归附，此后诚州杨氏酋首与朝廷之间关系疏离，以至于直到1076年杨光僭八十余岁时，杨氏又才重新归附宋朝。是年，杨光僭即因年高而过世。值得注意的是，神宗熙宁年间招抚诚州、徽州一带溪峒酋首，采取"罢进奉，出租赋，为汉民"的举措，这打破了羁縻州制下朝廷对溪峒地区的间接治理，鲜明体现出"开边拓土""外化为内"的统治思想。除杨光僭外，诚州一带同年归附的溪峒首领还有金袍洞杨光普、神田团杨光钱、大吉洞杨昌满、绢肠团杨昌富等，其皆被朝廷授予下班殿侍之职。③

在诚州杨光僭等归附的同一年里，徽州杨氏酋首亦纷纷内附。比如，徽州杨昌愠等人于是年归顺，并派人招抚位于徽州西南二十里的罗崖等处峒民，朝廷为酬谢杨氏招抚之功，予其官职，以杨昌愠等为三班奉职，杨昌尧、杨晟憨为三班差使。④ 其次，又有徽州杨光衍、杨昌向等十七酋首来

---

① （元）脱脱：《宋史》卷四百九十四《蛮夷传二·西南溪峒诸蛮下·诚徽州》，中华书局，1977，第14197～14198页。
② （宋）李焘：《续资治通鉴长编》卷二百七十八，熙宁九年十月辛亥，中华书局，1995，第6808页。
③ 参见（宋）李焘《续资治通鉴长编》卷二百七十九，熙宁九年十一月戊申，中华书局，1995，第6846页。
④ （宋）李焘：《续资治通鉴长编》卷二百七十八，熙宁九年十月甲辰，中华书局，1995，第6802页。

附,"乞自修道路,及用材木共力起铺屋驿舍等"①。诏令授官,以杨光衔为内殿崇班,杨昌向为右殿侍。②

熙宁十年(1077)初,荆湖南路转运副使朱初平、判官赵杨率兵前往诚州杨光僭处,宿其孙杨晟照家,并欲在当地修筑城寨,留成官兵,遭到杨氏族人杨昌普等的反对。杨昌普等害怕朝廷势力深入溪峒,于是率众杀伤官兵,围困朱初平、赵杨等人。③ 后经招抚,反抗官兵的神田等团峒酋首杨光善三人来降,被朝廷授予三班差使。④ 同年六月,为了笼络和安抚诚州杨氏,朱初平奏请对杨光僭子孙加官晋爵,获得朝廷应允,"诏知诚州杨光僭子右侍禁杨昌逵等六人各转一资,长孙杨晟照为下班殿侍"⑤。

元丰元年(1078)正月,有诚州杨晟坚、杨晟胜等乞补溪峒蛮职。杨晟坚欲补巡防名目,朝廷以"晟坚号为桀黠,蛮人畏服。今忠顺之诚尚未可保"⑥为由,未予允准。而杨晟胜因"率众通道,或招同类来归,委有勤效,未尝推恩"⑦,故被授予官职。同月,又有徽州黄石团杨光镇之子杨昌锺向朝廷反映:溪峒授职酋首甚众,但多为无品之官,故鲜有人愿意为之,希望提高待遇。宋朝允之,将杨昌锺从下班殿侍(无品)提为三班借职(从九品)。⑧

随着神宗时期招抚政策的推行和诚、徽二州杨氏酋首的归附,朝廷逐渐采取了一些措施,比如设置寨堡、兵马、州县、官员等,来强化对溪峒

---

① (宋)李焘:《续资治通鉴长编》卷二百七十八,熙宁九年十月甲辰,中华书局,1995,第6802页。
② (宋)李焘:《续资治通鉴长编》卷二百七十八,熙宁九年十月甲辰,中华书局,1995,第6802页。
③ 参见(宋)李焘《续资治通鉴长编》卷二百八十,熙宁十年正月壬寅;卷二百八十七,元丰元年正月己未,中华书局,1995,第6866、7013页。
④ 参见(宋)李焘《续资治通鉴长编》卷二百八十一,熙宁十年三月丙寅,中华书局,1995,第6884页。
⑤ (宋)李焘:《续资治通鉴长编》卷二百八十三,熙宁十年六月壬午,中华书局,1995,第6922页。
⑥ (宋)李焘:《续资治通鉴长编》卷二百八十七,元丰元年正月己未,中华书局,1995,第7013~7014页。
⑦ (宋)李焘:《续资治通鉴长编》卷二百八十七,元丰元年正月己未,中华书局,1995,第7014页。
⑧ (宋)李焘:《续资治通鉴长编》卷二百八十七,元丰元年正月己卯,中华书局,1995,第7025页。

地区的统治。

元丰三年（1080）八月，知邵州关杞奏请在诚、徽二州交界的融岭镇增置城寨，留戍官兵，以控御二州峒民，获得朝廷允准。① 同年九月，经地方官员奏请，朝廷准许在诚州杨晟坚处筑贯保寨，在诚州北边的沅州筑托口等寨，并将诚州划归荆湖北路。② 元丰四年（1081），朝廷正式下旨，令诚州隶属荆湖北路，徽州改莳竹县，隶属湖南邵州。③ 诚、徽二州由此分属湖北、湖南两路管辖。

元丰五年（1082）正月，宋朝在贯保寨设县，下辖贯保、托口、小由、丰山四寨户口，置兵马监押、职官、司户参军各一员，称渠阳县，隶属诚州，为诚州州治。④ 设县后，诚州设渠阳城，聚集了不少军民、商贾，不到半年时间就发展成为当地重要的经济中心，周边许多尚未归附的溪峒民众纷纷与之往来贸易，这为朝廷招抚诚州一带峒民创造了条件，同年八月"权荆湖北路转运副使赵扬等言：巡历至诚州，城池楼橹足以保民无患，上江、多星、铜鼓、羊镇等团并至城下贸易，可渐招抚、置城寨"⑤。

为进一步巩固朝廷在溪峒地区的统治，元丰六年（1083）四月，湖北转运司奏请招抚位于诚州南部的潭溪等峒杨氏首领，以打通从湖北诚州通往广西融州的道路，并照会融州方面官员协助诚州官员共同办理。⑥ 在诚、融二州官员和诚州已归附的杨氏酋首的共同招抚下，潭溪等峒首领杨晟想（亦作杨晟象）、杨晟向等一千一百二十四户归附，愿岁输课米。十月，朝廷下诏为归附酋首授职，杨晟想、杨晟向二人为三班奉职，另授三班差使

---

① 参见（清）徐松辑《宋会要辑稿》方域十九《增置堡寨》，元丰三年八月四日，中华书局，1957，第7627页。
② 参见（宋）李焘《续资治通鉴长编》卷三百零八，元丰三年九月丙子，中华书局，1995，第7485页。
③ 参见（宋）李焘《续资治通鉴长编》卷三百一十二，元丰四年四月乙丑，中华书局，1995，第7561页。
④ 参见（宋）李焘《续资治通鉴长编》卷三百二十二，元丰五年正月戊申，中华书局，1995，第7769页。
⑤ （宋）李焘：《续资治通鉴长编》卷三百二十九，元丰五年八月癸酉，中华书局，1995，第7924页。
⑥ 参见（宋）李焘《续资治通鉴长编》卷三百三十四，元丰六年四月丁未，中华书局，1995，第8043页。

二人、下班殿侍九人、军将牙职二百零九人。① 为进一步笼络、安抚潭溪等峒酋首,同年十二月,朝廷将杨晟想提升为右班殿直,仍录杨晟向为三班奉职,杨昌卑为三班借职。后因湖北转运司言"晟向大首领,桀黠能用其众",朝廷又将杨晟向提升为左班殿直。② 次年(1084)四月,朝廷对招抚潭溪等峒的诚州各官员进行嘉奖,其中有溪峒官右班殿直杨昌尧、杨晟臻二人。③ 同月,诚州峒首杨晟敢、杨晟台等因招抚潭溪等峒杨氏族人有功,被授予官职,"溪峒杨晟敢等十五人:授左右班殿直者七人,奉职者三人,借职者五人。杨晟台别赐绢五十,余赐绢有差"④。八月,三班差使诚州杨晟祝因招抚潭溪等峒有功,被提升为三班借职。⑤

在招抚诚州潭溪等峒杨氏,打通了湖北诚州通往广西融州的道路后,朝廷又进一步转向对融州杨氏酋首的招抚。融州位于诚州之南,与诚州接壤,融州一带溪峒亦多杨姓,与诚、徽二州杨氏同族,且多为地方首领,比如至和元年(1054),就有融州大邱峒首领杨光朝内附。⑥ 然因道路不通等,朝廷对融州溪峒的开发较为缓慢。元丰六年(1083)湖北至广西道路的开通为招抚融州溪峒创造了条件,朝廷随即差遣诚州杨氏首领前往融州一带招抚当地杨氏峒首。融州有滨水之地,名为洪元州,其酋首杨昌依、杨圣煦、杨昌首、杨圣生、杨圣判等以洪元州距诚州较远、出入不便为由,不愿前往诚州,希望隶属融州,"据昌依等状,窃缘昌依等系洪元州,自来系属融州,每年出来融州买卖及赴圣节……昌依等各不愿前去诚州纳土,情愿依旧属融州,每年易为出来州寨买卖并赴圣节"⑦。最终,朝廷准其在

---

① 参见(宋)李焘《续资治通鉴长编》卷三百四十,元丰六年十月庚寅,中华书局,1995,第8187页。
② 参见(宋)李焘《续资治通鉴长编》卷三百四十一,元丰六年十二月癸酉,中华书局,1995,第8206页。
③ 参见(宋)李焘《续资治通鉴长编》卷三百四十五,元丰七年四月甲申,中华书局,1995,第8276页。
④ (宋)李焘:《续资治通鉴长编》卷三百四十五,元丰七年四月乙酉,中华书局,1995,第8276页。
⑤ 参见(宋)李焘《续资治通鉴长编》卷三百四十八,元丰七年八月甲戌,中华书局,1995,第8345页。
⑥ 参见(宋)李焘《续资治通鉴长编》卷一百七十六,至和元年五月丙戌,中华书局,1995,第4263页。
⑦ (宋)李焘:《续资治通鉴长编》卷三百三十四,元丰六年四月丁巳,中华书局,1995,第8048~8049页。

融州纳土归附。次年（1084）正月，广西安抚司薛元方请求购买荆湖北路鼎、澧、潭等州土产、良马，朝廷下令荆湖路转运司筹办。右司员外郎孙览建议在诚州境内，新开通的至广西融州的道路上，修筑多星堡和收溪寨，作为广西方面购买湖北土产、良马的交易之所，这一建议得到朝廷的许可。① 由此，诚州之多星堡、收溪寨等寨堡，不仅成为朝廷防御峒民的军事据点，也发展为附近峒民与寨堡军民、商贾进行土特产贸易的市场。

在向南招抚广西融州杨氏的次年，即元丰七年（1084），朝廷又在诚州修筑上诚、天村、大由三寨②，驻扎官兵，为进一步招抚诚州以西杨氏等各姓峒民做准备。元祐元年（1086），诚州知州周士隆等奏称通过新设天村、大由等寨堡，已抚纳到诚州以西地林、杨溪、古铁、狂狼、胡耳、西道、塞溪等峒一千三百五十四户。其中，由于胡耳（今贵州锦屏湖耳乡）、西道、塞溪等处深居溪峒，难以控驭，朝廷不许招抚，但同意保留已开通的胡耳等峒通往大由、天村等寨堡的道路，以便峒民出入寨堡进行贸易。其余地林、杨溪、古铁、狂狼等峒准予招纳，隶属诚州，并安抚其酋首杨昌蛮、杨晟满等。③

元丰年间及元祐初年朝廷在两湖和广西溪峒地区创置州县、修筑寨堡、派遣官员、屯戍兵马等一系列举措，受到宋神宗和部分官员的支持，但也日益引起一些官员的反对。反对者认为，溪峒州县每年所获赋税寥寥无几，当地官吏和军队所需公廨、粮食等皆靠湖南、湖北两路其他州县转运接济，给两路财政造成很大压力，因此建议朝廷酌情废弃溪峒州县。

元祐初，傅尧俞、王岩叟言："沅、诚州创建以来，设官屯兵，布列寨县，募役人，调戍兵，费巨万，公私骚然，荆湖两路为之空竭。又自广西融州创开道路达诚州，增置浔江等堡，其地无所有，湖、广

---

① 参见（宋）李焘《续资治通鉴长编》卷三百四十四，元丰七年三月丙寅，中华书局，1995，第8267页。
② 参见（宋）李焘《续资治通鉴长编》卷三百五十，元丰七年十一月丁酉，中华书局，1995，第8381页。
③ 参见（宋）李焘《续资治通鉴长编》卷三百七十六，元祐元年四月辛亥，中华书局，1995，第9121页。该卷元祐元年四月辛亥条记载，地林、杨溪等归附峒民一千三百五十四户。同书卷三百七十七元祐元年五月甲子条记载，地林等地归附峒民为一千四百五十四户。二者所记归附户数不同，不知孰是，存疑待考。

移赋以给一方，民不安业，愿斟酌废置。"①

今渠阳、莳竹虽名州县，而夷人住坐，一皆如故。城池之外，即非吾土。道路所由，并系夷界，平时军食吏廪，空竭两路。今欲举而弃之，实中国之利也。②

经过反复权衡，建置已久且民情安帖的沅州得以保留，而诚州州县遭到朝廷废弃。元祐二年（1087）七月，在荆湖北路都钤辖转运提刑司奏请下，宋朝罢诚州、渠阳县官吏，改诚州为渠阳军。③

宋朝废弃诚州州县的目的在于节省行政成本，缓解湖南、湖北两路的财政压力，这一举措却对溪峒民众不利。如前所述，自神宗元丰年间开辟诚州等溪峒以来，州县城池以及各寨堡聚集了不少军民、商贾，成了溪峒地区重要的商贸据点，附近峒民多仰赖这些商贸据点，或因与之交易而得到一些产于溪峒之外的日常生活用品，或因向其出售溪峒土特产而发财致富。诚州州县的废弃，影响了峒民的生活，断了峒民的财路，自然也引起了峒民的不满和反抗。

然其兵民屯聚，商贾出入，金钱盐币，贸易不绝，夷人由此致富。一朝废罢，此利都失，此其所以尽死争占而不已者也。④

为宣泄不满，诚州一带峒民揭竿而起，攻占当地作为贸易市场的堡寨。元祐二年（1087）十二月，距废州仅仅半年时间，诚州天村等峒峒民便率先起事，遭到朝廷发兵讨荡。⑤ 这次征讨不但没有将起义扑灭，反而引起了更大范围的斗争。次年，湖北诚州峒民与广西融州峒民互为声援，共同与

---

① （元）脱脱：《宋史》卷四百九十三《蛮夷传一·西南溪峒诸蛮上》，中华书局，1977，第14181页。
② （宋）苏辙：《栾城集》卷四十四《论渠阳蛮事札子》，上海古籍出版社，2009，第979页。
③ 参见（宋）李焘《续资治通鉴长编》卷四百零三，元祐二年七月辛酉，中华书局，1995，第9807页。
④ （宋）苏辙：《栾城集》卷四十四《论渠阳蛮事札子》，上海古籍出版社，2009，第979页。
⑤ 参见（宋）李焘《续资治通鉴长编》卷四百零七，元祐二年十二月己亥，中华书局，1995，第9909页。

朝廷抗争。

元祐三年（1088）正月，为声援诚州峒民，广西融州峒民在酋首杨晟天的领导下攻打诚州南境，"广西路融州峒猺杨天晟（应为晟天，笔者注）等聚众犯湖北路"①。

二月，为配合广西峒民的声援，此前遭到朝廷征讨的诚州天村峒峒民再次攻打多星堡，"湖北路天村蛮寇多星堡"②。

三月甲寅日，朝廷一面派军兵、土丁讨荡天村峒民，一面令知渠阳军胡田、湖北转运副使李茂直酌情处置，"天村蛮寇多星堡，诏：'胡田按实以闻，仍相度措置。若因官司引惹生事，及不犯堡寨、杀掳人口，即行抚纳。若无故聚集，自谋作过，即掩捕捉杀，务得首恶及以次造谋之人，仍立赏募人杀捕，其余驱牵徒众，可谕以放罪，使彼疑惑，势不能久。仍令李茂直同共措置以闻。'"③ 同月，除融州杨晟天等峒民外，又有融州杨昌成、杨昌星等峒民联合进攻诚州，朝廷下令广西方面查实并处置："丙辰，枢密院言，近降指挥广南西路经略安抚司，令约束杨晟天等，速归本业，不可侵越邻路作过。诏本司体访杨昌成等，如实与杨昌星结集过湖北，即选人晓谕，勾回本业，若不听，即差将兵掩捕讨荡，及取其家属，以为牵制。"④ 同月丁巳日，查实融州杨昌星过龙系路入大盈，杀伤梁姓边户，朝廷令经略使苗时中等前往招抚，不听则以大兵征剿。⑤ 同月甲子日，融州峒民攻打文村堡（位于融州北部，与诚州相邻），射伤防托官刘泽等，朝廷遣钤辖张整率兵讨捕，诏经略使苗时中处置，同时令各堡寨严备固守。⑥ 同月

---

① （宋）李埴撰，燕永成校正《皇宋十朝纲要校正》卷十二，元祐三年正月庚申，中华书局，2013，第343页。此处记载的杨晟天应为杨晟天，其人其事可参见（宋）李焘《续资治通鉴长编》卷四百九，元祐三年三月丙辰，中华书局，1995，第9952页；（元）脱脱《宋史》卷十九《徽宗本纪一》，中华书局，1977，第368页。
② （宋）李埴撰，燕永成校正《皇宋十朝纲要校正》卷十二，元祐三年二月己亥，中华书局，2013，第344页。
③ （宋）李焘：《续资治通鉴长编》卷四百零九，元祐三年三月甲寅，中华书局，1995，第9952页。
④ （宋）李焘：《续资治通鉴长编》卷四百零九，元祐三年三月丙辰，中华书局，1995，第9952~9953页。
⑤ （宋）李焘：《续资治通鉴长编》卷四百零九，元祐三年三月丁巳，中华书局，1995，第9953页。
⑥ （宋）李焘：《续资治通鉴长编》卷四百零九，元祐三年三月甲子，中华书局，1995，第9955页。

壬申日，朝廷令湖北转运副使李茂直督兵征讨各峒峒民，"于见今作过蛮贼所居团峒，取其家属，焚荡巢穴，牵制贼众，及于界首伏截掩杀"①。又因诚州渠阳峒首杨晟台等声言将进攻广西融州文村堡，故朝廷同时令荆湖南路安抚钤辖司"严设堤备，张耀兵势，以为声援"②。同月，融州峒首粟仁催、渠阳峒首杨晟台分别从南北两个方向，同时夹击诚、融二州边境寨堡。

四月，朝廷不敢派兵深入溪峒讨荡，下令悬赏募人捕杀粟仁催、杨晟台等溪峒首领，"甲申，广西经略司言融州蛮粟仁催、渠阳军蛮杨晟台等结集，往来于两路为民患，已督兵将讨荡。诏勿进兵深入，择其倡率首恶之人，以购赏募人捕杀"③。

五月甲戌，又有诚州峒民取道铜鼓峒前去攻打多星堡，射伤杨晟郎等人，知渠阳军胡田将前来收溪寨办事的铜鼓峒首领杨晟向扣押，朝廷令李茂直、胡田查实杨晟向是否参与其事，并酌情处理。"荆湖北路转运使李茂直言：'收溪管下铜鼓峒归明殿直杨晟向，昨来收溪贼徒经由晟向团峒前来，射伤多星堡南平镇人户杨晟郎等。晟向阴与贼人为助，因胡田差人勾引收下，见羁管在军。'诏：'李茂直、胡田不得下司，密切审量杨晟向如止是放纵他族经由作过，别无助贼显状，即谕令改过自效，如能捕斩首恶，当优加赏擢。如委是罪恶不可容赦，须合拘留处置，亦须相度，令将来不至惊阻蛮贼归首之情。'"④

废诚州州县后，地方祸乱不断，多星、文村等寨堡被持续洗劫，朝廷认为其根源在于地方官贪功冒进，过度开发溪峒，又不善于安抚峒民，以至于各寨堡屡被攻劫。

> 朝廷疆理四海，务在柔远。项以荆湖诸蛮近汉者，无所统一，故因其请吏，量置城邑，抚治其民，以息边患，十余年间，人情安帖。

---

① （宋）李焘：《续资治通鉴长编》卷四百零九，元祐三年三月壬申，中华书局，1995，第9958页。

② （宋）李焘：《续资治通鉴长编》卷四百零九，元祐三年三月壬申，中华书局，1995，第9958页。

③ （宋）李焘：《续资治通鉴长编》卷四百零九，元祐三年四月甲申，中华书局，1995，第9967页。

④ （宋）李焘：《续资治通鉴长编》卷四百一十一，元祐三年五月甲戌，中华书局，1995，第10011～10012页。

后来因希功之人献议创通融州道路，乃深入蛮界，穿其峒穴，远蛮生梗，致多疑惧。朝廷知其无罪，去岁稍已裁减，又为边吏失于抚遏，遂敢扇摇作过。①

为平息祸乱，元祐三年（1088）十月，朝廷决定不追究杨晟台等起事的溪峒首领，废弃湖北诚州各寨堡，对广西、湖南溪峒所设寨堡酌情废弃，废渠阳军为渠阳寨，隶属沅州，并派转运使唐义问前往废军。

其湖北所开道路，创置多星、收溪、天村、罗蒙、大由等堡寨并废。广西、湖南创置堡寨，令经略、钤辖司量度准此。渠阳军改为渠阳寨，隶沅州。②

寨堡一如州县城池，是溪峒地区的主要贸易据点，废弃寨堡亦直接影响到峒民的经济收入和日常生活，因此这一措施施行后，湖北、湖南、广西三路峒民皆起而反抗。

先是诚州渠阳峒首杨晟台、杨晟秀等率领峒民将受命前来废渠阳军的唐义问、知渠阳军胡田等官员围困。情急之下，胡田设计欺骗峒民，让唐义问假装上奏朝廷，请求恢复渠阳军并为其峒首谋求官职，唐、胡等人因此得以脱身。脱身后，唐义问又遣人追回奏疏。紧接着，渠阳土官杨昌盟等亦上书朝廷，"乞依胡田所请，存留渠阳军，县依旧名，事应旧送县者，令渠阳寨理断"③。然而，朝廷并未收到胡田等人的奏疏，对恢复渠阳军一事未予考虑。渠阳峒民方知上当受骗，于是在地方上不断发起各种抗争行动。

……义问文吏，无他才能，不习边事。去年受命废渠阳军，为夷人所围，穷困危蹙，计无所出。时知沅州胡田在围中，为设诡计，诈

---

① （宋）李焘：《续资治通鉴长编》卷四百一十五，元祐三年十月丙戌，中华书局，1995，第10075~10076页。
② （宋）李焘：《续资治通鉴长编》卷四百一十五，元祐三年十月丙戌，中华书局，1995，第10076页。
③ （宋）李焘：《续资治通鉴长编》卷四百一十八，元祐三年十二月丁酉，中华书局，1995，第10142页。

欺诸夷，言义问当为奏复军额及乞为酋长改官。夷人信之，聚厅事前，监令发奏。义问假此仅得脱归，寻遣急递追还前奏。言既不验，诸夷具知其诈，后来每每作过。①

在湖南，莳竹县（原徽州）一带则有峒首杨晟进等带领关峡、城步、真良等团峒民众起事。在广西，融州杨晟天则继续领导当地峒民进行斗争。

针对各地峒民分散、独立的活动特点，朝廷采取了剿抚兼施、分而治之的办法，将峒民势力一一瓦解。首先，朝廷在湖南莳竹一带采用分化策略，诱惑和拉拢当地未参加起事的溪峒首领（如杨光衔等），令其率领峒丁随宋军一起剿捕起事的峒民。② 在峒丁的协助剿捕下，杨晟进率领的峒民队伍不敌宋军，于元祐五年（1090）正月最先投降，"丁丑，荆湖南路安抚使谢麟言：邵州关峡、城步、真良等处团峒元谋作过酋首杨晟进等四十三人投降。诏等第补授奉职至军将，充江、浙僻郡指使、土军将校，随处羁管"③。

其次，诚州杨晟台、杨晟秀等坚持至同年（1090）年底，被迫投降。废渠阳军后，杨晟台、杨晟秀等峒首便时常带领族众活动于溪峒沿边地区，杀伤官军甚众，给宋朝造成很大损失。元祐五年（1090）七月，苏辙在《论渠阳蛮事札子》中提到杨晟台、杨晟秀等围困渠阳寨，杀伤官军的情形。

> 兼访闻得见今作过杨晟台等手下兵丁虽止五六千人，然种族蟠踞溪洞，众极不少。晟台桀黠，屡经背叛，惯得奸便。加以山溪重复，道路险绝，汉兵虽有精甲利械，势无所施。若措置得所，本无能为；或经画乖方，实亦未易扑灭……今警急屡闻，死伤已甚……④

危急之际，渠阳寨主李备派人前往溪峒笼络酋首杨晟经，以授予官职

---

① （宋）苏辙：《栾城集》卷四十四《论渠阳蛮事札子》，上海古籍出版社，2009，第978页。
② 参见（宋）李焘《续资治通鉴长编》卷四百二十一，元祐四年正月辛丑，中华书局，1995，第10207页。
③ （宋）李焘：《续资治通鉴长编》卷四百三十七，元祐五年正月丁丑，中华书局，1995，第10526页。
④ （宋）苏辙：《栾城集》卷四十四《论渠阳蛮事札子》，上海古籍出版社，2009，第978页。

为诱饵，让其带人帮助官兵防守，渠阳寨才得以解围。① 为平息溪峒之乱，同年（1090）八月，宋朝派潭州知州谢麟前往安抚。同时，转运使唐义问奏请发兵讨捕杨晟秀等，获得朝廷允准。

> 于是发京西将兵并土兵殆万众，益以黔南兵丁，给钱二十万缗，责以讨扑。自十月后，兵数进，焚荡庐屋禾仓等，夺其兵械甚多。但以溪洞地险，有林箐岩穴之阻，官军不可以深入，多隔溪水林薄相射，其杀伤甚众而不能得其级，故八战皆胜，级才得二百余……及义问奏捷（奏捷见十一月十八日戊寅），亦略足以申威灵。其酋曰杨晟秀，既逃遁藏于飞山，故近日官军围其巢。今穷迫，与其族数十人作状请命，义问连上之。朝廷遂欲息民，竟其事，故议如义问所画如此。②

在宋朝大军围剿之下，渠阳峒首杨晟秀等逃往附近的飞山藏匿，然寡不敌众，最终于当年（1090）十一月被迫率其族众投降。③

鉴于废弃诚州州县、寨堡对溪峒地区造成巨大动荡，元祐五年（1090）十二月，朝廷不得不下令以渠阳寨为治，名永平县，恢复诚州，并以前任刺史杨光僭之子杨昌达为刺史、诚州知州。"辅臣面奏：'乞以湖北之渠阳寨复溪洞之诚州，补其旧族杨光僭之子昌达为刺史，先奏知，续入状，画一行之。'"④

次年（1091）正月，朝廷也恢复了徽州一带的设置，命杨光衔为徽州知州，杨昌岳、杨晟圆统领当地各堡，并恢复武阳、关峡、城步等寨，增兵防守。"湖南安抚钤辖谢麟言：'措置到莳竹县合付杨光衔，乞依湖北例与转近上正使，仍带遥郡知溪峒徽州名目，上里堡合付杨昌岳，下里堡合付杨晟圆，并转资。其武阳、关峡、城步等寨皆系极边，乞逐寨各添屯兵

---

① 参见（宋）李焘《续资治通鉴长编》卷四百四十八，元祐五年九月癸未，中华书局，1995，第10771页。
② （宋）李焘：《续资治通鉴长编》卷四百五十三，元祐五年十二月丙午，中华书局，1995，第10859~10860页。
③ （宋）李埴撰，燕永成校正《皇宋十朝纲要校正》卷十三，元祐五年十一月戊辰，中华书局，2013，第355页。
④ （宋）李焘：《续资治通鉴长编》卷四百五十三，元祐五年十二月丙午，中华书局，1995，第10859页。

成守。'从之。"① 二月，朝廷又将另一位杨氏首领杨昌寿任命为诚州同知，"辛亥，诏：'已令供备库使、诚州刺史杨昌达知诚州，供备库副使杨昌寿同知诚州'"②，并规定，此后知州、同知缺官，以其子孙或择其族内忠顺之人继任。同年七月，杨晟臻继任诚州知州。③

宋徽宗时期，"开边拓土"之风再次兴起。崇宁元年（1102）十一月四日，邵州知州黄克俊招抚徽州溪峒，奏称徽州知州杨光衔等希望如元丰年间一样，改徽州为莳竹县，并在徽、诚二州地方创置城寨，朝廷令黄克俊核实，若情况属实，准其所奏。④ 崇宁二年（1103）正月，诚、徽二州杨晟臻、杨昌签等首领率峒民两千余人纳土，"奏知诚州杨晟臻等一千六百余人……知徽州杨昌签等六百余人并纳土"⑤。朝廷准其纳土，并将诚州改为靖州，将徽州改为莳竹县，"中书省言：辰沅溪峒并以纳土，改诚州为靖州，徽州为莳竹县"⑥。是年十二月，之前起事的融州杨晟天等重新归附。⑦ 此后，靖州以西的溪峒地区又有杨氏酋首率众献土归附。大观二年（1108）二月，宋徽宗听闻靖州西路道首领杨秀满等乞求归附纳土，然总管司一直拖延未报，故下令招抚。⑧ 同年九月，靖州西道峒首杨再立等二百七十五人率众归附，计四千五百户，一万一千人，地三千余里。⑨ 在此之后的宣和四年（1122），靖州杨姓当中又有杨晟实等人归附的记载。⑩

南宋时期，靖州（原诚州）、莳竹（原徽州）等地亦有部分杨氏首领的相关记载。南宋初年，靖州有名为杨晟惇的酋首，归附后担任湖北路香盐

---

① （宋）李焘：《续资治通鉴长编》卷四百五十四，元祐六年正月壬午，中华书局，1995，第10886页。
② （宋）李焘：《续资治通鉴长编》卷四百五十五，元祐六年二月辛亥，中华书局，1995，第10909页。
③ （宋）李焘：《续资治通鉴长编》卷四百六十二，元祐六年七月丙戌，中华书局，1995，第11045页。
④ （清）徐松辑《宋会要辑稿》蕃夷五，崇宁元年十一月四日，中华书局，1957，第7813页。
⑤ （宋）陈均：《九朝编年备要》卷二十六，载《景印文渊阁四库全书》第328册，台湾商务印书馆，1986，第716页。
⑥ （清）徐松辑《宋会要辑稿》蕃夷五，崇宁二年正月五日，中华书局，1957，第7813页。
⑦ （元）脱脱：《宋史》卷十九《徽宗本纪一》，中华书局，1977，第368页。
⑧ （清）徐松辑《宋会要辑稿》兵一七，大观二年二月十六日，中华书局，1957，第7041页。
⑨ （清）徐松辑《宋会要辑稿》蕃夷五，大观二年九月一日，中华书局，1957，第7813页。
⑩ （宋）曹彦约：《昌谷集》卷十一《札子·辰州议刀弩手及士军利害札子》，载《景印文渊阁四库全书》第1167册，台湾商务印书馆，1986，第138页。

官一职。建炎四年至绍兴五年（1130~1135），湖北鼎州、澧州一带爆发杨幺、钟相起义，杨晟悖因熟悉湖北事宜，被任命为湖北路提点刑狱官。① 在莳竹附近的武冈，绍兴年间则有关于杨再兴等人的记载。杨幺、钟相起义期间，趁朝廷无暇自顾，武冈峒民杨再兴率众占领地土、掳掠边户，绍兴四年（1134），湖南安抚司派遣统制官吴锡讨捕杨再兴，破其寨，杀千余人，生擒杨再兴及其二孙。次年三月，招出被掳人口八千余人，杨再兴等被朝廷豁免。② 此后，杨再兴等复叛，绍兴十五年（1145），朝廷派人前往招抚，杨再兴等"愿还省地，及民田共六十余亩，已召民归业，欲乞永免赋役。从之"③，同时再次赦免杨再兴等人，"傜人久侵省地，今尽以归，可见向化。大抵傜人须加存抚，此既不扰，彼亦岂敢为过也"④。此后，杨再兴等又故技重施，反叛如常。绍兴二十四年（1154）二月，鄂州都统制田师中率兵征讨，相继擒获杨再兴及其子杨正拱、杨正修，"时再兴已老，诸子惟正修聚人最多，颇奸猾，而正拱者最凶悍。于是，再兴与正拱兄弟皆得，正修继就擒"⑤。七月乙卯日，杨正修、杨正拱兄弟二人被处斩，"是日，脔傜人承信郎杨正修及其弟正拱于市，二人皆再兴子"⑥。

乾道年间，靖沅一带又有名为杨再彤的峒民率众起事。先是，峒民与边户因土地发生纠纷，死伤二人，沅州知州孙叔杰带兵攻破杨再彤等的十三峒寨，夺得土地数十里，招人耕佃。乾道六年（1170），杨再彤率数千人攻打沅州，"傜人杨再彤等啸聚数千人，犯沅州界"⑦。次年（1171），知州孙叔杰因贪功生事引起杨再彤等反叛，被朝廷罢官、流放，"梁克家因奏：

---

① （宋）李纲：《李忠定公奏议》卷三十五《乞差杨晟悖充湖北路提刑奏状》，载《续修四库全书》第474册，上海古籍出版社，2002，第681~682页。
② 参见（宋）李心传《建炎以来系年要录》卷八十一，绍兴四年十月己卯，中华书局，2013，第1525页。
③ （宋）李心传：《建炎以来系年要录》卷一百五十四，绍兴十五年十月乙酉，中华书局，2013，第2913页。
④ （宋）李心传：《建炎以来系年要录》卷一百五十五，绍兴十六年四月壬寅，中华书局，2013，第2932页。
⑤ （宋）李心传：《建炎以来系年要录》卷一百六十六，绍兴二十四年二月壬申，中华书局，1993，第3154页。
⑥ （宋）李心传：《建炎以来系年要录》卷一百六十七，绍兴二十四年七月乙卯，中华书局，1993，第3164页。
⑦ （清）徐松辑《宋会要辑稿》蕃夷五，乾道六年，中华书局，1957，第7815页。

边臣邀功生事，不可轻贷，且如知沅州孙叔杰，以兵攻傜人，夺其地，引惹杨再彤等聚众作过，惊扰边民，几成大患"①。

乾道以后，文献对靖州杨姓的记载较少。不过，淳熙十五年（1188），郴州张钢出任靖州宣教郎时，靖州永平县还有名为杨正道的酋首。②

通过以上梳理不难发现，以今靖州为中心的湘、黔、桂交界的溪峒地区，在五代及两宋时期就有许多杨姓峒民。这些杨姓峒民之间并不是没有任何联系可寻的，相反，他们虽然在分布上跨越三省，但属于同一家族。这点在他们的名字上有所反映。我们不妨先以其中部分具有明确世代关系的杨姓酋首的名字找出其家族字辈，再通过家族字辈来验证上述地区各杨姓的关系。

以上杨氏，代系关系比较明确、完整的即诚州（靖州）杨正岩一支以及杨光富一支。为大致显示他们生活的时代，下文在其姓名后标注与他们相关的时间点。杨正岩（990）生活于五代及北宋初年，其子为杨通塭（991），其孙为杨光僭（1076）。杨光僭有杨昌迲（1077）、杨昌达（1090）等六子，有孙名杨晟照（1077）、杨晟臻（1091），据此可知其五代人的世系为杨正岩—杨通塭—杨光僭—杨昌迲、杨昌达—杨晟照、杨晟臻，其家族字辈为正—通—光—昌—晟。此外，诚州杨光富归附后（1075），他本人及族人被授予官职，有记载的包括杨光富、杨昌运、杨昌进、杨晟情、杨晟坚、杨琇延，可知其字辈为光—昌—晟—琇。与杨正岩一支字辈相同，但多出一代，即"琇"字辈。可知，诚州杨氏六代人的字辈为正—通—光—昌—晟—琇。根据上文的梳理，杨氏至"晟"字辈时，见诸记载的酋首人数最多，其时间最晚者已到了北宋末南宋初。此时靖州有杨秀满、杨再立（1108），此后有杨再彤（1171）、杨正道（1188），徽州则有杨再兴（1134）、杨正修（1145）、杨正拱（1154）父子，可知"晟"字辈后为秀—再—正。结合以上信息，可得出靖州等地杨氏字辈为：

正—通—光—昌—晟—秀—再—正

---

① （清）徐松辑《宋会要辑稿》兵二九，乾道七年三月，中华书局，1957，第7304页。
② （宋）周必大：《文忠集》卷七十四《郴州张使君钢墓志铭》，载《景印文渊阁四库全书》第1147册，台湾商务印书馆，1986，第784页。

第三章 英雄祖先：宋元白帝天王故事的兴起 | 075

从北宋初年杨正岩（990）到南宋杨正修（1145）、杨正拱（1154）、杨正道（1188），计八代人，历时160～200年，平均每代相差20～25岁。其代系差是很合理的，这说明此八代人是家族自然繁衍的结果。再结合其字辈，可以看出，这个家族取名颇有特点，即"正、通、光、昌、晟、秀、再"七个字循环使用，比如从"正"到"再"为七代人，到第八代又回到"正"字，然后依次循环。靖州等地杨氏一族以七字循环的方式取名，这与其他大部分家族字辈不相重复的传统很不一样。杨氏的这一取名方式不仅见于宋代，在元明清文献当中也多有反映，而且直到今天，湖南西部、贵州东部、广西北部部分杨氏家族依然遵循这一取名规则，称其为"再、正、通、光、昌、胜、秀"七字轮回。这与宋代靖州杨氏取名规则一致，仅有微小的差别，即个别字使用的是同音字，如正（政）、胜（晟、圣）、秀（琇）。倘若我们将上文提到的各地杨氏酋首姓名排列出来，会看到他们的名字正是按照"再、正、通、光、昌、晟、秀"七字轮回的规则来取名的（见表3-1）。

表3-1 宋代靖州一带杨氏家族字辈

地域	正（政）	通	光	昌	晟（圣）	秀（琇）	再	正（政）
诚州（靖州）		杨通蕴						
		杨通宝						
			杨光普					
			杨光钱					
				杨昌满				
				杨昌富				
				杨昌衒				
	杨正岩（杨政岩）	杨通塭	杨光僭	杨昌遽 杨昌达	杨晟照 杨晟臻			
			杨光富	杨昌运 杨昌进	杨晟情 杨晟坚	杨琇延		
					杨晟胜			
					杨晟想 杨晟向			

续表

地域	正（政）	通	光	昌	晟（圣）	秀（琇）	再	正（政）
诚州（靖州）				杨昌卑				
					杨晟敢 杨晟台			
				杨昌蛮	杨晟满			
					杨晟郎			
					杨晟秀			
						杨秀满	杨再立	
					杨晟实			
					杨晟惇			
							杨再彤	
								杨正道
							杨再兴	杨正修 杨正拱
徽州（莳竹）		杨通汉	杨光倩					
					杨晟进			
				杨昌愠 杨昌尧	杨晟懃			
			杨光衔	杨昌向				
			杨光镇	杨昌锤				
融州			杨光朝					
				杨昌依 杨昌首	杨圣煦 杨圣生 杨圣判			
					杨晟天			
				杨昌成 杨昌星				

从前文和表3-1可以看出，湘、黔、桂溪峒不少杨姓酋首均使用相同的家族字辈和规则来取名，这是他们属于同一家族的重要象征。尤其在遇到紧急情况时，上述各地杨氏之间便相互联络、彼此援助，家族关系在非常时刻更为凸显。例如，北宋元祐年间朝廷废渠阳军、莳竹县时，熟悉当

地情况的地方官员便提到湘、黔、桂溪峒地区各个杨氏之间的这种同族互助关系。

……杨氏蟠据湖南、北，溪洞部族相连接。湖北先废渠阳，湖南蛮知莳竹必废，谋之已久。今欲急行废罢，恐难以成功……①

又其种族遍据诸洞，跨涉湖南、北、广西三路。凡有措置，当使三路同之。只如渠阳、莳竹，唇齿相依，若渠阳先废，群夷并力以攻，莳竹势难独存。②

综上可知，五代、两宋时期的溪峒杨氏已是一个以今靖州为中心，跨越湘、黔、桂的大家族了。本书所探讨的湘西白帝天王，不论其名称还是故事，均与这个家族有着直接的关系。

二 杨氏之祖先记忆

据宋代文献记载，靖州杨氏最早者可追溯到五代后期的杨正岩，而在民间记忆当中，当地的开基始祖为杨再思，他有十个儿子③，杨正岩只是其中之一。直到今天，靖州等地杨氏依旧把杨再思视为一世祖，其十子为二世祖，分别是：杨政隆、杨政滔、杨政修、杨政约、杨政款、杨政绾、杨政岩、杨政崇、杨政权、杨政钦。④ 以上人物，除杨正岩见载史籍外，杨再思及其余九子均不见记载。不过，《宋史》提到宋初杨氏居诚、徽二州，号称十峒首领，杨氏显然已是当地一个人数众多、势力强大的家族了，其发展不可能只是从杨正岩一人开始的，因此，杨再思及其余九子的记忆并非毫无根据。而从杨正岩排行第七、活跃于五代后期和北宋初年的情况来看，杨再思及其大部分的儿子都主要生活于唐末和五代的混乱时期，早期文献

---

① （宋）李焘：《续资治通鉴长编》卷四百五十八，元祐六年五月辛未，中华书局，1995，第10962页。
② （宋）苏辙：《栾城集》卷四十四《论渠阳蛮事札子》，上海古籍出版社，2009，第979页。
③ 今湖南靖州一带记载杨再思有十子，贵州等地杨氏后裔则记载杨再思有十二子，存疑待考。
④ 参见《杨再思氏族通志》编写组编《杨再思氏族通志》，2002。

当中没有关于他们事迹的记载，也不足为奇。

据清代文献记载，杨再思第二子杨政滔的一支至少在元代已迁徙至贵州东北部省溪、提溪一带（今贵州铜仁市江口县）。①这支杨氏在元明以来的文献当中有比较详细的记载。元世祖至元二十八年（1291），思州省溪一带峒民起来反抗元朝统治，朝廷下旨让省溪峒官杨都要前往安抚，"己卯，诏谕思州提省溪洞官杨都要招安叛蛮，悔过来归者，与免本罪"②。在杨都要的招抚下，次年（1292）省溪、提溪等地酋首杨秀朝等归附并入贡，"丙戌，提省溪、锦州、铜人等洞酋长杨秀朝等六人入见，进方物"③。可见，至少在元朝初年靖州杨氏一支已迁徙到了贵州省溪。

元至大四年（1311）二月，思州宣抚司田氏又派人招来杨正思等人归附，"思州军民宣抚司招谕官唐铨以洞蛮杨正思等五人来朝，赐金帛有差"④。与杨正思同辈的还有杨政德，其归附后被元朝授予省溪坝场长官，明洪武年间他又跟随思州田氏土司一起归附了明朝，被任命为省溪长官司长官。

> 杨政德，元授忠翊校尉省溪坝场长官司长官，洪武初随思州田宣尉归附，五年保授省溪司正长官，永乐十一年改隶铜仁府。⑤

此后，杨政德子孙世袭省溪长官司正长官一职。至明朝万历年间，先后承袭的杨姓土司如下：

> 杨光祖，德之孙，永乐间任。
> 杨昌懋，光祖子，宣德间任。
> 杨胜奎，昌懋子，景泰间任。
> 杨秀纪，胜奎子，成化间任。

---

① 参见《省溪杨氏土司世系源流》，载四川黔江地区民族事务委员会编《川东南少数民族史料辑》，四川民族出版社，1996，第364~365页。
② （明）宋濂：《元史》卷十六《世祖本纪十三》，中华书局，1976，第350页。
③ （明）宋濂：《元史》卷十七《世祖本纪十四》，中华书局，1976，第368页。
④ （明）宋濂：《元史》卷二十四《仁宗本纪一》，中华书局，1976，第539页。
⑤ （明）陈以跃纂修《铜仁府志》卷四《秩官志》，明万历刻本。

杨再本，秀纪子，弘治间任。
　　杨政淇，再本子，正德间任。
　　杨通达，政淇子，嘉靖五年任。
　　杨光勋，通达子，嘉靖三十二年任，无子。
　　杨光熙，光勋弟，万历八年任。
　　杨昌绪，光熙子，万历三十六年任。①

入清后，省溪长官司正长官一职仍旧由杨氏子孙担任。从顺治年间至康熙末年，先后有杨秀铭、杨再位、杨懋源三位土司袭职。

　　省溪长官司，明洪武五年杨政德以功授省溪正长官，累传至秀铭，于国朝顺治十五年准袭前职，秀铭传子再位，再位子懋源康熙五十三年承袭，无印。②

由上述元、明、清时期省溪杨姓首领的名字可以看出，其字辈为"秀……政—□—光—昌—胜—秀—再—政—通—光—昌—□—秀—再"。可见，从元、明至清初，虽然省溪杨氏一支已从靖州迁出，但其子孙仍然是按照宋代靖州杨氏所定的老字辈，即"再、正、通、光、昌、胜、秀"七字轮回的规则来取名的。直到清代康熙末年杨再位之子杨懋源这一代，省溪杨氏才打破七字轮回的取名规则。据族谱记载，此后杨氏仍然世袭省溪长官司正长官至光绪年间。兹照族谱，将其土司世系简列如下。

　　杨承烈，乾隆二十五年承袭。
　　杨建瑛，嘉庆十三年承袭。
　　杨宏燨，道光年间承袭。
　　杨成章，光绪二年承袭。③

---

① （明）陈以跃纂修《铜仁府志》卷四《秩官志》，明万历刻本。
② （清）鄂尔泰、张广泗修，靖道谟、杜诠纂《贵州通志》卷二十一《秩官》，清乾隆六年刻、嘉庆补刻本。
③ 参见《省溪杨氏土司世系源流》，载四川黔江地区民族事务委员会编《川东南少数民族史料辑》，四川民族出版社，1996，第371~372页。

综上可知，省溪杨氏土司是靖州杨氏的一支，其迁出时间大致在宋末元初。因此，省溪杨氏土司家族中世代流传着关于靖州杨氏祖先的记忆，相关故事在清代修谱时以文字的形式被写入了族谱。清代《省溪杨氏土司世系源流》记载：

> 二世祖　政隆　再思长子，授骠骑将军，平诸蛮显灵湖北等处，兄弟三人阵杀一万三千叛匪，救三村五寨，民间立祠祭奠，诏北地天王，又曰：三寨三座血食大王，又曰：诚土大王。
> ……
> 政款　再思五子，敕封五将军，谥曰：五寨血血座三座二大王。
> ……
> 政权　再思九子，赐太尉司，居泸溪（潭溪），楚地立祠，诏赐三座血米大王。①

上文提到，杨再思之子杨政隆、杨政款、杨政权三兄弟因阵杀一万三千叛匪，救三村五寨之民，被民间立祠祭祀，因为杨姓三兄弟是在湖北等地平蛮显灵，所以后来被朝廷敕封为"北地天王"。

从叙述来看，这个故事应该是北宋时期形成并在诚州（后靖州）杨氏家族内部口耳相传的祖先记忆，而不是晚近才出现的。原因在于：如前所述，诚州一带从北宋元丰四年（1081）开始直到南宋灭亡隶属于湖北（即荆湖北路）。此后的元明清时期，当地或属湖广，或属湖南。如果说这个故事是元明清时期省溪一支杨氏族人所编造的，那么讲述的故事地点应符合元明清时期的语境，即故事发生在湖广或湖南而不是湖北才对，而且明清时期省溪杨氏早已从诚州迁出，加上当地文教并不发达，省溪杨氏通过查阅历史资料而编造出的故事发生在湖北的可能性很小。所以，这个故事应是北宋时期诚州隶属于湖北后所形成并在杨氏家族内部世代传承下来的。下此判断并非没有根据，我们可结合一些史实和民间记忆作进一步的分析。

---

① 《省溪杨氏土司世系源流》，载四川黔江地区民族事务委员会编《川东南少数民族史料辑》，四川民族出版社，1996，第364~365页。

根据杨正岩所处时代推断，其兄弟杨政隆三人平定叛匪之事应不会晚于北宋初年，极有可能发生于五代十国的战乱时期。最初，只是民间立祠祭奠三人，他们被敕封为"北地天王"当是后来的事情，与北宋神宗年间朝廷对诚州溪峒的开拓有关。如前所述，北宋立国后诚州虽有杨正岩等部分酋首归附，但其与宋朝的关系并不稳定。神宗熙宁九年（1076）至元丰四年（1081），宋廷大规模招抚诚州一带杨姓土酋，并于元丰四年将诚州隶属于荆湖北路（即湖北）。紧接着在元丰六年（1083），朝廷便敕封了当地土神——飞山神。

> 飞山神祠，在靖州渠阳县，神宗元丰六年十月赐庙额灵惠。①

关于飞山之神，明清以来的部分文献记载为杨再思，直到今天民间也一直认为飞山庙是祭祀杨再思的。不过，如前所述，早期文献并无关于靖州杨再思的记载，宋代官员、文人在描述飞山神时也未提及其身份，如南宋李光的《靖州通判胡公墓志铭》、谢谔的《飞山神祠碑记》等均未说飞山神即杨再思。② 明清时期，一些官员、文人在提到这一神明时也对其身份避而不谈，比如万历四十年（1612），铜仁知府陈以跃重修当地飞山祠③，并撰有很长的一篇"祭文"④，但其中并没有讲飞山神究竟是谁。也有些地方官员虽然提到了飞山神与杨姓的关系，却将之蒙上了一层神秘的色彩，比如嘉靖十六年（1537）倪镇撰有《重修飞山神祠碑记》，里面提到清平卫指挥金章（曾在嘉靖十二年，即1533年任靖州参将）某夜梦见飞山神，素服白马。章问神姓，神曰木姓也。后来金章拜谒靖州飞山庙，见其神形象与所梦相似，才恍然大悟：杨从木从易，故知飞山神姓杨。据此，有学者认为飞山神为杨姓的说法是嘉靖年间才建构出来的，进而认为历史上没有杨

---

① （清）徐松辑《宋会要辑稿》礼二十《飞山神祠》，中华书局，1957，第811页。
② 参见（宋）李光《庄简集》卷十八《靖州通判胡公墓志铭》，载《景印文渊阁四库全书》第1128册，台湾商务印书馆，1986，第630页；（宋）谢谔《飞山神祠碑记》，载（清）吴起凤、劳铭勋修，唐际虞、李廷森纂《靖州直隶州志》卷十一《艺文》，清光绪五年刻本。
③ 参见（明）陈以跃纂修《铜仁府志》卷六《祠祀志·飞山祠》，明万历刻本。
④ 该篇祭文由万历年间铜仁知府陈以跃撰写，被清代编修的铜仁《杨氏家谱》收录，详见四川黔江地区民族事务委员会编《川东南少数民族史料辑》，四川民族出版社，1996，第361～362页。

再思其人，飞山神是杨再思的说法不可靠。①

对于这一问题，其实可以从官方、民间两个角度来理解。从官方角度来说，历代官员、文人的碑记和祭文在讲飞山神时更倾向于强调其灵迹如何有功于国家、有功于民众，而不具体谈论飞山神究竟是谁。但这并不等于说民间也没有关于飞山神是谁的看法，民间认为飞山神即杨再思，这在明代弘治《贵州图经新志》、嘉靖《贵州通志》当中已有明确记载。

> 飞山庙，在府治东，五代梁时靖州杨再思刺诚州，死而有灵，土人祀之。宋封英惠侯，旧在靖州飞山，洪武十九年迁建于此。②

> 飞山庙，在府治南一里，其神即唐诚州刺史杨再思也。前代封英惠侯，血食此郡，夷人祷之常应。③

这些记载都要早于嘉靖、万历年间倪镇、陈以跃对飞山神的描述。可见，宋代以来官方、文人多数情况下不提飞山神是谁，并不等于说民间从来不知道飞山神是谁。相反，民间对飞山神有自己的看法，即杨再思。从"土人祀之""夷人祷之"等字眼也可以看出，民间一直便有祭祀飞山神杨再思的传统。我们不能因为官方、文人没有明确提到这点，就否认这一民间传统的存在。

在明确民间祭祀的飞山神为杨再思之后，我们便容易理解为何朝廷在元丰六年（1083）敕封诚州飞山神祠：因为飞山神祠祭祀的是当地杨姓土酋的祖先杨再思，朝廷为安抚、笼络陆续归附的杨姓酋首，巩固朝廷对溪峒的统治，对其祖先神加以敕封。飞山神杨再思是传说中诚州杨氏的开基祖，当是杨氏最早被宋朝敕封的祖先神。而在民间记忆当中，除杨再思外，其子杨政隆三兄弟也获得了朝廷的敕封，三人地位低于其父，敕封应在其后，最多也是与之同时获封。此时，诚州已被划入荆湖北路至少两年之久，杨氏子孙在向朝廷官员陈述杨政隆三兄弟事迹时，自然是说自己祖

---

① 参见谢国先《试论杨再思其人及其信仰的形成》，《民族研究》2009 年第 2 期。
② （明）沈庠修，赵瓒纂《贵州图经新志》卷七《黎平府·祠庙》，明弘治刻本。
③ （明）谢东山修，张道等纂《贵州通志》卷七《祠祀·思州府·飞山庙》，明嘉靖三十四年刻本。

先曾在湖北等地平叛、显灵，所以三人被封为了"北地天王"。"北地"是对其所属地域及显灵范围的界定。称"天王"，则与湖北各州民众崇信佛教有关。

湖北路鼎、辰、诚等州民众信佛，其中尤以诚州一带峒民为盛。例如，元丰六年（1083），宋朝打通了诚州通往融州的道路，因诚、融二州峒民信佛，故有官员建议在道路沿线每隔三十里建一佛寺，以便朝廷打探情报、贮存粮食，"自诚州抵融州道新通，请每三十里建一佛寺，择僧知蛮情者居之，诸蛮信佛，平时可使人，蛮与之习熟，有警可用以间谍，而佛舍可因以储粮，其利边甚大。朝廷许之"①。在崇佛这点上，诚、徽一带的杨氏家族也不例外，比如元丰七年（1084）徽州莳竹县峒首杨昌向归附不久便在当地建了一座佛寺，并乞求朝廷赐额，获得准许，"莳竹县归明侍禁杨昌向于上里堡建一佛寺，乞赐名额及许度僧，诏赐为感化寺，二年度僧一人"②。因湖北鼎、辰、诚等州民众信佛，而天王是佛教护法神，所以这些地区的民间首领在反抗宋朝统治时常以"某某天王"自居，以便号召民众。比如北宋至和二年（1055），溪州（隶辰州）彭仕义自称"如意天王"③，南宋绍兴三年（1133）鼎州杨幺在率众起义时自称"大圣天王"④。可见，"天王"对于当地民众来说具有崇高的意义。这就不难理解，为何朝廷会敕封诚州杨氏祖先杨政隆兄弟三人为"天王"。这样做，显然是为了安抚、笼络刚刚归附不久的杨氏一族，就如同元丰七年朝廷为莳竹县杨昌向修建的佛寺赐庙额一样，是通过遵循和利用地方风俗习惯来"怀柔远人"的一种手段。

综上可知，北宋元丰年间以来随着朝廷对诚州的开拓和杨氏土酋的归附，杨氏祖先政隆兄弟三人被朝廷封为"北地天王"。三人因平蛮乱有功，救护百姓，被民间祭祀和朝廷敕封的故事便形成了。这一祖先记忆从此就以口耳相传的形式在杨氏家族内部代代相传，直到后来才被以文字的形式

---

① （宋）张耒：《柯山集》卷六十《吴天常墓志铭》，载《景印文渊阁四库全书》第1115册，台湾商务印书馆，1986，第422页。
② （宋）李焘：《续资治通鉴长编》卷三百四十五，元丰七年四月乙酉，中华书局，1995，第8277页。
③ （清）段汝霖：《楚南苗志》卷二《苗人总叙上》，伍新福校点，岳麓书社，2008，第80页。
④ （宋）李心传：《建炎以来系年要录》卷六十四，绍兴三年四月戊戌，中华书局，2013，第1264页。

记录在族谱当中。

需指出的是，诚州杨氏的北地天王及其故事，即后来湘西的白帝天王及其故事的最初形态。首先，从名称上说，"白帝天王"即来源于"北地天王"。原因是，在湘西方言中"北"和"白"发音一样，均读作"bei（北）"，由于这个故事早期主要是通过口耳相传的，并没有固定的文字流传，后来被文字记录时，外人并不知其名称的具体含义，只是根据发音来转写，"北地天王"完全可以写成"白帝天王"或"北帝天王"，因为其读音一模一样。比如，嘉靖《湖广图经志书》记作"白帝天王"，康熙《红苗归流图说》记作"北帝天王"，它们都是"北地天王"的同音异写。由此可知，白帝天王就是北地天王，只是写法不一样。其次，从故事上说，白帝天王故事的核心情节多来自北地天王。后世虽有各种关于白帝天王的说法，但在民间流传最广的是杨姓三兄弟的故事，其核心情节是白帝天王为杨姓三兄弟，南宋时人，率众平乱，以少胜多，死后被朝廷敕封和民间祭奠。除具体的人物名称和时间外，白帝天王故事的核心情节大部分来自杨政隆三兄弟的北地天王故事。说到底，白帝天王故事是在北地天王故事基础上发展演变而来的，北地天王故事是白帝天王故事的原生形态。

三　杨氏故事传入湘西

通过以上分析可知，湘西民间流传最广的白帝天王故事源自北宋时期形成的诚州（靖州）杨氏祖先故事，前者是在后者基础上发展演变而来的。到了南宋初年，随着部分靖州杨氏族人的迁徙，这个家族故事也因此传入了湘西。

据《宋史》记载，南宋初年，靖州杨氏的部分族人已迁徙到了今湘西泸溪县境内。

> （乾道）七年，前知辰州章才邵上言："辰之诸蛮与羁縻保静、南渭、永顺三州接壤，其蛮酋岁贡溪布，利于回赐，颇觉驯伏。卢溪诸蛮以靖康多故，县无守御，狖狑乘隙焚劫。后徙县治于沅陵县之江口，蛮酋田仕罗、龚志能等遂雄据其地。沅陵之浦口，地平衍膏腴，多水田，顷为徭蛮侵掠，民皆转徙而田野荒秽。会守倅无远虑，乃以其田

给靖州犵狑杨姓者,俾佃作而课其租,所获甚微。杨氏专其地将二十年,其地当沅、靖二州水陆之冲,一有蛮隙,则为害不细,臣谓宜预为之备……"①

根据这一记载不难发现,南宋初年(靖康之变后),辰州卢溪县②遭到周边"蛮族"的攻占,卢溪县治被迫迁徙到沅陵县的江口。距卢溪新县治不远的浦口(原属沅陵,后割属卢溪新县,即今泸溪县浦市镇)土地平坦肥沃,经常遭到附近"蛮族"侵扰,百姓大量逃亡,以致田土荒芜。此后,辰州通判(即守倅,驻沅陵)将抛荒田土租给了来自靖州的仡伶杨氏耕种。③从这一记载可清楚看到,南宋初年,杨氏的部分族人已从靖州向北迁徙到了辰州卢溪县。对于其迁徙原因上文并未提及,但有资料显示,杨氏北迁与南宋初年著名的钟相、杨幺起义有关。

靖康二年(1127)三月,金朝从北宋都城开封掳走徽、钦二帝,北宋灭亡。同年五月,康王赵构在南京应天府即位,改元建炎,建立南宋。建炎四年(1130),湖北鼎州(今湖南常德)即爆发了钟相、杨幺领导的农民起义,湖北澧州(州治在今湖南澧县)、辰州(州治在今湖南沅陵)等地也遭到不同程度的影响。为扑灭起义,绍兴二年(1132),知鼎州程昌寓请鄂州水军统制覃敌(沅州人)前往辰、沅、靖三州招募峒丁、刀弩手前来支援,覃敌将自己统领的三千水师交给统制吴锡,驻守在辰州辰溪县,此后亲自前往三州溪峒地区,一月之内招募到峒丁、刀弩手一千余人,带回辰州辰溪县听候调遣。

> (程昌寓)又闻得鄂州水军统制覃舍人已交所部水军三千人与吴锡统制归回辰州辰溪县,乃专遣使人持书公牒礼请委令召募辰、沅、靖州洞丁、刀弩手来赴本州应援。覃舍人名敌,是沅州人,以鼎州是一

---

① (元)脱脱:《宋史》卷四百九十四《蛮夷传二·西南溪峒诸蛮下·诚徽州》,中华书局,1977,第14192页。
② 今湘西泸溪县,宋代至明代名为"卢溪县",清代改为"泸溪县"。
③ 仡伶是溪峒民族之一,靖州杨氏即属仡伶一族。封建时代的汉族官僚、士大夫多对溪峒民族持有偏见,常用带犬旁的汉字来记载他们,记作"犵狑""犵狫"等。为避免民族歧视,本书在引用史料时遵从原文的写法,但在行文叙述当中一律改为"仡伶""仡佬"等字样,特此说明。

路，难以违程吏部之命，遂依应于一月之间召募到峒丁、刀弩手一千余前来听候使唤。①

辰州辰溪县在卢溪县浦口东南，两者直线距离约9公里，从辰溪县沿沅江北上，依次经过浦口、卢溪、沅陵，最终可达鼎州。这支一千余人的峒丁、刀弩手当中就有部分是从靖州招募而来的，他们被编入覃敌的水军当中，同年春前往鼎州进行水战，结果中了埋伏，几乎全军覆没。

除以上招募外，绍兴四年（1134）九月，知鼎州程昌寓再次从辰、沅、靖三州选募峒丁牌弩手支援鼎州，得到朝廷许可，"昌宇（寓）又乞选辰、沅、靖州峒丁牌弩手三百人相兼使唤。辛亥，从之"②。

钟相、杨幺起义期间，鼎、辰、澧三州县自顾不暇，周边溪峒民族趁机侵扰，百姓纷纷逃亡，田土大量荒芜，既无赋税可收，又无人防守。起义平息后，绍兴六年（1136），知鼎州张觷即请求朝廷从鼎、辰、澧、沅、靖溪峒地区招募三百名弓弩手，分配至各州防守，拨给弓弩手田土，令其募人开垦收租，以充军备，"则募溪峒司兵得三百人，俾加习练，足为守御，给田募人开垦，以供军储"③。朝廷命荆湖北路帅司对此进行讨论。湖北方面认为，起义平息后辰、沅、澧、靖四州缺兵防守，应酌情招募弓弩手防御，总数定为三千五百人，给其田土，农时耕种、闲时训练，以资守御；其余闲田则募人耕种，收其租税，以充实各州财政，以此解决起义后各地军事空虚和赋税匮乏的问题。这一建议获得朝廷的认可。

"……今辰、沅、澧、靖等州乏兵防守，窃虑蛮夷生变叵测。若将四州弓弩手减元额，定为三千五百人，辰州置千人，沅州置千五百人，澧州、靖州各置五百人，分处要害，量给土田，训练以时，耕战合度，庶可备御。以所余闲田募人耕作，岁收其租，其于边防财赋，两得其

---

① （宋）岳珂：《金佗续编》卷二十五《百氏昭忠录卷九·鼎澧逸民叙述杨幺事迹一》，《景印文渊阁四库全书》第446册，台湾商务印书馆，1986，第720~721页。
② （宋）李心传：《建炎以来系年要录》卷八十，绍兴四年九月乙酉，中华书局，1993，第1505页。
③ （元）脱脱：《宋史》卷四百九十四《蛮夷传二·西南溪峒诸蛮下·诚徽州》，中华书局，1977，第14188页。

便，可为经久之计。"诏从之。①

虽然朝廷批准了这个建议，但从当时的情形来看，辰州距鼎州近，受起义影响大，以至于周边溪峒民族经常趁机侵扰州县，百姓大多逃亡，故在当地很难募到弓弩手防御，也很难募人耕种其余闲田。这就决定了辰州各县需从外地招募弓弩手和佃户，而且也不太可能在短期内就招满，必定是从外地陆陆续续地招募。又因为起义期间，辰州便多次从靖州招募过峒丁、刀弩手，而且靖州距鼎州最远，受起义影响最小，当地招募弓弩手的额数又最少，其可供招募的人口因此要远远大于辰州，所以靖州自然成了辰州招募弓弩手和佃户的理想之地。靖州杨氏正是在这一背景下，被招募到辰州泸溪一带的，辰州通判将当地乏人耕种的田土（即闲田）租给杨氏佃种，每年向其收租。据乾道七年（1171）前知辰州章才邵所说，靖州杨氏已在当地佃种土地将近二十年，由此推知杨氏从靖州被招募到辰州泸溪一带的时间大约在绍兴二十二年（1152）。

辰州官吏将杨氏从靖州招募到泸溪浦口种地，原本的目的在于"俾佃作而课其租"，以此充实地方财政，但"所获甚微"，实际效果并不理想。因此，乾道七年（1171），前知辰州章才邵以此为由向朝廷提出，杨氏对当地的作用有限，而此地战略地位重要，倘若杨氏等"峒蛮佃户"生变，后果不堪设想，应提前做好防范的准备，"杨氏专其地将二十年，其地当沅、靖二州水陆之冲，一有蛮隙，则为害不细，臣谓宜预为之备"②。

紧接着，章才邵向朝廷建议，每年给辰州增加民钱一万，用来招募有力禁军或者民兵，分防泸溪等处，以防备仡伶杨氏以及其他峒民。

"……靖康前，辰州每岁蒙朝廷赐钱七万贯，绸、绢、布共八千一百匹，绵一万七千两。是时，本州厢禁军一千四百余人，沿边一十六寨，土兵六百余人，皆可赡给。其后中外多故，今岁赐止得一万二千缗，而本州财复匮乏，无以充召募之费。禁军止二百一十余人，诸寨

---

① （元）脱脱：《宋史》卷四百九十四《蛮夷传二·西南溪峒诸蛮下·诚徽州》，中华书局，1977，第14188页。
② （元）脱脱：《宋史》卷四百九十四《蛮夷传二·西南溪峒诸蛮下·诚徽州》，中华书局，1977，第14192页。

土兵止一百五人,甚至寨官有全无一兵而徒存虚名者,其于边防岂可不为深虑?若岁增给民钱一万,俾本州募强壮禁军或效用二百人,分屯卢溪等处,以防诸蛮,庶使边患永消,可免异时调遣之费。"书奏,诏湖北帅臣详议以闻。①

根据章才邵的这一建议,朝廷将卢溪一带的防守重心转到依靠招募禁军或民兵上来,杨氏及周边峒民皆成了防范的对象。

至于杨氏的结局如何,正史上没有明确的记载。根据当时的情形来看,官方对长期盘踞在卢溪浦口的杨氏已产生了疑虑,设法让杨氏离开当地应是其主要的应对策略。然而,用武力强行将杨氏迁走并不现实。据陆游《老学庵笔记》记载,辰、沅、靖三州溪峒地区有仡伶、仡僚、仡榄等族,"辰、沅、靖州蛮有犵狑,有犵獠,有犵榄,有犵猱,有山猺"②。其中,仡伶的战斗力最强,"诸蛮惟犵狑颇强习战斗,他时或能为边患"③。可见,来自靖州的仡伶杨氏并非普通佃户,他们有着较强的战斗力。在地方官看来,每年既不能从杨氏身上获得丰厚的租税,又难以控驭其势力,将其留在当地无异于"养虎为患",倘若杨氏有变,对当地影响极大,因此前知辰州章才邵才会提醒朝廷"杨氏专其地将二十年,其地当沅、靖二州水陆之冲,一有蛮隙,则为害不细"④。然而,当时杨氏势力颇强,辰州州县却兵力空虚,地方官采用武力强行驱离杨氏并非明智之举,故要杨氏离开当地,"智取"才是上策。

那么,有何办法既能将杨氏调离当地,又不至于引起官府与杨氏之间的冲突呢?一种可行的办法是,辰州利用朝廷每年增加的财政补贴就地招募杨氏,使其向卢溪以西地区开拓、防守,将杨氏势力引向溪峒。这样既能顺理成章地将杨氏调离浦口这一州县腹地,缓解其对当地的威胁;又可以"以夷制夷",利用杨氏抵挡其他溪峒民族的侵扰,可谓一举两得。

---

① (元)脱脱:《宋史》卷四百九十四《蛮夷传二·西南溪峒诸蛮下·诚徽州》,中华书局,1977,第14192~14193页。
② (宋)陆游:《老学庵笔记》卷四,中华书局,1979,第44页。
③ (宋)陆游:《老学庵笔记》卷四,中华书局,1979,第45页。
④ (元)脱脱:《宋史》卷四百九十四《蛮夷传二·西南溪峒诸蛮下·诚徽州》,中华书局,1977,第14192页。

结合湘西一带流传的民间故事和民间文献来看，杨氏应如上述分析的那样，从卢溪顺着武水向西开拓，进入了卢溪以西的"蛮地"（今湘西吉首、凤凰一带）。

一方面，卢溪以西有水路可直达"蛮地"，宋代《武经总要前集》记载"卢溪县口因县城置寨，县西有武陵水路入蛮界"①，而清代湘西各地的许多民间故事都提到南宋孝宗朝②，有杨氏三兄弟奉命征讨辰蛮，开拓九溪十八峒，一直打到距离今天凤凰县城不远的奇梁洞外，将蛮酋何车歼灭，为此百姓在今吉首雅溪立庙，以纪念三人。可知，杨氏"征蛮拓地"的路线大致是从卢溪沿水路西进，先到达今吉首雅溪一带，再继续向南推进到凤凰。

> 父老曰：神之庙食于兹土者，四百有余岁矣！有大庙在鸦溪，此（即凤凰靖疆营天王庙，笔者注）其拜亭也。所谓三王者，盖兄弟云。长曰金龙，次曰金彪，又次曰金纂，出于杨……宋南渡，孝宗朝，奉命征讨辰蛮，拓九溪一十八洞，时苗与傜合兵，皆一战击走之，追至奇梁洞，歼其渠魁何车，斩首九千余级。蛮畏其威，民怀其德，遂立庙以祀之。③

> 神为杨姓兄弟三人，宋孝宗朝开九溪十八洞，歼厥渠魁，平其祸患……民苗畏其威，立庙以祀，无敢怠者。④

> 至孝宗乾道九年，荆楚辰变，龚之德、周德星、杜液（夜）何车

---

① （宋）曾公亮、丁度：《武经总要前集》卷二十，载《景印文渊阁四库全书》第726册，台湾商务印书馆，1986，第569页。
② 也有个别记载说这个故事发生在南宋高宗时期，如光绪《凤凰厅续志》提到《杨氏族谱》记载这个故事发生在高宗朝，别的地方则说发生在孝宗朝，"蛮境既平，边师上其功，帝欲亲观状貌（谱载高宗，别传云孝宗），传急诏，三王遂诣临安。"参见光绪《凤凰厅续志》卷一《典礼》。翻检道光《杨氏族谱》，其中既有记载事在孝宗朝，也有记载在高宗朝。总体而言，在清代湘西各地方志所收录的民间故事当中，记载此事发生于孝宗朝的占了绝大多数，记载此事发生于高宗朝的只是极少数。
③ （清）侯晟、耿维中修，黄河清纂《凤凰厅续志》卷一《典礼》，清光绪十八年刻本。
④ （清）周玉衡等修，杨瑞珍纂《永绥直隶厅志》卷二《营建门·坛庙》，清同治七年刻本。

等滋事焚掳,遗委昌除公子金龙、金彪、金纂正(征)剿平息。①

以上民间记忆比较一致地反映出南宋孝宗时期,有杨氏受命征讨今吉首、凤凰一带的情形。这与前述孝宗乾道年间官府招募杨氏向泸溪以西开拓、防守的判断是吻合的。两者可以相互印证。尤其是最后一则民间记忆,出自道光年间凤凰令家杨氏,提到杨氏祖先在乾道九年(1173)来到凤凰一带"征蛮",这正好是章才邵向朝廷上书之后不久,二者在时间上前后相继,相当吻合。

另一方面,除时间吻合外,民间记忆和文献记载的相关人群也是一致的。有证据表明,民间记忆当中南宋孝宗朝受命征讨今吉首、凤凰一带的杨氏,正是文献记载的泸溪浦口的靖州仡伶杨氏。

首先,据清代道光年间凤凰厅杨胜明的《杨氏族谱》记载,凤凰境内都吾、务头、乌引等地自称"令家"的杨氏取名都是按照"再、正、通、光、昌、胜、秀"七字为派,循环使用,族内有诗云"杨震关西七字传,儿孙代代复周全。再正通光昌胜秀,尽入江南作大贤"②。族谱对此解释说:"祖派七字,义(议)世系以'再、正、通、光、昌、胜、秀'命名,周而复始。"③ 以族谱和地方志验之,清代凤凰厅东北一带确实有很多杨姓人是以七字为派来取名的,仅地方志所载便有百余例。直到今天,凤凰县都吾、务头、中寨、长坪、三田湾、杜田、坪高、毛坪等地的令家杨仍旧使用"再、正、通、光、昌、胜、秀"作为字派取名。④

在吉首境内,也有很多按照七字派取名的杨姓人。他们主要分布在今吉首市中部往南的地区,与上面所讲的凤凰县东北部的杨氏连成一片。例如,清咸丰年间任陕西延绥总兵的杨昌泗,乾州厅人,其祖名通能,父名光重,其子不详,其孙名秀实⑤,其祖孙五代字辈为"通、光、昌、[胜]、

---

① (清)杨胜明:《杨氏族谱》不分卷,湖南凤凰,清道光十四年修,手抄本。
② (清)杨胜明:《杨氏族谱》不分卷,湖南凤凰,清道光十四年修,手抄本。
③ (清)杨胜明:《杨氏族谱》不分卷,湖南凤凰,清道光十四年修,手抄本。
④ 访谈对象:杨昌基,男,71岁;访谈人:龙圣;访谈时间:2008年8月20日;访谈地点:凤凰县三里湾杨昌基家中。
⑤ (清)蒋琦溥修,林书勋编修,张先达续纂《乾州厅志》卷十《封典》载:"杨通能以孙杨昌泗延绥镇总兵诰封振威将军,杨光重以子杨昌泗延绥镇总兵诰封振威将军。"同卷又载:"杨秀实祖昌泗,延绥总兵,积劳病故军营。"

秀"。又如，清同治年间任陕甘总督的杨岳斌，乾州厅人①，原名杨载福，其曾祖名昌文，祖名胜侨，父名秀贵②，其祖孙四代字辈为"昌、胜、秀、载（再）"。又如，清代乾州厅人杨秀钟，任辰州千总，其祖名昌成，父名胜登，其祖孙三代字辈为"昌、胜、秀"。再如，杨再佑、杨正笏父子，杨再权、杨正恩父子，杨再林、杨正亮父子，杨再寿、杨正仪叔侄，杨昌尧、杨胜长父子，杨昌禄、杨胜聪父子，他们的字辈或为"再、正"或为"昌、胜"。可以看出，以上所举乾州厅杨氏，正是按照"再、正、通、光、昌、胜、秀"七字循环规则取名的。此外，光绪《乾州厅志》当中还有很多单独出现的名字，如童生杨正宁、生员杨通睿、守备杨光太、举人杨昌煦、军功杨胜杰、后补同知杨秀观、蓝翎千总杨再富等近百余个杨姓人的名字，皆与七字字派相合。

如前所述，以七字为派循环取名的传统起源于靖州杨氏，其子孙虽迁居各地繁衍，但在取名时大都遵循此规则，这使得靖州杨氏子孙很容易与其他杨氏家族区别开来。由此可知，今凤凰、吉首一带采用"再、正、通、光、昌、胜、秀"七字为派的杨氏来源于靖州杨氏。

其次，凤凰、吉首以七字为派的杨氏不仅源自靖州，而且在族属上正是文献当中所记载的"仡伶"。这点可从杨氏的自称中得到很好的说明。在此，不妨以凤凰杨氏为例加以分析。凤凰都吾、务头、中寨等以七字为派的杨姓人，皆称自己为"令家杨"。这一称谓便起源于"仡伶"。如前所述，辰、沅、靖三州有"仡伶""仡僚"等族，"仡"是发语词，并无实际意义，真正有意义、可区别不同族类的是"伶""僚"这些实词。就好比"阿强""阿武"中，"阿"并无实际意义，"强""武"才是区别不同个体的实称。所以，"仡伶""仡僚"的实际称谓就是"伶""僚"，他们可自称为

---

① 有些史料记载杨岳斌为湖南善化人，这一说法本身并没有错误。但需要说明的是：杨岳斌原籍乾州，其祖上皆为乾州籍，并世居乾州。杨岳斌从小亦在乾州长大，后来他入了善化籍，所以有些史志也称其为善化人。具体参见（清）吴兆熙、冒沅修，张先抡、韩炳章纂《善化县志》卷二十二《捐保实官》，书中载："杨岳斌，原籍乾州，入籍善化，原名载福，由湘阴外委累官福建提督、花翎彪勇巴图鲁赐黄马褂加太子少师衔轻车一等都尉，授兵部尚书、陕甘总督，督办江南、皖南、山东、直隶军务，节制五省长江水师钦差大臣。"
② （清）蒋琦溥修，林书勋续修，张先达续纂《乾州厅志》卷十《封典》载："杨昌文以曾孙杨岳斌陕甘总督诰封荣禄大夫，杨胜侨以孙杨岳斌陕甘总督诰封荣禄大夫，杨秀贵以子杨岳斌陕甘总督诰封荣禄大夫。"

"伶家""僚家"。由此可知,"伶(令)家"就是"仡伶"这一族类的自称,"伶(令)家杨"也就是"仡伶杨"。①

除自称外,凤凰令家杨的丧礼仪式亦可证明他们的族属为仡伶。凤凰令家杨在丧礼上与当地其他姓氏有很大不同。按照凤凰、吉首等地一般的风俗,家中如有人去世,丧家要请道士来家里为亡者念经超度,令家杨却不请道士超度,而是由家族内部按辈分世代相传的"流落"(即土法师,也作"溜落")来举行法事。流落举行法事的时候要鸣鼓、跳牌、挥刀、放弩等。除令家杨外,当地还有田、苏、罗三姓,据说当年是随同杨姓一起征战的部将,他们也自称令家,叫作令家田、令家苏、令家罗。令家四姓的丧礼一致,却与凤凰其他家族不同。为何丧礼要请流落来鸣鼓、跳牌、挥刀、放弩等?据道光凤凰《杨氏族谱》记载,是因为南宋时期令家杨三位祖先曾带领田、苏、罗三姓部将征讨辰蛮,开拓蛮地,此后三位杨姓祖先被朝廷设计毒死,回程途中溜落下马②,所以后来杨、田、苏、罗四姓在父母去世时,子孙为纪念和缅怀先人,就在丧礼上请祝师流落来模仿先人中毒溜落下马的情形,并通过鸣鼓、跳牌、挥刀、放弩等动作模仿先人开拓蛮地时的战斗经历。

丧事请溜落跳牌打令根由

且查木本水源,凤属地境之明(民)户,并无令家名目一说。惟我乌引里杨、田、苏、罗为令家杨田也。父母终世,请祝师溜落鸣鼓,破竹刷打令,跳牌,源我祖胜龙、胜彪、胜纂公及随同僚属之田、苏、

---

① 需注意的是,凤凰一带以七字为派的杨姓人,不论是道光年间还是民国时期所修族谱,皆记载他们为"令家杨"。在本书作者 2008 年前往凤凰调查时,他们也自称"令嘎杨"。在湘西方言中,"嘎"即家的意思,比如杨嘎、田嘎,也就是杨家、田家。他们自称"令嘎杨",也就是"令家杨",这说明至少清代民国以来,当地杨氏家族都明白其族谱记载的"令家杨",也就是他们自称的"令嘎杨"的意思。然而,后来有些学者在调查、研究的过程中,用"廪嘎""廪卡"取代了"令家"和"令嘎"。这既与传统的词意和当下的发音不同(廪发"lin"音,令发"ling"音),又特别容易误导后人,将杨姓与土家研究中的巴人廪君联系在一起,将他们附会成巴人后裔。此做法实不可取,在此不得不辨。实际上,凤凰、吉首一带以七字为派的杨姓人源自靖州,其族属为仡伶,故自称令家,他们并非巴人后裔。

② 吉首境内雅溪等地的杨氏当中亦流传着相同的故事情节,参见(清)蒋琦溥修,林书勋续修,张先达续纂《乾州厅志》卷四《典礼》,清同治十一年修、光绪三年续修本。

罗三姓，宋高（孝）宗时带领将卒征剿荆楚辰蛮贼首龚之德、周得星、何车等寇，征至地名棋梁桥，三十六将杀枭九千，余匪尽净。鸣鼓督阵，用环刀，放弓弩，剿贼党，当此是（始）也。今人以及瑶仡辰蛮四方八面肆扰，天下惶惶，宰杀牲牢，犒赏将卒，碗盏百无一有，只可用岩盘盛肉，瓦块摆菜而已。平息后晋京，被奸谋中计，上马溜落即亡，其尸在计程一十四日，气值林钟盛暑大蒸，随从人役仅折麻叶扫除蚊蝇，随口讴歌，采取山中蜜蜡烧香避秽，故今杨、田、苏、罗四姓父母终世，请祝师溜落效先人在宋朝被谋中计上马溜落而亡；鸣鼓效先人打仗督阵，破竹刷、用环刀效先人放弩弓杀蛮寇；祭碗曰岩盘，效先人犒赏军；执白旗打令唱歌，效先人折麻叶扫去蚊蝇；随口讴歌、烧黄蜡，效先人焚蜜蜡避秽；执长钱名曰先人出征都阵，旗号剪纸凡曰青州、曰扬州钱也。种种丧事皆有粮（良）由，自此而始，名曰令家杨、田、苏、罗四姓是也。丧祭乃从先祖，各尽其道。原效先［人］生前之功苦，记祖宗生徙诵死之哀。其一土之神，传之于始，流之于今，怎敢遽改也。①

上文提到，南宋时期令家杨三位祖先及部将在征讨辰蛮过程中鸣鼓、跳牌、挥刀、放弩，后人为纪念他们，于是在丧礼上效仿先人鸣鼓、跳牌、挥刀、放弩的动作。这些恰恰符合宋代靖州仡伶战斗时的特点。南宋洪迈记载，靖州仡伶、仡佬等族的习俗如下：

> 靖州之地……其风俗夐与中州异……战之日，观者立其傍和劝之，官虽居其中，不敢犯也。败则走，谓之上坡。志在于掠，而不在于杀，则震以金鼓，而挺其一隅。纵之逸，谓之逆。败者屈而归之，掠其财而还其地，谓之入地。兵器有甲胄、标牌、弓弩，而刀之铁尤良。弩则傅矢于弦而偏架之，谓之偏架弩，以利侔中土神臂弓，虽暑湿亦可用。②

此外，南宋王象之在讲到靖州仡伶的风俗时，亦提到：

---

① （清）杨胜明：《杨氏族谱》不分卷，湖南凤凰，清道光十四年修，手抄本。
② （宋）洪迈：《容斋随笔》四笔卷十六《渠阳蛮俗》，中华书局，2005，第821~822页。

蛮皆盘瓠之余种，故其族类尚有犵狫、犵獠之号，其计岁月率以甲子，其要约以木铁为契，其乐器有愁笛、壶笙，其兵器有甲胄、摽牌、刀及偏架弩，其利与中国神臂等，虽湿暑亦可用。东通于邵，南通于融，北通于沅。①

由此可见，鼓、盾、刀、弩乃是宋代靖州仡伶一族类作战时必备的武器，鸣鼓、跳牌、挥刀、放弩是他们在战斗中最普遍的动作。凤凰东北部以七字为派的杨姓人出自靖州，又称自己为令家杨，而且他们模仿宋代祖先战斗时的动作及其武器，均与宋代靖州仡伶的情形相符，这足以证明凤凰、吉首一带杨氏记忆中征讨辰蛮的祖先，正是来自靖州的仡伶杨氏。

凤凰、吉首的靖州仡伶杨氏是如何来到当地的？是北迁辰州卢溪县的那支靖州仡伶杨氏吗？的确如此。关于这点，我们可以继续从丧葬礼仪方面来考察。除了前面讲到的仪式动作外，流落在令家杨的丧礼上，还会用到八卷本的科仪书②，里面使用的全部是汉字，但有不少内容念出来不明其意，流落仅仅是根据其中的汉文记载来念、唱。尽管如此，其中有个别地方的意思仍然是比较明显的。例如，第一卷《令歌》（见图3-1）当中有一句为：

今年爷娘岁能摆摆，辰州买板靖州埋。

这句显然是令家杨在丧葬仪式中对祖先来历的追述，其功能与我国西南地区很多民族在丧葬仪式上所唱的《指路经》类似，一方面用以讲述祖先的来历，另一方面是要将亡者灵魂按照祖先来时的路线一站一站地原路送回祖居地。"辰州买板靖州埋"，恰好说明令家杨的祖先是先从靖州迁到辰州落脚，然后再来到凤凰、吉首，因此最后定居这些地区的杨姓人在送

---

① （宋）王象之：《舆地纪胜》卷七十二《荆湖北路·靖州·风俗形胜》，中华书局，1992，第2418~2419页。
② 凤凰县木江坪令家田第17代流落田时瑞1994年抄传。科仪书一共八卷，第一卷为《令歌》，第二卷为《诸歌》，第三卷为《垒歌》，第四卷为《吹号》，第五卷为《翻歌》，第六卷为《十二花歌》，第七卷为《唱鸡歌》，第八卷为《送歌》。

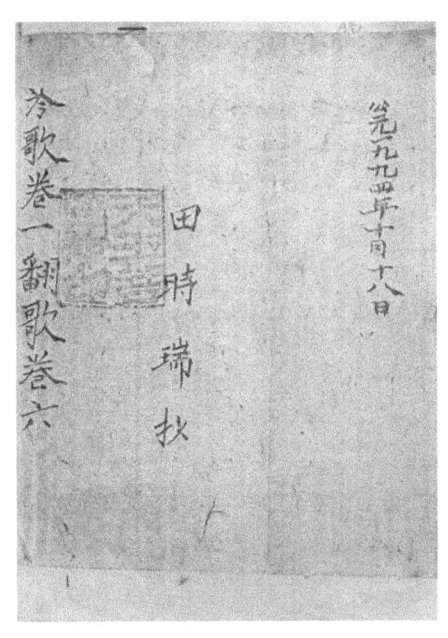

图 3-1 《令歌》封面（龙圣 摄）

亡人的时候，要把其灵魂先送到辰州，再送回靖州。这就说明凤凰、吉首二地的令家杨，正是来自辰州卢溪浦口的那支靖州仡伶杨氏。① 由此也证实了前面的判断是正确的，即南宋乾道七年（1171）章才邵上书后，辰州卢溪浦口的靖州仡伶杨氏被就地招募，并向卢溪以西开拓、防守，杨氏顺着武水往上游一路推进到今湘西吉首、凤凰一带。这一迁徙路线在后来康熙

---

① 需要指出的是，有些学者认为令家人的跳牌、打令即古代巴人的跳丧，《令歌》是古代巴人歌曲或汉代乐府，等等。参见谭必友《七姓证盟西迁与隐居的史诗——武陵山腹地的廪歌研究》，《中央民族大学学报》（人文社会科学版）2001 年第 1 期；熊晓辉《巴人古歌试释——土家族〈廪歌〉考辨》，《怀化师专学报》2001 年第 6 期；谭必友、田级会《廪嘎人丧堂歌与古代蓑露歌渊源考》，《中央民族大学学报》（哲学社会科学版）2011 年第 2 期；李丹《土家族廪嘎人打廪仪式及其价值研究》，《四川民族学院学报》2014 年第 2 期；等等。事实上，将打令仪式和《令歌》与古代巴人联系起来，并无有力证据支持，甚至不乏牵强附会之处。比如，道光凤凰《杨氏族谱》记载令家人的仪式为"打令"，1994 年凤凰木江坪流落田时瑞抄传的歌本明明写的是《令歌》（见图 3-1），有学者在利用道光谱和田时瑞的歌本进行研究时，为让此仪式和歌曲名称看起来与廪君巴人有关，将它们改成了"打廪"和《廪歌》，如此牵强附会，可见一斑。本书认为令家人跳牌、打令的仪式主要因纪念南宋杨姓等仡伶群体的征战、开拓而形成，它以身体记忆的方式再现了当时的历史，《令歌》则以口头叙事的方式反映着同一个过程，然而后来令家人的语言发生了变化，所以用汉字对音记载的歌本才出现了许多后人不能理解的地方。

《沅陵县志》的描述当中仍有所反映，该县志在提到白帝天王时说："自泸溪而上，皆奉北地天王，最灵威不可犯。红苗中亦敬事之。"① 自卢溪而上，也就是今天的吉首、凤凰，这些地方最崇奉白帝（北地）天王，原因就在于靖州仡伶杨氏的北地天王祖先神恰恰是通过其子孙从卢溪沿武水而上，带到武水上游的吉首、凤凰的，因此后来白帝（北地）天王在这一带最为盛行。

综上，南宋初年，靖州杨氏有部分族人先是迁徙到辰州卢溪县，后又从卢溪沿武水而上，到达今湘西吉首、凤凰一带。北宋时期靖州杨氏的北地天王祖先故事，正是通过这些北迁的杨氏族人传入湘西南部地区的。

四　杨氏权威与故事的在地化

随着杨氏在湘西一带的发展，北地天王祖先故事也逐渐在当地传播开来，出现了在地化的趋势，即从家族记忆到地方传说的发展。

南宋朝廷招募杨氏从卢溪沿武水向西开拓今湘西吉首、凤凰等地，将杨氏势力从腹心地区转移到溪峒地区，缓解了杨氏对当地官府的直接压力，同时也促进了其势力在溪峒地区的发展，大致从今泸溪往西至吉首、凤凰等地皆为杨氏所控制。这又对宋朝形成了新的威胁。在1200年左右担任辰州知州的王万全，就曾提到杨氏在当地势力颇强，对宋朝州县构成威胁，"近辰之蛮有杨氏者，负强为患"②。恰好此时杨氏首领去世，知州王万全乘机设法将杨氏一分为三，以削弱其势力，"万全因其大酋之亡，析其族为三，其患遂绝"③。至于杨氏如何被一分为三，已不可知。不过，从后来的记载看，王万全的举措只是暂时削弱了杨氏的势力，不久杨氏等"蛮"便东山再起，攻陷了辰州卢溪县，此后卢溪县成了所谓的"蛮地"，不在南宋朝廷直接控制的范围内。嘉定元年（1208），湖北路提点刑狱曹彦约在《辰

---

① （清）郎廷楷修，张佳晟纂《沅陵县志》卷末《杂记》，清康熙四十四年刻本。
② （宋）佚名：《京口耆旧传》卷七《王万全》，中华书局，1991，第95页。该书记载王万全"擢知辰州"，但未具体记载任官的起止年份。不过，该书提到他从辰州任上告老还乡时尚不到70岁，最后死于1213年，死时81岁，假设其69岁离任，离任当在1201年，由此推知其担任辰州知州的时间在1200年左右。
③ （宋）佚名：《京口耆旧传》卷七《王万全》，中华书局，1991，第95页。

州议刀弩手及土军利害札子》一文中提到辰州旧有沅陵、卢溪、辰溪、溆浦四县，但此时的卢溪县已被攻陷，沦为蛮地，"辰州旧有四县，今亡其一。傜地旧在会溪之外，今已在北江之内。蛮僚日张，省地日削"①。从这个记载来看，不仅今泸溪以西的吉首、凤凰等溪峒地区为杨氏所控制，而且就连当时的卢溪县也成了杨氏的势力范围。

及至元代，杨氏仍是今凤凰、吉首一带颇有势力的大族。至元十六年（1279）春，元军进入湘黔交界地区，虽接连平定思州、杜望等寨，却遭到当地仡佬等族的激烈抵抗，"官军平思州、杜望、杜暮、河上、茶林诸寨，围桐木、笼竹，既而犵猪伯同叛，陷合水、美岩二寨"②。其中杜望、茶林皆在今凤凰县境内。作为当地大族的杨氏，后因出面招抚"峒蛮"有功，被元朝授予五寨长官司长官（司城位于今凤凰县城），成了今凤凰、吉首一带有名的土司。道光凤凰《杨氏族谱》记载：

> 胜钟公有大志量，抚蛮有功，元始（世）祖至元二十九年八月二十八日授剌（敕），任五寨军民长官司职，驻治衙。年五十岁卒。胜钟公生二子，长汉龙，名秀龙，分住下洞蜜蜂、都容，住治衙……元顺帝至正元年八月十五日授给五寨宣抚军民长官司职，年四十五岁卒。秀龙公生四子：长再聪，号君峻，无嗣；次再欣，号君宏；三再容，号君从，无嗣；四再明，号君德……再欣公抚蛮有功，元顺帝至正十五年八月二十日，授命镇远，袭父土司总管之职。年四十七岁卒。再欣公生四子……三正源公，住茶洞。元顺帝至正二十一年二月十二日，袭父五寨乌引宣抚军民长官司职……明洪武登基，正源公年四十岁卒。秀龙公四子再明［袭］之。③

可以看出，从元朝初年到明朝初年，杨氏先后有五人担任五寨长官司长官之职，分别为：杨胜钟（1292）—杨秀龙（1341）—杨再欣（1355）—杨

---

① （宋）曹彦约：《昌谷集》卷十一《札子·辰州议刀弩手及土军利害札子》，载《景印文渊阁四库全书》第1167册，台湾商务印书馆，1986，第142页。
② （元）苏天爵：《元文类》卷四十一《杂著·政典总序·招捕》，商务印书馆，1936，第586页。
③ （清）杨胜明：《杨氏族谱》不分卷，湖南凤凰，清道光十四年修，手抄本。

正源（1361）—杨再明（1368），历时 70 余年。关于五寨长官司的设置，《明史》亦载"五寨长官司，元置"①，可与杨氏谱牒相印证。

至明朝初年，杨氏不再世袭五寨土司，但其在当地民间仍有一定的影响力。比如，洪武二十八年（1395）明朝在今凤凰、吉首一带进行户口、田土登记，推行里甲制度，遭到当地民众的反对，卢溪县主簿孙应龙前往安抚，名为杨二的酋首出面代表地方民众请求朝廷减轻赋税，获得朝廷的同意。②

可见，自南宋乾道年间进入今湘西凤凰、吉首后，直到明初，杨氏皆为当地有权势的大族。特别是元代，杨氏成为五寨土司，势力盛极一时。这为杨氏北地天王祖先故事在当地的流传和演变创造了重要条件。如前所述，靖州杨氏北地天王祖先故事是发生在南宋以前的，主要讲述杨姓三兄弟以少胜多，平定蛮匪，死后为民间祭祀。湘西民间流传最广的白帝天王故事却发生在南宋孝宗朝，故事主题从杨姓三兄弟"平蛮匪"变成了"征辰蛮"（见表 3-2）。

表 3-2 北地天王与白帝天王故事异同比较

故事	主人翁	结果	时间	主题
北地天王	杨氏三兄弟	被民间立祠祭奠	五代或北宋初	平定"蛮匪"
白帝天王	杨氏三兄弟	被民间立祠祭奠	南宋孝宗朝	征讨"辰蛮"
	同		异	

湘西民间所流传的白帝天王故事之所以发生这些变化，即强调南宋孝宗朝和征讨辰蛮，应该说与宋元时期杨氏发展成为地方权威的过程是密切联系在一起的。南宋孝宗时期杨氏征服凤凰、吉首一带土著，元代又被立为当地的土司，作为一个外来群体，杨氏要在湘西民间树立权威，仅仅依靠武力是难以实现的。

除武力外，利用和改造地方民众所崇拜的神明是一种常见的办法。正如本书前一章所分析的，湘西是古代廪君巴人聚居地之一，吉首的漆树湾、

---

① （清）张廷玉：《明史》卷四十四《地理志五》，中华书局，1974，第 1100 页。
② 参见（清）段汝霖《楚南苗志》卷三《苗人总叙下》，伍新福校点，岳麓书社，2008，第 112~113 页。

双河村、岩排村曾出土过8件虎钮錞于，凤凰的牯牛坪、岩六屯村曾出土过2件虎钮錞于。① 这些巴人器物的出土地点位于吉首的南部和凤凰县的北部，二者连成一片，与后来仡伶杨氏在吉首、凤凰的主要分布地域及活动地域高度重合。廪君巴人后裔有崇祀白、红、黑三色土神的传统，杨氏进入湘西吉首、凤凰后，随着权势的增长，对之加以利用和改造，将当地土著供奉三色神的土神庙改造成了天王庙，并将庙中的三位土神附会成杨氏三位祖先——北地天王，然而为强调杨氏统治当地的合法性，他们在对外宣扬这三位杨氏祖先事迹的时候，并不是讲靖州北地天王故事的情节，而是讲南宋初年仡伶杨氏等几大家族奉命开拓当地的经过，以此强调杨氏虽是外来者，但其统治当地是有历史根由的，因而也是具有正统性和合法性的。如此一来，当地土著崇奉的土神庙就变成了天王庙，庙中原有的三色土神变成了有着白、红、黑三张脸谱的杨姓三兄弟，其故事主题则变为南宋孝宗朝三人奉朝廷之命征讨辰蛮。后来我们所看到的天王庙和听到的杨姓三天王故事，便这样产生了。

除强调统治合法性外，杨氏之所以改造和利用当地土神还有一个重要的目的，就是起到威慑作用。因为周边土著信奉土神，将庙中的土神说成杨氏祖先，并对外大力宣扬他们平蛮和显灵的故事，有助于威慑附近土著，让他们不敢轻易挑战杨氏的统治。从这个意义上说，将土神庙加以改造和控制，是杨氏巩固统治权威的一种手段。这点从雅溪天王庙和杨姓的关系上可以得到部分的印证。

雅溪天王庙是湘西历史最悠久的天王庙，早在明嘉靖年间的《湖广图经志书》当中便已经有了关于这座天王庙的记载。② 后世湘西民间几乎毫无例外，也都一致认为雅溪天王庙是最古老的，其他的天王庙都是从雅溪发展出来的分庙、行宫、拜亭等。然而，这座最早的天王庙正是由吉首、凤凰一带的仡伶杨氏家族及其部众所改造和控制的。从历史上雅溪居民的姓氏情况便可以看出这一点。比如，乾隆六十年（1795）湘西爆发大规模苗民起义时，雅溪就有叫作杨鏻的贡生率众抵抗，最后全家遇难。

---

① 周明阜等编著《凝固的文明》，青海人民出版社，2006，第197页。
② （明）薛纲纂修，吴廷举续修《湖广图经志书》卷十七《辰州府·山川·卢溪县》，明嘉靖元年刻本。

> 杨鏻，恩贡生，年五十八岁，在城东鸦溪，苗肆焚掠，率领村众御敌，中枪身殒。子昌岱，增生，赴救亦死。妻饶氏、媳罗氏，掳逼不从死……孙胜桂、孙女秋桂，全家均被害。①

可以看出，杨鏻之子名杨昌岱，孙名杨胜桂，从"昌、胜"字辈可知雅溪杨氏即吉首、凤凰一带的仡伶杨氏家族。除杨氏外，雅溪还有另一重要姓氏，即罗氏。罗氏族人也在这次起义中遭到冲击。

> 罗正贵，鸦溪人，负母杨氏及其妹出逃遇害。②

结合以上两条材料可以发现，罗正贵的母亲为杨氏，而杨昌岱的妻子为罗氏，显然杨、罗二姓之间互通婚姻。由此可见，至少清中叶时杨、罗二姓便是雅溪的主要居民，且关系紧密。这一局面直到民国时期仍然没有太大的改变。1940年《乾城鸦溪乡土调查》记载：

> 鸦溪位于乾城东北隅五里处，距所里约十里。在昔苗乱之时，尚属于不毛之地，盖丛林环抱，交通梗塞使之然也。而今汉苗杂处，各安生业，风俗言语，亦逐渐融洽，汉人以罗、杨二姓为最多，分寨而居。③

可见，乾嘉苗民起义时（1795），雅溪主要包括杨、罗二姓，他们分寨而居，构成了雅溪的两个自然村落。后来才逐渐有一些苗民和汉人进入，但直到1940年调查时，雅溪仍以杨、罗二姓人数最多。甚至到了20世纪80年代，雅溪依然是以杨、罗二姓人口为主。1982年编写的《湖南省吉首市地名录》记载：

---

① （清）蒋琦溥修，林书勋续修，张先达续纂《乾州厅志》卷十一《人物志》，清同治十一年修、光绪三年续修本。
② （清）蒋琦溥修，林书勋续修，张先达续纂《乾州厅志》卷十一《人物志》，清同治十一年修、光绪三年续修本。
③ 闻立侠、高学闵合编《乾城鸦溪乡土调查》，载教育部战区中小学教师第九服务团编《湘西乡土调查汇编》，沅陵合利益群印刷所，1940，第61页。

鸦溪（片村），该片村包括罗家寨、杨家寨二村。境内地形象乌鸦，有一小溪流过，故名。①

通过以上梳理不难看出，18世纪末到20世纪末将近两百年的时间里，杨、罗二姓一直是雅溪最主要的居民，几乎没有太大的变化。之所以如此，主要是因为雅溪"丛林环抱，交通梗塞"，颇为封闭，长期以来当地居民变化很小。那么，在清代以前呢？更是如此。据万历《辰州府志》记载，嘉靖年间明朝大军经过雅溪天王庙，那时尚没有大路可行，不得不伐树前进。② 从"伐树过庙"的情形可知，明代及以前的雅溪丛林密布，环境更为封闭，有外人流入其中的可能性更小，所以，雅溪长期以来就是由杨、罗二姓所控制的，雅溪天王庙自然也在这两个家族的掌控之中。

为何仡伶杨姓与罗姓一起长期占据雅溪且互通婚姻，而不是与别的姓氏？从吉首、凤凰二地流传的白帝天王故事可知，南宋时期仡伶杨氏在开拓湘西过程中，有罗、田、苏三姓部众跟随征战。因而这几个姓氏的子孙往往结伴而居，世代通婚，以巩固彼此之间的关系，从而共同对抗周边的族类。因此，在雅溪，杨姓与罗姓长期比邻而居、互通婚姻。在凤凰东北部，杨姓则长期与田、罗等姓结伴而居，世代通婚，这点在杨、田二姓的族谱当中都有较多的反映。这些情形与后世流传最广的白帝天王故事提到的历史情节相符，说明杨姓白帝天王故事是在一定历史背景下形成的，是对一定历史情境的记忆和再现。

那么，在仡伶杨氏、罗氏进入雅溪之前，这一带都有什么人居住呢？文献上没有关于这方面的详细记载，不过，考古发掘可为我们提供一些重要的线索。在雅溪东北3公里的漆树湾，曾出土过2件汉代虎钮錞于。雅溪东南10公里的岩排村也曾出土过2件，雅溪西南7公里的双河村出土的汉代虎钮錞于则达到了4件。与双河村仅仅相距2公里的牯牛坪村亦曾出土过1件。③ 可见，雅溪北面、东面、南面10公里以内的范围都出土过巴人器物，这说明雅溪及其附近曾分布着大量的巴人后裔。正因为如此，雅溪一

---

① 吉首市人民政府编印《湖南省吉首市地名录》，吉首市民族印刷厂印刷，1983，第22页。
② 参见（明）马协修，吴瑞登纂《辰州府志》卷三《山川》，明万历二十五年刻本。
③ 参见周明阜等编著《凝固的文明》，青海人民出版社，2006，第197页。

带才会留下巴人所崇祀的白、红、黑三色土神庙。后来，雅溪的土神庙变成了天王庙，供奉的白、红、黑三位土神变成了白地天王杨氏三兄弟。这显然是杨、罗二姓进入雅溪以后改造的结果。

结合雅溪的位置、环境和杨氏势力的分布来看，雅溪杨、罗二姓改造土神庙的重要目的便是借助土神权威和白帝天王故事来威慑周边族类。

雅溪位于乾州（隶属吉首）东北2.5公里处。如今雅溪当地已见不到溪流，但在过去，雅溪是有水路的。嘉靖《湖广图经志书》记载："鸦溪，在县西北镇溪千户所西一十五里，水自崇山发源，其流合武溪。"① 雅溪之水发源于崇山（位于今花垣县境内），最后流入武溪，这说明早先雅溪是通水路的。此外，乾隆《乾州志》有一首《鸦溪胜迹》，云："竹王祠外水横斜，溪上依稀似若耶。为是渔郎不到处，人家合得住烟霞。"② 又有《八景图·鸦溪胜迹》的说明文字称："州东北五里为鸦溪，竹王祠在焉，于蛮疆称巍峨，白云为藩篱，青山为屏风，一水湾环作碧琉璃色，数家茅屋掩映竹树中，颇晓林泉之趣。"③ 可以看出，直到清中叶时，雅溪天王庙（乾隆年间改称竹王祠）外仍然有一条碧绿色的水路，称作"鸦溪"。光绪《乾州厅志》卷二《山川志》对这条水路有更为明确的记载，"鸦溪，厅城东北五里"④，而且还提到这条水路上有桥，"鸦溪桥，城北五里"⑤。此外，光绪《乾州厅志》还记载了雅溪的具体流向，其描述武溪水系时提到，雅溪水从北向南流淌，在乾州厅城东北不远的鱼孔潭与万溶江会流，"又北东至鱼孔潭，三岔坪诸溪及鸦溪水南流注之"⑥。

综上可知，雅溪之水从今花垣境内发源，经雅溪向南流淌至乾州的鱼孔潭，注入万溶江。万溶江，自凤凰西部的腊尔山发源，流经凤凰东北部到达乾州，然后与雅溪会流，再继续东流，至吉首张排寨，与发源于花垣

---

① （明）薛纲纂修，吴廷举续修《湖广图经志书》卷十七《辰州府·山川·卢溪县》，明嘉靖元年刻本。
② （清）王玮纂修《乾州志》卷三《艺文志·鸦溪胜迹》，清乾隆四年刻本。
③ （清）王玮纂修《乾州志》卷一《舆图》，清乾隆四年刻本。
④ （清）蒋琦溥修，林书勋续修，张先达续纂《乾州厅志》卷二《山川志》，清同治十一年修、光绪三年续修本。
⑤ （清）蒋琦溥修，林书勋续修，张先达续纂《乾州厅志》卷二《疆里志》，清同治十一年修、光绪三年续修本。
⑥ （清）蒋琦溥修，林书勋续修，张先达续纂《乾州厅志》卷二《山川志》，清同治十一年修、光绪三年续修本。

的峒河会流，此后称为武水（即武溪）。武水继续东流，至卢溪县武溪镇，注入沅江。武水，即宋代文献记载的从辰州卢溪县向西进入"蛮地"的水路。靖州仡伶杨氏等家族在南宋时期"征讨辰蛮"便是从卢溪县出发，沿着武水西进，先到达鱼孔潭一带，往北顺着雅溪水路到达雅溪，往南顺着万溶江进入乾州及凤凰县的东部地区，所以吉首市的南部（从雅溪往南到乾州）以及凤凰县的东北部，直到今天仍然是令家杨氏、田氏、罗氏、苏氏等家族最主要的分布区域。

由此看来，雅溪已经是杨氏所领导的势力的最北端，杨氏集团的控制能力已达到极限。传说，杨姓曾率领部众与"蛮民"在雅溪西北的山地激战，最终将之击败，才开辟了雅溪这块地方，因此后来这一山地又被当地人称为"擒苗坳"。从擒苗坳有小路可通往今花垣一带，"过天王庙，经擒苗坳等处小道，可通永绥，在公路未通前，土人往永绥恒经此，较公路可捷二十里"①，可见，雅溪是"蛮民"进出溪谷的关口。经过南宋时的激烈战斗，杨氏集团消耗过大，已无力继续深入"蛮地"，于是留下部分杨姓、罗姓人在雅溪守御。周边土著因为被击溃，元气大伤，对留守雅溪的杨、罗二姓的威胁亦相对较小。到了元代情况却有所不同，元代仡伶杨氏成为五寨土司，杨氏集团的统治中心在今凤凰县中部（治衙在今县城），其势力往凤凰县东北方向延伸至乾州、雅溪。雅溪是杨氏土司势力的最北端，又是"蛮民"出入的重要关口，远离土司统治中心，孤悬一线，势力薄弱。与此同时，经过多年的休养生息，当地土著已逐渐恢复元气，对雅溪杨、罗二姓的威胁也大大增加。所以，相比凤凰一带的杨、田、苏、罗四姓而言，留在雅溪的杨、罗二姓更需要将当地的土神庙改造为天王庙，并通过宣扬白帝天王故事来威慑周边的族类。因此，雅溪天王庙是杨氏集团中最早出现的天王庙。故在民间记忆当中，这座天王庙也最为古老。康熙五十二年（1713）的《靖疆营重修天王神庙碑》在讲到雅溪天王庙时说："父老曰：神之庙食于兹土者，四百有余岁矣！"② 如果按照元朝至元二十九年（1292）凤凰杨胜钟当上五寨土司后，雅溪杨、罗二姓将当地土神庙改为天

---

① 闻立侠、高学闵合编《乾城雅溪乡土调查》，载教育部战区中小学教师第九服务团编《湘西乡土调查汇编》，沅陵合利益群印刷所，1940，第61页。
② （清）侯晟、耿维中修，黄河清纂《凤凰厅续志》卷一《典礼》，清光绪十八年刻本。

王庙计算，至康熙五十二年（1713），雅溪天王庙已有421年历史，与当时地方父老所说的雅溪天王庙有四百余岁相吻合。① 由此可知，杨、罗二姓将雅溪土神庙改为天王庙大致在元朝初年。

从实际情况看，改造的雅溪天王庙和白帝天王故事在威慑周边族类方面的确产生了一定的效果。比如白帝天王故事中提到，杨姓三兄弟南宋时期征蛮有功，后受到皇帝召见，在返回途中喝了皇帝赐予的毒酒身亡，时间在六月盛暑。元代雅溪杨、罗二姓将土神庙改为天王庙并大力宣扬其故事后，当地民间便逐渐形成了有关白帝天王的禁忌，即在六月杨姓三兄弟的祭期内不得嬉闹和杀生等，要保持肃静，以纪念三人。明嘉靖《湖广图经志书》对此有明确记载："溪之旁有鸦溪神庙，其神为白帝天王，每岁六月巳日起至巳日止，忌穿红、张伞、吹响器，山林溪涧虽有禽兽行走并鱼跳跃，人不得名，亦不敢取。"② 这说明雅溪天王庙和白帝天王故事至少在明代已经使当地人产生了敬畏，因而也就证明之前雅溪杨、罗二姓将土神庙改为天王庙并利用白帝天王故事威慑周边族类的做法是行之有效的。因此，继雅溪杨、罗二姓之后，凤凰的杨、田等姓也模仿他们在凤凰当地修建了天王庙并大力传播白帝天王的故事。这点从凤凰靖疆营天王庙的名称上可以找到一丝证据。据明代五寨土司所著《田氏传边录》记载，靖疆营天王庙旧名"乌引殿"，因群乌拥香炉于此，民众建祠祭祀而名。③ 这明显与"鸦溪"天王庙有关，"鸦溪"因地形似乌鸦，有溪流过而名"鸦溪"，乌引殿因乌鸦拥香炉而来，说得更通俗点就是从雅溪天王庙分出的香火，所以叫作乌引殿。康熙五十二年（1713）的《靖疆营重修天王神庙碑》对此说得最为清楚："有大庙在鸦溪，此其拜亭也。"④ 这证明凤凰靖疆营天王庙是由雅溪大庙分建而来，至少在明代就已存在。

此外，元明以来仡伶杨氏亦有部分族人通过婚姻、迁徙，融合到了今

---

① 此外，《靖疆营重修天王神庙碑》中还提到南宋孝宗朝杨氏三兄弟征蛮有功，"蛮畏其威，民怀其德，遂立庙以祀之"。南宋孝宗朝最后一年为1189年，假设雅溪天王庙是南宋孝宗朝所建，康熙五十二年（1713）时至少已有524年，不可能才四百余岁。显然，雅溪天王庙应为后来所建。

② （明）薛纲纂修，吴廷举续修《湖广图经志书》卷十七《辰州府·山川·卢溪县》，明嘉靖元年刻本。

③ 参见（清）黄应培修，孙均铨、黄元复纂《凤凰厅志》卷三《山川》，清道光四年刻本。

④ （清）侯晟、耿维中修，黄河清纂《凤凰厅续志》卷一《典礼》，清光绪十八年刻本。

吉首、花垣一带的苗族当中，完成了"苗化"的过程。康熙《红苗归流图说》在提到湘西苗姓时说："红苗，盖近代所称，种类以数万计，氏族惟是吴、龙、石、麻、廖五姓而已。又有杨姓者，乃民人其巢，与之婚嫁，既久遂成其类，曰仡佬苗。"① 乾隆《乾州志》亦记载：

> 乾苗止吴、龙、石、麻、廖五姓，其姓杨、施者曰犵獠，乃民人入其巢，与之婚嫁，遂成其类者，今六里永绥颇多此种。②

由此可见，今吉首（乾州厅）境内苗民原本只有吴、龙、石、麻、廖五姓，后来有杨姓等民人（文称仡僚，实为仡伶之误）进入苗地与之互通婚姻，于是融合到了当地苗族之中，成了苗人。此后，吉首一带"苗化"了的杨姓人又向今花垣（永绥厅）苗地迁徙发展，以至于永绥也多有杨姓后裔分布。例如，清代乾州厅杨孟寨杨姓苗人，便是"苗化"了的仡伶杨氏。杨孟寨（今吉首阳孟），在厅城西北六十里与永绥厅交界的地方。道光年间，有杨孟寨苗人杨正富、杨正虎、杨光明、杨昌富（光明之子）等，发动周边苗民进行抗租斗争。③ 从"正""光""昌"字辈可知，乾州杨孟寨的杨姓正是"苗化"了的仡伶杨氏族人。又如，永绥厅乾隆六十年（1795），有本厅人杨昌仁任排料汛外委，在出兵过程中阵亡，其子杨胜奇因此世袭云骑尉。④ 从"昌、胜"字辈亦可看出，清代永绥也有"苗化"了的仡伶杨氏后裔。除此以外，乾州、永绥二厅厅志中还有很多以"再、正、通、光、昌、胜、秀"为派的杨姓苗民，此不赘举。这些杨姓苗民便是仡伶杨氏与当地苗民通婚后迁徙发展所形成的。从明初镇溪所苗酋杨二代表当地苗民要求朝廷减轻赋税来看，仡伶杨姓与当地苗民通婚并"苗化"的过程当自元明以来就已开始，到明清时期今吉首、花垣一带已有不少杨姓苗民了。

除通婚外，与苗人结拜也是杨姓"苗化"的原因。杨姓通过结亲进入

---

① （清）阿琳：《红苗归流图说》，载《楚南苗志》附录，伍新福校点，岳麓书社，2008，第258页。
② （清）王玮纂修《乾州志》卷四《红苗风土志》，清乾隆四年刻本。
③ （清）侯晟、耿维中修，黄河清纂《凤凰厅续志》卷六《兵防志》，清光绪十八年刻本。
④ （清）董鸿勋纂修《永绥厅志》卷二十二《人物门一》，清宣统元年铅印本。

苗地后，为在当地站稳脚跟，还与当地苗民结拜为兄弟，以互相应援。受此影响，今吉首、花垣境内有部分吴姓、龙姓、石姓苗民曾采用仡伶杨姓的"再、正、通、光、昌、胜、秀"七字字派取名。例如，宣统《永绥厅志》记载，吴姓苗人有吴再升（记名总兵加提督衔）、吴正邦（土守备）、吴通荣（阵亡兵丁）、吴光荣（屯田总旗）、吴昌胜（阵亡兵丁）等，龙姓苗人有龙再霖（土守备）、龙正昇（苗举人）、龙通信（屯田佃户）、龙光灿（苗举人）、龙胜蛟（入忠烈祠）等，石姓苗人有石正典（苗举人）、石光荣（苗举人）、石昌莹（苗举人）、石胜珩（小学校长）等。

　　仡伶杨氏通过通婚、结拜融入当地苗族，自然也就把其祖先神白帝天王带入了苗区内部。因为白帝天王是杨姓的祖先神，所以与杨姓有亲朋关系的苗民也逐渐接受了这一神明，并将其视为"客教之神"。苗老司（巫师）在做法事时，常常请到白帝天王，加之民间传说这一神明有平蛮之功，故苗民对之亦敬畏有加。

　　综上，经过改造后的杨氏白帝天王三位祖先神取代了雅溪当地的土神，这一方面强化了元代杨氏集团统治当地的合法性，满足了雅溪杨、罗二姓威慑周边族类的迫切需求；另一方面也加速了白帝天王故事从祖先记忆到民间传说的转化。此后，随着雅溪天王庙的对外传播、修建以及部分杨氏族人的"苗化"，白帝天王故事逐渐在地方上广泛流传开来，成为后世湘西南部地区重要的民间记忆。

第四章　杨业后裔：明代白帝天王故事的变化

靖疆营重修天王神庙碑

　　今天子御极五十有二年，余奉命驻扎筸城。既而以查边过乾，乾之阳有庙且旧，榜其上曰：天王庙。余不知其所由，进父老而问之。父老曰："神之庙食于兹土者，四百有余岁矣！有大庙在鸦溪，此其拜亭也。所谓三王者，盖兄弟云。长曰金龙，次曰金彪，又次曰金豹，出于杨，为宋名将业八世孙。宋南渡，孝宗朝，奉命征讨辰蛮，拓九溪一十八洞，时苗与傜合兵，皆一战击走之，追至奇梁洞，歼其渠魁何车，斩首九千余级。蛮畏其威，民怀其德，遂立庙以祀之……"余既作新其亭之庙，又从而为之记，盖欲以父老之所传闻，补史臣载笔之所不及云。

　　康熙五十四年岁次乙未季春中澣谷旦立。

　　中宪大夫分巡辰沅靖道按察使司副使加二级周文元谨记述传。①

上述碑文是清康熙五十二年（1713）辰沅靖道周文元视察凤凰厅（今凤凰县）靖疆营时所撰。这位官员在视察过程中对当地的一座白帝天王庙产生了兴趣，于是向当地长者请教其由来，并从长者口中得知白帝天王为杨姓兄弟三人，是杨业的子孙。通过这一记载可知，至迟在清初，凤凰厅一带民间流传的白帝天王故事，已将白帝天王兄弟三人与杨业联系在了一起。在故事当中，杨姓三兄弟成了杨业的子孙，获得了"杨家将"后裔的

---

① （清）侯晟、耿维中修，黄河清纂《凤凰厅续志》卷一《典礼》，清光绪十八年刻本。

身份。由此，当地杨氏祖先亦从宋代的溪峒"土酋"转变成了朝廷"名将"。清初凤凰厅的白帝天王故事中何以会有杨家将之叙事？这种叙事形成于何时？其形成的原因是什么？为解开这些疑问，本章接下来将从明朝对五寨（即清代凤凰厅的前身）一带的治理以及当地杨氏家族的情况入手，加以探讨。

一 明朝对五寨一带的治理

（一）卫所、土司与州县之设

洪武七年（1374）六月，明朝在今凤凰县中部设五寨长官司（治所在今县城），以思州田氏子孙田文为长官，"辛丑，辰州卫遣人送五寨长官田文来朝贡马及方物，诏赐袭衣文绮并以敕命授之"①。永乐三年（1405）七月，今凤凰县北部的筸子坪等三十五寨苗民归附，明朝在当地设筸子坪长官司，隶属湖广都司，以苗酋龙廖彪为长官，管理筸子坪等三十五寨苗民，"设筸子坪长官司，隶湖广都司……时辰州卫指挥佥事龚能等招谕筸子等处三十五寨生苗龙廖彪等四百五十三户向化，廖彪等各遣子来朝，请设官抚治。上曰：苗蛮能慕义来内属，宜从其意，遂命设长官司，以廖彪为筸子坪长官"②。

在今凤凰以北、以东地区，明初设有卢溪县（隶属辰州府），其范围不仅包括今泸溪县，而且涵盖了今吉首市和花垣县的一部分。明朝在卢溪县设立了里甲制度，原则上按照110户为1里，将当地苗民、汉民皆编入里甲，计有58里，6000余户。洪武二十八年（1395），今吉首、花垣一带苗民因不堪里甲赋役的沉重，起而反抗。卢溪县主簿孙应龙前往招抚，苗民推其酋首杨二作为代表，请求朝廷减轻赋役，于是明朝将卢溪县一分为二，在今吉首设镇溪军民千户所，隶属于辰州卫。卢溪县则由原来的58里，缩小为12里。

（洪武）二十八年，苗有不服造册者倡乱，卢溪县主簿孙应龙入洞

---

① 《明太祖实录》卷九十，洪武七年六月辛丑。
② 《明太宗实录》卷四十四，永乐三年七月丁酉。

招谕，领苗长杨二赴奏，准轻赋，另给重赏发回。始割卢上五都蛮民分为十里，置镇溪军民千户所，隶辰州卫，每十年，照州县例攒造丁口解查。①

按，泸国初本五十八里，辰旺邑也。寻以苗叛割据，开司置所，分屯列营，俾相防守，所存者一十二里而已。②

新设的镇溪军民千户所，从贵州乌撒卫、四川泸州卫各调一名副千户担任镇溪所千户，将当地一百二十四寨分为十里，令杨二等人充当百夫长进行管理；又将当地苗寨中的畸零人户一百三十二户编充土军，设土百户、总旗等统领，以守备城池印信。以上千余人户，遇乱奉命征调则为军，事平班师解散则为民，因此该千户所前冠以"军民"二字，称镇溪军民千户所。其中，从外地调来的千户称"所官"，而由当地土酋充当的土百户、百夫长等职称"土官"。

此外，明初在今凤凰县东南方向设有麻阳县（隶属辰州府），与五寨长官司管辖的地域相连。通过明初的这些设置，明朝将凤凰一带民众纳入王朝的统治当中。大致以五寨长官司为界，以东、以南为卢溪县、麻阳县，多汉民；五寨长官司以北的镇溪军民千户、筸子坪长官司则多苗民，史称"镇筸苗"，后因明朝设镇筸参将驻五寨司城，故镇筸又可泛称今凤凰、吉首一带。此外，在镇筸以西的腊尔山等山区当中有大量的苗民分布，因明朝未能在其地编户造册，故称为"生苗"。

(二) 分而治之下的地方秩序

明朝初年针对不同人群，通过设置卫所、土司、州县将今凤凰及其周边地区纳入王朝统治。所、司、县犬牙交错，对当地民众分而治之。不过，这种"分而治之"的制度设计在实际的运行当中也暴露出不少问题，对地方社会秩序的稳定造成较大的挑战。明朝宣德至万历年间，镇筸及其附近

---

① （清）顾炎武：《天下郡国利病书》第五册《湖广备录下》，上海古籍出版社，2012，第2877页。
② （清）顾奎光修，李涌纂《泸溪县志》卷九《户口》，清乾隆二十年刻本。

地区陆续发生了多次苗民冲击地方的事件（见表4-1）。

表4-1 明永乐至万历年间镇筸及其附近地区苗民冲击地方事件一览

时间	事件	参考文献
永乐五年	镇筸苗叛，总兵官张驯统兵剿抚	（清）顾炎武：《天下郡国利病书·湖广备录下》
永乐十二年	筸子坪苗吴者泥等叛，攻劫屯寨	《明太宗实录》卷一百五十五，永乐十二年九月丙戌
永乐十二年	筸子坪苗吴担竹等叛，出没为寇	《明太宗实录》卷一百五十七，永乐十二年十月戊戌
宣德五年	筸子坪长官司吴毕郎为乱	《明宣宗实录》卷六十九，宣德五年八月丙申
宣德六年	镇筸苗酉龙三、白大虫、黄老虎等叛	（清）顾炎武：《天下郡国利病书·湖广备录下》
宣德七年	"生苗"龙不登等攻劫五寨长官司白崖诸寨	《明宣宗实录》卷八十八，宣德七年三月壬申
成化十六年	镇筸苗叛，毁麻阳县治，攻至沅州界	（清）严如熤：《苗防备览》不分卷《述往录》
弘治八年	镇溪苗民龙麻阳等叛，聚徒攻剽、杀掳人畜	《明武宗实录》卷一百二十六，正德十年六月己卯
正德七年	镇溪苗龙麻羊、龙江西、龙成酒等啸聚为乱	（清）顾炎武：《天下郡国利病书·湖广备录下》
嘉靖十八年	筸子坪苗龙母叟聚众攻劫筸子坪长官司，得禾冲等二十一村。亚酉苗民龙求儿等劫掠五寨司	（清）顾炎武：《天下郡国利病书·湖广备录下》
嘉靖十九年	五寨苗侯答保诱筸子坪等苗劫麻阳县；镇溪亚酉苗民龙柳比等劫贵州平头司	（清）顾炎武：《天下郡国利病书·湖广备录下》
嘉靖二十一年	筸子坪苗龙母叟等叛，攻劫麻阳县城	（清）顾炎武：《天下郡国利病书·湖广备录下》
嘉靖二十三年	筸子坪苗叛，毁土官田兴爵公署	（明）高岱：《鸿猷录》卷十六《平湖贵苗》
万历十五年	镇筸苗刺杀筸子哨督备指挥高松乔	（清）顾炎武：《天下郡国利病书·湖广备录下》
万历四十二年	镇筸苗出劫掠沅陵之深溪、浦口等处	（清）顾炎武：《天下郡国利病书·湖广备录下》

这些反叛事件发生的原因很复杂，但背后大多与卫所、土司对当地分而治之的制度设计有着密切的关系，所官与土官之间的矛盾，卫所与土司之间的矛盾，以及所官、土官和土司的个人品性，是引发当地苗民反叛的主要原因。比如，洪武二十八年（1395）建立镇溪军民千户所后一段时期内，当地苗民民情安帖。但后来镇溪所土官势力逐渐膨胀，权势超越所官，不但不服所官约束，而且还经常下乡勒索苗民，遂引起当地苗民的不断反抗，"后管理土官，征调冒爵，秩过掌所。致所官法令难行，兼各下乡淫索。所民遂多黠纵，始称难治"①。

又如，弘治八年（1495），镇溪苗民龙麻阳、铜仁苗民龙童保聚众攻劫，便是土官教唆、纵容导致，"弘治八年中，镇溪苗民龙麻阳等与铜仁苗头龙童保聚徒攻剽，杀虏人畜及焚荡官民庐舍不可胜算。土官李椿、段昂、田宗玺等实纵之，而篁子百夫长龙真与之同谋，营逼司府，其后遂率众千余四出，三省之民骚然，屡奏告急，前后镇巡惟务抚谕，终莫能制"②。虽然最后土官李椿等人皆因"纵苗"被治罪，但由此引发的动荡在地方上延续了十几年，直到正德八年（1513）明朝才将苗民龙麻阳、龙童保领导的反抗平息下去。为防止土官势力膨胀、教唆和放纵苗民，同年明朝在镇篁添设守备官，以制衡土官，地方秩序因此获得十余年稳定的局面，"议请添设守备，领敕镇乾州，兼制土官，弹压边境。以故各土畏惧，诸苗慑服，十余年间，赖以少安"③。后因土官设法削弱守备权威，并挑拨和煽动苗民四出攻劫，致使地方秩序日趋崩溃。

> 旋因土官谋削去控制敕命，致守备权轻，诸土相抗，辄暗纠报私，养成黠悍，横噬三边，酿至嘉靖中年，苗果大叛。④

---

① 参见（清）段汝霖《楚南苗志》卷三《苗人总叙下》，伍新福校点，岳麓书社，2008，第113页。
② 《明武宗实录》卷一百二十六，正德十年六月己卯。
③ （清）顾炎武：《天下郡国利病书》第五册《湖广备录下》，上海古籍出版社，2012，第2879页。
④ （清）顾炎武：《天下郡国利病书》第五册《湖广备录下》，上海古籍出版社，2012，第2879页。

上述嘉靖、万历年间镇筸一带的苗民起事便是在这样的背景下发生的,与土官的迫害、教唆直接相关。例如,嘉靖十八年(1539),筸子坪苗龙母叟聚众攻劫筸子坪土官田兴爵所管寨落,就是因为土官的迫害。先是嘉靖十六年(1537),都指挥邵鉴诬陷筸子坪苗龙老恰、龙党叟寨内藏有抢劫赃物,土官田兴爵用计将二人骗出,擒送监狱。结果,龙老恰死于狱中。其子龙母叟"见父死,深恨田兴爵,遂聚众攻劫该司"①。再如,嘉靖二十三年(1544)十月筸子坪苗民毁土官田兴爵公署,引起镇溪苗民跟随反叛的事件,也是因为土官田兴爵的迫害。田兴爵曾因罪下辰州狱,后来其所管辖的苗民设法将其救出,并藏匿在苗寨当中加以保护,结果田兴爵恩将仇报,向苗民索取财物并调戏苗民妻女,导致筸子坪苗民联合镇溪苗民一起反抗。

> 嘉靖初,苗虽时小寇窃,未叛也。有筸子坪土官田兴爵者,往以罪系辰州狱,诸苗以其地主也,敛贿赂吏,以计脱,深匿苗寨,主奉之。兴爵返,虐苗,多所求索,淫苗妻女。诸苗怒,逐之,毁其公署,遂叛。日相蔓引,镇溪苗亦叛。②

此外,土司的挑拨和煽动也是引起苗民反抗的一个重要因素。比如,嘉靖二十一年(1542),龙母叟联合龙求儿及贵苗围攻麻阳县城、劫掠五寨长官司等事件,正是因湖、贵、川三省土司为争夺利益,引诱和煽动镇筸、铜平等苗民所致。

> 后因永、保、酉、平诸司欲利镇筸、铜平土地,或诱其为恶,或逼其顺从,各怀窥伺之心,久肆吞并之术,故保靖假官制以争筸坪,平茶因退贼以占铜平,积岁穷年,连兵构祸,盖皆分地之欲为之也。③

---

① (清)顾炎武:《天下郡国利病书》第五册《湖广备录下》,上海古籍出版社,2012,第2879页。
② (明)高岱:《鸿猷录》卷十六《平湖贵苗》,中华书局,1985,第195页。
③ (明)廖道南:《楚纪》卷四十《经变外记后篇·龙求儿(龙母叟等附)》,载《北京图书馆古籍珍本丛刊》第7册,书目文献出版社,1990,第640页。

(三) 营哨、边墙的修筑

为弥补"分而治之"这一统治策略在实际运行中所产生的缺陷，明朝陆续在一所二司及其周边地区修建了大量的军事防御设施。

早在宣德年间平息湖贵苗民反抗后，总兵萧授就在镇箪及其周围设立了二十四堡，"宣德五年，治古答意二长官石各野等聚众出没铜仁、平头、翁桥等处，诱协蛮贼石鸡娘并箪子坪长官吴毕郎等为乱，萧授筑二十四堡环守之"①。这二十四堡，主要分布在湖南镇箪、五寨、麻阳和贵州铜仁府境内。具体来说，镇箪有阴隆江堡、湾溪堡、寨阳堡、爆木堡、新地堡、洞口堡、都溶堡、牛隘堡、南阳堡、大凹堡，隶属于辰州卫。②五寨、麻阳一带则有官村堡、洛濠堡、木洛堡、麻阳哨堡、小坡哨堡，其中前三堡隶属于沅州卫。③贵州铜仁府则有亚寨堡、地架堡、孟溪堡、小桥堡、落马堡、落壕堡、城北堡。④此外，另有二堡位置和名称不详。这些堡拨军把守，委官管领，以起到军事防御作用。就位置而言，它们均建在湖贵交界的险要之处，其西北起自今贵州省松桃县与湘西花垣、凤凰县交界一带，经铜仁、凤凰交界的地方南下，绕过麻阳西北部、凤凰西南部，再北上经凤凰东部地区，而至吉首市南部和西南部，由此形成一道椭圆形的防线，将湘黔交界地区的"生苗"封锁起来。⑤

明中叶以来随着地方秩序的进一步崩溃，明朝又于一所二司及其附近地区逐步设置了营哨、边墙等军事设施，用以防苗。嘉靖三十一年（1552），在平息镇箪一带苗民的抵抗后，总督张岳废除之前萧授所设湾溪等堡，在镇箪、五寨、麻阳改设十二哨以御苗，分别为乾州哨、强虎哨、箪子哨、洞口哨、清溪哨、五寨哨、永安哨、石羊哨、铜信哨、小坡哨、水塘凹哨、水田营哨，由新设的参将（驻麻阳）统领。两年后，参将移驻

---

① （清）严如熤：《苗防备览》不分卷《述往录》，清道光二十三年刻本。
② 参见（明）薛纲纂修，吴廷举续修《湖广图经志书》卷十七《辰州府·关梁·卢溪县》，明嘉靖元年刻本。
③ 参见（明）薛纲纂修，吴廷举续修《湖广图经志书》卷十七《辰州府·关梁·麻阳县》，明嘉靖元年刻本。
④ （明）谢东山修，张道等纂《贵州通志》卷四《铜仁府》，明嘉靖刻本。
⑤ 参见伍新福《明代湘黔边"苗疆"堡哨"边墙"考》，《中南民族大学学报》（人文社会科学版）2003年第2期。

五寨司城，称"镇箪参将"。①此后，明朝又在当地陆续增设营兵，包括湾溪营、靖疆营、长冲营、永宁营、水田营②等。隆庆、万历以来，当地营哨或增或减，数目不一。至万历后期，镇箪、五寨、麻阳共设有十三哨、十五营，分别为：

乾州哨、湾溪哨、洞口哨、箪子哨、栗木哨、清溪哨、长宁哨、五寨哨、永安哨、永宁哨、水打哨、石洋哨、小坡哨。

镇宁营、箭塘营、盛华营、王会营、凤凰营、清水营、土壤营、水田营、长安营、龙首营、镇靖营、振武营、良章营、喜鹊营、潭溪营。③

上述营哨，皆有营官、哨官领兵防守。营哨官员一般由卫所指挥、千户、百户充当，个别营哨（如湾溪哨、永宁哨、箪子哨、洞口哨、永安哨等）还配有舍把、头目等协助防守，他们隶属于附近的永顺、保靖二土司，舍把每名月给银一两五钱，头目每名月给银九钱；还有极少数营哨配有"苗官"，称作"苗长"。④

相对官员来说，营哨兵丁的组成比较复杂，其主力名为"打手"，从辰、沅、靖等府州县内照丁抽拨而来，每名月给工食银六钱、米四斗五升。根据营哨的大小，每营哨配备的打手数量不一，在100至500名之间。此外，营哨兵丁还包括土兵、凯兵、召兵、仡兵、乡兵、蛮兵、播兵。土兵，来自永、保二土司，由舍把、头目统领，最初是二土司各派300名，总共600名，后来其数量有所增加。土兵每名月给鱼盐银三钱、米四斗五升。永顺土兵钱粮在镇溪所支取，保靖土兵钱粮在乾州支取。凯兵，即招募而来的民壮，平时训练有素，战时能克敌制胜，故称"凯兵"。召兵，即招募的一般兵丁，又称募兵。仡兵，即从仡伶、仡佬中招募的兵丁。凯兵、召兵、

---

① 参见（清）顾炎武《天下郡国利病书》第五册《湖广备录下》，上海古籍出版社，2012，第2883页。
② （明）王来贤修，许一德纂《贵州通志》卷十八《兼制志》，明万历二十五年刻本。
③ 参见（清）段汝霖《楚南苗志》卷三《苗人总叙下》，伍新福校点，岳麓书社，2008，第133页。
④ 参见（明）王来贤修，许一德纂《贵州通志》卷十八《兼制志》，明万历二十五年刻本。

仡兵这三类营哨兵丁，每名月给银五钱、米四斗五升。乡兵，由当地居民组成的民众武装。蛮兵，主要是苗兵，部分由苗长统领。其次有少量蛮兵来自播州土司，称"播兵"。乡兵、蛮兵，每名月给银三钱、米四斗五升。①

与张岳更设十二哨同时，第一任镇筸参将孙贤在镇筸、五寨、麻阳境内修筑了一道南北走向的土墙，用来抵御这一线以西的苗民，史称边墙，"嘉靖季间，参将孙贤立烽建营隘，筑边墙七十里"，但后来因为"不缮修，倾颓殆尽"。万历四十三年（1615），辰沅兵备道蔡复一用银四万三千余两，重筑边墙一道。该边墙从五寨司王会营起，至镇溪千户所止，绕水登山，计程三百余里。墙高八尺，基宽五尺，顶宽三尺。墙外挖壕，植以荆棘、竹签，用以防御。此外，镇筸参将、乾州守备等令边墙沿线各营哨选拔游兵头目10名、巡墙队长1名，设置循环簿2本。每名头目带兵30名，日夜沿边墙巡逻，将巡逻情况在循环簿中登记清楚，每月初一、十五将循环簿交参将、守备查验，以防巡逻兵丁偷懒懈怠。天启二年（1622），辰沅兵备道胡一鸿又令游击邓祖禹从镇溪所起至喜鹊营止，增筑边墙六十余里。②

二 明代五寨杨氏族人的分布及其境遇

（一）令家杨的失势

如前所述，源自靖州的仡伶杨氏（令家杨）是宋元时期今凤凰一带颇具权势的大族，尤其在元代，其子孙世袭五寨长官司长官，使得杨氏成为当地最为显赫的家族。遗憾的是，到了明朝初年，五寨杨氏土司被思州田氏所取代，杨氏在当地的权势地位一去不返。

洪武七年（1374）六月，明朝任命思州田氏子孙田文为五寨长官司长官，"辛丑，辰州卫遣人送五寨长官田文来朝贡马及方物，诏赐袭衣文绮并

---

① 参见（清）段汝霖《楚南苗志》卷三《苗人总叙下》，伍新福校点，岳麓书社，2008，第134页。
② 参见（清）段汝霖《楚南苗志》卷一《边墙图说》，伍新福校点，岳麓书社，2008，第34页。

以敕命授之"①。从此，思州田氏取代了杨氏，成为五寨土司。其原因正史未详。据清代所修《田氏宗谱》记载，田氏之所以取代杨氏，是因为明初思州田儒铭率五子从征，招抚五寨、筸子坪等地，故明朝命其长子田茂文（《明实录》作"田文"）为五寨长官司长官，次子田茂武为筸子坪长官司长官。

> 侯爵儒铭，字尚贤……洪武元年，奉调助剿周文贵于鄱阳湖有功，旋凯。招服中林、验洞、筸子、五寨、朗溪、平头、都平、万山等处蛮夷……任沱江宣抚使，五子从征，俱各有功，将所辟地方赐各分守，听封敕命。五年壬子，奉敕封五子世爵，各降印信承袭……茂文，敕授承德郎，五寨直隶长官司。茂武，敕授承直郎，万山筸子长官司。②

《田氏宗谱》记载的思州田儒铭于明初招抚五寨、筸子坪等地，应属可信。因为元末明初，五寨杨氏与思州田氏关系甚密，据《杨氏族谱》记载，田儒铭长子田茂文是元末五寨长官司长官杨正源的女婿，杨正源曾遣其子杨通进随同田茂文出征，"因陈友谅明洪武争位，正源公染病，遗子通进同婿思州左直郎田儒铭长子茂文带兵护驾"③。因二者是姻亲，故明初思州田氏能招抚五寨、筸子坪一带也在情理之中。不过，《田氏宗谱》记载的洪武五年（1372），明朝命田茂文、茂武分别为五寨、筸子坪长官司长官，则于史未符。如前所述，田茂文任五寨长官是在洪武七年（1374），非洪武五年（1372），而明代诸书当中亦未见田茂武任筸子坪长官的记载。可见，《田氏宗谱》所言虚实掺杂，真假难辨。我们不妨再看看《杨氏族谱》的记载，或许有助于解开其中的疑问。

据载，洪武元年（1368），杨正源去世，其叔杨再明承袭五寨土职。不久，副土司田茂文之弟田茂武煽动苗民抢去敕令、金牌、印信，田茂文抢先向朝廷报告，称地方发生叛乱，因此杨氏被免去正土司一职。

---

① 《明太祖实录》卷九十，洪武七年六月辛丑。
② 清代黔南《田氏宗谱》，载四川黔江地区民族事务委员会编《川东南少数民族史料辑》，四川民族出版社，1996，第396页。
③ （清）杨胜明：《杨氏族谱》不分卷，湖南凤凰，清道光十四年修，手抄本。

弟茂武争袭地方，带领苗人廖裑那、吴者尼（泥）等纠众抢夺去敕令、金牌、印信，副土司田茂文先本。上闻，革去再明公五寨乌引宣抚正印土司官职。①

族谱未载以上事件具体发生在洪武哪一年，但族谱当中紧接其后的是，洪武六年（1373）杨氏族人杨正兴等开始被迫在当地自耕自守，故推断这一事件应发生在头一年，即洪武五年（1372）。二者前后相继。由此可知，《田氏宗谱》记载洪武五年（1372）田茂文被任命为五寨长官之事其实不假，不过当时应是副职。后因杨氏土司被革除，正土司缺员，故明朝于洪武七年（1374）将身为副土司的田茂文任命为五寨长官司正长官，并赐其敕命、印信。

至于谱载洪武五年（1372）田茂武任箅子坪土司一事，未见其他史书有载。据《明实录》记载，直到永乐三年（1405）七月箅子坪苗人龙廖彪等投诚归附，朝廷才在当地设立长官司，以龙廖彪为长官。此后，史书记载又有苗人吴毕郎任箅子坪长官，然而宣德五年（1430）吴毕郎参与了叛乱。大约在此之后，明朝转而倚重田氏土官，故嘉靖年间多有关于箅子坪土官田兴爵的记载。由此推测，思州田茂武一支应为箅子坪土官，而非长官司长官（土司）。

此外，《杨氏族谱》记载箅子坪有田赛金子孙充当土司，他们是当地自称为令家田的田姓人。据凤凰《都吾田氏支谱》记载，其祖先与令家杨在南宋时期一起征讨辰蛮，开拓九溪十八峒，最后同杨氏留在今凤凰一带屯守。令家田作为土司约束箅子坪附近苗民，并世代娶杨氏女子为妻。至田曹君时，四子年幼，其妻杨氏将分屯文契藏于娘家，等四子成年再承袭父业，"其年，遗母子五人也。谁属堪叹，盖杨氏将祖得分屯文契溃杨姓后辈家内，猴（候）子年长，荫袭世业"②。但后来令家杨并没有归还文契，而是给了思州田氏，以至于令家田土职被思州田氏所取代。

不斯狼心旧（舅）父杨，不念故舅（旧）之戚，而重新结之欢，

---

① （清）杨胜明：《杨氏族谱》不分卷，湖南凤凰，清道光十四年修，手抄本。
② 佚名：《都吾田氏支谱》不分卷，湖南凤凰，民国续修，手抄本。

但将所寄之契资晚婆杨氏，而尹（伊）筸子坪田茂武家也，彼有十二石之钱粮、四十八寨之苗人后裔者，世永汗骑之职，永享夷利之乐平。如是，余门之失业而为万世之黎民也已。①

《杨氏族谱》和《都吾田氏支谱》均提到思州田氏取代令家田成为筸子坪"土司"，这一说法似有夸大的成分。此外，两者对思州田取代令家田的原因存在不同的解释。令家杨认为，是思州田茂武煽动筸子坪苗民叛乱，并在其兄五寨副长官田茂文的帮助下，乘机获得筸子坪土职。此事还牵连到了杨氏，导致杨氏土司被革职。令家田则认为，是令家杨"重新结之欢"，即偏向刚与之联姻的思州田氏，并将令家田的祖遗分屯文契给了思州田氏，所以思州田茂武成了筸子坪"土司"，令家田则沦为普通百姓。尽管当地杨、田二姓的解释不同，但所反映出的问题基本一致，即与令家杨关系密切的令家田也在明初丧失了权势地位。

（二）杨氏在五寨、麻阳一带的分布

据《杨氏族谱》记载，其元代长官司始祖杨胜钟有二子秀龙、秀虎。杨秀龙一支分住下洞，又称乌引洞，包括治筶、蜜蜂、都容等地。治筶在今凤凰古城。蜜蜂是老地名，清代在当地设有定胜卡，即今凤凰沱江镇必胜村，在城东北方向约9公里处。② 都容，即今凤凰千工坪镇都容村，在城北方向约11公里处。杨秀虎一支分住上洞，又称渠沱洞，包括杜夜、白杨坪、石羊头、翁坝等处。杜夜，即今凤凰沱江镇杜夜村，在城东北方向约5公里处。白杨坪，即今凤凰沱江镇白羊岭，位于城外西南。石羊头，即今麻阳县石羊哨，位于城东南7公里麻阳与凤凰交界处。翁坝的具体位置，今已不可考。

胜钟之后，土职由秀龙一支承袭，秀龙生四子：再聪、再欣、再容、再明。再聪、再容无嗣。再欣继承土职，生有正昇、正朝、正源、正兴四子。其中正昇、正朝分别迁往麻阳、沅州，正源、正兴居五寨司城，土职由正源继承。洪武初年杨正源染病而亡，其叔杨再明承袭土职，结果洪武

---

① 佚名：《都吾田氏支谱》不分卷，湖南凤凰，民国续修，手抄本。
② 本节当中所出现的距离，皆指测量地与凤凰古城之间的直线距离。

五年（1372）被思州田氏所取代。此后，族谱未言杨再明以及杨正源子孙如何，但对杨正兴一支的情况记载甚详。洪武六年，杨正兴清理家族田地，计有多处，分布在万红、得窝、高寨、大小潭、七兜寨、五略、长坪、高祐、新安寨、大小板、铁山坡、得架、清潭、包家寨、杨柳圹、都容、炉塘、峡山、垅滚、茶罗、坪峰、麻尘、武陈、蓝坪、岩垅等地。其中部分地名已不可考，可考者有十三处，主要在今凤凰古城以北地区。

  高 寨，今吉信镇高寨村，在城北偏西方向约21公里处。
  垅 滚，今吉信镇龙滚村，在城北方向约21公里处。
  都 容，今千工坪镇都容村，在城北方向约11公里处。
  炉 塘，今千工坪镇牛岩村（城西北方向约8公里处）以北附近。
  长 坪，今沱江镇长坪村，在城西北方向约4公里处。
  杨柳圹，今沱江镇杨柳湾，在城北方向约2.5公里处。
  岩 垅，今木江坪镇岩垅村，在城东北方向约19公里处。
  峡 山，今木江坪镇下山村，在城东北方向约17公里处。
  茶 罗，今木江坪镇茶罗村，在城东北方向约17公里处。
  坪 峰，今木江坪镇坪凤村，在城东北方向约16.5公里处。
  大小板，今木江坪镇大板、小板，在城东北方向约15公里处。
  得 架，今木江坪镇得家村，在城东北方向约13公里处。
  包家寨，今沱江镇包家，在城东方向约2公里处。[1]

在清理田地的同时，杨正兴一支卜居槐花坪、蜜蜂、红一垅，自耕自守。槐花坪、红一垅具体在何处，今已不得而知。蜜蜂，即今凤凰县城东北的必胜村。杨正兴有一子名为通文，通文之子名光统，光统生有昌权、昌炳、昌杞、昌达、昌龙、昌昇六子，杨氏遂分作六大房。

长房杨昌权子孙住务头、鬼圹垅。务头，即今凤凰木江坪镇乌头村，在城东北方向，距离约11.5公里。鬼圹垅的具体位置，已难以考证。

次房杨昌炳子孙住洞口、铁虎哨。洞口，明代曾在当地设有洞口哨，

---

[1] 相关地名可参看凤凰县人民政府编印《湖南省凤凰县地名录》，1983。地点与县城之间的直线距离通过百度地图测量。特此说明。

据学者考证应在今凤凰吉信镇满家村一带。① 满家村在城北偏东方向约19公里处。铁虎哨，即今凤凰箄子坪乡的铁虎哨村，在城北偏东方向约24公里处。

三房杨昌杞子孙住前山垅、后山垅。前山垅的具体位置今已无法考证，而后山垅应在沱江镇长坪村附近。明代曾在长坪设永宁哨，附近筑有奇梁、后山两座炮楼，由此推测后山垅当在长坪一带，即城北偏西方向，距离5公里左右，具体位置不详。

四房杨昌达子孙住都容、黄泥江。都容的位置前文已有叙述，在今凤凰千工坪镇都容村，在城北方向约11公里处。黄泥江，又称黄岩江，明代在此设有小营和炮楼，其位置在靖疆营和清溪哨之间②，今符合条件的有都容、三里湾二处，都容已有考定，故黄泥江应在今沱江镇三里湾一带，位于城北偏西方向约9公里处。

五房杨昌龙子孙住羊牯脑、古冲。羊牯脑的具体位置今已难以考证，而古冲可考，即今凤凰新场乡古冲村，在城西南方向约14公里处。

六房杨昌异子孙住水洞、炉塘、牛岩。水洞的位置今已不可知，炉塘的位置前文已述，在今凤凰千工坪镇牛岩村以北。牛岩，即凤凰千工坪乡的牛岩村，在城西北方向约8公里处。

除了杨正兴一支外，族谱还提及杨秀虎子孙的情况。秀虎有二子名为朝宗、朝海。朝宗生有正荣、正龙、正华、正虎四子。朝海无传。朝宗子孙住杜夜、白杨坪、石羊头、翁坝、都罗等处。其中杜夜、白杨坪、石羊头、翁坝的位置前文已述。都罗，即今凤凰林峰乡都罗村，在城西南方向约8.5公里处。

（三）深受"苗乱"困扰的杨氏

从上文论述可知，明代杨氏的田土、住地主要分布在五寨司城往北、往东两个方向。其中，往北偏西的高寨为苗寨，往北的铁虎哨、垅滚、洞口、都容、黄泥江、炉塘、牛岩、后山、长坪这些地方依次从北向南可连

---

① 参见伍新福《明代湘黔边"苗疆"堡哨"边墙"考》，《中南民族大学学报》（人文社会科学版）2003年第2期。
② 参见（清）顾炎武《天下郡国利病书》第五册《湖广备录下》，上海古籍出版社，2012，第2871页。

成一线，此线以西是以腊尔山为中心的"生苗"区，线上诸地与之邻近，受其影响较大。此外，杨氏东北方向的田土、住地包括岩垅、峡山、茶罗、坪峰、大板、小板、得架，虽距离西边的"生苗"区较远，但与北面的筸子坪苗寨较近。尽管筸子坪设有长官司，约束筸子坪周边四十八寨"熟苗"，但正如前文所述，明初以来筸子坪苗民及其北边的镇溪所苗（合称"镇筸苗"）因受土官煽动等，常常联合腊尔山等地以及贵州东北部的"生苗"深入五寨、卢溪、麻阳一带，使杨氏东北方向的田土、住地亦受到极大的威胁。

与令家杨关系密切的令家田的情况也大致如此。据《都吾田氏支谱》记载，田氏祖先最早是在蜜蜂、靖疆、务头、洞口、铁湖哨、赛金塘立衙，管辖大田、马勒、硐头、硐脚、羊管冲、官田山等处地方。以上地名，大多可考，蜜蜂、靖疆、洞口、铁湖哨、赛金塘等住地在今凤凰北部，大田、硐脚、羊管冲、官田山等皆是苗寨，位于田氏住地的西面。可以看出田氏早期驻扎在今凤凰县北部，管束筸子坪西南一带的苗人。后因"身孤苗叛"，田氏迁到都容、下毛坪住守。明初以来，其祖遗田土主要有都容、下毛坪、老洪田三处，子孙则散居于都容、都吾、长车、岩垅、武陈垅、铜罗洞、罗葡溪、高排寨、万龙溪等地。其中都容、岩垅前文已述，武陈垅、铜罗洞、高排寨的具体位置失考，可考者有都吾、下毛坪、老洪田、长车、罗葡溪、万龙溪六处，皆在城东北方向。都吾，即今凤凰吉信镇都吾村，距县城约19公里。下毛坪、老洪田、长车、罗葡溪、万龙溪，今分别称毛坪村、大田冲、长车村、萝卜溪、万根溪，皆在凤凰木江坪镇境内，距县城约在15公里至20公里之间。以上地区与杨氏住地类似，都容西接"生苗"区，而岩垅、都吾、下毛坪、老洪田、长车、罗葡溪、万龙溪与北边的筸子坪苗相近，因此明初以来田氏也同样受到附近苗人活动的影响。

宣德以后，明朝先是在镇筸、五寨、麻阳等地设堡防御，后来又陆续设营哨、筑边墙御苗。尽管如此，令家杨及令家田依旧受到"苗乱"的困扰。

如前所述，宣德年间总兵萧授在镇筸一带设有阴隆江堡、湾溪堡、寨阳堡、爆木堡、新地堡、洞口堡、都溶堡、牛隘堡、南阳堡、大凹堡，这十堡大致在今吉首市和凤凰县的北半部，即从吉首市南下至凤凰县城这一区域内。其中，新地、洞口、都溶、牛隘、南阳、大凹六堡与令家杨、令家田的关系最为密切。此六堡从今凤凰箄子坪往南依次分布，至凤凰县城而止，形成一条南北垂直的防御线。杨氏的住地和田土就分布在此线之上或者线东。具体来说，新地堡约在今箄子坪一带，其往南约3公里为杨氏铁虎哨。铁虎哨往南约3公里为杨氏垅滚。垅滚往南约2公里为洞口堡，是杨氏住地。洞口堡往南约8公里是都溶堡，为杨、田二姓住地。都溶堡往南约1.5公里为杨氏黄岩江。黄岩江往西南约3公里是牛隘堡，为杨氏住地。牛隘堡往东南3~4公里为杨氏后山、长坪二地，其附近设有南阳、大凹二堡。此外，在这六堡连成的一线以东，是杨氏岩垅、峡山、茶罗、坪峰、大板、小板、得架、务头以及田氏岩垅、都吾、下毛坪、老洪田、长车、罗葡溪、万龙溪等住地和田土。东面的这些住地和田土，主要依靠六堡所连成的南北向防线，来抵御此线以西的"生苗"。然而从实际效果来看，宣德年间设的这些堡较为分散，对令家杨田二姓住地、田土所起到的保护作用有限。

因此，当明中叶后地方秩序进一步崩坏的时候，这些堡就被废弃了。明朝新建了大批的营哨，并筑边墙来进行防御。如前所述，嘉靖以来明朝在镇箄、五寨、麻阳一带，陆续建立乾州、强虎等哨，以及湾溪、靖疆等营。至万历后期，形成了13哨15营的军事防御格局。其中部分营哨就在杨氏、田氏住地和田土的附近，对其形成一定的保护。比如，杨氏铁虎哨、垅滚二地之北设有箄子哨，之南设有洞口哨。杨氏所在的洞口设洞口哨，其南设有靖疆营。杨氏所在的都容、黄岩江二地，北连靖疆营，南接清溪哨。杨氏所在炉塘、牛岩东有箭塘营，西有清溪哨。杨氏之后山、长坪，则建有长宁哨。此外，杨、田二姓城东北方向的住地和田土，如都吾、岩垅、峡山、茶罗、坪峰、大板、小板、得架、下毛坪、老洪田、长车、罗葡溪、万龙溪，皆在洞口哨、靖疆营、清溪哨以东，主要仰赖这三个营哨的护卫阻挡营哨以西的"生苗"进犯，以减少其对当地社会秩序的影响。可以说，明中叶以来所修建的营哨比之前修筑的堡更为密集，明朝试图以此提高当地的防御能力。但在具体的运转过程中，营哨出现了很多的弊病，并不能有效阻止"生苗"东进。

首先，营哨官员多不能尽职防守。不少营哨官员平日消极懈怠，敷衍了事，"以本哨言，炮楼不守，伏路不勤，每日游巡仅以十数人了事"。一遇紧急情况，更是"畏苗如虎"，消极应对，既不营救本营哨在外巡逻的兵丁，也不带兵前往援助邻近的营哨，而把兵丁带到没有"生苗"活动的"安全之处"躲避，事后则找借口推脱责任，"游兵遇敌，本营不救……邻哨有警，高坐不赴，参将调发堵截，哨官惮与苗遇，领兵于苗迹不到之处，而虚要路以待敌，苗过则曰道偶相左耳"①。此外，营哨所设舍把、头目原本有带领土兵约束镇苗箪苗、协助汉官防御"生苗"之责，但他们并不尽心抚谕，以至于其约束下的"熟苗"屡屡入境骚扰，"永顺约束镇苗，保靖约束箪苗，每岁俱有担承认结到部。营哨原设抚苗防守舍把头目，月食廪粮，正分北三苗疆以戎索之意也。今则担承毫无实效，认结只属虚文，就中箪苗，猖獗尤甚，历数冬、春二季入犯，十三镇苗而十七箪苗也"②。

其次，营哨兵丁的问题日益突出，大大降低了营哨的防御能力。营哨兵丁是防御"生苗"的主要力量，起初制度严格，收到的效果较为显著。但随着时间的推移和制度的败坏，营哨兵丁出现的问题越来越多，直接影响到营哨的防御作用。以打手、凯兵两类营哨兵丁为例，打手是营哨兵丁的主体，人数最多，而凯兵是精兵，人数虽不多，战斗力却很强。后来因为官员贪污、勒索，自然灾害等，粮饷短缺，部分打手、凯兵相继逃亡，"近且纵意横行，怙恶梗化。迩来岁歉，哨兵缺食，脱巾鼓噪，几成大变。虽今渠魁就擒，而兵士莫利从戎，往往掉臂而去，营伍且空虚矣"③。兵丁缺员，营哨官员则趁机招募新兵并从中渔利，而其所招新兵又多是外地游手好闲之人或者犯罪逃亡之徒。这样的营哨兵丁不仅战斗力低下，而且一旦出战失利极易溃散，难以起到抵御作用，"哨官需索常规，往往充以放债工匠游食之人，外此则多武冈、新化、邵阳等处犯罪逃亡者。游惰坐食，则不可执戈；流人非土著，则战不力而易噪"④。流人为兵易噪并非虚言，万历年间镇箪参将曾调遣营哨兵丁征讨两头羊等苗寨，就有人因为溅落岩石引起声响，导致打手、凯兵等以为中伏，慌忙丢弃装备，四散逃走，狼狈不堪。"忽有兵卒践石落岩下有声，以为有伏苗，四散奔北，自相踩躏，

---

① （清）顾炎武：《天下郡国利病书》不分卷《湖广备录下》，上海古籍出版社，2012，第2901页。
② （清）顾炎武：《天下郡国利病书》不分卷《湖广备录下》，上海古籍出版社，2012，第2894页。
③ （清）顾炎武：《天下郡国利病书》不分卷《湖广备录下》，上海古籍出版社，2012，第2888页。
④ （清）顾炎武：《天下郡国利病书》不分卷《湖广备录下》，上海古籍出版社，2012，第2900页。

而新置火器铁甲,曾不一效用,尽抛掷于溃乱之场矣。"① 这样的营哨兵丁毫无战斗力。更为棘手的是,招募了这些打手、凯兵后又不能轻易将之裁汰,否则失去生计的打手、凯兵容易铤而走险,或起而为盗,或煽动苗民,直接影响地方秩序的稳定。时人对此有过精辟的总结:"兵备道原有奇兵一营,内打手凯兵共三百名,以备调发。其实如土鸡瓦狗,无益于用。然不可骤去,去则为变。即各哨兵虽弱而不敢多汰者,职此之故。参守张良相云'小则为盗,大则勾苗',是也。"② 此外,这些打手、凯兵素以当兵食粮为生,一旦粮饷不济特别容易哗变,万历四十二年(1614)左右,强虎、清溪、箄子坪三哨哨兵就因粮饷拖欠而发动了兵变,他们以索饷为由,聚众焚杀,进屯山溪,一直从镇箄打到沅州,距州城仅30里。③ 打手、凯兵等营哨兵丁本以"御苗保民"为职责,结果却反为地方之害,故当时营哨沿边地区不仅要考虑如何防苗,还得考虑如何防兵,"兵苗并防"成了明朝中后期当地社会的一种特殊现象:"哨兵本捍御固吾圉,往往脱巾呼道上,自决其藩矣,势难禁犬羊之不闯也。昔议防苗,今议防兵,兵与苗并议防,五溪渐多事矣。"④

除打手、凯兵外,营哨所设苗兵在御苗方面所起的作用极为有限。苗兵与当地"生苗"地域相连、语言相通、习俗相同,甚至沾亲带故,他们充当营兵主要是为了每月领取粮饷糊口,在御苗方面也主要是起传话、沟通、劝说等作用,并不首先考虑使用武力。后来,营哨粮饷时有拖欠,御苗对于苗兵来说更无利可图,苗兵在失利的情况下往往暗中联合诸苗出来劫掠粮食、人口,以维持生计,"食粮顺苗协守地方,既假内向之名以冒军饷,常肆外合之计以贻民害。如生苗出劫,彼实暗勾之,及各哨官军赎取户口,亦复就中分利"⑤。时间一长,事态越发严峻,甚至发生苗兵串通

---

① (清)顾炎武:《天下郡国利病书》不分卷《湖广备录下》,上海古籍出版社,2012,第2888页。
② (清)顾炎武:《天下郡国利病书》不分卷《湖广备录下》,上海古籍出版社,2012,第2921页。
③ 参见(明)邹漪《启祯野乘一集》卷七《蔡巡抚传》,载《四库禁毁书丛刊》史部第40册,北京出版社,2000,第502页。
④ (清)顾炎武:《天下郡国利病书》不分卷《湖广备录下》,上海古籍出版社,2012,第2875页。
⑤ (清)顾炎武:《天下郡国利病书》不分卷《湖广备录下》,上海古籍出版社,2012,第2889页。

"生苗"杀害营哨官兵的现象，严重影响了营哨沿边地区的社会秩序，"虽有食粮顺苗，亦复阴助为孽，甚至杀官斩兵，莫敢谁何"①。

最后，营哨附近及沿边州县部分客民的活动，加重了营哨御苗的负担。初设营哨之时，五寨、筸子坪二土司地方的居民多为土著，偶尔也有客民在当地做生意，但其人数不多。后来，因五寨、筸子坪二土司逐渐招集流民开垦种地，越来越多的商人、流民客居其地，这些客民被安插在营哨附近，渐成规模，称为"哨民"。其中有部分因做生意而变得富裕的豪民，便逐渐通过结交营哨官员把持乡社，冒领军粮、放债逼债，导致诸多问题的产生。比如，营哨兵丁因为粮饷拖欠而借债于豪民，无力偿还，豪民则唆使兵丁向官府讨索，引起兵丁哗变，对营哨的防御能力造成破坏。此外，豪民平日欺凌贫弱者，以其妻子抵债，导致这些被逼无奈的人投身苗寨，纠集苗民报复豪民，或劫掠补偿，或掳掠泄愤，造成营哨附近社会秩序的混乱，"又或欺凌贫弱，准折妻子，致无告者挺身以投夷，怀仇者纠苗而释憾。凡勾苗内劫，非射利则泄忿，此豪民实开之衅也"②。此外，当地还有一些特殊的流民，如罪犯、逃避差役者，为躲避官府追查，投身苗地躲藏，久而久之则引诱和煽动诸苗出劫，大大增加了营哨御苗的压力。时人对此多有评述，如："哨民败群者，已能为害，又有逃避差徭，负罪亡奴，投入熟苗寨，种地分租，因熟苗以通生苗，望为窟穴。久则引生、熟苗出劫，又或帮其寨苗仇杀。"③ 在逃民的煽动下，营哨沿边一带的祸乱持续不断，"先是议设参守以镇之，十二哨以捍之，边防已周。第日久苗齿繁息，情同鬼蜮，兼外省逋逃诸奸，挟贸易为名，深入巢穴，交通诸苗。苗借彼为侦伺，遍历村寨，窥测殷实，勾引苗众，潜为向导，乘夜劫掳，边民受害，迄无宁日"④。除营哨附近的客民外，卢溪、麻阳二县的部分客民为报复其仇家，经常诱苗掳掠村寨，杀伤营哨官兵，同样造成营哨附近及二县地区

---

① （清）顾炎武：《天下郡国利病书》不分卷《湖广备录下》，上海古籍出版社，2012，第2888页。
② （清）顾炎武：《天下郡国利病书》不分卷《湖广备录下》，上海古籍出版社，2012，第2907～2908页。
③ （清）顾炎武：《天下郡国利病书》不分卷《湖广备录下》，上海古籍出版社，2012，第2908页。
④ （清）顾炎武：《天下郡国利病书》不分卷《湖广备录下》，上海古籍出版社，2012，第2887～2888页。

社会的持续动荡。时人对此深有感悟。

生苗入犯，固由熟苗与投住之民，睥睨肆毒。而临时又有内地奸民，勾通接济，或分队潜入，而会于某处；或先期散伏，而发于某时。其至必有所藏，其饥必有所食，若无勾通接济，则何以能来，来又何以能久哉？近五寨哨捕获卢溪客民刘通文、刘通武，搜出兵器饭食，供称与苗交通，约于溪口送饭。而箭塘营于香炉山下堵苗，阵擒三名，田邦魁、田老四、张回香，皆麻阳民，引苗报仇，劫溪口、长冲等处，杀高参将家丁及标兵数人。大抵边境之祸，熟苗十三，叛民十六，而生苗才居一二。勾引不绝，欲遏外贼难矣。[1]

由于以上诸多因素的存在，镇筸一带各营哨自顾不暇，在御苗方面难以发挥出其应有的作用，营哨沿边地区所遭到的骚扰依旧严重。万历后期，辰州推官侯加地对此有过精辟的总结。

镇筸……西北有溪曰镇，东北有坪曰筸子，故统括曰镇筸云。其五寨，则主将驻扎地，迤而北，则长宁、箭塘、盛华、永安、永宁、凤凰、王会；迤而东，则清溪、靖疆、洞口、筸子；转而之东北，则乾州、强虎；转而之西，则石羊、小坡，其他小营堡各附其地，而以镇溪所终焉。辖地广袤八百余里，东距卢溪，南抵麻阳……其中苗僚杂处，种类甚繁，边民屡遭劫掳，各哨惟图自保，不相救援，非所以安边也。[2]

以上记载说明，随着时间的推移，镇筸一带所设营哨的作用越来越有限，营哨沿边地区在整体上饱受"苗乱"的困扰。尤其是在杨氏、田氏所处的洞口哨、靖疆营、清溪哨一带，"苗乱"最为严重。

---

[1] （清）顾炎武：《天下郡国利病书》不分卷《湖广备录下》，上海古籍出版社，2012，第2909页。

[2] （清）顾炎武：《天下郡国利病书》不分卷《湖广备录下》，上海古籍出版社，2012，第2867~2868页。

各哨之病，无不然者，而莫甚靖疆、清溪、洞口，尤莫甚靖疆。盖北之乾州以强虎为外捍，箪子以火麻、炮水二小营为外捍，独清、靖、洞，苗一阑入，则直抵麻阳、卢溪村寨，恣其掳掠，入无重关之闭，出无再截之虞，故祸偏中三哨也。①

在三营哨当中，洞口、清溪二哨多山地、闲田，兵丁有险可守、有田可耕，情况稍好，而靖疆营一带皆是平原，且无闲田，兵丁既无险可守，也无田可耕，士气低落，因此这一带的防守力量薄弱，所遭祸乱相比洞口、清溪二哨更为惨重。

洞口、清溪，尚多山险；其兵壮懦参，尚可练；山坡旷地，尚可耕以待饷。独靖疆边苗皆平原，无可守之险；地狭有主，无可垦之场；兵穷救死不赡，无战心，屡败之后无战气，故祸尤专中靖疆也。②

此外，营哨兵丁的粮饷经常被拖欠，而靖疆一带又无闲田耕种补给，所以兵丁无心御苗，对苗听之任之，与之形成默契，互不相犯。

苗过高罗、油草，而靖疆之目兵不究。③
何所过哨路反获寂然？苗不犯哨，哨不堵苗，而卖路之证，不既昭昭耳目乎？④

因此，"生苗"多选择从靖疆一带东进。因为没有遭到官兵激烈抵抗，其越过靖疆、洞口、清溪等哨如入无人之境，往往能向东、向南深入七八十里，直抵卢溪、麻阳二县。

---

① （清）顾炎武：《天下郡国利病书》第五册《湖广备录下》，上海古籍出版社，2012，第2918页。
② （清）顾炎武：《天下郡国利病书》第五册《湖广备录下》，上海古籍出版社，2012，第2918页。
③ （清）顾炎武：《天下郡国利病书》第五册《湖广备录下》，上海古籍出版社，2012，第2915页。
④ （清）顾炎武：《天下郡国利病书》第五册《湖广备录下》，上海古籍出版社，2012，第2913页。

  尤可恨者，一哨苗入总路，不过数处，如靖疆之高罗、油草，永安之朱冲口、洛濠、菖蒲塘。永宁之龙鄂总兵营，其要害人人能言之，而游巡炮隘，俱为虚名，苗往来若无人。甚至越哨深入七八十里，本哨兵尚若罔闻……①

  且历观数月劫案，越靖疆、洞口，则北中卢溪；越永安、永宁，则南中麻阳，深入七八十里。②

  由前可知，杨、田二姓住地、田土主要分布在洞口、靖疆、清溪等营哨附近，以及这些营哨的东面。这些地方恰恰是"生苗"越过靖疆等营哨向东深入卢溪、麻阳二县的必经之地，故相比其他营哨附近的百姓来说，杨、田二姓所受到的危害最为严重。万历四十二年（1614），辰沅兵备道蔡复一就曾目睹这一带祸乱的惨烈："会苗自靖疆营大入，杀掠人民以百计。"③

  除了营哨，嘉靖年间镇筸、五寨一带曾修有边墙一道，后来年久失修，倾颓殆尽，在御苗方面产生的作用不大。万历四十三年（1615），辰沅兵备道蔡复一重筑边墙一道，用以防苗。据学者考证，其具体的走向是：西起凤凰、铜仁交界的王会营（今凤凰黄合乡黄合村），往东北行，至永宁哨（今凤凰阿拉镇所在地）；由永宁哨西侧北上，过沱江上游一条溪河，抵宜都营（清初设，今凤凰阿拉镇宜都村），继而东北行，经永安哨（今凤凰廖家桥乡永兴坪一带）；由永安哨西北侧再北上，过沱江河，抵盛华哨（今凤凰千工坪乡胜花村）；又东北行，至牛隘（今千工坪乡牛岩村）、芦塘（牛隘南），转而东南行，达沱江北岸长宜哨（今凤凰齐良桥乡长坪），再东北向，至都溶（今齐良桥乡杜夜村），再北行，至清溪哨（今齐良桥乡青瓦村），继续往北，沿万溶江左岸，先后达靖疆营（今凤凰吉信镇大桥村）、洞口哨（今吉信镇满家村一带）、筸子坪哨（今凤凰筸子坪乡旧司坪一带），

---

① （清）顾炎武：《天下郡国利病书》第五册《湖广备录下》，上海古籍出版社，2012，第2912页。
② （清）顾炎武：《天下郡国利病书》第五册《湖广备录下》，上海古籍出版社，2012，第2913页。引文"靖疆、洞口"之间原无顿号。靖疆和洞口乃两地，应加顿号，故笔者补之，特此说明。
③ （明）邹漪：《启祯野乘一集》卷七《蔡巡抚传》，载《四库禁毁书丛刊》史部第40册，北京出版社，2000，第502页。

再北行，经湾溪，先后达乾州哨（今吉首市乾州镇地）、镇溪所（今吉首市治），最后抵终点喜鹊营（今吉首市马颈坳乡团结村）。①

这道边墙修筑完成以后，与原先所规划的线路有所偏差。最大的不同在于，它将五寨长官司管辖下的芦塘、都溶、龙井、强虎等处的部分额粮田地划在边墙以西，以至于这些田地被"生苗"占据。

> 设立边墙自四十三年始……前任分守湖北带管辰沅兵备道蔡复一巡边，申详奏请动支公帑银四万三千余两，筑楚边城。公议于苗边地方，渡头坑、毛都塘、两头羊、红岩井、毛谷屯、大田、泡水等处一带起工筑城，沿溪石壁，水城天堑，生成界限，民村田粮得入腹内。不意，州府县民虑远喜近，辞难就易。各官受贿，就近从易，将民村寨地方，芦塘、都溶、龙井、强虎等处额粮田筑在墙外，被苗侵占。民怨至今。②

由前可知，明代杨氏有部分住地、田土分布在炉塘、都容二地③，万历后期边墙的修筑虽有助于抵御"生苗"的骚扰，却将杨氏的部分住地和田土划在了边墙之外，导致这部分住地和田土被墙外"生苗"侵占。

至明朝末年，边墙、营哨尽废，地方祸乱迭起，杨氏等沿边居民损失惨重。"崇祯七年以后，流贼生发，群苗窥隙，踏为平地。兵民惨遭杀戮，沿边营哨焚毁殆尽。"④ "崇祯十年，镇筸苗出劫麻阳，杀虏最酷。"⑤

三 从土酋到汉将：祖先重塑与故事演变

明初以来，五寨令家杨、田二姓在地方上失去权势，加之周边原属其约束的"熟苗"不断起事，使得他们饱受困扰。明中叶以来，朝廷虽然在

---

① 参见伍新福《明代湘黔边"苗疆"堡哨"边墙"考》，《中南民族大学学报》（人文社会科学版）2003年第2期。
② （清）陈宏谋修，范咸、欧阳正焕纂《湖南通志》卷五十四《理苗》，清乾隆二十二年刻本。
③ 此二地在前引族谱文献中写作"炉塘""都容"，在其他文献中亦写作"芦塘""都溶"，不同文献用字稍有差异，特此说明。
④ （清）段汝霖：《楚南苗志》卷一《边墙图说》，伍新福校点，岳麓书社，2008，第34~35页。
⑤ （清）严如熤：《苗防备览》不分卷《述往录》，清道光二十三年刻本。

当地建立营哨、修筑边墙来抵御"苗乱",保卫沿边民众,但并未能有效遏制"生苗"的进犯,处在"生苗"东进要路上的杨、田二姓屡屡遭到冲击,损失惨重。可以说,明初以来,杨、田二姓与周边"生熟苗"的关系变得日益紧张。尤其是到了明后期,随着营哨制度的败坏、边墙的倒塌与改道,营哨、边墙以内的杨、田二姓屡遭掳掠,营哨、边墙外的住地和田土被"生苗"占据,二者与苗人间的矛盾冲突越发尖锐。在激烈的冲突与对抗之下,五寨一带的伫伶杨氏在认同上逐渐发生了改变。为摆脱溪峒族类的身份,与当地"苗蛮"划清界限,五寨令家杨的一支在明后期便开始了新的身份建构。

这支杨氏从明初开始就居住在麻阳县石羊哨杨家寨,到了清朝雍正年间又分出一支迁到距离杨家寨不远的凤凰厅川溪村(今凤凰县川溪坑村)定居。据民国时期续修的《川溪杨氏族谱》记载,其定居麻阳的始迁祖于明初从江西迁来,此说应属后来误传,其实麻阳这支杨氏就是五寨令家杨的一支。从族谱来看,其明初迁麻始祖之前仅有5代,且字派无章可循,明初以来这支杨氏则比较严格地按"再、正、通、光、昌、胜、秀"七字循环取名①,直到当下也是如此②。这说明族谱记载比较可靠的应是明初以来的部分。而其明初以来与五寨令家杨所使用的家族字辈一致,自当是五寨杨氏的一支。更为重要的是,杨家寨、川溪二地的杨氏亦自称"令家杨",且其丧葬习俗与五寨令家杨的习俗相同。据道光年间五寨一带杨氏所修《杨氏族谱》记载,令家杨、田、苏、罗四姓家里老人去世,不请僧道超度,而请流落举行丧礼仪式。

  且查木本水源,凤属地境之明(民)户,并无令家名目一说。惟我乌引里杨、田、苏、罗为令家杨田也。父母终也,请祝师溜落鸣鼓,破竹刷打令,跳牌。③

---

① 参见佚名《川溪杨氏族谱》不分卷,湖南凤凰,民国续修,手抄本。
② 访谈对象:杨通宣,男,50岁;访谈人:龙圣;访谈时间:2008年8月19日;访谈地点:麻阳县石羊哨杨通宣家中。访谈对象:杨再全,男,65岁;访谈人:龙圣;访谈时间:2008年8月19日;访谈地点:凤凰县川溪坑村杨再全家中。
③ (清)杨胜明:《杨氏族谱》不分卷《丧事请溜落跳牌打令根由》,湖南凤凰,清道光十四年修,手抄本。

第四章　杨业后裔：明代白帝天王故事的变化 | 131

直至当下，居住在凤凰县中北部以及东北部的令家杨仍旧保持着这一习俗。2008 年，笔者在凤凰县三里湾村进行田野考察时，便听闻当地依然保持着这种习俗。三里湾又称三田湾，即明代令家杨的住地之一——黄岩江。截至调查时，三里湾村有 300 余户，十几个姓氏，其中杨姓最多，其次是田姓。村里的杨姓人称自己为令家杨，使用的正是"再、正、通、光、昌、胜、秀"七字字派。① 据村民杨昌基老人说，三里湾的杨姓人仍然保持着遇到丧事请流落打令、跳牌的习俗。

> 我们杨氏平时不准戴栀子花，只有人"老"的时候才能戴。人"老"了就是人死了的意思，死人的时候死者戴上，来参加葬礼的人也可以戴。人死，不请道士，而是请流落做法事。流落是专门为令家杨做法事的人，我们叫流落。流落扎牌、跳牌，用刀子切肉吃，叫作"掐夹斋"。流落还有很多仪式与周边道士做的仪式都不一样。我们令家杨死人戴栀子花到了阴间，阎王见了就直接送去西天，不用下地狱，也就不用请道士超度。②

清代、民国时期麻阳杨家寨、凤凰川溪的令家杨也具有与五寨令家杨一致的丧葬习俗。凤凰《川溪杨氏族谱》记载：

> 令家杨、令家田乃属三侯嫡裔至戚，因血统之关系，故禁忌较诸同姓尤异。凡此两家婆媳，一世不准戴栀子花，死后又以纸扎栀花插龛傍，屋周四角不许放雨扇，每岁除夕，须煮鱼冻做喜鹊粑，以祀祖先。嫁女，则婿家须以鲤鱼行聘。凡遇亲丧，不用僧道诵经度亡，乃请流落老师至家跳舞。初为亡人取水，用两人舁一水桶，以木棒击之，以代鼓。丧家男女共顶一长帛，流落师人手执长刀一柄，导之前行，至河边或井中盛水一桶，回置亡人尸侧。次杀牛、羊、猪、鸡等牲以供一宵之食。由黄昏时，流落师人不敲铙鼓，各持一竹向篙于丧堂，

---

① 访谈对象：杨昌基，男，71 岁；访谈人：龙圣；访谈时间：2008 年 8 月 20 日；访谈地点：凤凰县三里湾村杨昌基家中。
② 访谈对象：杨昌基，男，71 岁；访谈人：龙圣；访谈时间：2008 年 8 月 20 日；访谈地点：凤凰县三里湾村杨昌基家中。

舞跳乱击，声如鬼叫，其词语粗俗，不堪入耳，如云：天上有星子，水里有龙王，山上有猴子，洞里有神仙，关王庙里有周仓，阎王殿前有小鬼等类，且唱且号，声震四野，已而呼曰"呷夹斋"，即拔刀切肉一脔，卤以盐水，或给旁观之人，或自大嚼。如此数次，彻宵始止，此与三教中又别树一帜也。①

可以看出，五寨、杨家寨、川溪三地杨氏除了字辈一致外，在习俗上也一样，其族婆媳平日不准佩戴栀子花，只有死后才能佩戴，而且人死不请僧道超度，只请流落来做法事，包括打令、跳牌、"掐夹斋"（或"呷夹斋"，即切肉吃）等仪式。这些现象说明杨家寨、川溪二地的杨氏并非如其族谱所载源自江西，他们应该是从附近的五寨杨氏发展而来，是五寨杨氏的一支，故在字辈和习俗上与五寨杨氏保持着高度的一致。据凤凰《杨氏族谱》记载，元代杨秀虎一支的子孙主要分布在杜夜、白羊坪、翁坝、石羊头等地，其中石羊头即后来的麻阳县石羊哨，而杨秀龙之孙杨正昇一支也于明朝初年迁到了麻阳县。由此看来，定居麻阳县石羊哨杨家寨的这支杨氏以及从杨家寨分出的川溪杨氏，应该就是五寨杨秀龙或杨正昇的子孙。

在明后期镇筸一带苗民持续、猛烈的冲击之下，正是麻阳县杨家寨的这支令家杨率先开始了新身份的建构。明天启年间，该支子孙杨正茂为其家族撰写了一篇谱序，解释家族的来历以及为何会叫作"令家杨"。其序云：

杨氏起自周宣王少子尚父，封于杨，号曰杨侯。后并于晋，子孙因以为氏焉（按其地即今京兆武靖东南之杨村）。周秦以来，代不乏人，至东汉太尉震崛起，四世三公，族益蕃盛，而名益张。至隋高祖那罗延为震八世孙，起兵灭陈，是为文帝。及唐之筠松，即救贫，又名益，资州人，掌灵台地理，官紫金光禄大夫。黄巢犯阙，窃禁中玉函秘术以逃，后往来处州。又杨炯，唐华阴人，中童子科，授校书郎，后官盈州令，致仕以著书讲学为务。又杨炎，唐德宗时人，拜门下侍郎同平章事。建中元年作两税法，即夏税秋粮，后世皆仿行之。后为庐杞所挤，败崖州，未几赐死。公因目睹族枝蕃衍，诚恐上下倒置，长

---

① 佚名：《川溪杨氏族谱》不分卷，湖南凤凰，民国续修，手抄本。

幼失序，遂订以再、正、通、光、昌、胜、秀七字为派，俾子孙挨递轮起，再加以世纪，则尊卑自见，而彝伦攸分矣。

继至北汉杨业公，太原人，初为刘均将，赐姓名刘继业，知兵善战，所向披靡，且杀宋师甚众，宋王患之。适均子继元降宋，宋使继元招之。业降后，复其姓名，号杨无敌，即杨老令公也。后被王侁强令将兵击辽，至陈家谷，为番兵所困，且身被数创，遂以头触李陵碑死。年七十八岁，后人有咏史诗云："矢尽兵亡战力摧，陈家谷口马难回。李陵碑下成君节，千载行人为感哀。"后令婆折氏继握兵符，屡立战功，辽平之后，招封为折氏太君。妇人不从夫姓，古今惟一。仁宗复敕修天婆府梳妆楼，令太君居之，并饬文武官员至此下马。旋因五溪苗蛮变乱，遂命太君将兵征讨，屯兵于靖州飞山寨，眼观九代嗣孙，寿至一百四十余岁薨，葬于武冈雪峰山顶。

所生七子，长延品，次延定，三延辉，四延朗，五延德，六延昭，七延嗣。女二，八姐九妹，俱有勇力。长适凌，次适刘。后伯叔兄弟九人，自天婆府离家，一往陕西蓝田县竹沙坪，一往江西吉安府太和县沙州坪，一往四川酉阳坪查，一往贵州思南府石阡、平头、乌罗，一往楚地靖州、五寨。至元朝泰定帝致治元年九月十三日，择期俱在思南府已（以）作九股均分，各立一方。长房在陕西西安府蓝田县半坡，杨二房在江西吉安府太和县沙州坪，三房在南昌府丰城县，四房在四川酉阳坪查，五房在贵州平头、乌罗，六房在楚地五寨、靖州，七房在贵州思南府，八房在石阡府。三房胜和公分得五寨池街地，蒙二太爷均粮将胜和均过麻阳县石羊头杨家寨住，五房在靖州，因土地偏小，心怀不服，凭祖公杨文广将晚房绝户遗出，渭阳县报木林，上、下右冲，高垒塘门口四处水田一石八斗四升出卖，得银三千两，资补五房。五房将银于四月公兆达上蓝田县。胜和所生秀初，秀初所生五子，于泸溪南三都陈田地方，各持锁盖一片为记，遂各分手。一往都落，一往杨家寨，一往沅州，一往戍楚，一往辰溪。自分手之后，各有宗枝流传，不烦殚述。

时在天顺纪元立夏前五日，裔孙正茂谨撰并书。①

---

① 佚名：《川溪杨氏族谱》不分卷《凤凰川溪杨氏谱序》，湖南凤凰，民国续修，手抄本。

该序为明代麻阳县杨家寨杨正茂所撰,其落款在天顺元年,即公元1457年。序中有一首纪念杨业的七言绝句:"矢尽兵亡战力摧,陈家谷口马难回。李陵碑下成君节,千载行人为感哀。"这首诗为明人周礼所作。周礼,字德恭,别号静轩,是明代著名小说家,著有《秉烛清谈》《湖海奇闻》等,明代两大名著《三国志通俗演义》《金瓶梅词话》上也都留有其静轩之名号。此外,《明史》亦有关于他的记载,但语焉不详。有学者通过正史、方志等资料考证出其生卒年为1457~1525左右。① 据此,天顺元年(1457)时值周礼出生当年,杨正茂绝无可能在序中引用周礼之诗,故前序的落款时间肯定有误。再查《川溪杨氏族谱》,杨正茂"荦公长子,麻阳县廪生。生于万历六年戊寅九月十二日寅时,殁于崇祯十四年辛巳九月初四日丑时"②,即生于1578年,卒于1641年。天顺元年(1457)杨正茂尚未出生,自然不可能写有此序。那么,前序究竟作于何时呢?从生活时代来看,杨正茂经历了明代万历、天启、崇祯三朝,写序时间应在天启元年为是,即1621年。为何落款时间又写成了天顺元年?原因可能是,谱序原文后来因为虫蛀、水浸等出现了纸张破损,"天启"二字当中的"启"字残缺,仅剩下了"天"字,因明朝有"天顺""天启"两个以"天"字开头的年号,后人续修谱牒时一时大意,选择了"天顺",由此导致了序文落款时间的错误。

从天启元年杨正茂所撰的这篇谱序来看,他已将杨氏最早的祖先追至周宣王时期的杨侯,此后历数中国历史上的杨姓名人,包括东汉太尉杨震、隋文帝杨坚(那罗延)、唐宰相杨炎等,且认为七字字派起于杨炎。这部分内容意在说明杨氏历史悠久、源远流长,然而并非叙述的重点。序文要强调的是自宋代杨业以来的历史,以及本族与杨业之间的关系。这部分内容占到了该谱序三分之二的篇幅,主要讲述了杨业抗辽的光荣事迹,尤其是杨业故后,折老太君南征五溪苗蛮、屯兵靖州、葬于武冈,以及杨业七子二女子孙分居五寨、麻阳各地的情况。

揆诸史实,序文中折老太君南征五溪苗蛮、葬武冈,杨业子女分居五

---

① 陈国军:《周静轩及其〈湖海奇闻〉考论》,《文学遗产》2005年第6期。
② 佚名:《川溪杨氏族谱》不分卷,湖南凤凰,民国续修,手抄本。

寨、麻阳各地的情节皆是子虚乌有。杨业妻折氏（后传为佘氏），折德扆之女，其墓在山西保德县南折窝村。① 关于杨业之子，《宋史》载有杨延朗、杨延浦、杨延训、杨延瑰、杨延贵、杨延彬、杨延玉七人。其中，杨延玉与其父杨业一起战死，"业犹手刃数十百人。马重伤不能进，遂为契丹所擒，其子延玉亦没焉"②，其余六子皆被赐官，"业既没，朝廷录其子供奉官延朗为崇仪副使，次子殿直延浦、延训并为供奉官，延瑰、延贵、延彬并为殿直"③。杨业一子战死，六子封官，如何可能出现七子二女分居南北各地的情况？序文所述显然都是杨正茂虚构的故事情节。

然而通过这些虚构的故事情节，五寨、麻阳二地的杨氏成了杨业之子孙，与家喻户晓的"杨家将"有了直接的渊源。同时，这也解释了为何五寨、麻阳二地的杨氏称自己为"令家杨"：杨业又称杨老令公，五寨、麻阳二地杨氏为令公杨业之子孙，故称"令家杨"。更重要的是，通过这篇谱序，杨氏的族群身份得以改变。在谱序中，杨正茂对于宋元以来五寨、麻阳二地杨氏祖先的溪峒"蛮酋"背景只字未提，将仡伶杨氏原属溪峒族类的历史背景抹得干干净净，并以虚构的杨家将祖先故事取而代之，于是五寨、麻阳二地的仡伶杨氏得以从"蛮酋"后裔转变为"汉将"后裔，实现了族群身份的转换。

当然，建构新的身份需要一定的基础，否则容易引起怀疑，被人识破。杨正茂之所以将本家族与杨家将联系在一起，是有一定基础的，即他们在当地长期以"令家杨"自称。然而这个"令家"正如前文所言，是指杨氏的族属，即仡伶。仡伶的实称就是伶，仡伶以"伶家人"自称，再代以姓氏，便有了伶家杨、伶家田等名称。因为"伶家杨"的"伶"在当地的发音与令公杨业之"令"同音，二者又同为杨姓，这便为杨正茂想象、建构自身与杨业的关系奠定了基础。

那么，杨正茂又何以能够建构出这样一个在内容情节上比较丰富的杨家将祖先故事呢？这就不能不提到明代的两部杨家将小说。

据研究，杨家将的故事早在北宋杨业死后不久就已经在民间流传开来。

---

① 参见（明）关廷访修，张慎言纂《太原府志》卷二十四《古迹》，明万历四十年刻本。
② （元）脱脱：《宋史》卷二百七十二《杨业传》，中华书局，1977，第9305页。
③ （元）脱脱：《宋史》卷二百七十二《杨业传》，中华书局，1977，第9306页。

但直到元代杂剧中,才出现关于令婆佘氏的形象。明初可能有关于杨家将的平话本和小说出现,但今不传。明中后期,出现了两部现存最早的杨家将小说:《杨家府演义》和《北宋志传》。前者最早为明万历三十四年(1606)卧松阁刊本,后者有三台馆、世德堂、叶昆池三个本子,世德堂、叶昆池有万历二十一年(1593)序,三台馆本可能更早。在这两部小说中,各种女性英雄形象也得以展现出来。① 可见,杨家将故事人物和情节在明万历以来就已经较为完备了,并以小说的形式在坊间流传。天启元年(1621),杨正茂在序中所虚构的杨家将祖先故事,便是取材于当时所流行的这两部杨家将小说,从而将故事人物、情节编造得具体而丰富。

通过对比,杨正茂在谱序中所虚构的杨家将故事主要有三处取自明人熊大木所编撰的杨家将小说《北宋志传》,具体情况如下。

第一,谱序提及杨业七子,分别为:长延品、次延定、三延辉、四延朗、五延德、六延昭、七延嗣。这遵从《北宋志传》中杨业七子之说。该小说第十六回"太宗驾幸五台山 渊平战死幽州城"记载:"渊平曰:'陛下快脱下御袍。臣父与六郎延昭、七郎延嗣保车驾出东门。小臣与弟二郎延定、三郎延辉、四郎延朗、五郎延德出西门诈降。不然,君臣难保。'"② 据此,我们可以列出杨业七子的名称,分别为:长渊平、次延定、三延辉、四延朗、五延德、六延昭、七延嗣。谱序除将长子"渊平"改作"延品"外,其余六子的名称和排列顺序与《北宋志传》的记载完全一样。

第二,谱序中有八姐、九妹二人,而《北宋志传》从第十回"八王进献反间计 光美奉使说杨业"开始便提到这两位女性:"时有二妹在旁,长曰八娘,年十五;次曰九妹,年十三。"③ 此后,第十七回"宋太宗议征北番 柴太郡奏保杨业"、第二十一回"宋名臣辞官解印 萧太后议图中原"、第二十二回"杨家将晋阳斗武 杨郡马领镇三关"、第二十七回"枢密计倾无佞府 金吾拆毁天波楼"、第三十五回"孟良盗走白骥马 宗保佳遇穆桂

---

① 参见裴效维《杨家将故事的产生与嬗变》,《徐州师范大学学报》2005年第1期;杨建宏《略论杨门男将演变成杨门女将的文化意蕴》,《长沙大学学报》2004年第1期;孙旭、张平仁《〈杨家府演义〉与〈北宋志传〉考论》,《明清小说研究》2001年第1期。

② (明)熊大木编撰《杨家将演义》,穆公标点,上海古籍出版社,1995,第64页。该书内容实为《北宋志传》,书名在点校出版时被改作《杨家将演义》,参看前言第2页。特此说明,下不赘述。

③ (明)熊大木编撰《杨家将演义》,穆公标点,上海古籍出版社,1995,第39页。

英"、第三十六回"宗保部众看天阵　真宗筑坛封将帅"、第三十七回"黄琼女反投宋营　穆桂英破阵救姑"、第三十八回"宗保议攻迷魂阵　五郎降伏萧天佐"、第三十九回"宋真宗下诏班师　王枢密进用反间"、第四十一回"杨延朗暗助粮草　八娘子大战番兵"、第四十二回"杨郡马议取北境　重阳女大闹幽州"、第四十八回"杨宗保困陷金山　周夫人力主救兵"、第四十九回"杜娘子大破妖党　马赛英火烧番营",又多次提到两者的英雄事迹。

第三,谱序中有杨业以头撞死"李陵碑"的情节和纪念杨业的诗文。"业降后,复其姓名,号杨无敌,即杨老令公也。后被王侁强令将兵击辽,至陈家谷,为番兵所困,且身被数创,遂以头触李陵碑死。年七十八岁,后人有咏史诗云:'矢尽兵亡战力摧,陈家谷口马难回。李陵碑下成君节,千载行人为感哀。'"这部分内容则出自《北宋志传》第十八回"呼延赞大战辽兵　李陵碑杨业死节":"众泣曰:'将军为王事到此,吾辈安忍生还?'遂拥业走出胡原,见一石碑,上刻'李陵碑'三字。业自思曰:'汉李陵不忠于国,安用此为哉?'顾谓众军曰:'吾不能保汝等,此处是我报主之所,众人当自为计。'言罢,抛了金盔,连叫数声:'皇天!皇天!实鉴此心。'遂触碑而死。可惜太原豪杰,今朝一命胡尘。静轩有诗叹曰:'矢尽兵亡战力摧,陈家谷口马难回。李陵碑下成大节,千古行人为感悲。'"[①] 杨正茂在谱序中提到杨业撞死李陵碑的情节及征引的诗文即来源于此。

从以上分析可以看出,杨正茂之序在内容上主要参考和借鉴了《北宋志传》,使得序中祖先故事编造得比较丰富、具体。值得注意的是,《北宋志传》主要讲述杨家将抗辽的故事,前十回主要写杨业如何归降北宋的经过;第十一回至第四十三回,主要写杨家将屡次出兵抗击辽军,最终灭辽;后七回写十二寡妇征西夏,最终凯旋回朝。该书并没有提到杨家将南征情节。巧的是,另一明代杨家将小说《杨家府演义》当中恰好有此情节。《杨家府演义》全书八卷,共五十八则故事,线索与《北宋志传》相似,但在杨家将灭辽封赏之后十二寡妇西征之前,多出了南征侬智高之事。该书第六卷"邕州侬智高叛宋""侬王打破长净关",第七卷"宗保领兵征智高""文广困陷柳州城""宣娘化兵截路"讲的便是杨宗保、杨文广父子南征五

---

① (明)熊大木编撰《杨家将演义》,穆公标点,上海古籍出版社,1995,第72页。

溪"蛮王"侬智高的故事。① 其间，杨文广还被困柳州城内，幸得宣娘援救，并出计策，才最终打败侬智高。杨正茂序中提到平辽后不久五溪苗蛮变乱，杨家将南征的情节应来源于此。

综上，明朝天启元年（1621），五寨仡伶杨氏分迁麻阳石羊哨杨家寨的一支族人杨正茂，已借助当时流行的杨家将小说，建构了一个五寨、麻阳等地杨氏源自令公杨业的祖先故事。如前所述，北宋时期靖州仡伶杨氏的北地天王故事于南宋时期通过北迁的族人带到后来的五寨一带，经过元代作为五寨土司的杨氏的改造，后来的白帝天王故事实际反映的是南宋时期靖州仡伶杨氏祖先对五寨一带的开拓，作为白帝天王的杨氏三兄弟在民间记忆当中成了南宋人。明后期，杨正茂将五寨、麻阳仡伶杨氏建构成北宋杨业的后裔，那么当地杨氏所供奉的南宋白帝天王祖先神自然也就成了杨业子孙。由此可知，白帝天王为杨业子孙的说法，早在明后期就已经形成。经过明清之际的流传，这一说法逐渐为地方所接受，以至于到了清康熙末年周文元视察凤凰厅靖疆营时，在当地听到了白帝天王为杨业子孙的故事。

---

① 参见（明）佚名《杨家府演义》，上海古籍出版社，1980，第216~238页。

第五章　龙神之子：杨氏天王故事在清代的演变

如前所述，明后期以来五寨、麻阳的令家杨氏已将杨业奉为祖先，杨氏所供奉的南宋祖先神白帝天王亦因此在家族记忆中成了杨业的子孙。至清朝康熙末年，白帝天王为杨业后裔的这一说法已经在凤凰厅（范围包括明代五寨长官司和筸子坪长官司两地）靖疆营一带流传开来。

> 所谓三王者，盖兄弟云。长曰金龙，次曰金彪，又次曰金篆，出于杨，为宋名将业八世孙。①

在光绪《凤凰厅续志》收录的一则来自当地令家杨氏的故事当中，白帝天王的来历又有了很大的不同。

> 三王降神之始，本龙种也，为靖州蒙姓外孙，嗣继于渭阳杨氏。
> ……当宋徽宗朝，有杨昌除者，官昭信校尉。重和二年，以剿平皮历、竹滩、古州八万苗蛮功，封显武将军，复讨降靖州僚仡，授宣抚军民总管，专制靖州……地有洞天，阙名龙凤，是藏灵迹，每化人形，巾服丽都，居然雅士，渐与近村蒙翁交厚。蒙有田沿洞侧，恒夏之水，一日私祝曰："有能泽兹荒瘠，吾当以女妻之。"灵锐自承，俄而，塍畔泉生，偏成良沃，蒙遂赘灵为婿。居岁余，了无他异，惟豪饮千觞不醉，为众所惊。靖康丙午元年，姻党贺春，宾筵盛集，蒙女

---

① （清）侯晟、耿维中修，黄河清纂《凤凰厅续志》卷一《典礼·靖疆营重修天王神庙碑》，清光绪十八年刻本。

戏语家人曰："郎平日不喜酸，今试置醯酒中，或可醉也。"如其言，灵醉，奋现龙形，拿雾攫空飞去。女娠失耦（偶），痛悔莫追。是年五月五日申时，一产三男，状皆魁猛，命名金龙、金彪、金纂，即三王也。未几，蒙女病亡，蒙翁以孕感非常，惧贻姎咎，心恶之。会先夕昌除梦三飞熊遂戏宣司廷下，一白、一赤、一黥。诘旦，闻蒙家生三子，色与梦符，亟往乞归，载名杨氏家乘，嗣为己后。①

对比清前期和清晚期两个天王故事，我们很容易发现其主角白帝天王由"杨业后裔"变成了"龙神之子"，具有了神的血统，有关杨家将的叙事则不见于清晚期的故事当中。白帝天王的来历在清前期和清后期何以产生如此明显的变化？凤凰杨氏为何要在晚清时期改变天王的来历和身份？他们如何调和、消弭前后两个故事当中"人子"（杨业八世孙）与"神子"（龙神之子）之间的叙事矛盾？这一新的故事版本又何以能进入地方志，成为此后当地的一个广为人知的故事版本？这些是本章所要探讨和分析的主要问题。

一　清代湘西的治理及其社会变化

经过明清政权更迭，今湘西境内的镇溪军民千户所、箪子坪长官司、五寨长官司以及其北部的永顺、保靖二宣慰司等进入清朝统治范围。清初，为镇压地方的抵抗，稳定社会秩序，清朝保留了明代在当地的机构设置，直至康熙末年才逐步废除当地的卫所、土司制度，建立起了新的行政管理体系。

（一）从卫所、土司到府厅县

康熙四十三年（1704），清朝裁镇溪军民千户所，在其地设乾州厅，隶属辰州府。光绪《乾州厅志》记载："四十三年，裁镇溪军民千户所，设厅于此，以旧哨名，名曰乾州厅。"② 康熙四十六年（1707），五寨长官司长官

---

① （清）侯晟、耿维中修，黄河清纂《凤凰厅续志》卷一《典礼·三王降生始末》，清光绪十八年刻本。
② （清）蒋琦溥修，林书勋续修，张先达续纂《乾州厅志》卷一《沿革志》，清同治十一年修、光绪三年续修本。

第五章　龙神之子：杨氏天王故事在清代的演变 | 141

田弘天被革职，清朝在其地设凤凰厅，治理原五寨长官司以及筸子坪长官司所辖的土民及其以西的苗民。此后，清朝陆续招抚乾州、凤凰二厅以西的"生苗"，于雍正八年（1730）在二厅的西面设立了永绥厅，由其治理新归附不久的苗民。① 乾州、凤凰、永绥三厅在历史上合称湖南苗疆三厅，即今天湘西的吉首市、凤凰县和花垣县。

在三厅以东地区，清初以来仍设麻阳县，与乾州、凤凰二厅毗邻。三厅以北，为明代永顺、保靖二宣慰司领地。清初二土司归顺后，朝廷仍令其子孙治理当地。至雍正年间，清朝在全国范围内大规模"改土归流"，永顺、保靖二土司亦被裁革。雍正四年（1726），清朝革除永顺、保靖土司，分别在二地置厅，隶属辰州府。雍正七年（1729），永顺升为府，其原属地区分别设永顺、龙山二县，保靖则由厅改为县，形成永顺"一府三县"的格局。② 道光二年（1822），清朝又将原属于永顺县的四个保划出，成立古丈坪厅，隶属永顺府。③ 永顺、龙山、保靖、古丈坪四厅县，即今天湘西的永顺、龙山、保靖、古丈四县。

（二）土客矛盾与苗民起义

改土归流后，因为湘西一带地广人稀、田土价格便宜，田赋负担较轻，附近州县民人纷纷涌入湘西，购买田土，入籍考试。乾隆十二年（1747）永顺知府骆为香就曾提到这一现象。

> 窃照府署山多田少，当土司时不许买与汉民，一应田土皆为土、苗耕食。自改流分设郡县，与内地一体，在永客户以及贸易人等，始各买产落籍。迨雍正八年，钦奉世宗宪皇帝上谕，令土民首报田地，仍按各属秋粮原数征派，每亩仅输银厘数至分余而止。旋又设立学校，进取文童武生，此皆圣朝加惠土民之旷典，讵邻封外郡民人，因此地粮轻产贱且可冒考试，嗣随倚亲托故，陆续前来，构产入籍。土苗愚

---

① 参见（清）潘曙等修，凌标等纂《凤凰厅志》卷三《沿革》，传抄清乾隆二十三年刻本。
② 参见赵尔巽《清史稿》卷六八《地理志十五·永顺府》，中华书局，1977，第 2202~2203 页。
③ 参见（清）董鸿勋纂修《古丈坪厅志》卷四《古丈坪厅历代沿革表》，清光绪三十三年铅印本。

蠢，易于诱哄，遂而共相买卖。①

大量外地民人涌向湘西置产入籍，引发了不少纠纷，给当地社会秩序造成了负面影响。知府骆为香向朝廷建议，对于已经置产入籍的客民，因其居住有年而不再追究；此后，倘若当地土民、苗民买卖田土，只许卖给土民、苗民，或者暂时典给客民，银到赎回，不得再卖给客民；已经入籍的客民的产业，将来同样只许卖给当地的土民、苗民，不得卖给其他外地人。②骆为香的建议一经提出，就马上受到当时的湖广总督塞楞额的支持。在他的奏请下，禁止土客交易田土的规定不但在湘西永顺府得到了施行，而且被推广到湘西的乾、凤、永三厅以及其他有苗民的湖广州县。

且外郡民人源源而来，呼朋引类，其中奸良不一，保无不逞之徒混居其间，久之引诱滋事，所关尤非浅鲜。臣现已饬令地方官禁止，汉民不许再买土、苗田地，并不许微员擅给批禀，令入苗疆在案……遇有外来民人或贪图苗土，或假称买有田房，携带眷口前往者，不许地方官给照，其无照私行前往之人，凡经过塘汛，不准放行……其余湖南之镇筸、永绥、城步等各府厅州县所属苗疆，均请照此一例办理。③

乾隆十二年（1747），朝廷下令禁止土客之间的田土交易，目的是防止土民、苗民的田土流转到客民手中，以免引起土客矛盾，产生纠纷甚至冲突，影响当地社会的稳定。然而在乾、凤、永三厅地区，禁令的颁布并未能有效阻止苗民田土流转到客民手中。造成这一问题的主要原因有三点。

第一，赋税制度存在漏洞，官府难以知晓并阻止客民与苗民间的土地交易，导致禁令难以有效阻止三厅苗民土地流转到客民手中。乾、凤、永三厅苗民以耕种杂粮为主，不善于种植水稻，即便偶有种植水稻者，其规模比起其他民族来说要小得多。《楚南苗志》记载，"惟永绥'红苗'，历来

---

① （清）张天如等纂修《永顺府志》卷十一《檄示·禁汉人买土地详》，清乾隆二十八年刻本。
② （清）张天如等纂修《永顺府志》卷十一《檄示·禁汉人买土地详》，清乾隆二十八年刻本。
③ 《湖广总督塞楞额奏请严汉民置买苗产等事折》，载中国第一历史档案馆编《清代档案史料丛编》第十四辑，中华书局，1990，第176页。

不习水耕。其余各属苗人，亦有效民间耕作水田者，第农具差小耳"①，"虽各属苗人，亦有娴习水耕之处，然人事去民间远甚"②。与此同时，苗民的农业生产还处于刀耕火种阶段，未掌握人工施肥的技术，杂粮产量有限，"而苗人男妇，攀藤附葛，缘岩而上，刈草烧挖，即成熟土。种至三年，遂至硗瘠，必另辟他处。其旧土，弃之数年，茅茨成林，又复砍挖、播种。如此循去环来，周而复始也"③。考虑到这些因素，改土归流后，官府并没有清丈苗民田土、登记在册，以及按照田土面积来征收赋税，而是以按人头缴纳的杂粮来充当田赋，成年苗民每丁一名，纳杂粮二升。④ 因为苗民田土不直接涉及田赋的问题，所以苗民将田土卖给客民并不需要去官府将客民登记为新的纳税人。况且也不能去，因为这种交易本身不被允许。因而，官府难以知晓并遏制苗民与客民的田土交易行为。相反，在永顺府所属州县地区，土民占人口的多数，需按田土缴纳赋税。假设土民将田土卖给客民，则须去官府将买田的客民登记为纳税人，否则土民仍然要承担已卖土地的田赋，造成"产去粮存"的额外负担。然而，官府禁止土民与客民交易田土，原则上自然不会将客民重新登记为纳税人，双方的交易也就无法进行。因此，这一禁令对以田土纳税的永顺府土民来说能起到较好的效果，而对于按人头纳税的乾、凤、永三厅苗民来说，实际上难以起到预想的作用。

第二，部分地方官没有严格执行禁令，亦导致苗民田土流入客民手中。为增加地方财政收入，某些官员对土客交易田土的行为视而不见，甚至暗中推动，使得土客交易田土的情况在三厅时有发生。例如，乾隆年间永绥厅同知段汝霖就曾表示，应该放宽对客民购买苗民田土的限制，并认为这将是一件好事，他说："惟永绥一隅，新辟未久，苗人止种山土，不习水耕。而入籍民人，从前所买苗地，陆续成田，合计之得二十余顷。只以民买苗土，已奉例禁，欲垦不得。苗人稍有余土，欲售不能。倘荷俯顺舆情，

---

① （清）段汝霖：《楚南苗志》卷四《农器》，伍新福校点，岳麓书社，2008，第167页。
② （清）段汝霖：《楚南苗志》卷四《耕种》，伍新福校点，岳麓书社，2008，第166页。
③ （清）段汝霖：《楚南苗志》卷五《田土》，伍新福校点，岳麓书社，2008，第192页。
④ 参见（清）段汝霖《楚南苗志》卷三《苗人总叙下》，伍新福校点，岳麓书社，2008，第144页。

变通而权宜之,则水田广辟,行有日矣。"① 由此可以看出,部分地方官对禁令持变通态度,对客民购买苗民田土网开一面,加剧了苗民土地的流失。

第三,除双方自愿买卖所导致的土地流转外,客民还采取了一些非常手段,使三厅苗民的田土落入其手中。例如,寄居在三厅集市的客民,趁苗民缺钱或者农业生产青黄不接的时机向其放高利贷,苗民不了解其中的规则,为解燃眉之急而向客民借钱,事后才发现无力偿还,被迫以田土抵押折算,久而久之,田土尽被客民套去。

> 客账多衡宝、江右客民住市场者放之。制钱八百为一挂,月加息钱五,至三月不完,辄归息作本,计周岁息凡四转,息过本数倍矣。约包谷杂粮熟时择取息钱,或乘其空乏催讨,将田地折算。又有放新谷、放货谷诸名。放新谷则当青黄不接之时,计贷钱若干,秋收还谷若干。货谷则赊以布盐什物,计贷若干,秋收还谷若干。借者必先凭富苗作保,贫不能偿,保人代赔。故苗中有债必完,往往收获甫毕,盎无余粒,此债未清,又欠彼债,盘剥既久,田地罄尽。②

通过正常与非正常的手段,三厅苗民的田土大量流向客民,导致了严重的社会问题。如前所述,苗民农业生产方式及技术落后,刀耕火种,不懂施肥,依靠多块土地隔年轮种勉强过活。田土的大量流失,使得苗民轮换耕种的生产模式无法维持运转,苗民变得日益贫困。而客民农业生产方式及技术先进,又占有了大量田土,变得越来越富裕。时间一长,三厅苗民与客民之间的贫富差距越来越大,两者的矛盾也越来越突出,最终引发了乾隆、嘉庆之际的苗民大起义。

乾隆六十年(1795),湖南乾州、凤凰、永绥三厅苗民联合贵州松桃苗民揭竿而起,围攻各自厅城,驱逐当地客民,试图夺回田土。清廷闻讯,调集湘、鄂、川、黔等省兵力镇压起义。嘉庆元年(1796)年底,清军平息了苗民在湘黔一带大规模的抵抗活动,但各地小规模的抗争持续了十余年。

---

① (清)段汝霖:《楚南苗志》卷五《田土》,伍新福校点,岳麓书社,2008,第192~193页。
② (清)周玉衡等修,杨瑞珍纂《永绥直隶厅志》卷六《丛谈》,清同治七年刻本。

（三）屯政的推行及其压力

起义失败后，被捕的各地苗民首领在受审时皆指出此次起义的主要原因是土地问题。例如，凤凰厅的一位苗民首领杨国安供称："平日苗子与客民交易，钱财被客民盘剥，将田亩多卖与客民，他们气忿，说要杀害夺回，这话是常有的，并不知有凌虐的事。"[①] 另一位凤凰厅苗民首领吴天半也供称："小的们初起事时，原是愤恨客民，只图夺回田地，抢些粮食。"[②] 此外，永绥厅苗民首领石三保的供词也证明起义的症结在于土地问题："小的苗子们多半是穷苦的，但向来各寨硐田地，都不纳钱粮，也不派差使。皇上天恩高厚，小的苗子们也都知道，实在感激。况小的家内尚可将就吃饭，何敢闹事。只因苗众田地，积年被客民盘算，各寨渐多失业，越觉穷苦，大家心里不服，所以发起癫来，焚抢客民，冀图泄忿。"[③]

经过这次起义的打击，朝廷也认识到土地问题是湘西地方社会秩序崩溃的根本原因。因此，乱后社会秩序的恢复也是围绕土地这一核心问题展开的。从嘉庆四年起至十年（1799~1805），经凤凰厅同知傅鼐奏请，朝廷在乾州厅、凤凰厅、永绥厅、泸溪县、麻阳县、保靖县均出民田，建立"民屯"。嘉庆十年至十四年（1805~1809），又大规模查丈"叛产""占田"，扩大屯田范围，建立"苗屯"。嘉庆十六年（1811）又续丈出部分田土。历年共计均出田土152000余亩。[④] 以上所均田土充公，由官府佃给土民、苗民耕种，土民、苗民每年向官府缴纳屯租，其所承佃的田土不得买卖。官府收取的屯租主要用来维护地方社会秩序，包括养勇守边、修建碉卡、重筑边墙、开办学校等。[⑤] 这一系列的善后措施，总称"屯政"。

屯政的推行，是建立在湘西民间大量田土充公的基础之上的。从民屯

[①]《审讯杨国安等笔录》，载中国第一历史档案馆等编《清代前期苗民起义档案史料》中册，光明日报出版社，1987，第281页。

[②]《军机大臣奏复审吴天半讯取供词片》，载中国第一历史档案馆等编《清代前期苗民起义档案史料》下册，光明日报出版社，1987，第123页。

[③]《审讯石三保等供词笔录》，载中国第一历史档案馆等编《清代前期苗民起义档案史料》下册，光明日报出版社，1987，第257页。

[④] 参见伍新福《清代湘西苗族地区"屯政"纪略》，《中南民族学院学报》（哲学社会科学版）1983年第2期。

[⑤] 参见伍新福《清代湘西苗族地区"屯政"纪略》，《中南民族学院学报》（哲学社会科学版）1983年第2期。

来看，均田土的办法各地不同，有全部充公、均三留七、均五留五、均七留三等方式，民人仍有少量私有土地。苗屯田土主要是通过清丈"叛产""占产"等而来，其数到底占苗民田土总数的多少，无从得知。有学者推算，苗民耕种的熟田熟土基本上都被充了公。以永绥厅为例，乾隆十六年（1751）清查，全厅水田共 2670 余亩，旱土不详，以水田与旱土比例为一比二计算，田土总数为 8000 亩左右。而永绥民屯和苗屯总数达 80000 亩。也就是说，如果在五十多年中，田土面积增加了十倍，也全部归公了。①总而言之，屯政的推行将湘西苗民、土民绝大部分的田土都充了公，经此一变，湘西民间私田所剩无几。道光年间，辰沅道赵文在在奏折中就曾提到："自设屯防将田土清丈……苗疆田土存留于民间者已属无几。"② 田土的大量充公，使得很多百姓沦为佃种屯田屯地的佃户。尤其是在乾州厅、凤凰厅、永绥厅这三个主要的苗民起义地区，均田均土执行得最为彻底，民间私田寥寥无几，几乎全部的苗民和绝大部分的土民都成了佃户。

为维持屯政的运转，官府所收取的屯租很高，佃种屯田屯地对于佃户来说是一项沉重的负担。以苗民为例，屯政实施以前，苗民"不赋不役"，仅需成丁一名交纳杂粮二升。屯政实施以后，苗人田土几乎全部充公，只得佃种公田，按亩纳税。而公田屯租很高，初为每亩一石八斗，后来有所降低，但也在每亩一石以上。伍新福据解放前湘西平均亩产 214 斤推算，屯租占到亩产收获物的 60%。相对而言，湘西民间的租佃率仅为 15% ~ 30%。③ 可见，屯政的推行极大加重了湘西地区尤其是乾、凤、永三厅百姓的负担。

二 从审判到祈雨：天王神格的转变

在屯政压力的影响下，自嘉庆以后湘西乾州、凤凰二厅民间对白帝天王神格的认识也逐渐发生了改变。

---

① 参见伍新福《试论清代"屯政"对湘西苗族社会发展的影响》，《民族研究》1983 年第 3 期。
② （清）赵文在：《详定苗疆应禁应增事宜四条清折》，载（清）但湘良纂《湖南苗防屯政考》卷八《均屯四》，清光绪九年蒲圻但氏湖北刻本。
③ 伍新福：《试论清代"屯政"对湘西苗族社会发展的影响》，《民族研究》1983 年第 3 期。

（一）清初至乾隆年间的天王神格

据文献记载，在清前期湘西民间所流传的白帝天王故事当中，人们主要强调的是天王在解决民间纠纷过程中所呈现的审判神力。例如，康熙五十二年（1713）辰沅靖道周文元从凤凰厅靖疆营老者口中得知天神审判特别灵验，当地方圆百里以内的百姓如遇到官府解决不了的纠纷，只要到了白帝天王面前，理亏的一方必会将其中的隐情全部吐露。因为人们认为过于灵验，所以一些理亏者不敢去神前接受审判。倘若有人不相信天王的灵验，可在神前立誓，如果此人后来违背誓言，必会获得相应的下场，"数百里之间，自居民及苗蛮有暧昧隐情国法不能得者，临之以神取，辄尽言无隐，宁死不敢入庙。人有不信者，誓言于神，终身不敢渝，渝则必殛之如其誓"①。

直至乾隆年间，湘西地方志对白帝天王神力的强调仍然集中在其审判案件、裁决纠纷方面，苗民遇到纠纷、冤情必去天王庙进行神判；否则即便有官府的裁决，也不能令其信服。由此凸显出天王审判的灵验性和权威性，比如乾隆《凤凰厅志》记载：

> 苗民遇有冤忿，必告庙誓神，刺猫血滴酒中，饮以盟心，谓之吃血。吃血后三日，必宰牲酬愿，谓之悔罪做鬼，其入庙则膝行股栗，莫敢仰视。抱歉者，则逡巡不敢饮。其誓必曰："你若冤我，我大发大旺；我若冤你，我九死九绝。"犹云祸及子孙也。事无大小，吃血方无反悔，无则虽官断亦不能治。盖苗人畏鬼甚于畏法也。②

又如《楚南苗志》记载：

> 苗人事件排解及命案倒偿骨价之后，必凭神发誓，然后可免翻悔。其讦告不明之事，亦必誓于神焉，谓之开庙吃血……当开庙时，百户

---

① （清）侯晟、耿维中修，黄河清纂《凤凰厅续志》卷一《典礼·靖疆营重修天王神庙碑》，清光绪十八年刻本。
② （清）潘曙等修，凌标等纂《凤凰厅志》卷十四《风俗》，传抄清乾隆二十三年刻本。

> 率领兵役、牙郎等人，带齐两造，齐赴庙中，用猫一只、鸡一只割血滴竹筒中，向神跪祝。如系排解清结之事，则两造同声祝曰："此事和解，永不翻覆。如有反此血者，九死九绝。"祝毕，两造同时饮筒中之血，若系争竞不明之事，即誓曰："我若亏心，九死九绝；若不亏心，大发大旺。"誓毕，饮血。抱歉者不敢鸣誓，泾渭遂分。①

类似的记载还见于乾隆《乾州志》《辰州府志》等地方志当中。② 乾隆年间，天王审判灵验的故事不仅在湘西乾州、凤凰等地流传，还传播到相邻的贵州省。该省的铜仁府松桃厅与永绥厅、凤凰厅相邻，乾隆年间有乡民因争夺土地而连年发生纠纷，听说乾州、凤凰等地的白帝天王审案向来灵验，于是将天王神请到松桃来解决纠纷。果然，天王显灵，为乡民划出一条明确的土地界线来，各方对此结果都信服不已。

> 距城北五十里地名曰抵，乾隆年间乡民争山土界，连年构讼，闻湖南镇筸地有天王神素灵显，遂异此神至界所，鸣锣焚香，求示灵应。三日后，地忽分裂数十丈，界限朗然，各畏服。③

上述记载可以说明，乾嘉苗民起义以前白帝天王的神格主要体现在为民间审判案件、解决百姓纠纷方面。

（二）嘉庆以来天王神格的转变

自嘉庆年间推行屯政以后，白帝天王的神格逐渐发生了变化，民间对天王神力和灵验的强调逐渐从"审判"转向了"祈雨"。

自嘉庆以来，屯政的推行不论是给地方官还是给湘西百姓都带来了不小的压力。一方面，在屯政制度之下，屯租成为屯政运转的基础和保障，是屯政推行的资金来源。收取屯租从此成了地方官治理地方社会的首要任

---

① （清）段汝霖：《楚南苗志》卷四《开庙吃血》，伍新福校点，岳麓书社，2008，第177~178页。
② 参见（清）王玮纂修《乾州志》卷四《红苗风土志·斋戒》，清乾隆四年刻本；（清）席绍葆等修，谢鸣谦、谢鸣盛纂《辰州府志》卷十四《风俗考》，清乾隆三十年刻本。
③ （清）徐铉修，萧琯纂《松桃厅志》卷三十二《杂识》，清道光十六年刻本。

务,是朝廷考核地方官政绩的重要指标。如果屯租不能顺利征收,地方官就会面临极大的压力。另一方面,为了解决乾嘉苗民起义的焦点问题——土地问题,官府在湘西将大量田土充公,佃给百姓耕种,收取高额的屯租。这对于湘西民间尤其是乾、凤、永三厅百姓来说,无疑是一项沉重的负担。三厅以苗民为主体,其农业生产方式和技术落后,农作物产量原本就很低,还要负担很高的屯租,因此完粮纳税的压力大大增加。面对沉重的屯租征收和缴纳压力,三厅地方官和百姓也就更加渴望风调雨顺、粮食丰收。唯有如此,地方官才能通过朝廷的考核,百姓才能顺利完粮纳税,地方秩序才能保持稳定。

然而事事并非都如人所愿,湘西一带常常有各种自然灾害发生,其中尤以旱灾为多,对粮食收成造成极大的威胁。在灾害和屯租的双重压力之下,地方官和百姓除了尽人力之外,不得不求助于神灵,祈求保佑,以缓解灾情,保证粮食的收成和屯租的缴纳。在三厅地区,白帝天王是当地最为灵验的神明,自然成为人们求助的对象。所以,从屯政刚刚推行不久的嘉庆年间开始,乾州厅便出现地方官和百姓到天王庙请神出巡、降雨的情形。

> 厅城偶遇旱年,厅官虔诚斋戒,诣龙神、城隍庙祈求雨泽。如迟久不雨,鸦溪设诚,求祷于天王庙,甚至迎神像入城至龙神祠,请官行香辄雨。①

与乾州厅相邻的凤凰厅的地方官和百姓在面对连年的自然灾害时,为保证粮食收成和屯租缴纳,也常常求助于白帝天王,结果颇为灵验。

> (道光)十六年,迅获本城凶犯钟潮栋等,以及接岁祈求晴雨,无不应时。②

---

① (清)蒋琦溥修,林书勋续修,张先达续纂《乾州厅志》卷四《典礼》,清同治十一年修、清光绪三年续修本。
② (清)侯晟、耿维中修,黄河清纂《凤凰厅续志》卷一《典礼》,清光绪十八年刻本。

在一系列祈雨实践的推动下，三厅地方官和百姓越发相信并强调白帝天王在祈雨方面具有强大的神力。加之乾隆年间，乾州厅民间就流传着一种说法，即白帝天王是其母亲"感龙而孕"所生。文献记载："白帝天王，湖南乾州雅溪人，姓杨氏。母感龙而孕，一产三子，各有勇，武艺绝伦。"①当地百姓对白帝天王的降雨神力更加深信不疑，他们很容易将祈雨的成功和这一说法联系在一起，认为正因为白帝天王是龙神之子，继承了龙神的血脉和神力，祈雨才能成功。嘉庆以后，白帝天王为龙神之子的说法被一系列的地方祈雨实践所强化并传播开去，在乾州、凤凰二厅民间逐渐流传开来。

到了清末、民国时期，白帝天王为龙神之子的故事和相关祈雨活动在乾州厅民间已被广为接受。光绪《乾州厅志》记载：

> 鸦溪距乾五里，地惟杨氏一族。世传有室女浣于溪，忽睹瑶光，感以人道，逾年一产三子。②

> 盖本处父老流传雅溪杨老洞官有室女，性贞静、寡言笑。一日，浣纱龙井坝，忽见金光射体，如有所感，载震载夙。逾年，居然一胎生子三，因矢志不嫁，抚育成人，遂从母姓。三王是也。③

民国年间乾城县（即清乾州厅）所流传的白帝天王故事，亦传承了白帝天王为龙神之子的版本，只不过在叙述的细节上更为丰富。

> 传说三王出自汉朝，亦有说是宋朝者。凭空相传，议论不一。当时缘以旱魃为虐，鸦溪各处，田土龟裂。太后娘娘之父亲，寿已八旬，年高有德，名曰杨老栋官者，系砂子坳人，有田百亩在鸦溪龙井坝上。该井又名之钻潭。因当时天干地裂，旱魃过久，禾苗枯槁，几将殆尽。

---

① （清）江德量：《白帝天王》，载（清）黄承增辑《广虞初新志》卷三十八，清嘉庆八年刻本。
② （清）蒋琦溥修，林书勋续修，张先达续纂《乾州厅志》卷四《典礼·三王杂识》，清同治十一年修、光绪三年续修本。
③ （清）蒋琦溥修，林书勋续修，张先达续纂《乾州厅志》卷四《典礼·三神降神纪闻》，清同治十一年修、光绪三年续修本。

屡至田望,便发感慨,大有先天下之忧而忧之慨。杨老为人,忠厚诚朴,乐善好施,闻名梓里,远近咸钦,众辄以乡父称之。其女穆英(即太后娘娘之称),才貌非凡,犹为当地所赞美。有一天,诚心斋戒,杨老携女于田边,燃烧香烛,跪拜祷告,虔诚求雨泽云:"天老爷呀!旱灾流行,禾苗干枯,可怜农人,有种无收,请赐天恩,早降雨泽,救济禾苗。倘蒙降霖,不但仅是建醮答天,并愿将女穆英配之。决不食言。"后回家心仍不安,继而又来,无法施救,只有仰天长叹而已。每至田边一次,祷告一次,接三连四的继续祷告,诚意感动天地。

该处龙井之龙神,听见栋官祷告此语,暗中欢喜。知其有女才貌非常,便发动风雨雷神,涌水降霖,救全禾苗。当最后一天,杨老栋官,祷告完毕,果见黑云四起,电光闪闪,雷声隆隆,降下滂沱。一刹那间,田水满溢,禾苗复苏。当时杨老栋官,到田一望,心中暗喜,颇觉奇异,疑虑生心,上天赐福于我也。一天,该女往龙井浣洗衣服,井中呈现七色祥光,并现一对金龙出游,五色鳞甲,光亮异常,眼珠之光,闪若晨星。该女见之,心颇羡慕。初洗衣时,事前先将手上所戴金戒脱下,以便浣濯。待洗完成,复转戴起。不意因恋看金龙,一时不慎,遂把金戒堕落井中。该女平日,爱惜金戒尤甚,即脱卸衣服,下井拾之。时龙王见伊才貌非凡,似玉如花,颇觉爱人,待伊跃入井中,一时情欲生心,涌水来潮,扬波四起,该女竟被波涛卷起,推入井孔中而去。龙王得其到手,强迫成婚,遂结龙胎,始生三王。查龙原系爬行动物,实非凡体,所以三王有母无父,因受龙胎而生,后人称之父姓龙,而母姓杨。今之巫师代人请神,上车下马时,常谓之龙家圣主(指龙王之姓),穆英圣婆(指太后娘娘之名)。有称木易圣婆者,是讳名称姓。因木易二字属杨姓,其取义原属根据于此也。

当日杨老栋官,坐守家中,待女儿洗衣至晚不回,颇觉萦系,莫名真相。四处问人,无一知之。于是即往龙井观寻,到地一望,只见已洗成之衣服,及背笼棒椎,放在该处,未见其人踪迹安在,心颇惑之。默念良久,才想起日前以女祷告求雨情事,今此女失去,定是龙神使然无疑。双膝跪下,当时龙井祷告一番。祷告毕后,果见井中之水,潮涌出来,扬波未已,始悉该女确被龙王推落井中。默然一想,应了前日祷告之言。问何日回,亦不得所以。最后想到本年冬季,赛愿答天，椎牛祭祖，团聚亲朋前来欢庆。问椎牛时可回来吗！只见井水扬波兴浪，越潮越大，潮涌不止。又问到期报信再来好吗？于是井水又涌潮。告毕辞去，水波始平。杨老栋官，才将衣物等件拿回家中，报告家人，众始释疑。秋后收获，五谷满仓，欣喜之甚。

待至冬期，择定吉日，实行椎牛大祭。当派专人告知各方亲朋，前来庆祝祭典，并送该女婿龙王抬腿一支。届时龙王变化凡体，偕其妻子，同来道贺。杨老栋官，无任欢迎。当饬厨师及帮忙人殷勤款待，着备丰盛酒席，送女婿等食之。陪客奉劝龙王，高谈畅饮，宾主叙情。龙王大饮，终夜不醉。陪客无法，亦莫知其酒量也。末后该女暗中告之陪客云："要他醉酒，须把酒内加酸汤一二滴，饮之便醉。"陪客得悉，暗使帮助跑堂人，如法制之送饮。龙王不知，一饮醉倒。醉后遍身全现龙鳞，五彩辉煌。龙王自看，愧其品貌与众不同，马上静悄悄的暗自回去，化龙转入井中。杨老栋官，尚不知悉，所遗其妻及龙儿三个（即今三王），降身在世，居杨老栋官家中，不能回去。①

此外，白帝天王具有降雨神力的说法也在乾州厅民间的游神活动及仪式上得以流传下来。至民国年间，乾城县民间每年都还举行盛大的天王游神祈雨活动。

每当三、四月间，或五、六月间，天旱无雨时，一般农民，不能耕作，望雨若渴，恐误农事，社会村民，往往发起迎神之举。至尊者，莫如天王神。威名赫赫，庙在鸦溪，神像庄严，遐迩崇仰，香火甚盛，人民求雨喜迎之。若旱极时，一般为首者邀集若干村民户数，相率至庙迎之。其神像，有座像行像两种。大为座像，小为行像。官府求雨多用座像，乡民求雨，多用行象（像）。其实王神亦同，不过抬之，有便有不便耳。初欲请神发驾时，须用觋师或庙主，通呈讨筶，看是哪尊王神愿去，打顺筶者为大王，打阳筶者为二王，打阴筶者为三王。讨得筶子，知是何神，即请何神发驾上轿。启行时，燃烛烧香，大放鞭炮。迎神之人，捧香前行，鸣锣开伞，执事喧阗。相传头忌戴斗笠，

---

① 石启贵：《湘西苗族实地调查报告》，湖南人民出版社，1986，第248~250页。

如阳光过大，仅戴葡藤柳藤遮首而已。鱼贯而行，秩序井然。到地即扎雨坛一座（有行宫处，雨坛略之），上摆香米肉酒、燃烛烧香、五供果品、净茶等项。用觋师一人，请神下轿，安排上座，打筶问神何日得雨。有时显应，立降滂沱，救济禾苗。得雨后，相邀购办肥猪一只，酬谢神恩，如将肥猪购办得来，先由觋师交生，再送庖手宰杀，修削洁净，分破肉块，锅中爒煮，截成盆肉致祭之。请神领受，求保佑。完毕，大家集合，分成十人一团共食之。食毕，请神上轿，一致送神，仪式一切，与欢迎同。惟经过市巷，住户均烧香纸敬奉，甚有放鞭炮者。送入庙中，安神上座，事毕矣。此种作法，各地皆有，惟乾州乡之仙镇营独盛，几乎成为惯例，年年举行。①

嘉庆以来，收取和完纳屯租成为湘西乾州、凤凰等地地方官和百姓生产生活中的要事，这使他们对风调雨顺抱有强烈的诉求。在这一诉求之下，地方官和百姓遇到旱灾常常向当地最为灵验的天王神祈祷，天王的降雨神力逐渐被民间所强调，乾州之前所流传的白帝天王为龙神之子的说法得到了强化和传播。这不仅影响到后来乾州厅民间对天王故事、祈雨仪式的继承和发展，也对与其相邻的凤凰厅令家杨天王故事的建构产生了重要的影响。

三　从人子到神子：杨氏家族重建下的新故事

乾隆、嘉庆之际的苗民起义席卷了湘西各厅县，对乾、凤、永三厅破坏最为严重。凤凰厅的令家杨也在这次起义中遭到了严重的冲击。起义平息后，令家杨开展了家族重建活动。在这个过程中，杨氏将重构的家族谱系与乾州一带的传说相结合，形成了一个新的白帝天王故事。

（一）苗民起义对杨氏的影响

在乾嘉苗民起义过程中，凤凰厅自东北至西南一线以东的乡村多遭焚掠。分布在这一区域内的令家杨也受到了严重的打击。厅东北都吾、务头、都容等地的杨氏族人的房屋田地在起义过程中被付之一炬。

---

① 石启贵：《湘西苗族实地调查报告》，湖南人民出版社，1986，第539～540页。

> 大清乾隆六十年乙卯岁，黔楚王瓜寨逆苗匪石柳橙、石三保等纠约两省苗匪肆扰焚杀，抢掠凤、乾、永、保、泸、麻各村庄，焚尽田房。①

位于厅西南翁来、竹林坪、大汊、舒家塘等地的杨氏族人也未能躲过这次起义的冲击，杨氏聚落被焚，财物被劫，族众逃亡，谱牒遗失，损失惨重。

> 及乾隆乙卯年，红苗复乱，较前更甚矣，少则七十八十，多则千百，四出焚杀，掳掠闾阎。数十年不睹兵戈，人惊风鹤，民鲜固志。有将家财潜藏地窖轻身逃遁者，随便本地土贼朝埋夕掘；有逃于密林深洞者，又被苗贼放火烧炽，搜□□遗。有群聚崇山峻岭之上，设栅守望者□□□压之，人无御乱之具，一经攻击，鸟飞鱼散，□□流离死亡，几无孑遗，谱之失，岂待向哉？②

此外，杨氏还有众多族人死于苗民起义过程中。其中，见于道光《凤凰厅志》记载的杨氏遇难族人便有一百多人。③

嘉庆元年（1796）末，大规模的起义被平息下去，清朝着手重建当地社会秩序。田土问题是这次苗民起义爆发的主要原因，故清朝将乱后秩序重建的重点放在了田土上：先是划分苗民界址，清理各种田土；然后根据不同情况将各地田土按不同标准充公招佃；再利用获得的屯租来修建碉卡、重筑边墙、养勇守边。由于令家杨所在的凤凰厅东北部都吾、务头二约在苗民起义过程中受到的冲击最为严重，事后清朝在这一带建立了密集的防御设施。

> 惟都吾、务头二约，田地甚少，苗情最悍，边备尤密。共修碉卡、

---

① （清）杨胜明：《杨氏族谱》不分卷，湖南凤凰，清道光十四年修，手抄本。
② （清）杨再传：《谱序》，载四川黔江地区民族事务委员会编《川东南少数民族史料辑》，四川民族出版社，1996，第347页。
③ 参见（清）黄应培修、孙均铨、黄元复纂《凤凰厅志》卷四《坛庙》、卷十六《人物》，清道光四年刻本。

哨台、关门五百余座，屯勇四千人。①

凤属溪口等九约受到的冲击相对较小，共设置碉卡三百余座，屯勇二千人。可见，杨氏所在的都吾、务头相比之下防务最重，"惟都吾、务头二约，逼近苗寨，自长哨、近观碉起，至与乾州交界之老营盘、沙坪碉止，筑边墙一道。所建汛堡、屯卡、碉楼、哨台、炮台、关门较密于它约"②。如此密集的防御工事需要一万余亩田土才能运作，但二约仅有田土五千六百一十亩。因此，二约百姓所有的田土尽数充公。

> 惟贴近苗寨之都吾、务头二约，田地尽被前右二营花黑二苗强占结寨居住，抗不迁移，所安民屯屡被攻毁，不惟不容民户归复，并赴后路纵掠，愈侵愈远，即沿边营汛皆有难以立存之势。该民户等知该处苗情最为凶横，万难复业，并知此路所安碉卡、哨台较之南路增至数倍，需人更多，田少岂敷分给，是以情愿将所有该二约田地全行呈出充公，此下五峒、溪口等二约田亩照例均出，而都吾等二约田亩尽行充公之原委也。③

然而，都吾、务头二约百姓情愿将所有田土充公只是地方官的一面之词，实际上杨氏等部分百姓反对这一做法。因此嘉庆十年（1805），都吾、务头文生杨胜璧、武生杨胜濂等联合田姓、唐姓、苏姓、周姓等向湖南布政司呈控。结果，杨胜璧、杨胜濂文武生员身份被革，惨遭杖责。杨氏对此结果不服，此后其族人又进一步申诉。④ 嘉庆十六年（1811），都吾杨胜璧、杨秀珠、杨秀洪等人京控，不但没有胜诉，而且险些遭到杖责和充军，

---

① 《凤凰厅民杨胜璧，妄思退田获利诱骗业户帮给盘费教唆捏控，到案供明从宽拟杖完结》，载（清）佚名氏编《苗疆屯防实录》卷二十五《均田五》，伍新福校点，岳麓书社，2012，第560页。
② （清）黄应培修，孙均铨、黄元复纂《凤凰厅志》卷一《舆图》，清道光四年刻本。
③ （清）黄应培修，孙均铨、黄元复纂《凤凰厅志》卷八《屯防一》，清道光四年刻本。
④ 参见《凤凰厅民杨胜璧，妄思退田获利诱骗业户帮给盘费教唆捏控，到案供明从宽拟杖完结》，载（清）佚名氏编《苗疆屯防实录》卷二十五《均田五》，伍新福校点，岳麓书社，2012，第559~563页。

以至于杨胜璧等人不得不亡命出逃。①

杨氏一族在苗民起义过程中遭到沉重打击，在乱后地方秩序重建过程中，其东北部都吾、务头两约族人的全部田土又被地方官强行充公，而先后为此上诉的族内精英也接二连三地遭到官府惩处、迫害，以至于流亡。这一系列的变故导致令家杨聚落遭劫、族谱被焚、田地丧失、人口流散、生活窘迫，族人大多趋于贫困，"吾族自遭苗变后，贫苦者多，殷实者少，谋生鲜暇"②。可以说，经历苗民起义后的杨氏一族已到了贫困潦倒、分崩离析的边缘。道光年间，在凤凰厅衙门充当书吏的杨氏族人杨胜明（字静源）曾有感于此，写下了一段文字，将乱后杨氏家族走向衰败的情形展露无遗。

> 余再四思维，想乙卯岁，逆苗滋害，家户逃难境外郡邑。嘉庆五年又被总理边务凤凰厅宪傅鼐设屯，将都吾、务头两约田土一律充公养勇，此是天数已定，不能挽回。余监在衙门，目睹情形，宗支多不能归理。③

（二）家族重建与新故事的形成

面对家族的衰败，杨胜明决心重振杨氏家族。他认为要重建家族，没有谱牒万万不行，"无谱何以睦九族，何以别亲疏，何以分远近，一言总在，谱彰万代，永垂世远。无谱，后世子孙渺茫无影"④。为聚拢涣散的杨氏族人，杨胜明首先做的就是重修杨氏谱牒。然而，苗民起义以后，"老谱、文契俱已焚毁，挂漏无存，各处采访，仅获残简二，无章，难以之齐"⑤。资料的损毁给杨氏谱牒的重修带来了很大的困难，杨胜明不得不借助其他杨氏宗亲的谱系和故老传闻来重修谱牒。道光十二年（1832）四月，杨胜明之子杨秀森到沅州探亲，发现了沅州芷江同宗杨氏于嘉庆十三年

---

① 《凤凰厅革生杨秀珠妄思退给均田，向业户索谢赴京捏控，拟军》，载（清）佚名氏编《苗疆屯防实录》卷二十五《均田五》，伍新福校点，岳麓书社，2012，第 567~574 页。
② （清）杨胜明：《杨氏族谱》不分卷，湖南凤凰，清道光十四年修，手抄本。
③ （清）杨胜明：《杨氏族谱》不分卷，湖南凤凰，清道光十四年修，手抄本。
④ （清）杨胜明：《杨氏族谱》不分卷，湖南凤凰，清道光十四年修，手抄本。
⑤ （清）杨胜明：《杨氏族谱》不分卷，湖南凤凰，清道光十四年修，手抄本。

(1808) 修成的两本族谱, 于是带回凤凰厅查阅。这两本族谱是芷江杨氏在贵州省溪杨氏土司老谱源流基础上编修而成的。两种资料结合在一起, 为杨胜明提供了比较丰富的资料。

> 余子秀森大清道光十二年四月间, 会到沅郡探亲, 览获芷邑同宗刻印族谱二本, 携回查看, 内载访到贵州省溪司同宗官署杨懋源处得一老谱源流, 嘉庆十三年戊辰岁编修成谱, 并记昔年先人言传。①

于是, 杨胜明在参考芷江杨氏族谱以及其中抄录的省溪谱系的基础上, 重新编纂了凤凰厅的杨氏族谱。

> 余届年属古稀, 以凤衔一介书吏, 才疏学浅, 怎敢任修各族家谱, 只可仿照芷邑同宗印谱草创一简, 或候后世得一了然, 或后有肖子贤孙有能建修祠堂, 再为参补更增, 是所原望焉。②

然而, 凤凰杨氏本身所剩的只是部分残存的世系, 前后又没有章目, 其谱系如何与芷江、省溪谱系对接? 从现有资料来看, 杨胜明所修凤凰《杨氏族谱》中记载的元代五寨土司杨胜钟以下的谱系应为残谱所记, 即凤凰本支杨氏的谱系。原因是, 在《省溪杨氏土司世系源流》中, 有杨昌权, 其第四子为胜种, 胜种之下并无详细的世系。③ 凤凰《杨氏族谱》即从杨昌权第四子胜种之下接续, 在此之前的谱系与《省溪杨氏土司世系源流》基本一致。胜种与胜钟是否为同一个人? 这不得而知, 但二者字形相似, 所处时代皆为元初, 故杨胜明在修谱时把胜钟当成胜种, 将凤凰杨氏谱系接在了省溪杨胜种名下, 由此完成了凤凰杨氏谱系的重塑。因此, 凤凰《杨氏族谱》当中自元代五寨土司杨胜钟以来的谱系应是老谱所载, 比较可靠。在此之前的谱系则是后来参考省溪、芷江谱系补入的, 作为记录凤凰厅杨氏的史料而言, 参考价值不高。

---

① (清) 杨胜明:《杨氏族谱》不分卷, 湖南凤凰, 清道光十四年修, 手抄本。
② (清) 杨胜明:《杨氏族谱》不分卷, 湖南凤凰, 清道光十四年修, 手抄本。
③ 参见《省溪杨氏土司世系源流》, 载四川黔江地区民族事务委员会编《川东南少数民族史料辑》, 四川民族出版社, 1996, 第368页。

从上面的分析来看，杨胜明在修谱时还会遇到一个问题，即一直被凤凰杨氏家族奉为祖先神的白帝天王应该处于整个家族世系的什么位置。因为，杨氏及民间所传的白帝天王为南宋时人，而杨胜明手中残存的谱系是从元初杨胜钟开始的，之前的谱系被焚毁殆尽，这就会产生白帝天王不好定位的问题。应该将白帝天王杨金龙、杨金彪、杨金纂置于芷江、省溪谱系的什么位置呢？有一个重要的线索可以帮助杨胜明来定位，即白帝天王为杨业八世孙的说法。在参考芷江谱和省溪世系源流后，杨胜明成功获得了一个比较完整的家族谱系，其中从第一世到第九世的部分世系是：

　　一世杨衮公——二世杨继业——三世杨秀端——四世杨再思——五世杨正滔——六世杨通声——七世杨光宾——八世杨昌隆——九世杨胜聪……①

由前可知，五寨、麻阳仡伶杨氏在明后期就已将杨业奉为祖先，白帝天王成了杨业子孙。到了康熙末年，凤凰厅民间已盛传白帝天王为杨业八世孙。根据这一家族旧闻提供的线索，杨胜明以杨业为第一世开始往下算，发现杨昌隆为七世，而白帝天王为杨业八世孙，自然就应该是杨昌隆的下一辈。然而，不论是省溪世系源流，抑或是芷江谱，杨昌隆的下一辈当中并无杨金龙、杨金彪、杨金纂三人。为了调和这个矛盾，杨胜明不得不在白帝天王的身份上做一定的处理。

如前所述，嘉庆以后由于屯政的影响，原本在乾州厅民间盛传的白帝天王为龙神之子的说法得到了强化和传播。受其影响，杨胜明在修谱时采纳了这个说法。因为白帝天王是龙神所生，不是杨昌隆这一辈人所生，所以杨昌隆的下一辈当中自然不会有白帝天王三人的名字。这就可以避免与芷江谱和省溪世系源流记载的矛盾。

但这样一来，又会出现另一个问题。倘若白帝天王是龙神之子，则又与其为杨业八世孙的家族旧闻相冲突，如何才能保证白帝天王既是龙神之子，又是杨业八世孙呢？杨胜明想到一个折中的办法，即称白帝天王为龙神之子，后来被杨昌隆收养，从其姓杨，按照谱系杨昌隆为杨业七世孙，白帝天王自然也就是杨业八世孙。于是，杨胜明按照这个思路重新编纂了

---

① （清）杨胜明：《杨氏族谱》不分卷，湖南凤凰，清道光十四年修，手抄本。

第五章 龙神之子：杨氏天王故事在清代的演变 | 159

一个关于白帝天王的故事版本。

> 尝观五帝三王，未有不先于根本也。考查光宾公第五子昌除公为人英敏，宋徽宗重和三年授昭信校尉，开辟皮历、竹滩、古州八万，续授显武将军之职。当此时，蔡京、童贯在朝。当权之谋境，被女真、契丹之职侵。十二月十五日，奏报靖州，偟仡复斩，上命昌除公带兵征剿，贼寇闻风缩退，数百里俯首归降。奏凯藏师，朝议有功，加封宣抚军民总管，驻扎弹压靖州境。
>
> 地原有洞一口，名龙凤洞，蒙姓附近有田一区。因田干无水，禾苗槁矣。蒙公自祷语曰："有人能得我田水充盈，愿将蒙女配合为婚。"龙公得语是也，夜涌水盈田。蒙公一见田水充足，不可失言，将女配合龙公。正遇新年拜节饮酒……蒙女报称："要醉酒不难，酒参酸汤，一饭必醉。"大信蒙姑之语，酒中参酸汤，劝令再三，饮吃一杯即醉，变一朵雾云上天，现出龙光。蒙姑清守至次年。先夜，昌除公梦飞熊白、红、黑坠入帅府。宋清（钦）宗靖康元年五月初五日申时，蒙姑乳生男，蒙婆当即殒命，即今蒙佑圣婆是也，次日报明昌除，曰三子不凡，后必大用，即继抱抚育为子，长名金龙、次名金彪、三名金纂。①

对于杨氏家族来说，杨胜明编纂的这个故事，既符合白帝天王为杨业八世孙的旧说，也符合当时盛行的天王乃龙神之子的传闻②，且不会与芷江谱、省溪世系源流在世系上产生矛盾，可谓用心良苦。然而，仅从文字表面上看，在这个故事中已经见不到杨业八世孙这一杨家将叙事的痕迹。只有看过族谱世系、知晓杨业—杨昌除—白帝天王三者关系的人才会明白：白帝天王既是龙神之子，又是杨业的八世孙。而从一个局外人的角度来看，白帝天王为杨业八世孙的说法作为隐性因素被遮蔽了。由此，晚清时期白帝天王故事的家族叙事与清前期相比发生了巨大的转变，即白帝天王从

---

① （清）杨胜明：《杨氏族谱》不分卷，湖南凤凰，清道光十四年修，手抄本。
② 这部分内容，包括天旱不雨、蒙翁祈雨、龙神显灵、人龙交合、龙神醉酒、蒙女产子，皆取自嘉庆以来乾州厅一带所流行的天王降生故事。然而为了满足白帝天王被杨昌除收养的叙事需要，乾州一带流传的天王母亲为杨姓的情节，在新故事中被改为蒙姓，以避免叙事的冲突。

"人的后代"（杨业八世孙）变成了"神的后代"（龙神之子）。

四 故事进入地方志：由家族叙事到地方话语

由杨胜明结合其他谱系、家族旧闻和地方传说而编纂的新故事，后来又是如何进入地方志，成了当地一个通行的故事版本的呢？这还得从凤凰杨氏的宗族重建说起。

（一）令家杨与杨芳家族的联宗

道光十二年（1832），杨胜明在获得芷江、省溪谱系后开始编纂凤凰杨氏族谱，经过两年的族众走访、资料梳理，杨氏族谱的编纂工作基本完成。他在道光十四年（1834）三月，为是谱写了谱序。不久，杨胜明又获得了另一部谱牒，即铜仁杨氏新谱，并参考此谱对先前编修的族谱作了补充。两个月后，杨胜明将修好的族谱交给族人太学生杨秀巘校阅，杨秀巘为是谱补序一篇，其中提到了这本铜仁杨氏新谱："一（乙）卯苗变，又复惨遭兵燹，家藏旧谱尽为灰炉，前后颠末尤费搜寻，而我族静源诸前辈独慨然力肩，斯役广为采辑，草创成编，其得而考者则本谱、芷［江］、铜仁新谱，其不可得而考者，则访诸乡村父老。"①

杨胜明在获得铜仁新谱后，立马参考并补充是谱，之所以如此重视，是因为此谱大有来头。这本铜仁新谱是道光初年提督杨芳、进士杨秀栋主持纂修而成。杨芳（1170~1846），字诚村，贵州铜仁府松桃厅人，行伍出身，乾嘉苗民起义爆发时，他任事于铜仁协左营，最先探知并报告这一带苗民起事的消息，因此被赐予低级官职。此后，他又因为参加平定各地的起义而获得提拔，历任总兵、提督，道光十三年（1833）被封为一等果勇侯。②杨秀栋也是铜仁人，进士出身，官山西，历任知县、知府，也是当地赫赫有名的人物。③从道光三年（1823）开始，杨芳、杨秀栋等便开始在铜仁及其周边举行联宗活动。在二者的倡导、主持下，贵州铜仁府、湖南凤

---

① （清）杨胜明：《杨氏族谱》不分卷，湖南凤凰，清道光十四年修，手抄本。
② 参见赵尔巽《清史稿》卷三百六十八《杨芳传》，中华书局，1977，第11467~11472页。
③ 参见（清）杨秀栋《重修杨氏家谱总叙》，载四川黔江地区民族事务委员会编《川东南少数民族史料辑》，四川民族出版社，1996，第338~341页。

凰厅西南部的杨氏家族开始了联宗修谱的活动。道光六年（1826），宗谱修成，杨芳、杨秀栋各撰有序。① 参与联宗修谱的凤凰厅杨氏分布于厅西南的翁来、竹林坪、大义等地。杨再传作为这支杨氏的代表参与了宗谱的纂修，并于道光五年（1825）撰有一篇谱序，讲述了参与修谱的经过。

> 适值铜江同宗秀之淮秀奉松桃府现任常德提督名芳，与铜郡赐中书出身栋秀（应为"秀栋"，笔者注）二公之命至舍邀予，令将本族支派编辑成谱，交铜郡宗祠，校正付梓。②

从这个记载来看，道光五年（1825），位于凤凰厅西南的杨氏就已经与铜仁杨芳家族联宗了，此时凤凰厅东北部都吾的杨胜明等人还尚未编修族谱，也没有受到杨芳的邀请，未能参与到联宗修谱的活动中来，错过了借助杨芳这一权贵人物重振家族的好机会。道光十四年（1834），杨胜明在刚刚完成族谱初稿之际，突然获得了杨芳主持修撰的宗谱——铜仁新谱，自然是喜出望外，重视有加，于是仅用两个月的时间就在参考铜仁新谱的基础上对其编纂的族谱作了补充修订，这标志着凤凰东北部的杨氏家族与铜仁杨芳家族联宗的开始。两年后，杨芳来到凤凰厅任镇筸总兵，二者的联宗活动又有了进一步的发展。

道光十四年（1834）末，杨芳因处理四川清溪夷务不力，被降为二等侯，候补甘肃总兵，此后因病一直在家闲居。道光十六年（1836）初，镇筸（与凤凰厅同城而治）标兵因缺粮鼓噪，戕官哗变，凤凰厅乡绅急忙前往距离不远的杨芳老家寻求计策。杨芳来到凤凰、松桃二厅交界处，密授乡绅平叛机宜，让其回厅转告同知姚华佐。与此同时，朝廷听闻镇筸兵变，重新任用杨芳，命其为镇筸总兵。到任之前五日，同知姚华佐按照杨芳的计策秘密行事，成功将凶犯缉拿归案。

---

① 参见（清）杨秀栋《重修杨氏家谱总叙》、（清）杨芳《重修杨氏宗谱序》，载四川黔江地区民族事务委员会编《川东南少数民族史料辑》，四川民族出版社，1996，第 338～341、343 页。

② （清）杨再传：《翁来、竹林坪、大义私谱序》，载四川黔江地区民族事务委员会编《川东南少数民族史料辑》，四川民族出版社，1996，第 346 页。

>　　杨芳，号诚村，贵州松桃厅人，以功封果勇侯，提督四川，罢官归。道光十六年正月，镇道标饥军噪饷，安抚既平，两月余复有戕官之变。党虽少，声势益横，厅绅遽赴牛角河求计，侯驰境上，密授机宜。不数辰而简放镇筸总兵之命下，群情踊跃，遂于到官前五日经护巡道姚华佐暗遵方略，立将始祸凶徒钟潮栋等七名及诸从犯尽数缚擒，时才四月中旬也。①

杨芳究竟用了何种计策迅速将凶犯拿获？上文没有明说，但另有一则材料表明，他是利用了当地百姓最敬畏的白帝天王来施展计策的。

>　　（道光）十六年，迅获本城凶犯钟潮栋等，以及接岁祈求晴雨，无不应时。十七年，绅民禀请前凤凰厅姚华佐详，经前督部堂林、抚部院讷奏，奉敕加灵应。钦此。②

根据这一记载，杨芳的计策与白帝天王有关，但具体有何关系，因是"密授机宜"，外人不得而知。这一与白帝天王有关的计策先经乡绅秘密转告给同知，同知再依计暗中行事，最终使凶犯落网。缉获凶犯借助了白帝天王之力，故厅官、绅民联合奏请朝廷为天王增加封号，以酬其缉凶护佑之功。

就在抓获这些凶犯后不久，杨芳即在当地开展了联宗活动，他联合凤凰厅各支杨氏在厅城内集资修建了杨氏宗祠。

>　　杨氏宗祠，在西城东门内。正祠三间，天井竖石牌坊，左右厢房各三间，头门一间，内修戏台。此系道光十六年以后，果勇侯杨芳署镇筸总镇时率杨姓阖族人等捐资兴修。洎侯迁官，厅人士题长生禄位于祠中，至今香灯祭祀亦盛。③

杨芳的这一举动特别耐人寻味，为何平乱后不久他立马就在凤凰联宗修

---

① （清）侯晟、耿维中修，黄河清纂《凤凰厅续志》卷八《名宦志·杨芳》，清光绪十八年刻本。
② （清）侯晟、耿维中修，黄河清纂《凤凰厅续志》卷一《典礼》，清光绪十八年刻本。
③ （清）侯晟、耿维中修，黄河清纂《凤凰厅续志》卷四《坛庙》，清光绪十八年刻本。

祠？考虑到他利用白帝天王平乱一事，或许迅即联宗修祠主要是为了酬谢白帝天王这一杨氏家族祖先神的护佑。这对于当时的杨芳来说，意义非凡。因为他上次处理四川夷务遭到降等、降职处分，爵位从侯爵一等改为二等，官职从提督改为候补总兵，且已经在家闲居一载有余。此次镇筸兵叛为其复出提供了一个绝好的机会，但能否顺利东山再起，取决于是否可以迅速缉拿凶犯、平定叛乱。在这件关系自身前途的要事上，杨芳选择了凤凰当地民众最敬畏的天王神来施展计策，事实证明效果与他预料的一致，凶手很快落网。可以推测，在关键时刻白帝天王帮了杨芳大忙，而凤凰令家杨氏奉白帝天王为祖先神，杨芳为答谢其护佑，很快便与当地杨氏联宗修祠了。

与此同时，杨芳在镇筸总兵任上还推行了很多善政，包括施行宽松政令、增加兵丁粮饷、发展地方经济等。此外，他还利用自己所精通的堪舆之术，造福地方，建立起了广泛的人脉，比如改建学宫、移修官署等，做了很多公益活动，颇得民心。① 除此以外，当地的田氏宗祠也是在他的指导下修建的。

> 田氏宗祠，旧在厅城西门外，堂久圮废。道光十七年，杨果勇侯署镇筸总镇，精堪舆，田氏族中贡生景星、千总大榜等，请其览地建祠，旋看至老营哨喜鹊坡，侯云此地善，建祠最宜。并业主亦田姓，因议价购，复择期兴修正殿三间、左右厢房各三间。②

道光年间杨芳在凤凰厅开展的这一系列活动，对此后的令家杨及其故事产生了至关重要的影响。

（二）杨芳对令家杨及其故事的影响

翻检地方志和族谱，自清初以来，位于凤凰东北部的令家杨便一直发展平平，家族当中虽也出过不少读书人或入仕者，但大多只具有低级功名或官职，未能显达于地方。因此，杨氏在地方政治、文化上没有获得重视。关于这点，可以令家杨的白帝天王故事为例，虽然在民间其故事流传甚广，

---

① （清）侯晟、耿维中修，黄河清纂《凤凰厅续志》卷八《名宦志》，清光绪十八年刻本。
② （清）侯晟、耿维中修，黄河清纂《凤凰厅续志》卷四《坛庙》，清光绪十八年刻本。

但并未引起地方官以及地方文化精英的关注。比如，早在康熙年间辰沅靖道周文元途经靖疆营时，便从当地老者口中听说了令家杨的白帝天王故事，并撰写了《靖疆营重修天王神庙碑》。然而乾隆年间以及道光年间修纂的《凤凰厅志》皆没有收录杨氏的这个故事；相反，地方官和地方文化精英从《乾州厅志》《辰州府志》《靖州志》以及其他文献当中，去考求白帝天王的来龙去脉。这足以说明清初以来的令家杨在凤凰厅当地地位较低，未能引起地方官、地方文化精英的重视，以至于其故事没有机会进入地方志当中，因此也就未能产生更为广泛的影响。

经过乾嘉苗民起义的打击，令家杨的处境比之前更为窘迫。然而，道光年间杨胜明为了重振家族而编纂的这个新的白帝天王故事，最终在光绪年间编修地方志时，被乡绅田宗超补入地方志中。不但如此，就连对令家杨故事颇为重要但一直没有受到官方重视的《靖疆营重修天王神庙碑》一文也被田宗超一同补入地方志。何以如此？按，田宗超，凤凰厅人，历任古州同知、天柱县知县，官至石阡府知府。① 这样一个在地方上身份显赫的乡绅，为何会将与令家杨相关的故事收录到地方志当中？这显然与杨芳有关。

道光年间，杨芳在凤凰厅的联宗活动无疑有助于提升令家杨在当地的知名度，再加上杨芳广泛的人脉，晚清时期的令家杨才逐渐引起了田宗超这样的地方精英的关注。尤其重要的是，道光年间杨芳曾受贡生田景星、千总田大榜等人邀请，为田氏家族卜地，助其修建祠堂，对田氏家族的贡献颇大。田宗超正是这个田氏家族的子孙②，咸丰、同治、光绪年间，他历

---

① （清）侯晟、耿维中修，黄河清纂光绪《凤凰厅续志》卷十《乡宦志》载："田宗超，三品衔，贵州补用道候补知府，署古州同知、镇远府天柱县知县，两署石阡府事，有政声，士民爱戴，赐花翎。"

② 邀请杨芳卜地修祠的田氏家族，即明初以来担任五寨土司的田氏。乾隆《凤凰厅志》卷十五从《田氏宗谱》当中辑录有明初至清初该家族土司世系，依次为：田儒铭、田茂文（铭子）、田仁惠（文子）、田弘毅（惠子）、田祖袭（毅子）、田宗勋（袭子）、田庆冕（勋子）、田兴邦（冕子）、田应鳌（邦子）、田景寿（鳌子）、田景环（寿弟）、田儒英（寿子）、田茂玉（英子）、田祥瑞（玉弟）、田仁政（瑞子）、田仁德（政弟）、田弘天（政子）。由此可以得知：五寨土司田氏家族从田儒铭之后，以"茂、仁、弘、祖、宗、庆、兴、应、景、儒"十字为定，循环使用。从字派可以看出，请杨芳卜地修祠的贡生田景星、将令家杨故事补入地方志的田宗超，都属于这个田氏家族。此外，凤凰还有与令家杨关系密切的令家田，根据《都吾田氏支谱》记载，令家田以"云（荣）、太、谷、有、仕、忠、时"七字为派，循环使用。土司田和令家田这两个家族字派不同，其子孙比较容易区分。

第五章 龙神之子：杨氏天王故事在清代的演变 | 165

任同知、知县、知府，官运亨通，在田氏一族看来这与杨芳对其宗祠风水的选定有很大的关系。正因为田氏家族与杨芳关系不一般，而令家杨又与杨芳有联宗关系，田宗超才得以注意到令家杨氏。否则，像田宗超这样地位显赫的乡绅又怎么会关注一个早已没落了的家族，并把其故事采入地方志当中呢？由此可见，道光年间杨芳在凤凰厅的一系列活动对此后的令家杨及其新故事的普及产生了至关重要的影响。

田宗超在光绪《凤凰续厅志》中补入的令家杨故事如下：

> 间尝历访三王出身事迹，言人人殊，即征考遗编，亦多牵会。兹得都吾杨氏前朝谱牒，登以旧闻，似堪依据。谨按谱载：三王降神之始，本龙种也，为靖州蒙姓外孙，嗣继于渭阳杨氏。（渭阳县遗址在厅西南六十里凤凰营山侧，建置详前《沿革志》。）当宋徽宗朝，有杨昌除者，官昭信校尉。重和二年，以剿平皮历、竹滩、古州八万苗蛮功，封显武将军，复讨降靖州僚仡，授宣抚军民总管，专制靖州。（谱中所列官爵，多非宋制，想由相传谬误。）
>
> 地有洞天，阙名龙凤，是藏灵迹，每化人形，巾服丽都，居然雅士，渐与近村蒙翁交厚。蒙有田沿洞侧，恒夏之水，一日私祝曰："有能泽兹荒瘠，吾当以女妻之。"灵锐自承，俄而，塍畔泉生，偏成良沃，蒙遂赘灵为婿。居岁余，了无他异，惟豪饮千觞不醉，为众所惊。靖康丙午元年，姻党贺春，宾筵盛集，蒙女戏语家人曰："郎平日不喜酸，今试置醯酒中，或可醉也。"如其言，灵醉，奋现龙形，拿雾攫空飞去。女娠失耦（偶），痛悔莫追。是年五月五日申时，一产三男，状皆魁猛，命名金龙、金彪、金纂，即三王也。未几，蒙女病亡，蒙翁以孕感非常，惧贻殃咎，心恶之。会先夕昌除梦三飞熊遂戏宣司廷下，一白、一赤、一黝。诘旦，闻蒙家生三子，色与梦符，亟往乞归，载名杨氏家乘，嗣为己后。①

据田宗超说，这个故事出自都吾令家杨氏前朝谱牒，即明代老谱。然

---

① （清）侯晟、耿维中修，黄河清纂《凤凰厅续志》卷一《典礼·三王降生始末》，清光绪十八年刻本。

而都吾老谱已在苗民起义过程中被焚毁，杨胜明经过多方努力，只搜集到部分残存的世系，而且前后没有章目，不能形成完整的家族谱系，在借助其他家族谱系和当地传闻的基础上，最后才修成新的族谱。光绪年间，都吾又怎么会突然出现明朝的杨氏谱牒呢？

如果仔细比较道光《杨氏族谱》和光绪《凤凰厅续志》记载的两个白帝天王故事，会发现其内容、情节几乎一模一样，只是在文字表达上后者更为通顺。显然厅志的故事来源于族谱，并在此基础上对文字进行了增减、润色。在此试举一例说明。比如，光绪《凤凰厅续志》的天王故事在讲完三王降生情节后，紧接着讲杨昌除的事迹："绍兴八年，因被虏，征昌除计事入朝，委其侄胜芳暂权总管。昌除遂使牙将田文侯守黎平，苏尚德守潭阳，即今沅州府治。"其中的沅州府，在元末明初短暂存在过，洪武九年（1376）旋即改为沅州①，直到清代乾隆元年（1736）才又升为沅州府。②假设这个记载出自明代谱牒，那么杨氏之谱须修于洪武九年以前，这比中国很多文化发达地区家族的修谱时间都要早很多，几乎是不可能的。倘若族谱修于明代其他时间，那么则不应该称"今沅州府治"，应该称"今沅州州治"才对，因此可以排除这个故事出自明代杨氏谱牒的说法。

而道光《杨氏族谱》编纂的故事当中也有这段情节："追宋高宗绍兴八年，女真乘势百胜。合（和）曰割三镇。明日夺两河如此。次年，上思昌除英勇。朕祚汤，卿任要隘，务须妥委镇守，该卿星驰赴京。旨到，昌除公即委中军官田文侯镇黎平，委指挥官苏上德驻扎潭阳，即今沅州府是也。"③杨胜明编纂这个故事时已是道光年间，在其语境之下自然是称"今沅州府"。显然，光绪厅志中的天王故事抄自杨胜明所修的《杨氏族谱》，却谎称是明代之作，因忽略了对某些细节的处理，而露出了破绽。

此外，田宗超在修饰杨氏新故事的时候，还犯了一个错误，即称杨昌除收养三天王后，将其名载于杨氏家乘。事实上，芷江、省溪和铜仁杨氏谱系中皆无天王杨金龙、杨金彪、杨金纂三人，杨胜明为了调和这个矛盾，才编造了三人为龙神之子，被杨昌除收养，未入谱系的情节。对照前文可

---

① （清）张廷玉：《明史》卷四四《地理志五》，中华书局，1974，第 1093 页。
② 赵尔巽：《清史稿》卷六八《地理志十五·沅州府》，中华书局，1977，第 2201 页。
③ （清）杨胜明：《杨氏族谱》不分卷，湖南凤凰，清道光十四年修，手抄本。

知，杨胜明在新故事中仅仅提到三天王被杨昌除收养，并未说其名载于杨氏家谱。而田宗超作为局外人，不知其中原委，妄加"载名杨氏家乘"之句，反而破坏了新故事在新修族谱中调和各种矛盾叙事的功能。

尽管田宗超在转录杨氏新故事过程中存在一些失误，但正是因为他将这个新的杨氏白帝天王故事增补到地方志中，才使其成为此后当地的一个广为人知的故事版本。

第六章　清代民间流传与官方主导下的天王叙事

本书前几章主要从杨氏家族角度探讨了宋元至明清时期白帝天王故事的起源和演变。然而正如本书绪论所言，除杨氏白帝天王故事之外，清代湘西地区还有多个版本的天王故事，它们是何时、如何产生的？有何影响？本章将围绕这些问题展开讨论。

一　清初流传于民间的天王故事

清初，五寨、乾州一带民间便流传着有关白帝天王的故事。这些民间故事大都是在地方官员将周边苗民纳入王朝体制的过程中从当地居民口中听闻而来。

（一）五寨一带的传闻

清初，为确保今湘西境内五寨长官司、镇溪军民千户所地区社会秩序的稳定，清朝延续了明代在当地的机构设置。与此同时，清朝在地方设兵驻防，以震慑二地周边"未服王化"的"生苗"（因其服饰多喜用红色，亦称"红苗"）。顺治三年（1646），设镇筸参将一员、中军守备一员、千总一员、把总二员，领兵六百名驻扎于五寨司城（即今凤凰县城），与土司同城而治。[①] 顺治八年（1651），镇筸参将改为副将，中军守备不变，增设千总一员、把总二员，领兵一千六百名，分为左右二营。[②] 五寨司、镇溪所、麻

[①] 参见《清世祖实录》卷二十七，顺治三年七月丙午。
[②] 参见《清世祖实录》卷六十一，顺治八年十月辛酉。

阳、泸溪这些邻近"生苗"的地区，皆仰赖镇筸官兵的护卫。

设兵驻防后，因"生苗"地方向来缺乏盐、布、针、线等物，五寨、镇溪、麻阳、泸溪等沿边州县的民众（简称"边民"）常前往与之交易。在此过程中，民、苗因交易等问题逐渐积累起一些矛盾，"从来红苗盛则暴虐边民，红苗弱则边民骗害，此红苗盛衰相替、报复因仍之由也"[①]。然而，在二者的交往中，"生苗"处于不利地位。倘若"生苗"挑衅在先，边民受害，可报之武官，由官兵追查。相反，倘若边民挑衅在先，则"生苗"因处于"化外"，无处报官；或偶有向驻防官兵报告，官兵却不敢受理，因为倘若受理，边民即赴督抚衙门状告武官擅理民词。以致"生苗"有冤无处可伸，于是起而报复边民，边民因此又状告武官保护不力。于是官民之间也逐渐产生了矛盾，官兵见苗行动，大多隐匿不报。

康熙二十四年（1685），边民告发驻防官兵瞒报民人被害案件，总督徐国相饬令追查，结果官兵不慎反被苗掳，威信大失。恰在此时，边民又骗害"生苗"，"生苗"则偷牛抵偿，为抚弁杨正玉所获，其欲将"生苗"送至副将处邀功请赏。边民担心"生苗"贿官得脱，于是提前将"生苗"处决，矛盾由此激化。此后诸苗不断与边民为敌，"由是群苗恚，曰：'偷盗彼此皆有被捉，只应讲赎，何致杀我之人？'从此打冤家，图报复，捉白替黑，劫拿边民之人畜，殆无虚日矣"[②]。

边民被掠，又屡屡状告官兵。迫于压力，官兵不得不深入苗地追查，以致此后官兵失利的情形越来越多。康熙三十七年（1698），镇筸副将刘魁隆派督司刘士素追缉"生苗"，结果官兵阵亡七十余人。刘魁隆又调保靖司土兵协助，而土兵到达后，"惟听边民所指，竟将近边顺苗洞寨概行掳掠。魁隆庸劣不能制。其时顺苗多在随征，见其妻孥被掳，始知家破人亡，遂迁怒副将之调，反戈附逆，此顺苗沟通为害边民，从此更无宁日矣。时苗止于边民为仇，犹未与我官兵为仇也。迨至边民之控告日繁，上司之批饬日甚，营兵之汛防不敢不严。顺逆苗人无所获利，遂倡攻打塘汛之计，希

[①] （清）俞益谟编集《办苗纪略》卷一《民苗起衅由》，杨学娟、田富军点校，上海古籍出版社，2018，第15页。

[②] （清）俞益谟编集《办苗纪略》卷一《民苗起衅由》，杨学娟、田富军点校，上海古籍出版社，2018，第16页。

扰官兵立脚不牢，方好乘隙报复边民，此又苗与官兵为侮之始也"①。于是，康熙三十八年（1699）五、六月，各地苗众接连进攻官兵。同年七月，镇筸参将朱绂出兵缉捕，获之甚众。但恰在此时，游击沈长禄过长沙，在巡抚金玺面前吹嘘，金信以为真，委其率军与朱绂一起征苗。沈长禄至，得苗之贿赂，将朱绂先前所获之苗尽释，导致彼此不和。康熙四十年（1701），为借机敛财，沈长禄率兵攻打老家寨等苗，结果中伏，守备许邦垣、千总孙清及兵丁一百一十余名被掳。沈长禄惧祸，擅用官银赎回。此后，官兵屡屡失利，各官怕获罪丢官，一再赎取，俱不上报。

边民见官兵屡败不报，担心势态扩大，殃及自身，于是纷纷上告。康熙四十一年（1702），生员李丰等向朝廷报告，称"镇筸红苗肆行掳杀，地方官不究不报，谨进舆图一纸及被掳之地，开列进呈"②。同年七月，清廷令吏部左侍郎傅继祖、工部右侍郎甘国枢、浙江巡抚赵申乔前往查勘。康熙四十二年（1703）四月，傅继祖等人查勘得实③，回奏："初红苗犯镇筸，游击沈长禄往剿，至大梅山，守备许邦垣、千总孙清俱陷贼，长禄私赎之归，讳不报；而副将朱绂报苗已就抚，琇据以入告。"④湖广总督郭琇、提督林本植因此俱被革职。⑤

康熙四十二年（1703）九月，朝廷派遣尚书席尔达、副都统图思海、徐九如等，统领荆州及广西、贵州、湖南三省兵前往剿抚。⑥席尔达抵达当地后，先是采取晓谕招抚策略⑦，成功招抚"生苗"三百零一寨，总计四千五百二十三户，八千四百四十八丁，每壮丁一名纳杂粮二升，共纳杂粮一百六十八石九斗六升⑧。此外，仍有天星寨、龙蛟洞、排六梁、糯塘山、上

---

① （清）俞益谟编集《办苗纪略》卷一《民苗起衅由》，杨学娟、田富军点校，上海古籍出版社，2018，第17页。
② 《清圣祖实录》卷二百零九，康熙四十一年七月辛未。
③ 《清圣祖实录》卷二百一十二，康熙四十二年四月乙酉。
④ 赵尔巽：《清史稿》卷二百七十《郭琇传》，中华书局，1977，第10005页。
⑤ 《清圣祖实录》卷二百一十二，康熙四十二年四月乙酉。
⑥ （清）俞益谟编集《办苗纪略》卷三《上谕》，杨学娟、田富军点校，上海古籍出版社，2018，第45页。
⑦ 参见（清）席尔达《恭报三省官兵扎立营盘疏》，载（清）俞益谟编集《办苗纪略》卷三，杨学娟、田富军点校，上海古籍出版社，2018，第53～54页。
⑧ 参见（清）喻成龙《题定善后条款疏》，载（清）俞益谟编集《办苗纪略》卷四，杨学娟、田富军点校，上海古籍出版社，2018，第86页。

葫芦寨、下葫芦寨、兜沙、马鞍山、打郎寨、老枉山、毛都塘、老家寨、两头羊、湄亮寨、七兜树十五寨不听招抚，受到讨伐。从十二月十三日至二十三日，清军"陆续搜剿，斩首千余级"，各寨不得不缴械投降。[①] 次年正月，大军撤回，清朝裁撤镇溪军民千户所，建立了乾州厅，隶属辰州府，在乾州设同知一员，管理苗民。同时，在五寨司凤凰营添设通判一员，管理苗民。通过此次剿抚、改制，原镇溪、五寨周边大量"未服王化"的"生苗"被纳入乾州、凤凰二厅。在这一过程中，监生龚起贤向来到当地伐苗的官兵讲述了五寨一带民间所流传的白帝天王故事。

> 窃照苗本犬羊，野性难驯，仇雠报复，积世不休，旋抚旋叛，历代如兹。试观马伏波之铜柱威烈壶头，忠武侯之纵擒凛然蛮獠，治夷之法未有不咸慑其魄然后能诚服其心者。即今红苗巢内崇奉白帝天王，本姓杨氏，俗传以三十六人杀苗九千，至今凛凛神威钦奉尊敬，男女老少以及三尺之童饮食寝处，不敢一刻或懈者，神功有以震慑，灵爽有以赫临，是以苗性虽顽而独知严畏无敢也。其隆勋茂烈，因蛮乡丛尔，无文献足征，无志乘可考，揆厥由来，必系唐宋间之大将奉命征苗建此奇绩，至今血食天南，流芳千古。[②]

可以发现，清初五寨一带所传白帝天王亦为杨姓，因讨"苗蛮"使之畏服而受到民间的虔诚供奉。龚起贤认为，清初以来，当地长期遭到苗民侵扰，是朝廷惯于招抚、未加重惩所致，因此他举出白帝天王的例子，希望朝廷这次能重惩苗民，使之诚心归附，"本朝定鼎以来，万国来王，止此区区红苗为边氓害者，固王化素所未孚，兵威昔所未振，恩有余而威不足之弊耳，皆因泛泛招谕、草草结局以致养成虐焰，蔑视天威，仁义怀柔反成懦怯而屡用无灵，夫火裂而人畏，水弱而人玩。又云治乱国用重典者，诚千古明训"[③]。由此可以看出，白帝天王是当地百姓所敬畏之神。通过这

---

① 《清圣祖实录》卷二百十五，康熙四十三年正月戊辰。
② （清）龚起贤《红苗为患》，载（清）俞益谟编《办苗纪略》卷二，杨学娟、田富军点校，上海古籍出版社，2018，第37页。
③ （清）龚起贤《红苗为患》，载（清）俞益谟编《办苗纪略》卷二，杨学娟、田富军点校，上海古籍出版社，2018，第37页。

个故事,地方官员对白帝天王有了初步了解,比如事后湖广提督俞益谟撰有《苗情土俗》一文,便提到苗民"所敬事有白帝天王,相传以三十六人杀苗九千,至今畏之"①。

康熙五十二年(1713),辰沅靖道周文元经过凤凰厅靖疆营时再次从当地长者口中听到民间流传的白帝天王故事,其大意与监生龚起贤所讲相同,且细节更为丰富。

> 父老曰:"神之庙食于兹土者,四百有余岁矣!有大庙在鸦溪,此其拜亭也。所谓三王者,盖兄弟云。长曰金龙,次曰金彪,又次曰金纂,出于杨,为宋名将业八世孙。宋南渡,孝宗朝,奉命征讨辰蛮,拓九溪一十八洞,时苗与徭合兵,皆一战击走之,追至奇梁洞,歼其渠魁何车,斩首九千余级。蛮畏其威,民怀其德,遂立庙以祀之。阙后灵爽在天,数显神异。宋朝嘉其忠义,锡以王爵。历元、明以至我朝,福善祸淫,捍患御灾,赫如也。"②

(二) 乾州一带的传闻

除凤凰厅外,清初乾州一带民间也流传着白帝天王故事。

经过康熙四十二年(1703)的剿抚,镇溪、五寨周边大量"生苗"归附。但仍然有部分"生苗"未向清朝投诚,康熙四十七年(1708)以来镇筸一带接连发生苗民反抗斗争。康熙五十年(1711),湖广总督鄂海、湖南巡抚潘宗洛、提督额伦忒等前往镇筸一带招抚。次年,毛都塘等五十二寨三千余人、盘塘窝等八十三寨三千余人先后归附。③ 康熙五十二年(1713),鄂海撰《抚苗录》,记苗民归化事。④ 新任偏沅巡抚阿琳亦撰有《红苗归流图说》,详述苗地山川、风俗等,其中便载有乾州雅溪天王庙和乾州一带的

---

① (清)俞益谟编集《办苗纪略》卷八《苗情土俗》,杨学娟、田富军点校,上海古籍出版社,2018,第213页。
② (清)侯晟、耿维中修,黄河清纂《凤凰厅续志》卷一《典礼·靖疆营重修天王神庙碑》,清光绪十八年刻本。
③ 参见(清)鄂海《抚苗录》不分卷《圣德抚苗碑铭(并序)》,广文书局,1978,第1~5页。
④ 参见(清)鄂海《抚苗录》不分卷《抚苗录序》,广文书局,1978,第7~11页。

白帝天王故事。

> 乾州之东北鸦溪，有天王庙在焉。其像衣冠而并坐者三。询之土人，曰此北帝天王也。姓杨氏，兄弟三人，长曰金龙，仲曰金虎，季曰金彪，皆宋时骁将。孝宗朝，溪蛮为害，奉命徂征，杀伤甚众。时值炎暑，王憩枫林下，渴饮溪流，中毒而殒。未几，王遂降神于蛮，疫疠大作，苗人死者过半。众皆震慑，因祷而祀之，誓不敢怠。一云，王开九溪十八洞，追蛮至五寨司奇梁洞，斩其渠魁及余党九千余级，遂平其地。孝宗嘉之，锡以王爵，民怀其德，蛮畏其威，故立庙以祀，呼为北帝天王，尊之至也。①

从"询之土人"可知，这是乾州鸦溪一带民间所流传的白帝天王故事。其内容与凤凰民间流传的白帝天王故事大致相同，都是说白帝天王为杨姓三兄弟，其在南宋孝宗朝开疆拓土，征蛮有功，死后为民间祭祀、朝廷赐爵，颇为灵验，称白帝天王（北地天王）。不同的是三人之名略有差异，一说金龙、金彪、金纂，一说金龙、金虎、金彪。民间故事的内容在流传过程中不可能十分精确，出现微小变异，不足为奇。总体上看，乾州、凤凰二地民间流传的故事是一致的。这自然是乾、凤二地的白帝天王故事都是由仡伶杨氏家族祖先故事演变而来的缘故。因此，尽管相关故事从家族记忆发展成民间传说的过程中会有所变化，但情节仍大体相同。

通过康熙四十二年（1703）、五十年（1711）的剿抚，乾、凤二厅附近苗民已进入王朝的行政管理体系当中，编户造册，按丁纳粮。而二厅以西的上六里"红苗"仍旧"未服王化"。雍正八年（1730），上六里苗地发生事端，清朝令镇筸总兵周一德与辰沅靖道王柔领兵前往剿抚。但周一德与王柔两人意见不合，在进军路线上发生了分歧。王柔冒进喜功，坚持要从上龙潭进兵。周一德老成持重，认为上龙潭一带凶险难攻，建议由乾州鸦

---

① （清）阿琳：《红苗归流图说》，载《楚南苗志》附录，伍新福校点，岳麓书社，2008，第243~244页。田泥、粟世来提到这个故事，并认为这个故事是阿琳在康熙四十二年采集到的。参见田泥、粟世来《白帝天王：传说与信仰》，《吉首大学学报》（社会科学版）2017年第5期。此说有误。阿琳撰《红苗归流图说》在康熙五十二年总督鄂海抚定镇筸红苗之时，事见阿琳之《序》，第233页。

溪进兵，他认为："此地险固，其苗素犷愚，谕之未必听；攻之猝难下，应由乾州之鸦溪进，以计诱之，余可迎刃解。腹心既破，龙潭魄丧，自稽颡服矣。"① 两人商议无果，最后王柔率乾、凤两营攻上龙潭，结果遭到苗众激烈抵抗，败绩而回。周一德坚持己见，引兵从乾州雅溪抚苗。在此之前，他对雅溪白帝天王已有耳闻。

> 公稔闻鸦溪有天王庙，王为杨姓兄弟三，名应龙、应虎、应彪，面分赤、白、黑。苗人奉之谨，过庙不敢仰视。门常锁闭，或数十年不一开，椎牛岁祭皆设之门外。②

得知这点以后，周一德便想到了一个招抚苗民的办法。他事先派人于夜间翻墙进入庙中偷偷查探，探子回来后详细讲述了庙内的情形，包括神像模样、有何物品等，此外还提到庙内帐后有红、白、黑三面大旗。于是，周一德派人大肆宣传，说自己梦见了白帝天王，梦中的天王样貌、服饰如何如何，还说天王令自己招抚苗民，有不服从招抚的，可取天王大旗灭之。且他已经算好了吉日，将在这天入庙，领旗出征。附近各寨苗酋听到这一消息后，纷纷赶来庙前观摩。是日，周一德在庙外杀牛祭祀，然后砸锁开门进入庙内，苗酋皆畏惧不敢进庙。周一德独自在神前叩首后又出庙召唤，苗酋始敢跟随入庙。周一德又令人在庙内寻找天王大旗，果然找到了红、白、黑三面光彩夺目的旗帜，并将其带回了营地。苗酋看见庙中情形与周一德所梦相符，认为真的是天王显灵，惊叹不已，于是纷纷接受了周一德的招抚。

> 公知苗之信鬼而不畏杀也，乃遣健儿夜逾庙垣，查视神状及各仪物，归述其详，并云帱后有三蠹尚完好。公曰："得之矣！"乃宣言天王见梦，皆作何颜貌冠袍，来称："……赐公三蠹，有抗不服者，建蠹剿灭之。"今遵神命，择吉入庙，领蠹出师。苗酋闻之，皆来视。公至

---

① （清）潘曙等修，凌标等纂《凤凰厅志》卷二十《艺文·总戎事略》，传抄清乾隆二十三年刻本。

② （清）潘曙等修，凌标等纂《凤凰厅志》卷二十《艺文·总戎事略》，传抄清乾隆二十三年刻本。

期斩牛设供,碎钥辟门以入,苗首皆惧,缩不敢进,公独步诣神前长揖讫,复出唤苗首,谕以无畏,首始相随至。公命僰后寻蠹,果捧以出,展视之,光彩耀目,分色如神面。公始命动鼓乐、奠酒、焚楮以谢,拥蠹归营。苗众惊服,群请插(歃)血归诚。公令其长子钟岳如苗俗扑家狸取血,与众首歃以盟,首誓曰:"渝盟者,发大头天瘟,死九十九代。"誓毕,剃发约易本朝冠服,旌其首以外委顶带。①

听说白帝天王显灵、雅溪附近苗酋已归附后,其余上六里苗民也选择了归附,"于是山岔坪、劳神寨、鬼坂、鬼者、十里、坡头、大江、一里、大娘寨、二娘寨、三娘寨、鸦有寨、万溶江、果溜溜、排大扣、排补美、崇山卫等苗皆闻风倾倒,相率歃血,遵制如前。公即驻崇山旁,招抚大掉排、小掉排、狗肉、稿坪、大龙潭、小龙潭、鸭保寨、龙蛟洞、地良坡各众,尽抚之,始抵上龙潭。后问其抗兵备状,擒其魁斩之,余不问。更转池河营、老虎寨、老皇菁、楠木坪、凉水井、亭子关,由凤凰营以还"②。通过制造白帝天王显灵的神迹,雍正八年(1730)总兵周一德顺利招抚了上六里的苗众,在其地开辟了永绥厅,隶属辰州府,设有同知一员来管理当地苗民。

由上可知,周一德听闻乾州雅溪的白帝天王故事后,巧用计策,成功招抚永绥苗民。在这个记载当中,乾州雅溪白帝天王名唤应龙、应虎、应彪,与康熙五十二年(1713)当地流传的金龙、金虎、金彪不同。这是修志者道听途说、记忆不准确造成的。这个记载出自乾隆二十三年(1758)湖南驿传盐法道张泓所撰《总戎事略》。其起因是,这一年张泓督修湖南省志完毕,时凤凰厅通判杨盛芳将前任通判潘曙所辑未刊厅志付与张泓审定,张泓乃前镇筸总兵周一德女婿,周氏已于前一年逝世。张泓为纪念其岳父,在审定乾隆《凤凰厅志》时撰写了《总戎事略》一文,增入厅志当中。张泓从未到过乾州,遑论亲身调查,他只是以前听其岳父周一德说过白帝天

---

① (清)潘曙等修,凌标等纂《凤凰厅志》卷二十《艺文·总戎事略》,传抄清乾隆二十三年刻本。
② (清)潘曙等修,凌标等纂《凤凰厅志》卷二十《艺文·总戎事略》,传抄清乾隆二十三年刻本。

王之事，于是凭借记忆和周一德的相关资料为其撰写了事略。① 可见，他对白帝天王只是道听途说，在撰写周一德事迹时凭其印象，把当地流传的金龙、金虎、金彪误作应龙、应虎、应彪。后三个名字显然不是当地杨氏或者民间的说法②，不过，文中周一德利用白帝天王招抚苗民之经过，倒确有其事。

二　天王是谁：康乾时期地方官的考论

康乾时期，清朝通过剿抚将镇筸一带苗民纳入王朝治理体系当中，在当地设置了乾、凤、永三厅。在此过程中，地方官逐渐接触到白帝天王的故事，并认识到这一神祇在当地具有重要的影响力。尤其对苗民而言，白帝天王是一种可以让其畏服的精神力量。因此，三厅设毕后，地方官纷纷借助天王的权威来治理地方社会。比如，乾隆年间，在处理司法案件方面，由于苗民新附，不能骤然适应王朝法制，在发生纠纷时不愿前往官府审理；地方文武官员便选择适中之地，唤齐纠纷双方、牙郎（即调解、说和之人）、兵役等，为之排解。

苗人案件，不肯轻易出官听审，必须文武官弁齐赴两造适中之地，就近唤集，质讯排解。夫所谓排解者，盖取排难解纷之意也。其时，两造鲜不倔强，官为之理论而劝导之，牙郎又复从中解说之，争论逾

---

① （清）潘曙等修，凌标等纂《凤凰厅志》卷前张泓《序》载："乾隆戊寅伸阳月，余督修省志初竣，凤皇（凰）杨别驾适至，出潘前倅所辑厅志，嘱余点定。余向未身茲境，而先岳周总戎招抚六里，经营是镇，其山川形势、风土物情，盖耳之熟矣。兼于考校省志理苗一编，复修志其概，乃不辞固陋，缺者补之，误者正之，惟期规模之弗遗，不敢加文饰，以贻讥于为之浚者。阅四晨夕而丹铅毕，归原本于别驾。"

② 有部分学者在分析此故事时未对其资料来源进行仔细考察，认为应龙、应虎、应彪是当地杨姓人，并将之与明代播州土司杨应龙联系在一起，来讨论雅溪白帝天王的控制权或话语权问题。显然，杨应龙的名字是张泓道听途说，记忆不准确，误将之前的金龙作应龙而造成的，故张文提到的应龙之名实际上与明代土司杨应龙毫无关系。将白帝天王与土司杨应龙联系在一起讨论，是被张泓误导的结果。相关研究可参见〔美〕苏堂栋《族群边缘的神话缔造：湘西的白帝天王信仰（1715—1996）》，申晓虎译，《民族学刊》2013 年第 3 期；谢晓辉《苗疆的开发与地方神祇的重塑——兼与苏堂棣讨论白帝天王传说变迁的历史情境》，《历史人类学学刊》2008 年第 6 卷第 1、2 期合刊。

时，然后渐就消释。否则今日不结，继以明日。明日不能，俟之后日。毋欲速，毋执己见，从容办理，乃获归结。然当排解之时，两造既畏官长擒拿，又畏仇家捉获，各带亲属子侄多人，持枪露刃以相防护。偶有不谐，即起争端，兵戈相向，骤难禁遏。且人多势众，器械环列，貌复狰狞，若非娴习苗情之人，老成持重，镇静有方，亦未易言此也。①

即便如此，双方之间的矛盾纠纷也未必能彻底消除。往往在地方官排解之后，纠纷双方又出现反复，导致已判之案再起争端。尤其是在命案方面，苗民之间杀伤人命，民间习惯根据双方死亡人数来互相抵消，多出的人命则用钱物相抵，称之为倒骨价，"总计两家所死之数，除一命一抵之外，余者乃为人命，议牛马财物以偿之。谓之'倒骨价'"②。很多时候，命案双方通过地方官排解，已经按照民间习惯倒过骨价，但事后双方又出现反悔（如不肯遵守约定赔偿或接受赔偿等）的情况。为使案件彻底解决，不再出现反复，地方官在为双方排解之后，必然带领两造前往天王庙"吃血"，即在白帝天王神前许下已经排解之事永不翻覆的誓言。

  苗人事件排解，及命案倒偿骨价之后，必凭神发誓，然后可免翻悔。其评告不明之事，亦必誓于神焉，谓之开庙吃血。庙中为白帝天王神……当开庙时，百户率领兵役、牙郎等人，带齐两造，齐赴庙中，用猫一只、鸡一只，割血滴竹筒中，向神跪祝。如系排解清结之事，则两造同声祝曰："此事和解，永不翻覆。如有反此血者，九死九绝。"祝毕，两造同饮筒中之血。若系争竞不明之事，即誓曰："我若亏心，九死九绝，若不亏心，大发大旺。"誓毕，饮血。抱歉者不敢鸣誓，泾渭遂分。③

唯有如此，才能使苗民诚心接受排解结果，使案件彻底了结，否则即便地方官断过之案也不能完结，"事无大小，吃血方无反悔，无则虽官断亦

---

① （清）段汝霖：《楚南苗志》卷四《排解》，伍新福校点，岳麓书社，2008，第177页。
② （清）段汝霖：《楚南苗志》卷四《打冤家》，伍新福校点，岳麓书社，2008，第176页。
③ （清）段汝霖：《楚南苗志》卷四《开庙吃血》，伍新福校点，岳麓书社，2008，第178页。

不能治,盖苗人畏鬼甚于畏法也"①。由此可以看出,白帝天王在当地社会中具有崇高的权威。

由于乾、凤、永三厅建置较晚,地方文献匮乏,早期的地方官不清楚白帝天王的来历。这样一个未被当地记载的神明究竟是何方神圣,能具有如此的威严?在借助白帝天王来招抚苗民、设置厅制、展开司法实践的同时,各地地方官也对这一问题很感兴趣。他们开始引经据典,对白帝天王的来历进行考索,由此产生了许多有关白帝天王来历的故事,这也引起了地方官之间的争论。

(一) 郎廷桂的欢兜说

从现有记载来看,康熙末年以来最早探讨白帝天王来历的地方官是沅陵知县郎廷桂。

在康熙四十二年(1703)剿抚苗民的过程中,官兵从地方生员龚起贤口中听到了五寨一带民间流传的白帝天王故事。该故事强调了白帝天王为杨姓,曾领兵征苗,为苗民所敬畏。然而因地方文教不兴、文献无征,龚起贤并不了解其来历,猜想该神可能是唐宋间的征苗大将。康熙四十三年(1704),清朝将剿抚后的镇溪所改为乾州厅,隶属辰州府,设同知一员,管理苗民。次年,辰州府沅陵县纂修县志,知县郎廷桂对这一刚刚被纳入辰州府不久的地区表现出极大的兴趣,并用了部分篇幅来记载当地苗民的情况。在县志中,他也注意到这次剿抚苗民过程中所遇到的白帝天王,并推测了其来历。

> 自泸溪而上,皆奉北地天王,最灵威不可犯。红苗中亦敬事之,每出掠边境必先宰牛赛愿,男女聚祷,或曰即谨兜也,亦曰都贝天王。②

据郎廷桂描述,自泸溪顺武水以上的地方,即镇溪所、五寨司一带皆信奉白帝天王,附近的苗民也敬奉这一神祇,他认为此神或许就是谨兜,也叫作都贝天王。

---

① (清)潘曙等修,凌标等纂《凤凰厅志》卷十四《风俗》,传抄清乾隆二十三年刻本。
② (清)郎廷桂修,张佳晟纂《沅陵县志》卷末《杂记》,清康熙四十四年刻本。

驩兜，也作"讙兜"，亦写为"欢兜"，是古史传说中三苗部落的首领。相传舜曾放逐欢兜于崇山，该山即在沅陵西北不远处的慈利县。嘉靖《湖广图经志书》、万历《湖广总志》《慈利县志》都有相关记载。① 因为苗民也信奉白帝天王，所以他怀疑这个神就是被放逐于附近的欢兜。又因万历《慈利县志》等书记载苗民有祭祀都贝大王之俗，"十月朔日，各以聚落祭都贝大王，男女各成列，连袂相携而舞，谓之踏徭"②，他感觉这个习俗与乾州等地"红苗"出战前祭祀白帝天王的习俗——"宰牛赛愿，男女聚祷"相似，因此认为白帝天王为欢兜，又叫作都贝天王。事实上，据南宋周去非记载，祭祀都贝大王乃广西一带瑶民青年男女于十月初一聚会、相亲的活动，与祭祀白帝天王大相径庭。③ 而欢兜，也只是传说中的人物，与民间所祭祀的白帝天王杨姓三兄弟也没有多少关系。

郎廷枢，辽东人，康熙三十五年（1696）出任沅陵知县。④ 作为一个远道而来的外地人，他虽看到镇溪所、五寨司一带信奉白帝天王这一现象，但并不了解这个神的来历，也不了解当地的民间故事，他所能做的也就是根据明代嘉靖《湖广图经志书》、万历《慈利县志》等书中关于"苗蛮"所祭祀的神明的内容来推测白帝天王的来历。

（二）王玮的竹王三子说

在沅陵知县郎廷枢之后，又有乾州厅同知王玮对白帝天王的身份进行了探考。

1. 竹王三子说的提出

王玮，号木庵，山西太平人，举人出身，雍正十二年（1734）任乾州厅同知，是该厅设立后的第八位同知。⑤ 在此之前，乾州已有过七位同知，

---

① （明）薛纲纂修，吴廷举续修《湖广图经志书》卷七《岳州府》，明嘉靖元年刻本。（明）徐学谟纂修《湖广总志》卷四十四《陵墓志》，明万历十九年刻本。（明）陈光前纂修《慈利县志》卷十二《丘墓》，明万历元年刻本。
② （明）陈光前纂修《慈利县志》卷十七《风俗》，明万历元年刻本。
③ 参见（宋）周去非撰，杨武泉校注《岭外代答校注》卷十《踏徭》，中华书局，1999，第423页。
④ 参见（清）郎廷枢修，张佳晟纂《沅陵县志》卷二《秩官》，清康熙四十四年刻本。
⑤ 参见（清）蒋琦溥修，林书勋续修，张先达续纂《乾州厅志》卷九《职官志》《名宦志》，清同治十一年修、光绪三年续修本。

由于厅制初设，他们多忙于厅城硬件设施的建设。比如第一任乾州同知哲尔肯，"适厅始置……结茅为署，加土作城，修内攘外，惨淡经营"①。第三任同知周全功，因厅城土垣倾倒，不能护卫居民，而捐资重修城墙。② 第五任同知佟世英，因厅城内部狭小，而扩修外城，"以正城湫隘，民居十不容一，乃环城绕西北山谷而南临于河，筑土垣为卫，由是内城住文武署兵房，外垣往巡检署、民舍，民赖以安"③。此外，虽然其间蒋嘉猷、周全功、沈元曾等几位同知曾有开学校、请学额、建学宫、修文庙等举措，但直到王玮上任之前，地方文教体系仍未完备。

王玮到任后，在前任同知的基础上，以兴学校、宣教化、倡礼仪为己任，"宽厚有才，不以苗疆而鄙夷之，振兴文教，立学田，设义塾，请支公帑延师分课，令苗民子弟学于其中。由是，人渐知礼"④。乾隆四年（1739），王玮还为乾州厅纂修了第一部厅志，"初，乾州未有志乘，玮考因革，溯治乱，分条而纂成之，苗中事变略具焉"⑤。为宣扬教化、推行礼仪，他在其所纂修的地方志中大力强调移风易俗的重要性，主张对没有进入国家祀典的地方神明（即淫祀）一概不载，且应去除之。

> 楚俗尚鬼，淫祀颇多，而蛮民尤甚。有教化之责者，如西门之沉巫，狄公之毁祠，可继也。今止记国典之所昭垂、长吏之所骏奔者，外此即《离骚》《九歌》亦略而不载。⑥

然而，在面对白帝天王的相关问题时，王玮觉得有些矛盾。一方面，白帝天王正好属于未载明祀典的地方神祇，即其主张去除的淫祀。另一方

---

① （清）蒋琦溥修，林书勋续修，张先达续纂《乾州厅志》卷九《名宦志》，清同治十一年修、光绪三年续修本。
② 参见（清）蒋琦溥修，林书勋续修，张先达续纂《乾州厅志》卷九《名宦志》，清同治十一年修、光绪三年续修本。
③ （清）蒋琦溥修，林书勋续修，张先达续纂《乾州厅志》卷九《名宦志》，清同治十一年修、光绪三年续修本。
④ （清）蒋琦溥修，林书勋续修，张先达续纂《乾州厅志》卷九《名宦志》，清同治十一年修、光绪三年续修本。
⑤ （清）蒋琦溥修，林书勋续修，张先达续纂《乾州厅志》卷九《名宦志》，清同治十一年修、光绪三年续修本。
⑥ （清）王玮纂修《乾州志》卷二《祀典志》，清乾隆四年刻本。

面，白帝天王自清初以来在招抚苗民、建立厅制、排解案件等方面产生了巨大的作用，它的存在对官方治理当地社会、树立国家权威具有积极的意义；倘若不载该神并对之弃而不用，则不利于当地的治理。因此，王玮在面对白帝天王相关问题时是很矛盾的：需加以利用，但又不合法。经过深思熟虑后，他采取了一个折中的办法，即去除民间对这个地方神明来历的荒诞传闻，为其寻找一个具有文字记载的、曾经合法的"正统"身份。为此，他不得不改变之前的说法，认为虽然有些地方风俗荒诞不经，但也必须详细记载，并注明按照朝廷礼仪应该如何去做。只有这样才能使地方官知道地方风俗在哪些方面是不合典礼应该去除的，"风俗之淳漓，所以验政教之得失，故虽鄙俚怪诞亦必详载，而间正以典礼，使宣化者知所移易、拔俗者知所去从也"①。这便为地方官记载白帝天王的合法性做出了辩护。与此同时，他遍阅古籍，终于在《后汉书》中为白帝天王找到了一个"正统"的身份。

> 夜郎者，初有女子浣于遯水，有三节大竹流入足间，闻其中有号声，剖竹视之，得一男儿，归而养之。及长，有才武，自立为夜郎侯，以竹为姓。武帝元鼎六年，平南夷，为牂柯郡，夜郎侯迎降，天子赐其王印绶。后遂杀之。夷獠咸以竹王非血气所生，甚重之，求为立后。牂柯太守吴霸以闻，天子乃封其三子为侯。死，配食其父。今夜郎县有竹王三郎神是也。②

根据这一记载，再结合其他相关资料，王玮在其纂修的《乾州志》当中，将白帝天王三兄弟改成了竹王三子，将乾州雅溪的天王庙改成了竹王庙。

> 竹王庙，在州北五里鸦溪，俗所称白帝天王者也。按，《后汉书·蛮夷传》云："夜郎初有女子浣于遯水，有三节大竹流入足间，其中有号声，剖竹视之，得一男，归而养之。及长，有才武，自立为夜郎侯，以竹为姓。武帝元鼎六年，平西南夷为牂柯郡，夜郎侯迎降，天子赐

---

① （清）王玮纂修《乾州志》卷一《凡例》，清乾隆四年刻本。
② （宋）范晔：《后汉书》卷八十六《南蛮西南夷列传》，中华书局，1965，第2844页。

其王印绶。后遂杀之。夷獠咸以竹王非血气所生，甚重之，求为立后。牂柯太守吴霸以闻，天子乃封其三子为侯，死配食其父，今夜郎县有竹王三郎神是也。"《华阳国志》云："遯水通郁林，有三郎祠，皆有灵响。"又云："竹王所捐破竹于野，成竹林，今王祠竹林是也。王尝从人止大石上，命作羹，从者曰无水，王以剑击石出水，今竹王水是也。"王阮亭诗云："竹公溪日水茫茫，溪上人家赛竹王。铜鼓蛮歌争上日，竹林深处拜三郎。"①

此外，王玮还将其厅志中所有涉及白帝天王之处全部改成了竹王。例如，卷一《舆图·八景图》在描绘雅溪胜景的时候，将雅溪天王庙说成竹王祠："州东北五里为鸦溪，竹王祠在焉，于蛮疆称巍峨，白云为藩篱，青山为屏风……"②在卷二《风俗志》中，王玮又将当地百姓祭祀白帝天王以求病愈的习俗说成祭祀竹王之俗："疾病祭竹王，俗称白帝天王，择郊外地张盖设案，割牲备礼，先期通知亲友，名曰邀客。其祭牲止用头蹄肚脏，余肉分众客，公派还银，名曰吃分子。"③在卷三《艺文志》中，王玮还收录了他创作的一首七言绝句诗《八景·鸦溪胜迹》，将雅溪天王庙改称竹王庙："竹王祠外水横斜，溪上依稀似若耶，为是渔郎不到处，人家合得住烟霞。"④

在为白帝天王正名——寻求到一个"正统"的身份之后，他便对之前凤凰一带民间所流传的白帝天王为杨业后裔之说以及郎廷槐的欢兜说，给予了否定。

楚俗尚鬼，苗疆尤甚，故于祀典物加考核，使淫祀不敢干焉。其礼仪陈设、祭器乐舞，天下所同，非乾州所得私也。故不具载。至竹王之祠，虽非正典，然苗民敬畏，亦有裨于神道设教之意，故详考史册，为之厘正，知传闻荒唐，有所误也。⑤

---

① （清）王玮纂修《乾州志》卷二《祀典志》，清乾隆四年刻本。
② （清）王玮纂修《乾州志》卷一《舆图·八景图·鸦溪胜景》，清乾隆四年刻本。
③ （清）王玮纂修《乾州志》卷二《风俗志》，清乾隆四年刻本。
④ （清）王玮纂修《乾州志》卷三《艺文志·八景·鸦溪胜迹》，清乾隆四年刻本。
⑤ （清）王玮纂修《乾州志》卷首《凡例》，清乾隆四年刻本。

俗传为杨业八世孙者非是，《沅陵县志》称谨兜者亦非。①

苗人崇奉尊信之神曰白帝天王，即竹王也。相传为宋骁将杨姓者非是。②

由此，乾州厅产生了一个由地方官王玮所创造和主导的新的白帝天王叙事，即白帝天王三兄弟乃汉代竹王三子的故事。

2. 赞同的声音

王玮纂修的《乾州志》是乾州厅的第一部地方志，也是清代湖南苗疆三厅第一部正式刊刻的志书，自然引起了当地及周边地方官员的关注，同时对此后乾州及周边地区地方志的修纂产生了重大的影响。其中，某些地方志在纂修时便沿用了王玮的观点，将白帝天王称为竹王三子、将天王庙称为竹王庙，或者对杨业后裔说和欢兜说予以否定。例如，乾隆二十年（1755）修毕的《泸溪县志》即受到王玮的影响，认为白帝天王乃竹王三子，并否定了前人之说，"武帝元鼎六年，征西南夷，夜郎侯迎降，赐印绶，封为夜郎王。卒后，封其三子皆为侯，俱能以德抚众，御苗有功，发灵于夜郎。今辰、沅各县境塑像三尊，衣冠皆王侯，立庙祀焉。世事因革，或罔知祠祀之原因。史策述其大概。相传为杨业八世孙者非，或云谨兜者亦非"③。

又如，乾隆三十年（1765）所修的《辰州府志》当中，按照王玮的做法，将三厅及泸溪县的白帝天王、天王庙，全部改成竹王三子或竹王庙。比如该志卷五《山川考下》记载乾州鸦溪天王庙为竹王庙，"鸦溪，城北五里，源自崇山卫大龙洞、小龙洞，流入武溪。溪有石穴七，渊深莫测，名为龙井，溪旁有庙，土人呼白帝天王，实竹王庙也"④。卷十四《风俗考》将祭祀白帝天王改为祭祀竹王，"小暑节前辰巳两日为禁日，祀竹王或呼白帝天王……偶遇冤忿不能白，必告诸竹王庙，设誓刺猫血滴酒中，饮以盟心，

---

① （清）王玮纂修《乾州志》卷二《祀典志》，清乾隆四年刻本。
② （清）王玮纂修《乾州志》卷四《红苗风土志·斋戒》，清乾隆四年刻本。
③ （清）顾奎光修，李涌纂《泸溪县志》卷十四《坛庙》，清乾隆二十年刻本。
④ （清）席绍葆等修，谢鸣谦、谢鸣盛纂《辰州府志》卷五《山川考下》，清乾隆三十年刻本。

谓之吃血"①。卷十七《古迹考》将雍正八年（1730）镇筸总兵周一德在永绥厅所建天王庙改为竹王庙，"雍正八年，一德平六里生苗，筑城吉多坪，建竹王庙于潮水溪旁"②。卷十八《坛庙考·泸溪县》将泸溪县祭祀的白帝天王改称竹王，同时否定了杨业后裔说和欢兜说，"天王庙，城北杨刘溪、上野茅岭、下欧溪、椰木溪、布条坪、龙形冲诸乡村皆有之，祀汉夜郎王三子。王以竹为姓，武帝元鼎六年来降，封为王。三子皆为侯，俱能以功德抚绥苗众，发灵于夜郎，邑人多立庙祀之……俗所传杨业八世孙及云古骦兜者，更为无据"③。同卷《坛庙考·乾州厅》将乾州雅溪天王庙改称竹王庙，"竹王庙，在城北五里鸦溪，俗称白帝天王"④。同卷《坛庙考·凤凰厅》亦将凤凰靖疆营天王庙改称竹王庙，"竹王庙，在二十里靖疆营，俗称白帝天王"⑤。同卷《坛庙考·永绥厅》则将永绥厅境内的天王庙全部改称竹王庙，"竹王庙，一名显灵庙。一在小西门外里许。一在城西四十里隆团，雍正十年里民建。一在城西五十三里。俗称白帝天王"⑥。

此外，嘉庆及其以后本此说者亦不少。如嘉庆、同治《武冈州志》，道光《宝庆府志》几乎直接抄录了王玮的文字，称白帝天王即竹王，"王阮亭诗：竹公溪畔水茫茫，溪上人人家赛竹。王铜鼓蛮歌争上日，竹林深处拜三郎。今辰溆乾绥间尤敬奉之，俗所称白帝天王是也"⑦，"其崇奉尊信之神曰白帝天王，即竹王也"⑧。同治年间撰修的《沅州府志》亦受到王玮的影

---

① （清）席绍葆等修，谢鸣谦、谢鸣盛纂《辰州府志》卷十四《风俗考·三厅苗俗》，清乾隆三十年刻本。
② （清）席绍葆等修，谢鸣谦、谢鸣盛纂《辰州府志》卷十七《古迹考》，清乾隆三十年刻本。
③ （清）席绍葆等修，谢鸣谦、谢鸣盛纂《辰州府志》卷十八《坛庙考·泸溪县》，清乾隆三十年刻本。
④ （清）席绍葆等修，谢鸣谦、谢鸣盛纂《辰州府志》卷十八《坛庙考·乾州厅》，清乾隆三十年刻本。
⑤ （清）席绍葆等修，谢鸣谦、谢鸣盛纂《辰州府志》卷十八《坛庙考·凤凰厅》，清乾隆三十年刻本。
⑥ （清）席绍葆等修，谢鸣谦、谢鸣盛纂《辰州府志》卷十八《坛庙考·永绥厅》，清乾隆三十年刻本。
⑦ （清）许绍宗修，邓显鹤纂《武冈州志》卷二十七《拾遗》，清嘉庆二十二年刻本；（清）黄维瓒、潘清修，邓绎纂《武冈州志》卷五十四《拾遗志》，清同治十二年刻本；（清）黄宅中等修，邓显鹤等纂《宝庆府志》末卷下《摭谈三》，清道光二十九年刻、民国二十三年重印本。
⑧ （清）黄维瓒、潘清修，邓绎纂《武冈州志》卷五十三《峒蛮志》，清同治十二年刻本。

响,将三厅、泸溪等地天王庙全部改称竹王庙,"竹王庙:土人称天王庙,多见辰泸地方,曰鸦溪,曰龙井,曰四都,曰龙潭、旗梁、篁子、巴茅、乌引、靖江、柳寨各处"①。该府的麻阳县在同治年间修志时,亦将其县的天王庙改称竹王庙,"竹王庙,土人称天王庙,在城北外二里许"②。

3. 反对的声音

王玮提出的竹王三子说在被上述地方志编纂者认可、采纳的同时,也引起了部分地方官员的反对。最先反对王玮将白帝天王说成竹王的是永绥厅同知段汝霖,他在乾隆二十三年(1758)修成的《楚南苗志》中对王玮擅改白帝天王为竹王三子的做法表示不满。

> 乃前任乾州同知王玮作《续辰州府志》及《乾州厅志》改鸦溪白帝天王庙为雅溪竹王庙,附会《史记》,汉时夜郎女子浣于遯水,拾竹剖得婴儿之说。舍现在有凭之志乘,可据之舆情,而妄为更易,甚非所以传信史而示来兹也。请急为改正之。③

段汝霖持反对态度的理由是,王玮将白帝天王附会成了正史记载的竹王。不过段汝霖在批评王玮时也犯了一个错误,即夜郎竹王的故事出自《后汉书》而非《史记》。尽管如此,段汝霖的批评还是获得了不少修志者的赞同。

与段汝霖同时,凤凰厅通判潘曙、杨盛芳也对王玮的竹王三子说提出了质疑和否定,他们在乾隆二十三年(1758)修毕的《凤凰厅志》当中提出,倘若白帝天王为竹王三子,配祀于竹王庙,那么庙内就应该有四尊神像而不是三尊,因此否定了王玮的说法,并赞同段氏对王玮附会正史的批评。

> 按:天王庙之由来,既不见诸史册,庙中又无碑记,本无可考。前任乾州同知王玮修《乾州厅志》改为竹王庙,引《后汉书·南蛮传》所云夜郎女子浣于遯水,剖竹得婴儿,后长大以竹为姓,自立为侯王。

---

① (清)张官五等纂修,吴嗣仲续修《沅州府志》卷十八《坛庙》,清同治十二年增刻乾隆本。
② (清)姜钟琇等修,刘士先等纂《新修麻阳县志》卷二《坛庙》,清同治十三年刻本。
③ (清)段汝霖:《楚南苗志》卷四《开庙吃血》,伍新福校点,岳麓书社,2008,第178页。

至武帝平西南夷，迎降，赐以印绶，旋杀之。獠人以其非血气所生，甚重之。请立为后，乃封其三子为侯，死附食其父之事以为证。信如斯言，则庙神之像当合父子而有四矣。何以舍其父，而祀其三子乎？且又何以不称竹王而称天王也？前任永绥同知段汝霖修《永绥志》谓其附会，妄为更易是已。①

乾隆后期，翰林院编修江德量亦对王玮的竹王三子说提出批评，认为白帝天王是乾州本地人，而非竹王三子，"或谓白帝天王即夜郎竹王，误也"②。嘉庆四年（1799），严如熤（时任湖南巡抚姜晟幕僚，后任洵阳令、汉中知府、陕安兵备道），撰成《苗防备览》一书。③ 他在书中指出，竹王所在的夜郎与白帝天王所在的五溪一带相去甚远，而且倘若天王庙是竹王庙，苗民必无舍弃竹王不祀的道理，由此对王玮提出的竹王三子说予以否定。

泸溪各志述《史记·西南夷传》：剖竹中得小儿，长为夜郎侯，汉武诱杀之，子三人皆蛮所推，而第三子尤雄勇。后人以竹王非血气所生，有神灵，为立庙以祀。今庙中神状三郎，尤猛烈，为苗所畏，当即此也。但夜郎地在楚蜀之间，为今施南一带，去五溪尚远。又蛮民所虔者竹王，亦不宜舍竹王不祀。④

这一意见对后来三厅修志者的影响很大，同治《保靖县志》、光绪《龙山县志》《乾州厅志》《凤凰厅续志》、宣统《永绥厅志》等地方志直接收录了严如熤的以上文字，否定了王玮的竹王三子之说。⑤

---

① （清）潘曙等修，凌标等纂《凤凰厅志》卷十《祀典》，传抄清乾隆二十三年刻本。
② （清）江德量：《白帝天王》，载（清）黄承增辑《广虞初新志》卷三十八，清嘉庆八年刻本。
③ 参见赵正一《严如熤〈苗防备览〉成书和版本考述》，《黑龙江史志》2014年第9期。
④ （清）严如熤：《苗防备览》不分卷《杂识》，清道光二十三年刻本。
⑤ 参见（清）林继钦、龚南金修，袁祖绶纂《保靖县志》卷十二《艺文志·杂识》，清同治十年刻本；（清）符为霖修，吕茂恒纂，谢宝文续修，刘沛续纂《龙山县志》卷十《祠祀下》，清同治九年修、光绪四年续修刻本；（清）蒋琦溥修，林书勋续修，张先达续纂《乾州厅志》卷四《典礼》，清同治十一年修、光绪三年续修本；（清）侯晟、耿维中修，黄河清纂《凤凰厅续志》卷一《典礼》，清光绪十八年刻本；（清）董鸿勋纂修《永绥厅志》卷三十《艺文门二·丛谈》，清宣统元年铅印本。

(三) 段汝霖的杨濒兄弟说

在乾州厅同知王玮之后，继续探讨白帝天王来历的还有永绥厅同知段汝霖。如上所述，段汝霖对王玮无视地方传闻，直接附会正史，将白帝天王说成竹王三子的做法非常不满。因此，他采取了与王玮截然不同的做法，从当地流传的白帝天王故事出发寻找天王的来历，而不是简单地附会正史的某一记载。

段汝霖，字时斋，号梅亭，湖北汉阳人，举人出身，乾隆十二年（1747）任永绥厅同知。① 在永绥厅做官时，段氏曾从当地父老口中听闻白帝天王的故事。他听到的这些故事毫无例外，全部都说白帝天王为杨姓三兄弟，有的说他们是辰州人，也有的说他们是靖州人。根据这些民间传闻，段氏开始翻阅此前辰、靖一带的地方志资料，最终找到了一个与永绥民间传闻相似的记载，即黔阳杨濒三兄弟。相传，杨濒为南宋时人，兄弟三人御苗有功，死后被民间祭祀。据康熙《靖州志》记载，该州会同县有杨公庙，祭祀杨姓三兄弟。

> 杨公庙。托口人，兄弟三人御苗有功，没后敕封为神，今辰沅各县境立祠祀焉。②

此杨姓三兄弟为黔阳县托口人，御苗有功，死后成神，民间立杨公庙祭之。其姓名和所处时代在雍正《黔阳县志》当中有详细记载。

> 杨公者何？黔邑之土神也。号青木祠，盛于辰常，士人奉之祠曰公安。相传南宋时苗乱，神兄弟三人有捍卫功。③

> 杨公庙，托口，祀青木杨公，托市人。④

---

① （清）董鸿勋纂修《永绥厅志》卷二十一《秩官门三》，清宣统元年铅印本。
② （清）祝钟贤修，李大募纂《靖州志》卷三《坛庙》，清康熙二十三年刻本。
③ （清）张扶翼纂修，王光电续纂修《黔阳县志》卷六《祠庙》，清雍正十一年增刻本。
④ （清）张扶翼纂修，王光电续纂修《黔阳县志》卷六《祠庙》，清雍正十一年增刻本。

杨公墓，县南五十里。杨濑弟兄三人并称英勇，屡御苗寇，民多赖焉。没后，土人祠之。显应，人不敢犯。自宋至今，庙在托市。①

结合以上记载可知，南宋时有杨濑兄弟三人，为黔阳托口人，御苗有功，死后为民间祭祀。其墓在黔阳县南。其庙在黔阳县托口、靖州会同县等地皆有分布。杨濑的故事与白帝天王故事很相似：南宋时期，辰州人，杨姓三兄弟，抵御叛乱有功，死后为民间祭祀。因此，段汝霖认为，白帝天王就是杨濑三兄弟。

按：白帝天王神，里老相传，概谓杨姓，为辰州人，又云靖州人。考旧《辰州府志》，黔阳县有杨公墓，在县南五十里。杨濑兄弟三人，并称英勇，乡有寇，屡力御之。一方民多赖焉。殁后立祠，显应，人不敢犯。自宋末至今。又《靖州志》：会同县有杨公庙，神为托口人，兄弟三人，御苗有功，没后敕封为神。今辰、沅各县境立祠祀焉，则即白帝天王神无疑也。②

段汝霖从地方传闻入手，找到的黔阳杨濑三兄弟与白帝天王三兄弟颇为相似。他将这个说法收进其纂修的《楚南苗志》，并于乾隆二十三年（1758）付梓。乾隆十九年（1754）段氏从湖南永绥升为云南楚雄府知府③，二十一年（1756）又任福建建宁府知府④，故其纂修的《楚南苗志》影响甚广，被《四库全书》收录，被乾隆《辰州府志》、嘉庆《大清一统志》、光绪《湖南通志》等引用。因此，其提出的白帝天王为杨濑兄弟的说法对朝廷的影响很大。嘉庆年间，清廷为白帝天王赐封时，便采用了段氏之说，将杨濑三兄弟当成白帝天王纳入祀典。这也影响到此后白帝天王及其故事的传播。后文将专门探讨这个问题，此不赘述。

段氏的杨濑兄弟说在获得朝廷支持的同时，也遭到了一些批评。这些批评主要来自凤凰、乾州二厅。凤凰厅通判潘曙、杨盛芳在他们纂修的乾

---

① （清）张扶翼纂修，王光电续纂修《黔阳县志》卷六《古迹》，清雍正十一年增刻本。
② （清）段汝霖：《楚南苗志》卷四《开庙吃血》，伍新福校点，岳麓书社，2008，第178页。
③ （清）董鸿勋纂修《永绥厅志》卷二十一《秩官门三》，清宣统元年铅印本。
④ 詹宣猷修，蔡振坚等纂《建瓯县志》卷八《职官》，民国十八年铅印本。

隆《凤凰厅志》中，对段汝霖的杨瀬兄弟三人说提出了质疑。

> 段汝霖所志天王事迹内载，考旧《辰州府志》：黔阳县有杨公墓，在县南五十里。杨瀬兄弟三人并称英勇，屡御乡寇，没后立祠。又《靖州志》"会同县有杨公庙，其神为托口人，兄弟三人御苗有功，没后敕封为神，今辰、沅各县境立祠祀焉，即白帝天王无疑也"等语。信如斯言，则所称白帝天王者，为黔阳县之杨瀬兄弟三人乎？抑为会同县托口之兄弟三人乎？抑或黔阳、会同均此一兄弟三人乎？是皆未可知也，且曰敕封为神，系何代之敕乎？且敕封亦不过封侯封公而已，未必封帝封王也。即曰其封帝封王矣，而尊之为天，名之为白，又何以称焉？乃直曰即此无疑，则可疑者多矣。总之，既为民苗所畏服，不妨因其俗而沿之，原无庸斤斤究其由来。志以传信，考订未确，阙疑可也。①

潘曙、杨盛芳质疑此说的主要理由是段汝霖未明确其兄弟三人的身份。白帝天王到底是黔阳县杨瀬三兄弟，还是会同县托口的兄弟三人，或者说黔阳县杨瀬三兄弟就是会同县托口的兄弟三人。实事求是地说，段汝霖在《楚南苗志》当中确实没有说清楚，而潘曙、杨盛芳的质疑也有问题。段氏提到黔阳杨瀬三兄弟，也提到会同县有杨公庙祭祀托口三兄弟，但没讲清楚杨瀬三兄弟就是托口人，黔阳亦有庙祭祀杨瀬三兄弟，即杨公庙。所以潘曙、杨盛芳看不出黔阳杨瀬三兄弟与托口三兄弟是何关系，不知道段氏所说的白帝天王究竟是黔阳杨瀬三兄弟，还是托口三兄弟，或者说二者相同，因此产生了质疑。然而，潘曙、杨盛芳的质疑也有问题，段汝霖说的靖州会同县有杨公庙祭祀托口兄弟三人，被潘、杨误认为靖州会同县的托口兄弟三人，托口属于黔阳，不属于靖州会同。假若潘、杨熟悉当地地理知识，即便段汝霖没有把上述问题说清楚，二者大概也能猜到黔阳杨瀬三兄弟就是黔阳托口兄弟三人。潘曙、杨盛芳误以为托口属于靖州会同县，这对后来的批评者产生了直接的影响。比如，嘉道年间，乾州厅拔贡张汉槎批评段氏之说，其理由便是"又曰侯产靖州，墓在黔阳，其说

---

① （清）潘曙等修，凌标等纂《凤凰厅志》卷十《祀典》，传抄清乾隆二十三年刻本。

已歧出矣"①，认为段汝霖所寻找的杨濉三人生于靖州（会同县托口），而墓在黔阳，自相矛盾。这显然是受到了潘、杨二人的误导。

段氏认为旧《辰州府志》当中记载的黔阳托口杨濉兄弟三人即白帝天王三兄弟。事实上，这一说法与永绥民间传说白帝天王为辰州人或靖州人并不相符。因为虽然旧《辰州府志》记载了黔阳县的杨濉三兄弟，但并不等于说他们就是辰州人。按，宋代黔阳县属于沅州，并非辰州，因此，杨濉三兄弟乃沅州人，并非传说中的辰州人或靖州人。只不过，明洪武九年至清乾隆元年（1376～1736）这段时间，沅州及其下属的黔阳县隶属辰州府，所以旧《辰州府志》当中才会有关于黔阳县杨濉三兄弟的记载。段氏因为杨濉三兄弟的记载出自《辰州府志》就认为他们是辰州人，符合白帝天王为辰州人的说法，这自然是错误的。他没有考虑到宋代黔阳县隶属沅州而非辰州，杨濉三兄弟是沅州人而非辰州人的事实。因此，段氏之说也不能成立。本书认为凤凰令家杨源自北宋靖州，南宋初年到了辰州卢溪县浦口，再迁到凤凰一带，所以永绥、凤凰等地才会说其所奉的祖先神白帝天王为辰州人或靖州人，当地民间关于白帝天王的传闻是与这个家族密切相关的，脱离了这点去寻找白帝天王的来历，自然是徒劳的。

（四）席绍葆等人的田疆三子说

在段汝霖之后，乾隆《辰州府志》的修纂者席绍葆、谢鸣谦、谢鸣盛等人也提出了一个关于白帝天王来历的说法。席、谢等在其府志中接受了乾州厅同知王玮的竹王三子说，并将乾、凤、永三厅及泸溪县等地的天王庙一律改称竹王庙。但出于谨慎起见，他们在接受王玮之说的同时，又提出了一个说法作为白帝天王来历的备选项，即田疆三子说。

据说，汉代五溪有蛮酋田强，王莽篡汉时，他派出三个儿子驻守地方，各守一城，以拒王莽。这个故事早在唐代段成式所撰的《酉阳杂俎》中就有记载。

　　　　五溪夷田强，遣长子鲁居上城，次子玉居中城，小子仓居下城。

---

① （清）蒋琦溥修，林书勋续修，张先达续纂《乾州厅志》卷四《典礼》，清同治十一年修、光绪三年续修本。

三垒相次，以拒王莽。光武二十四年，遣武威将军刘尚征之。尚未至，仓获白鳖为臛，举烽请两兄，兄至无事。及尚军至，仓举火，鲁等以为不实，仓遂战而死。①

此后，宋《太平广记》《舆地纪胜》，明嘉靖《湖广图经志书》《常德府志》、万历《湖广总志》，清康熙《沅陵县志》等著述当中皆抄录了这个故事②，不过其主人翁的名字在传抄过程中出现了失误，大致在明代诸书仍记为"田强"，清代以来部分论著抄成了"田疆"。尽管如此，在乾隆《辰州府志》之前，几乎从未有人将田强（疆）三子与白帝天王联系起来。直至乾隆中叶，席绍葆、谢鸣谦、谢鸣盛等人纂修《辰州府志》时才将二者联系起来。

或曰汉田疆，初为五溪酋长，威信素著。王莽欲招来之，锡以铜印。疆义不屈，有十子，皆雄勇自保，曰："吾等汉臣，誓不事二姓。"乃以三子将五万人下屯沅东，各筑一城，烽火相应，以拒莽。旧传沅州白龙潭有白龙，即其第三子，宋锡庙额曰：潜灵庙（见曹学佺《名胜志》），白帝之称，或即是欤。③

从"白帝之称，或即是欤"可知，白帝天王乃田疆三子的说法，不过是席、谢等人的推测，"或即"二字表明他们自己对此说也不能肯定。

由于只是推测，这一说法的影响力较小，几乎不被相信和采纳。例如，严如熤在《苗防备览》一书中对此说提出质疑，并批评道："《辰州志》以为汉田疆之三子，分居中城、上城、下城自保以拒王莽者。然今神像只三

---

① （唐）段成式：《酉阳杂俎》前集卷七《酒食》，曹中孚校点，上海古籍出版社，2012，第39页。
② 参见（宋）李昉等编《太平广记》卷一百三十一《报应三十·田仓》，中华书局，1961，第925页；（宋）王象之《舆地纪胜》卷六十八《荆湖北路·常德府·人物》，中华书局，1992，第2324页；（明）薛纲纂修，吴廷举续修《湖广图经志书》卷十八《常德府》，明嘉靖元年刻本；（明）陈洪谟纂修《常德府志》卷十五《人品志》，明嘉靖十四年刻本；（明）徐学谟纂修《湖广总志》卷四十八《献征二》，明万历十九年刻本；（清）郎廷晟修，张佳篆《沅陵县志》卷六《人物志》，清康熙四十四年刻本。
③ （清）席绍葆等修，谢鸣谦、谢鸣盛纂《辰州府志》卷十八《坛庙考·泸溪》，清乾隆三十年刻本。

人,果为疆子,则三子之忠义,皆秉其父命,不应舍父而祀其子。且东汉建武中,武陵蛮不靖,朝廷屡用兵,伏波将军进征至壶头,疆既以汉臣自矢,不应史传由,无田姓子弟从役伏波者,则未可据也。"① 此后,同治《保靖县志》、光绪《龙山县志》《乾州厅志》《凤凰厅续志》、宣统《永绥厅志》皆有引用《苗防备览》一书对此说予以否定的内容。②

(五) 江德量的感龙而孕说

除以上各说外,乾隆后期翰林院编修江德量也提出了一种关于白帝天王来历的说法,即感龙而孕说。他曾撰有《白帝天王》一文,收录在清人黄承增编辑的《广虞初新志》中。该文曰:

> 白帝天王,湖南乾州鸦溪人,姓杨氏。母感龙而孕,一产三子,各有勇,武艺绝伦。遇有苗人不靖,集村民歼之。尝以三十六人斩叛苗九千。时南宋渡后也。朝廷闻之,招致杭赐爵,见其状貌英异,恐为边患。颁以鸩酒令归,供妻孥酌之。未至家,苦热开瓶,取饮,三人俱中毒死,而灵不昧,屡著神异。官民立庙祀之,称白帝天王。第三郎尤显应。州人事神极虔,舆马过庙,必下。尊官贵人无敢异,祈祷必祭。每岁小暑前后,自辰至巳十四日,合境数百里持天王斋,以神没小暑时也。神御苗特酷,稍或不敬,疾疫立降焉。或谓白帝天王即夜郎竹王。误也。③

江德量(1752~1793),字量殊,江都人,乾隆四十四年(1779)榜眼,被授予翰林院编修,改江西道御史。其人"居朝多识旧闻,博通掌

---

① (清)严如熤:《苗防备览》不分卷《杂识》,清道光二十三年刻本。
② 参见(清)林继钦、龚南金修,袁祖绶纂《保靖县志》卷十二《艺文志·杂识》,清同治十年刻本;(清)符为霖修,吕茂恒纂,谢宝文续修,刘沛续纂《龙山县志》卷十《祠祀下》,清同治七年修、光绪四年续修刻本;(清)蒋琦溥修,林书勋续修,张先达续纂《乾州厅志》卷四《典礼》,清同治十一年修、光绪三年续修刻本;(清)侯晟、耿维中修,黄河清纂《凤凰厅续志》卷一《典礼》,清光绪十八年刻本;(清)董鸿勋纂修《永绥厅志》卷三十《艺文门二·丛谈》,清宣统元年铅印本。
③ (清)江德量:《白帝天王》,载(清)黄承增辑《广虞初新志》卷三十八,清嘉庆八年刻本。

故"。乾隆五十八年（1793），江氏因病而亡，年仅42岁。①

江德量之父江恂，好金石文字，曾于乾隆三十年至三十七年（1765～1772）任乾州厅同知，其间江德量曾前往省亲，并游历乾州一带山水。② 其撰写的《白帝天王》一文应是他根据当地民间传说和地方志记载所撰。比如其中，白帝天王为杨姓兄弟三人、南宋初年带领三十六人斩苗九千、死后被民间祭祀、每岁小暑前后自辰至巳为斋日、此神最为威灵、人不敢犯等情节，在此之前的民间传说和地方志当中已有记载。但仍有一些内容不见于之前的记载，比如白帝天王的来历问题，江氏提出是因为他们的母亲感龙而孕，才产下三人。这点不知何据。如前，康熙年间偏沅巡抚阿琳撰《红苗归流图说》时即听到乾州雅溪百姓说白帝天王三兄弟名为金龙、金虎、金彪，江氏博闻且游历过乾州的山水胜迹，不可能不知晓当地的这一说法，却未在文中提及，似乎有意要将三人身份神秘化，故不书其姓名。综上所述，江氏所撰白帝天王故事，大部分来自民间传说和地方志记载，独"感龙而孕"一说最为可疑，应是江氏个人的创造。正因为有了"感龙而孕"这个神话般的来历，这篇文章才得以收录到《广虞初新志》这部神怪小说集当中。

虽然"感龙而孕"只是小说家言，但因江氏为榜眼出身，官至御史，他所提出的这一说法仍具有一定的影响力。特别是这个故事反对乾州同知王玮提出的竹王三子说，认为白帝天王就是乾州雅溪人，因而获得了当地读书人以及百姓的认可，感龙而孕的说法也逐渐在乾州民间流传开来。大约在道光末咸丰初，乾州厅拔贡张汉槎记载了一个当地的白帝天王故事，这个故事基本上沿袭了江氏的版本。

> 鸦溪距乾五里，地惟杨氏一族。世传有室女浣于溪，忽睹瑶光，感以人道，逾年一产三子，长俱英勇，体貌迥别三厅红苗。暨沅靖一带苗不靖，侯屡率所亲痛剿之。若歧梁峒、杀牛坪诸地，皆侯诛苗地。靖疆、高兜、地良坡、南牛坪、平空、乌头、褚里、乾溪、施金坪、

---

① 赵尔巽：《清史稿》卷四百八十一《江德量传》，中华书局，1977，第13216页。
② 参见（清）蒋琦溥修，林书勋续修，张先达续纂《乾州厅志》卷十二《流寓》，清同治十一年修、光绪三年续修本。

古树陇诸地，皆侯立营御苗地。苗畏如神，殁亦显灵。后有耕其营地者，农器立坏，故奉祀惟谨焉……侯殁于小暑节，每岁至忌期，辰日起巳日止，前后凡十四日。民苗斋戒，禁宰杀，稍有不敬，即亦显灵……侯之生于乾，战于靖，卒于辰之白马驿。乾父老自来传说如此，然则侯之发迹吾乾无疑矣。①

据张氏说，这是在当地民间流传的故事。这说明乾隆年间江氏提出的感龙而孕的说法经过七八十年的传播已深入乾州民间，为当地百姓所传颂。后来，该厅岁贡张家正根据乾州民间流传的白帝天王故事撰有《三神降神纪闻》一文，叙述天王来历，是文同样沿袭了江氏感龙而孕的旧说。

盖本处父老流传，雅溪杨老洞官有室女，性贞静、寡言笑。一日，浣纱龙井坝，忽见金光射体，如有所感，载震载夙。逾年，居然一胎生子三，因矢志不嫁，抚育成人，遂从母姓。三王是也。王幼而歧嶷。长，有神勇。时贵州红苗悍且众，踩蹦五溪殁遍，王率素所亲信之数十人尽歼其党，至五寨司歧梁洞而止。今由洞口至杀牛坪锄地者，犹时获当日之兵器焉。语云："三十六人杀九千，杀到歧梁洞门前。"历代传为美谈。远近凡遭苗人肆虐辄告王，王至无不慴服，于是苗人畏威，土人戴德。事闻于朝，王入觐，至辰郡下流白马渡朝命，适至劳勋，赐之酒。奸人忌其功，暗置鸩，王饮，同日卒。归神之日当小暑前后……后人不忘其功，始立庙于鸦溪，继浸广，王屡著灵应，不惟边疆蒙福，他省亦多受庇荫。②

以上两个例子，皆说明乾隆后期江氏提出的感龙而孕的说法逐渐被乾州民间接受，对晚清时期当地的白帝天王叙事产生了重要的影响。除乾州外，这一说法也逐渐影响到了与之相邻的凤凰厅东北一带的令家杨，其族人杨胜明在道光年间编修族谱时便将源自江氏、流传于乾州民间的感龙而

---

① （清）蒋琦溥修，林书勋续修，张先达续纂《乾州厅志》卷四《典礼》，清同治十一年修、光绪三年续修本。

② （清）蒋琦溥修，林书勋续修，张先达续纂《乾州厅志》卷四《典礼》，清同治十一年修、光绪三年续修本。

孕之说写进了族谱。前文对此已有讨论，此不赘述。

除乾、凤二厅外，四川酉阳、湖北来凤在编修地方志时，也承袭了江氏的感龙而孕说。同治二年（1863）所刻《增修酉阳直隶州总志》在提及白帝天王来历时便参考了江氏感龙而孕的说法。

> 白帝天王庙……或以为神即竹王，江氏德量非之，谓白帝湖南乾州鸦溪人，姓杨氏，母感龙而孕，一产三男，各有勇力，武艺绝伦，遇苗人不靖，集村人数十讨平之。时宋南渡后也，事闻朝廷，召至杭，见其状貌英异，恐为边患，颁以鸩酒，令归共妻孥饮之。未至家，苦热开瓶取饮，三人俱中毒死，而灵不昧，屡著神异，官民立庙祀之，故称白帝天王，第三郎尤显应云。事载黄心庵《广虞初新志》，而神之何以名白帝亦莫之详也……今白帝庙所塑神像凡三人，俗传以为胞兄弟，江氏之说或亦非臆撰欤。①

同治五年（1866）所刻《来凤县志》在提到白帝天王时，同样采用了江氏的说法。

> 《广虞初新志》载白帝姓杨氏，湖南乾州鸦溪人，母感龙而孕，一产三男，各有勇力，武艺绝伦，遇苗人不靖，集村人数十讨平之。时宋南渡后事也，朝廷召至杭，见其状貌英异，恐为边患，颁以鸩酒，令归共妻孥饮之。未至家，苦热开瓶取饮，三人皆中毒死，而灵不昧，屡著神异，官民立庙祀之，故称白帝天王，第三郎尤显应云。②

通过以上梳理可以看出，康乾时期随着招抚苗民、建立厅制和治理实践的展开，白帝天王这一名不见经传的地方神祇日益引起清朝官员的关注。面对这一重要却又来历不清的土神，地方官包括读书人在纂修志书过程中纷纷引经据典，展开考证，以至于在白帝天王来历的问题上先后形成了欢

---

① （清）王鳞飞等修，冯世瀛、冉崇文纂《增修酉阳直隶州总志》卷九《祠庙三·通祀》，清同治二年刻本。
② （清）李勋修，何远鉴、张均纂《来凤县志》卷九《坛庙》，清同治五年刻本。

兜、竹王三子、杨濑兄弟、田疆三子、感龙而孕等说法，并引发了持久的争论，同时在各地方志中留下了多个有关白帝天王来历的故事。其中，有些为推测之辞，有些为附会之作，有些为小说家言，不可信以为真。不过，有些故事是在结合地方传说的基础上形成的，能部分反映关于白帝天王的历史渊源，因而也不可完全否定其故事的价值。

事实上，在真假问题之外，康乾时期地方官纷纷站出来考求白帝天王来历这一现象本身更值得我们关注。它背后反映的是一个边缘社会被纳入国家体制的过程，以及作为朝廷代理人的地方官员通过何种机制、途径将国家权威导入地方社会。此外，康乾时期涌现的多个关于白帝天王来历的说法和故事还有一个不可忽视的意义，即它们为日后朝廷了解、改造和推广白帝天王这一神明提供了便利。

三 清中后期有关天王的灵验叙事及其影响

乾隆末嘉庆初，一场声势浩大的苗民起义席卷乾、凤、永三厅，对当地社会造成了巨大冲击。在此过程中，民间纷纷传出白帝天王显圣佑民的故事。在地方官和百姓的呼吁下，白帝天王得以进入朝廷的视野，并接连获得赐封，由此推动了这一神明及其故事的传播。

（一）乾嘉之际的地方社会

如前所述，雍正改土归流以来，乾、凤、永三厅苗民田土日益流入客民手中，导致土客之间产生了严重的矛盾。乾隆六十年（1795），三厅及其附近爆发了大规模的苗民起义。是年正月，贵州松桃厅苗民在石柳邓带领下最先起事，接着乾、凤、永三厅苗民分别在吴八月、吴陇登、石三保等人领导下围攻各自厅城，驱逐客民。

时任凤凰厅五寨巡检的徐大伦，亲身经历了这次起义并写有行军日记。事后，与徐大伦交好的周凯据其日记撰成《书徐君镇筸御苗事》一文，较为详细地记录了当时义军围攻厅城的情形。徐大伦，浙江山阴人，世家子弟，年少习技击之术。十七岁从亲戚至云南谋生，时值清朝征缅甸，徐大伦因从军解饷有功，援例选授湖南凤凰厅五寨巡检，驻扎厅城。乾隆六十年（1795）正月，贵州松桃厅苗民率先起义，随后至永绥厅黄瓜寨与当地苗民联合起事。驻扎在凤凰厅城的镇筸总兵明安图听闻后,于正月初九带兵五百前去弹压,只留有徐大伦及少量兵丁驻守城中,"城中兵不满三十,皆役工匠者,心忧之"①。结果,总兵明安图一行在途中遇苗中计,全军覆没。

> 乙未(正月十二日),天未明,报至:兵行至盘打口,有苗跪近,诈称黔苗聚黄瓜寨,掠诸苗,愿助总兵。许之,使为前导。兵素役苗,器械、火药令负以行。至坑上,苗四集。兵皆徒手,总兵以下及兵五百人,同时俱没。②

总兵败亡后,紧接着永绥厅被苗民围攻,其中部分官员因出城迎战遇害。

> 既成,假总兵旗帜攻永绥。副将伊某、永绥同知彭某、花园巡检戴文焕、排捕巡检丁光国出迎,均被害。③

永绥被困后,苗民又转而进攻乾州。乾州厅城在正月二十二日遭到苗民猛攻,"辰刻,西南两路,男妇奔城,哭声雷震。戌刻,逆攻西城,城外比屋空虚,城内人丁三千余闭户战栗。城中乏兵,同知宋如椿督率士民守城一昼夜"④。

次日,即正月二十三日,乾州城破,"苗遍屠城乡,官廨民舍、佛寺神庙焚毁无遗"⑤。在此过程中,同知宋如椿自杀,巡检江瑶及其子朝栋均被害,"椿以印交巡检江瑶送辰州,自刎死。瑶亦遇害,子朝栋怀两印走,转寻父尸,亦死之"⑥。致仕游击王一魁率领家丁同部分官兵于城内堵御,因实力不敌而阵亡,其妻吴氏遇害。致仕荆门州学正饶德丰家被焚,一家老小葬身火海。厅庠生徐一枝、饶自强、邱荣廷、杨光景、印维、沈赐麟、闵世贵、张玑、尚志周、尚法祖、尚法典、聂继美,武生吴世德、黄宗武、

---

① (清)周凯:《内自讼斋文集》卷二《书徐君镇筸御苗事》,清道光二十年刻本。
② (清)周凯:《内自讼斋文集》卷二《书徐君镇筸御苗事》,清道光二十年刻本。
③ (清)周凯:《内自讼斋文集》卷二《书徐君镇筸御苗事》,清道光二十年刻本。
④ (清)周凯:《内自讼斋文集》卷二《书徐君镇筸御苗事》,清道光二十年刻本。
⑤ (清)周凯:《内自讼斋文集》卷二《书徐君镇筸御苗事》,清道光二十年刻本。
⑥ (清)周凯:《内自讼斋文集》卷二《书徐君镇筸御苗事》,清道光二十年刻本。

黄宗洛，监生尚法训等在城率众御苗，城陷后俱死城内。其中，部分生员的家属如徐一枝之母黄氏，弟一本、一梅；邱荣廷之妻刘氏，子连科、连魁、连捷；沈赐麟之妻李氏、子凤仪；闵世贵妻同氏；尚法典之子廷桂；聂继美之母饶氏；以及其他来不及逃跑的百姓也多命丧城中。也有部分百姓在破城后被掳走，如高进科之妻张氏，"年二十八，城陷被掳，抗节不屈，携子女投河死"。此外，还有部分官民在城破之际得以逃出城去。有些最终逃跑成功，有些则在逃跑过程中遇害。譬如，生员聂学诗于城陷时携老母、二子逃出，结果遇苗后同死。[①]

乾州厅被攻陷后，凤凰厅失去应援，势单力孤，于是苗民又转而围攻凤凰厅城。该城四面皆山，形如釜底，镇筸总兵与凤凰厅通判共驻于此，厅镇同城而治，界连黔楚，上接永顺、下通沅州，为湖贵间的军事要塞。正月二十四日晚间，苗民开始攻城。

丁未，苗攻镇筸，抵城北得胜坡前，苗妇数百持白扇跳舞，望城拜，时谓之癫苗。升踯如飞，中红旗二、白旗二、红伞一，乘轿者一，余苗蜂附，聚于坡，枪炮并发。时城中仅二把总，兵三十余名，居民千余人，难民千余人，其丁壮可用者不满千人。君曰贼远来，疲且骄，可攻也。宜出奇胜之，以壮民志，约曰："先无言，见吾杀入，齐发声助吾威。"令刘成美居守，与蓝之凤及徒三十人，持械迂出东门，绕得胜坡后苗方，下攻。君从坡顶持刀跃入，斩数十级，众从之大呼，城中呼声震天，苗出不意，走魏家庄。

二更，复来攻城，上民掷石御之，君与民之敢死者百余人，出西门伏青皮湾，突击之。苗惊窜，追至大脑坡，斩杀甚众。于是，城中民无少壮，皆愿从君击苗。君出营中器械、火药授之，令其徒能者率焉，促取溪石为备。寻见城东北隅一苗女持白扇登屋舞，获之，怀硫磺为内应者，知苗必夜攻，备之严。

二十五日戊申昧□，苗集如蚁，四山齐下，以竹梯攻西门，掷石击退，转攻南门，焚东门民业，油苗以油泼城，焚陷五丈余。君率民

[①] 以上记载俱见（清）蒋琦溥修，林书勋续修，张先达续纂《乾州厅志》卷十一《人物志》、卷十二《烈女志》、卷十五《艺文志》，清同治十一年修、光绪三年续修本。

抵御，伤右耳，加薪陷处，火益烈，苗不能上，坚拒至四更。苗环攻西门，占小山。枪子及城堞守者不能支，且疲甚。君度城必破，入见沈同知，已朝服矣，遂返，怀刃将杀其妻孥，见妻沈夫人盛服明烛，率子女坐堂上，曰："君胡为来，城破顷刻，岂顾妻子耶？"拔簪揽碗中药曰："已备此，必不辱君。"其急出。时，君侧室赵曰："从死无益，不如杀贼死。"从君登西门。民以为君夫人出，妇女皆登城掷石，骂声鼎沸。会大风，天明大雾，贼退去。是时，民力皆疲，君筑城陷处，虑观景山窥城中虚实，设伏其下。城内油烛俱尽，收民间香烛，附以纸草，缚如指大，插堞上。苗来夜攻，惊疑为伏所败，掠东南隅而去。①

正月二十四日入夜后，苗民火攻凤凰厅城。在缺少援兵和物资的情况下，厅城险被攻破，就连通判沈麟也差点携孥自尽。好在徐大伦带领兵民等坚守不懈，众人勉强渡过难关。此后，徐大伦等在城内坚守不出。直到正月二十九日，第一支援兵赶到，徐大伦才得以派人前往辰州府治沅陵求援，"壬子，沅州都司张得胜以兵百名至，知提督驻辰州。君择童子能苗语者九人九书告急"②。

在厅城遭到围攻的同时，乾、凤、永三厅乡村社会同样遭到了严重的冲击。③ 各乡村百姓有部分选择了逃亡避难。出逃者的经历也各不相同，有些在出逃的路上与苗相遇，或被戕而亡，或自杀而死。也有部分逃亡的百姓藏匿在山林、洞穴或者偏远之处，以获得短暂喘息的机会，不过很快就被发现，最后或被戕而死，或自杀身亡。

在乡村百姓纷纷逃亡避难的同时，也有部分百姓选择了留下。他们留下的原因各不相同，有些是为了抵抗而留下，有些则是因为年老体衰或身体残疾不便行动而留下，有些原本可以逃走但为看守行动不便者而留下。

---

① （清）周凯：《内自讼斋文集》卷二《书徐君篆御苗事》，清道光二十年刻本。
② （清）周凯：《内自讼斋文集》卷二《书徐君篆御苗事》，清道光二十年刻本。
③ 以下所述乡村情形之史料出自（清）黄应培修，孙均铨、黄元复纂《凤凰厅志》卷十六《人物》、卷十七《烈女》，清道光四年刻本；（清）蒋琦溥修，林书勋续修，张先达续纂《乾州厅志》卷十一《人物志》、卷十二《烈女志》、卷十五《艺文志》，清同治十一年修、光绪三年续修本；（清）董鸿勋纂修《永绥厅志》卷二十二《人物门·忠烈》、卷二十四《人物门·烈女》，宣统元年铅印本。为免烦琐，行文中不再一一注明史料来源。

其经历也不太一样。留下抵抗者,有些坚持到清朝援兵到来,幸免于难;有些不幸抵抗失败,最后或被害或自杀,结局颇惨。因年老体衰或身体残疾不便行动而选择留下的乡民,几乎没有抵抗之力,或先行自尽,或苗至后被杀。那些先行自尽者往往以女性居多,为免受辱而事先选择自戕、投缳、自焚、投井、跳崖、跳河等方式自行了断。总之,这次起义对三厅乡村社会也造成了严重的影响。

(二) 灵验故事与朝廷敕封

苗民起义期间,乾、凤、永三厅厅城被围攻,乡村社会也普遍遭到冲击。由于道路阻断,音信不通,援兵不能立至,民间得不到朝廷的有效保护,寻求神明护佑便成为当时城乡百姓自救自保的方式之一。譬如,乾州一带民众听闻苗民起义后纷纷跑到雅溪天王庙中祈求护佑,乾隆"六十年苗变,鸦溪附近居民三百余人避苗神庙中"[①]。

与此同时,三厅及其附近地区涌现出许多关于白帝天王显灵的故事。这些故事多为民间创造和传播,对于增强当时各地官民守御信心、安抚民众恐慌情绪具有重要的作用,同时有助于威慑苗民,遏制其进攻。因此起义爆发后,三厅及其附近地区多有白帝天王显灵的故事流传。例如,乾州城破,城乡多遭屠戮,流民塞野。直到次年底,清军才收复厅城。在这段时期内,民间遭到的冲击最为严重,因此这一带广泛流传着白帝天王显灵,救护乾州百姓的故事。

  乾隆六十年苗变,乾州难民纷纷逃匿。西南北三面,群苗聚处,神现天灯,阻塞去路,惟空其东面,逃者得脱。
  六十年苗变,鸦溪附近居民三百余人避苗神庙中。苗至,环立庙外,悍苗欲入庙逞凶,至门中喷血立毙,群苗惊走,以后无敢谋戕庙中难民者。四月初,苗就庙外耕田。难民宵遁,神默护,悉达泸邑。
  苗变,泸民逃散,城为之空。乾难民被追急,相与议守泸城,以暂避之。是夜,群梦神示曰:"尔辈暂处泸城,但虎头桥要隘,即宜守

[①] (清)蒋琦溥修,林书勋续修,张先达续纂《乾州厅志》卷四《典礼》,清同治十一年修、光绪三年续修本。

第六章　清代民间流传与官方主导下的天王叙事 | 201

之，我能默佑尔辈也。"次早述梦同，即议丁壮四十人守隘。苗众果蜂拥来，寡不敌众，正危急间，天暴风雨驰骤，苗摧折落岸溺毙者多，始退窜。①

在起义过程中，永绥厅城亦是苗民重点围攻的对象，幸得官兵和士民坚守，城池未破，而民间却将保城功绩归于天王神力。

又永绥当贼苗围攻之始，忽有杨姓民妇升屋矗立，大言天王神降，指命守御机宜，一时枪炮所发，击毙无算。小西门外，向建神庙，侦闻苗匪滋事之先日，永绥官民敬请五色神蠹，分列各门。苗率众潜来，因见各门大蠹飘扬，灯火如星列周城，若有百万雄兵之势，遂不敢攻击而退。以故绥城攻围八十余日，援兵始至，贼苗攻城二十余次，皆以日，不敢以夜。又苗匪肆逆后，并将各处所建庙宇概行焚毁，有贼目窃着神袍，乘马挥众攻城，马忽向城直奔，十余贼收勒不住，因而俱毙枪炮之下。神之威灵，其显且速者复如此。②

乙卯之役，永绥事起仓卒，未及经营守备。时城中有民妇自言为神所凭依，连缀衣裙，揭竿为旗，登城大呼，执桴鼓誓众，为守御计，凡所指挥，动中机宜，虽妇人女子随其后者，莫不懦者立，弱者强，民气顿增百倍，故被围七十日而城竟无恙，及福、和二大帅讨逆师至，贼披靡四窜，围遂解。视其人，则蠢然一妇人而已。问以前事，茫然不省，是岂非聪明正直、捍卫社稷而为户祝所必及者乎？③

乾隆乙卯，逆苗攻城危急，时里民杨洪妻某氏诣天王庙虔祷曰："神素著灵异，苗人慑服。今凶逆若此，何不殛之？"氏归，神忽附其身，自称天王下降，教众以御贼之方。众未之信，而贼至，氏辄先知

---

① （清）蒋琦溥修，林书勋续修，张先达续纂《乾州厅志》卷四《典礼》，清同治十一年修、光绪三年续修本。
② （清）黄应培修，孙均铨、黄元复纂《凤凰厅志》卷五《典礼》，清道光四年刻本。
③ （清）周玉衡等修，杨瑞珍纂《永绥直隶厅志》卷二《营建门·坛庙·三侯庙碑记》，清同治七年刻本。

之，即揭裙为旗，衣蟒衣，率其侪登城巡守。贼枪矢不能中，众始神之。一日，氏告官兵曰："明日贼倾巢来犯，将用三角碉（形似吕公车）攻城，城必难保。我兵宜先作降，将城中火药运出送贼，彼将深信不疑。俟诱集城下，我兵先备火弹千余，出其不意，一齐急抛放之，贼必大厄，城可无恙也。"翌日，登城而望，贼果蜂拥鸱张，倾巢大至，军民乃悉如其计以待之。贼众焦头烂额不可胜数，各鸟兽散。方贼盛时，城中夜见白气一团，盘旋空际，居民惶惧，氏曰："贼中有白莲教，此其妖氛也。"使众掷以不洁物，而自以犬血涂箭镞，引弓射之，气遂灭，俯视地上，有血点。自后，贼势渐解散。①

除乾、永两厅外，湖南保靖和贵州松桃一带也流传着白帝天王显灵救民的故事。

牛角山，在县东十里，两峰高耸，尖秀若牛角，故名。乾隆六十年苗变，土人避此山，天王显圣保全，后因建庙其上。②

四都，天王庙二。一在水荫场。嘉庆初年董、林二人募建，左建观音寺。一在那洞，乾隆六十年苗变，土人避住山中，天王显圣保全。苗退后，民人周永林、方天德募建。③

乾隆六十年春，黔楚苗匪滋事，贵州噢脑汛，仓猝之间，既属兵少，土筑围墙，复属低薄，屡经贼匪攻击，势已危迫。一日，苗匪大至，兵民警惧，颇系存亡。贼众忽见赤面大将，带领多兵，乘障御敌，知为神之灵显护救，遂惊退，不敢复攻。④

在凤凰厅，苗民火攻厅城而久不能破，民间因此亦流传着白帝天王显灵，扑灭大火，挽救厅城百姓性命的故事。

---

① （清）周玉衡等修，杨瑞珍纂《永绥直隶厅志》卷六《丛谈》，清同治七年刻本。
② （清）林继钦、龚南金修，袁祖绶纂《保靖县志》卷二《山川》，清同治十年刻本。
③ （清）林继钦、龚南金修，袁祖绶纂《保靖县志》卷六《坛庙》，清同治十年刻本。
④ （清）黄应培修，孙均铨、黄元复纂《凤凰厅志》卷五《典礼》，清道光四年刻本。

凤凰厅城于大兵未到之先屡被贼围，东门城楼着火，正危急间，见有神鸦无数，沿郭飞鸣，火遂熄，士民咸以为神力呵护。①

有意思的是，这一天王灵验故事与当时的实际情形完全相悖。周凯《内自讼斋文集》记载：

二十五日戊申昧□，苗集如蚁，四山齐下，以竹梯攻西门，掷石击退，转攻南门，焚东门民业，油苗以油泼城，焚陷五丈余。君（徐大伦）率民抵御，伤右耳，加薪陷处，火益烈，苗不能上，坚拒至四更。②

可见，当夜苗民焚陷厅城东门一带，徐大伦担心苗民由此处破城，故让人在东门焚陷处加薪，使火势变大，以阻止苗入。结果这一办法很奏效，城内兵民得以坚持到四更。事后，官民在讲述这个经过的时候，口风却完全改变，将"人为助火阻止苗入"说成"天王灭火保城不破"。这点特别耐人寻味，其目的当是渲染天王神力。官民通过借助天王神力来威慑周边的苗民，以防止其再来攻城，在事后编造了这样一个与事实完全相悖的故事。而苗民原本就敬畏白帝天王，事后再听说厅城有天王护佑，是其扑灭了大火才导致攻城失败，必会更加忌惮。从这个意义上说，我们不应该纠结于神明显灵到底是真是假这样的问题，或者简单地批评这样的记载和故事反映出的一种迂腐、落后的迷信思想，而应该去理解当时官民编造和传播这一显灵故事的原因及意义。

特别有意思的是，恰恰是这样一个编造出来的显灵故事，在后来使得白帝天王从一个地方性的土神成为进入国家祀典的正神。嘉庆二年（1797）初，大规模的苗民起义被扑灭，各地绅民纷纷向地方官反映白帝天王的神迹，要求对神明给予褒奖。这一诉求经厅道官员转禀，为总督、巡抚等地方大员所知晓。为抚顺民情，是年五月初十，湖广总督毕沅、湖南巡抚姜

---

① （清）黄应培修，孙均铨、黄元复纂《凤凰厅志》卷五《典礼》，清道光四年刻本。
② （清）周凯：《内自讼斋文集》卷二《书徐君镇箪御苗事》，清道光二十年刻本。

晟、湖南提督鄂辉，以白帝天王在贵州嗅脑汛和湖南凤凰厅显灵为主要理由，向朝廷奏请赐其封号并载入祀典。

> 臣毕沅、姜晟、鄂辉跪奏，为恭恳圣恩，敕封神号，以妥灵聿，而靖边闾，仰祈睿鉴事。窃照湘南苗疆地方向有神庙，土人称为白帝天王。奉祀颇虔，由来已久。乾隆六十年，黔楚苗民不靖，福康安督兵攻克嗅脑汛城，曾荷神灵聿昭显应，当已奏明，咨会在案。嗣凤凰厅城于大兵来到之先，屡被贼围，东门城楼着火，即有神鸦沿郭飞鸣，火遂灭熄。士民人等咸以神力呵护，莫不啧啧称奇。兹臣等考诸志，载后汉时有杨姓弟兄三人，英勇过人，屡败苗众，殁后设庙祀之。苗人至今畏服，称为白帝天王。查神之袭封名号，虽祀典未载，史册无征，而庙食多年，既为民苗信服，默垂感佑，实已昭然不爽。伏思我朝积德累仁……凡遇大兵所到，即蛮荒边徼之神，亦知默效感灵、用彰天讨。臣等采访舆论欣庆之余，弥增敬畏，理合仰恳圣恩，俯顺舆情，敕封神号，俾灵聿显应，边闾永靖，为此恭折具奏，伏祈皇上睿鉴。谨奏。①

五月二十二日，奏折到达礼部，朱批礼部与军机大臣会议。五月二十七日，经礼部与军机大臣会议，通过了毕沅等人的奏请，并向皇帝请旨敕封白帝天王杨氏三兄弟为"宣威助顺靖远侯、镇远侯、绥远侯"。

> 大学士公臣阿桂等谨奏，为尊旨议奏事。内阁抄出湖广总督毕沅等奏湖南苗疆白帝天王神请敕封神号一折，本月二十二日奉朱批：军机大臣会议该部议奏，钦此。该臣等会议得：据该督等奏称：窃照湖南苗疆地方向有神庙，土人称为白帝天王。奉祀颇虔，由来已久。乾隆六十年，黔楚苗民不靖，福康安督兵攻克嗅脑汛城，曾荷神灵聿昭显应，当已奏明，咨会在案。嗣凤凰厅城于大兵来到之先屡被贼围，东门城楼着火，即有神鸦沿郭飞鸣，火遂灭熄。士民人等咸以神力呵护，莫不啧啧称奇。考诸志载后汉时有杨姓兄弟三人，英勇过人，屡

---

① 《嘉庆二年五月初十日毕沅等奏》，中国第一历史档案馆藏《苗民起义档》。

败苗众，殁后设庙祀之。苗人至今畏服，称为白帝天王。查神之袭封名号，虽祀典未载，史册无征，而庙食多年，既为民苗信服，默垂感佑，实已昭然不爽。理合仰恳圣恩，俯顺舆情，敕封神号等语。

臣等谨按祭法，有云能御大灾则祀之，能捍大患则祀之。又例载各省庙祀，果有捍御保障之功应请封号者，许该督抚查明题请等语。今湖南苗疆白帝天王神庙既据该督抚等奏称系后汉时杨姓兄弟三人，英勇过人，屡败苗众，殁后设庙奉祀，苗人至今畏服。当福康安攻克嗅脑汛城时已昭显应。嗣凤凰厅城屡被贼围，城楼着火，即有神鸦飞鸣，火遂灭熄等语，是神威濯久，已震慑苗疆，而显异效灵，聿昭助顺，实有捍御保障之功，应如该督等所请，敕封神号，以妥灵爽而顺舆情。臣等谨拟敕封杨姓兄弟三人封号，均冠以宣威助顺四字，再各系以侯爵，长为靖远侯，次为镇远侯，又次为绥远侯，恭候命下，再由内阁照例撰拟敕书，发交该督等敬谨办理。谨将会议缘由恭折具奏，请旨。①

同日，白帝天王拟封神号获准。② 次年（嘉庆三年，1798），朝廷对白帝天王的祭祀规格和仪式也作了明确的规定。

  祭期 嘉庆三年颁定，岁以春秋二仲月上巳日致祭。
  陈设 帛一（白色）、爵三、簠二、簋二、笾十、豆十、羊一、豕一、灯二、炉二、尊一、香盘一。
  仪注 祭日，主祭各官著公服将事，行二跪六叩首礼，余与祭龙神祠同。
  祝文 惟神情切同胞，义重偕作，竭力以捍边陲，威慑蠢类，执戈以卫社稷，功在生民，荣膺褒封，光垂祀典，伏愿英灵显赫，格兹有苗，毋肆蛇豕之顽，永锡岩疆之福，尚飨。③

---

① 《嘉庆二年五月二十七日阿桂等奏》，中国第一历史档案馆藏《苗民起义档》。
② 参见《清仁宗实录》卷十七，嘉庆二年五月丙寅。
③ （清）蒋琦溥修，林书勋续修，张先达续纂《乾州厅志》卷四《典礼》，清同治十一年修、光绪三年续修本。

从清朝对白帝天王的敕封过程可以看出，地方督抚官员在向朝廷请封这一神明时主要参考了地方志的记载。然如前所述，乾隆年间各地方志对此神的记载不一，颇为混乱，最后督抚等人不得不采取折中的办法，称白帝天王"系后汉时杨姓兄弟三人，英勇过人，屡败苗众，殁后设庙奉祀，苗人至今畏服"。其中，称白帝天王为杨姓三兄弟显然是来自段汝霖等人所纂志书的记载。而称其为后汉人，则是受王玮所引《后汉书》记载的竹王故事的影响。

嘉庆二年（1797）的敕封，大大提升了白帝天王的区域影响力。在此后三厅及附近地区的平乱、御灾过程中，白帝天王又因各种灵验故事被朝廷多次增加封号。①

1. 道光十七年（1837）加封"灵应"二字

道光十一年（1831）底，湖南江华爆发赵金龙领导的起义，义军接连战胜官兵。朝廷准备增调常德水师及靖州八旗军，但因二者不习山战而作罢，最后改调镇筸官兵前往助战，并于次年五月将起义扑灭。据说，镇筸官兵出发前从当地天王庙中请出大旗携往征战，战时白帝天王显灵，帮助官兵迅速平定了这次起义。

> 道光十二年，永州新田猺逆赵金陇畔（叛），乾州协奉调征兵二百五十名赴剿。统带都司郭宏升率领征兵诣天王庙请纛。郭久经战阵，奉令先入，离贼巢羊泉近，扎营壕墙。甫成，贼约数千人层层围裹三昼夜，郭安详镇定，令士卒勿惊，俟贼近乃施枪炮。贼扑数次，约至壕即退，营中不解其故。后大兵集，内外夹攻，贼大败，生擒贼数人讯供，始知贼日夕闻乾州协营内兵戈声，疑有兵数千之多，不敢近，共见三金甲神立营前，众乃知天王呵护也。②

道光十四、十五年（1834、1835），凤凰、乾州、永绥等地遭遇旱灾、

---

① 以下有关白帝天王历次加封的史料，如无特别注明，均来自（清）侯晟、耿维中修，黄河清纂《凤凰厅续志》卷一《典礼》，清光绪十八年刻本；（清）陈鸿作等修，杨大诵、易燮尧纂《黔阳县志》卷二十二《礼书四·杂祀》，清同治十三年刻本。
② （清）蒋琦溥修，林书勋续修，张先达续纂《乾州厅志》卷四《典礼》，清同治十一年修、光绪三年续修本。

蝗灾。民间传说官民在向白帝天王祈祷之后，灾情得到了缓解。道光十六年（1836），镇筸爆发兵变，戕毙官员，不久叛兵钟潮栋等七人迅即落网。据说，官兵缉凶时向白帝天王默默祈祷，天王显灵，使钟潮栋等人的火枪不能施放，于是凶犯很快被官兵缉获。

为感谢神佑，道光十七年（1837），凤凰厅士绅、百姓纷纷请求增加白帝天王封号。其请求由同知姚华佐详禀，湖南巡抚讷尔经额上奏朝廷。

> 湖南向有三侯神庙，乾隆六十年黔楚苗众不靖，屡著灵异。嘉庆二年经前大学士臣福安康等奏请敕封侯爵，冠以"宣威助顺"字样。数十年来，威灵益著，水旱灾祲，有祷辄应。道光十二年江华傜匪赵金陇滋事，镇筸兵勇叩请神旗，持赴洋泉，到处克捷。上年凶犯钟朝栋等滋事，众兵默祷，贼枪火灭，束手就缚。本年四月，镇筸阴雨兼旬，赴庙祈祷，即日晴霁。凡此默垂庇佑，良由圣王在上，百灵效顺。据该处绅耆、兵民呈请，由司道会议奏请，仰恳天恩赐加封号。①

经礼部议复，皇帝允准，朝廷同意为白帝天王加封，在其原有封号中增加"灵应"二字，称"宣威助顺灵应靖远侯、镇远侯、绥远侯"。

2. 道光二十七年（1847）加封"保安"二字

乾、凤、永三厅苗民田土多险瘠，易被水冲沙压，加上道光十四、十五年（1834、1835）以来又连续遭到旱灾、蝗灾的影响，收成大减，同时苗民要向官府缴纳沉重的屯租，于是引发了抗租斗争。道光二十四年（1844），乾州厅苗民石观保、杨贵儿、杨光明、石八儿、杨正富、杨老文等歃血为盟，组织苗民结成款伙，以人多者为大款首、人少者为小款首，各款联合起来抗租。道光二十六年（1846），朝廷一面安抚款苗，一面欲解除款伙，遭到抵抗。道光二十七年（1847）十月，石观保等款首带领款众在杨孟寨筑城，在莪栗坡、劳袖、葫芦等地设卡置栅，并派遣杨光明长子杨昌富率领款众前往永绥厅补毫屯仓开仓放粮，同时洗劫了芷耳寨土守备龙大用、石老才等大户人家。十一月，永绥厅干溪，凤凰厅龙朋、科甲等

---

① （清）陈鸿作等修，杨大诵、易燮尧纂《黔阳县志》卷二十二《礼书四·杂祀》，清同治十三年刻本。

寨，看见杨孟寨抗租获得成效，纷纷加入。官府见状，遂调集大兵镇压。十二月，款众攻打鸭堡、暴木二寨，被击退。官兵乘胜攻克龙朋、科甲，擒获其首领。永绥、乾州各款众见状投降，石观保等款首被官兵擒获处决。①

据说，在平定这次苗民抗租斗争过程中，白帝天王再次显灵，帮助官兵擒获了款首石观保等人，解除了地方危机。故凤凰、乾州二厅绅民又一次请求增加白帝天王封号，经辰沅道吕恩湛详禀，总督裕泰、巡抚陆费瑔奏请，朝廷同意为白帝天王加封"保安"二字，称"宣威助顺灵应保安靖远侯、镇远侯、绥远侯"。

3. 咸丰六年（1856）晋封三王

咸丰四年（1854）五月，太平军一路北上，攻破湖南常德府府城。为防止太平军从常德顺沅江而上，官兵在辰州府沅陵县东辰龙关设防堵御。有人传说太平军至，白帝天王随即显灵，将其吓退，"神斾显灵，贼锋迥窜"②。也有人传说，夜间有白帝天王带领千军万马驰援之声，太平军闻之不敢前进，随即撤退，"夜闻万马驰骤有声，显为神助"③。

同年，永顺府爆发了彭盖南等人领导的农民起义，遭到清军镇压。彭盖南兵败而亡，其田地、家产以反叛名目追没入官。④ 民间亦传说是白帝天王显灵，导致了彭氏的失败，"十一月，永顺县逆首彭盖南攻沅城，忽城上旌旗遍列，贼疑大兵厚集解围，旋授首"⑤。

基于上述原因，咸丰五年（1855），辰州、永顺等府厅县百姓纷纷请求对白帝天王进行加封，经辰沅道翟诰详禀，巡抚骆秉章于是年九月十五日向朝廷奏请为白帝天王加封王爵。

> 后汉时有杨氏兄弟三人，英勇过人，屡败苗众，后人立庙奉祀。咸丰四年，粤匪攻陷常德府城，辰州戒严，经护理辰沅道翟诰亲代兵勇堵御，先期贼闻辰龙关有苗兵万余，不敢上窜，后询土人，咸称夜

---

① 参见（清）侯晟、耿维中修，黄河清纂《凤凰厅续志》卷六《兵防志》，清光绪十八年刻本。
② （清）侯晟、耿维中修，黄河清纂《凤凰厅续志》卷一《典礼》，清光绪十八年刻本。
③ 咸丰六年正月二十四日《礼部尚书瑞麟等奏为尊旨议奏湖南苗疆三侯神庙加封王爵事》，中国第一历史档案馆藏档案，档案号：03-4175-002。
④ 参见胡履新等修，鲁隆益、张孔修纂《永顺县志》卷二十六《武备志》，民国十九年铅印本。
⑤ （清）陈鸿作等修，杨大诵、易燮尧纂《黔阳县志》卷二十二《礼书四·杂祀》，清同治十三年刻本。

闻万马驰骤有声，显为神助。是年十一月，永顺县土匪彭盖南等攻扑郡城，势甚猖獗，该匪等忽见城上遍植旌旗，兵勇无数，贼疑大兵厚集，未敢近攻，旋得援兵解围，逆匪授首，迅速蒇事，皆出于神力呵护……请敕加封王爵。①

经礼部议奏，咸丰皇帝于六年（1856）三月十五日允准地方奏请，将白帝天王从三侯晋封为三王，称"宣威助顺灵应保安靖远王、镇远王、绥远王"。

湖南永绥厅宣威助顺灵应保安靖远侯、镇远侯、绥远侯三神久列庙祀，屡著灵感，兹复叠昭显应，屡却贼氛，洵能御灾捍患，有功于民者，晋封为宣威助顺灵应保安靖远王、镇远王、绥远王以答神庥。钦此。②

4. 咸丰七年（1857）加封"显佑"二字

咸丰年间太平天国运动爆发，清廷为解决战事频繁、财政吃紧的问题，将农民纳粮改为折算银钱征收，"折征"后负担比之前增长数倍，引起了农民的不满。咸丰五年（1855）九月，贵州铜仁府举人徐廷杰、梅继鼎、夏昶、吴劳苟等带领上五峒百姓，发动了反对"折征"的农民起义。义军以青莲教为组织，使用红色头巾为号，故又称红号军、教军。红号军于当年十月初首先占领了铜仁府城，又先后攻占黔东北松桃厅、思南府、思州府、石阡府、印江县、玉屏县、清溪县，然后分兵进攻湖南凤凰厅、永绥厅、沅州府以及四川秀山等地。

十一月十一日，数万名红号军进至凤凰西南乐濠一带（距城约三十里），击溃驻守在当地的凤凰举人吴自烈部，直逼镇城。镇筸总兵紧急布防，扎营屯兵于城上，伏土兵于西北郊，伏营兵于观景山，伏练勇于对河沙湾，约定待红号军至城响枪同时夹击。次日天未明，红号军抵达城西南十里之菖蒲塘，天明后分西、南、东三路进攻镇城，皆被筸兵击溃。是日傍晚，红号军撤回城西南二十里之廖家桥修整。十八日，红号军再度攻城，

---

① 咸丰六年正月二十四日《礼部尚书瑞麟等奏为尊旨议奏湖南苗疆三侯神庙加封王爵事》，中国第一历史档案馆藏档案，档案号：03-4175-002。
② 咸丰六年正月二十四日《礼部尚书瑞麟等奏为尊旨议奏湖南苗疆三侯神庙加封王爵事》，中国第一历史档案馆藏档案，档案号：03-4175-002。

被埋伏在南华山顶的箪兵挫败。二十一日，红号军再次发起进攻，遭到箪兵左右两路夹击后溃败，向西南方向返回铜仁。箪兵一路追击，至铜仁、凤凰交界处布防。此后，箪兵被朝廷调往铜仁攻剿，于咸丰六年（1856）正月彻底击败徐廷杰等领导的红号军。①

事后，凤凰一带民间传说在这次抵御红号军来犯和前往铜仁扑灭红号军的过程中，白帝天王又一次显灵，帮助官兵，使之获得胜利。

> 是年十月，铜仁教匪攻镇箪，兵民破贼至回龙关，余逆窜廖家桥，见无数黑旗、枪炮动地，连日夜走回铜仁。又所获贼首供称攻城时有长须三大汉，横枪瞋目，督勇往来。既剿贼入巢，兵饥乏食，祷于神，掘地得薯，赖以集事。②

咸丰六年（1856），凤凰厅官兵、绅民请求辰沅道翟诰禀报天王灵验事迹，为其增加封号。后经湖南巡抚骆秉章奏请，咸丰七年（1857），朝廷同意为白帝天王加封"显佑"二字，称"宣威助顺灵应保安显佑靖远王、镇远王、绥远王"。

5. 同治二年（1863）加封"护国"二字

咸丰十一年（1861）九月，太平军石达开部抵达湖南会同一带。十月二十日，会同县被攻陷。十一月初二，太平军进至黔阳县城西南沅江南岸，准备搭造浮桥过江攻城。城勇出击毁桥，被击退。是日夜，太平军渡江到达北岸城下，遇到大雾，听见城上金鼓炮石声甚壮，未敢贸然出击。直至初四黎明雾散，太平军方始进攻。黔阳知县黄杰命城上绅弁严守，自己带领幼子及兵勇朱得贵、杨起凤等出东门迎战，遇太平军于演武厅，朱得贵战死，太平军败退至城北二十里怦溪一带。初七，援军到达黔阳，多路夹击石达开部。太平军不敌，由双溪铺败走榆树湾，到达泸溪县浦市，又遭清军阻击，遂从小路经过乾州厅、永绥厅、永顺府，进入湖北来凤县。③

---

① 参见（清）侯晟、耿维中修，黄河清纂《凤凰厅续志》卷六《兵防志》，清光绪十八年刻本。
② （清）陈鸿作等修，杨大诵、易燮尧纂《黔阳县志》卷二十二《礼书四·杂祀》，清同治十三年刻本。
③ （清）陈鸿作等修，杨大诵、易燮尧纂《黔阳县志》卷二十二《礼书四·杂祀》，清同治十三年刻本。

事后，据一些被太平军俘虏后逃回的人说，太平军攻城时，忽然间城上黑旗兵密布，将来犯的太平军吓退，众人皆认为是白帝天王等神明显灵，挽救了黔阳城内的官兵和百姓。

> 初四日黎明，雾散，转回攻城。杰命绅弁登陴固守，而自与其幼子并勇属朱得贵、杨起凤等率众出东门，遇贼于演武厅，朱得贵战死，贼稍怯，乘势力追，四城呼声动地。贼望见黑旗兵密布城上，不敢还扑，时城上固无黑旗也（按，自贼中逃归者云云，人谓有神庇，见天王庙及刘孟将军祠事迹），北窜二十里，大掠㣲溪一带，居民多遭焚戮。①

此外，又有人说看见太平军围城时，城上有白帝天王的白、红、黑三色大旗飘扬，使得攻城的太平军自相践踏，死伤无数，最终撤退并逃窜，于是黔阳及附近州县得以保全。

> 十一年，粤逆石达开攻陷会同、泸溪，又攻黔阳，见城上白、红、黑色旗势甚张，逼近自相践踏，伤毙无数，遂由榆树湾、浦市、泸溪小路窜永绥，凡近邑邻县得以无虞。②

为感谢白帝天王的护佑，同治元年（1862），被太平军袭扰的黔阳、麻阳二县及乾、凤、永三厅的士绅、民众，分别请其知县、同知禀报白帝天王显灵的事迹。为抚顺民情，黔阳知县黄杰、麻阳知县荣怀珍、乾州同知恩绶、凤凰同知俞晟、永绥同知陈秉钧详禀湖南巡抚毛鸿宾，经其奏请加封白帝天王封号。③ 同治二年（1863），朝廷同意为白帝天王加封"护国"二字，称"宣威助顺灵应保安显佑护国靖远王、镇远王、绥远王"。

---

① （清）陈鸿作等修，杨大涌、易燮尧纂《黔阳县志》卷五十六《载记·粤逆》，清同治十三年刻本。
② （清）陈鸿作等修，杨大涌、易燮尧纂《黔阳县志》卷二十二《礼书四·杂祀》，清同治十三年刻本。
③ （清）侯晟、耿维中修，黄河清纂《凤凰厅续志》卷一《典礼》，清光绪十八年刻本。

（三）白帝天王及其故事传播

从嘉庆二年（1797）至同治二年（1863），白帝天王因为各种灵验故事，先后获封6次。与华琛（James L. Watson）研究的东南沿海天后信仰类似[①]，经过"标准化"了的白帝天王从一个地方小神成为国家认可的神明，其信仰圈日益扩大，故事也随之传播到湘西以外更远的地方。为清楚地说明这种变化，以下将从嘉庆前后白帝天王庙的分布出发进行梳理和比较。

1. 嘉庆以前白帝天王庙宇的地域分布

就目前所见，最早明确记载白帝天王的文献是明嘉靖年间的《湖广图经志书》。

> 鸦溪，在县西北镇溪千户所西一十五里，水自崇山发源，其流合武溪。鸦溪中有石穴者七，渊深莫测，名为龙井。溪之傍有鸦溪神庙，其神为白帝天王。每岁六月巳日起至巳日止，忌穿红、张伞、吹响器，山林溪涧虽有禽兽行走并鱼跳跃，人不得名，亦不敢取。[②]

这条材料记载了明代白帝天王及其庙宇和祭祀习俗的情况，也反映出明代白帝天王信仰流行的范围即在镇溪千户所及其周边。镇溪千户所建于明洪武年间，东与辰州府卢溪县相连，西为湖、贵苗族聚居区域，北与保靖、永顺两宣慰司（清永顺府）相邻，南接箪子坪、五寨两长官司地（清凤凰厅）。其范围相当于清代的乾州和永绥两厅，即今天的湖南湘西吉首、花垣两地。从嘉靖《湖广图经志书》的记载来看，雅溪天王庙至少在明嘉靖以前就已存在了。结合前面章节的分析，这座天王庙应是元代从当地土神庙改造而来。至万历年间修《辰州府志》时，雅溪白帝天王庙又一次被地方官所提及。

[①] James L. Watson, "Standardizing the Gods: the Promotion of T'ien Hou ('Empress of Heaven') Along the South China Coast, 960 – 1960," in David Johnson, Andrew J. Nathan, and Evelyn S. Rawski (eds.), *Popular Culture in Late Imperial China*, Berkeley: University of California Press, 1985, pp. 292 – 324.

[②] （明）薛纲纂修，吴廷举续修《湖广图经志书》卷十七《辰州府·山川·卢溪县》，明嘉靖元年刻本。

鸦溪，在县西二百六十里，水自崇山发源，其流合武溪，经邑东注与沅水合。溪有石穴者七，渊深莫测，名为龙井。溪傍有庙，其神相传曰（白）帝天王，每岁不（六）月祀之，以巳日起至巳日止，忌穿红、张伞、吹响器，山林溪涧虽有獐兔鹿行走并鱼跳跃，人不敢取其物，犯者即死，此则夷俗相习成风，客土之人莫能违之，岂地幽神灵，抑人心疑畏，遂因以戒之欤？此则理之不可解者。加地曰：按，三省大征后，伐树直过庙趾，又不见有日之利害，想神之灵显亦自有数，渐就消灭，不卜可知也。①

从字面上看，这条材料是在嘉靖《湖广图经志书》记载的基础上修订而成的。材料最后增加了万历年间辰州推官侯加地的一条按语。此按语提到三省大征，伐树过庙，扰及白帝天王，但并未有任何灵异之事发生；因此他认为白帝天王并未如民间所言一般灵应威严。有学者根据这条按语，认为其中的"三省大征"指的是宣德八年（1433）总兵官萧授征讨湖贵苗民的军事行动，由此认为迟至宣德八年雅溪便有了天王庙。② 这一看法欠妥，事实上，除了明宣德年间镇筸一带有过三省大征外，明嘉靖年间亦有过三省大征。嘉靖二十四年（1545）以来，贵州苗龙许保、吴黑苗与湖广镇筸腊尔山苗联合袭扰二省，嘉靖二十七年（1548）朝廷特设湖、贵、川三省总督，命张岳任之，统帅三省汉土官兵征剿。③ 张岳到任后，先后多次发三省之兵出征，"初，岳于二十九年冬督集三省兵会剿诸苗，夷殄甚众，入春散兵后遂以捷奏"④。嘉靖三十年（1551）三月，"总督湖广川贵右都御史张岳督集三省汉土兵分哨剿苗"⑤。因此，不能简单地认为侯加地提到的"三省大征"即宣德八年（1433）的军事行动，侯加地所指亦有可能是嘉靖年间的军事行动。而且从逻辑上判断，后者的可能性更大。假设"三省大征，伐树过庙"发生在宣德年间，为何成书较早的嘉靖《湖广图经志

---

① （明）马协修，吴瑞登纂《辰州府志》卷三《山川》，明万历二十五年刻本。
② 参见陆群《明清时期湘西天王庙地理分布及其扩展原因探讨》，《青海民族研究》2017年第4期。
③ 《明世宗实录》卷三百三十七，嘉靖二十七年六月丁未。
④ 《明世宗实录》卷三百九十一，嘉靖三十一年十一月辛丑。
⑤ 《明世宗实录》卷三百七十一，嘉靖三十年三月丙申。

书》未言及此事，反而成书较晚的万历《辰州府志》却提到此事？这颇令人不解。相反，此事发生在嘉靖张岳总督三省时期是颇有道理的。因为，《湖广图经志书》刻于嘉靖元年（1522），假设"三省大征，伐树过庙"确实是发生在张岳总督三省时期（嘉靖二十七年以后），该志书显然不可能有对这一军事行动的记载，只有万历年间修纂的《辰州府志》才有可能提到这件事。所以，"三省大征，伐树过庙"之事，应当是指嘉靖年间的军事行动。因此，由上述材料并不能得出迟至宣德八年（1433）雅溪便有了天王庙的结论。

以上引自嘉靖《湖广图经志书》、万历《辰州府志》的两条材料皆表明：明代白帝天王庙的数量有限，主要集中分布在镇溪千户所一带，即今湘西吉首及其附近的地区。直到清初顺治年间，镇溪千户所以东的泸溪县才有了第一座天王庙。康熙《泸溪县志》对此事进行了记载。

> 鸦溪，邑西二百六十里，其水自崇山发源，所流合武溪，经县东注与沅水合。溪傍有庙，其神相传为白帝天王，每岁六月祀之，以辰日起至巳日止，禁忌甚严。时有水陆诸物，皆不敢取，犯者灾不可言。岂地幽神灵，抑人心疑畏，遂因以戒之欤？此则理之不可解者。续因三省大兵经后伐树过庙，不似昔日之严。复于本朝顺治十三年六月内，显应于本邑城内，遂立庙于城北，或神之由此聚欤？散欤？未可知也。①

其建庙原因不详。但从时间上看，顺治十三年（1656）刚好是南明永历政权与清政权在湖南、云贵一带拉锯的时期。据《东华录》记载，顺治十三年（1656）"十月，阿尔津奏：克复辰州，土司彭宏澍籍所属三州六司三百八十洞户口以降"②。而泸溪刚好是辰州府辖县，因此，建庙的原因很可能与当时的战乱有关。

康熙五十二年（1713），辰沅靖道周文元受命巡视乾、凤二厅，在由乾入凤途中的靖疆营发现一座天王庙。③ 乾隆《凤凰厅志》对此庙的记载比较

---

① （清）邵时英修，余廷兰纂《泸溪县志》卷三《山川》，清康熙六年刻本。
② （清）蒋良骐：《东华录》卷七，顺治十三年十月，鲍思陶、西原点校，齐鲁书社，2005，第111页。
③ （清）侯晟、耿维中修，黄河清纂《凤凰厅续志》卷一《典礼》，清光绪十八年刻本。

详细。

> 天王庙，坐落靖疆营，离城三十里，庙宇三间，头门三间，照墙一座。墙外系民田，其田坪约宽二百步，田外为往来大路。又设拜亭一座于大路之旁，亭左右各离半里许俱设石刻下马碑，舆马过者必下，相沿久矣。①

此庙的具体建修时间不明，但至少在明代就已经存在。道光《凤凰厅志》记载："乌引殿，厅东北四十里，群乌拥香炉于此，厅人因之建祠祀土神（《田氏传边录》），即今靖疆营三侯庙是也。"②《田氏传边录》是明代五寨土司田氏记载的关于当地社会情况的资料，今已不传，但清人修地方志时多从其中补录明代材料。由此可知至少在明代就有此庙。根据以上分析，明中期到清康熙年间，白帝天王庙仅分布在明代镇溪千户所、五寨司和泸溪县一带。

雍正年间，湘西地区改土归流，明代镇溪千户所统辖的上六里苗民被招抚后，在其地设永绥厅管理。至乾隆年间，永绥厅共有三座天王庙，"永绥厅竹王庙，一名显灵庙。一在小西门外里许。一在城西四十里隆团，雍正十年里民建。一在城西五十三里。俗称白帝天王"③。其中，小西门外一座为总兵周一德在雍正年间招抚苗民后所建；隆团一座为民间在雍正时期建立；余一不详。

乾隆年间，白帝天王庙的数量又有所增加。乾隆三年（1738），湖南慈利县马公渡杨坤甫等人修建了一座天王庙，"天王庙在马公渡，清乾隆三年，杨坤甫等募建，祀辰州丫溪土主白帝天王，有田租三十七石"④。乾隆十六年（1751），由龚思灏捐地，知县郭瑞倡捐，众人在麻阳县城北二里修建起一座白帝天王庙，"竹王庙，土人称天王庙，在北城外二里许。乾隆十六年，里人龚思灏捐城北皂角潭岸地基，知县郭瑞倡捐改建，至今殿宇巍

---

① （清）潘曙等修，凌标等纂《凤凰厅志》卷十《祀典》，传抄清乾隆二十三年刻本。
② （清）黄应培修，孙均铨、黄元复纂《凤凰厅志》卷三《山川》，清道光四年刻本。
③ （清）席绍葆等修，谢鸣谦、谢鸣盛等《辰州府志》卷十八《坛庙考》，清乾隆三十年刻本。
④ 田兴奎等修，吴恭亨纂《慈利县志》十一《祠祀第八》，民国十二年铅印本。文中"丫溪"即"鸦溪"的同音字。

然,声灵赫濯"①。泸溪县自顺治十三年(1656)建庙,至乾隆二十年(1755)修县志时,已经出现了许多天王庙。

> 天王庙,在县治北,杨刘溪、上野茅岭、下欧溪、梛木溪、布条坪、龙形冲俱有之。在野茅岭者,自国朝顺治中建正殿三间,中列神像三,前厅三间,名百神堂。左右厢房、厨房。神肇自鸦溪,俗称白帝天王,极其崇信,凡祈祷辄应,威灵显赫,立致祸福。②

除以上天王庙外,贵州松桃厅城北乡间在乾隆年间亦修建了一座天王庙,"距城北五十里地名曰抵,乾隆年间乡民争山土界,连年构讼,闻湖南镇筸地有天王神素灵显,遂异此神至界所,鸣锣焚香,求示灵应。三日后,地忽分裂数十丈,界限朗然,各畏服。谋送像回楚,卜筶,神不允,遂立庙祀之。至今乡民遇疑难事,咸祷神取决焉。乙卯苗变,附近民居悉烧毁,惟天王庙屹然独存"③。

此外,据乾隆五十年(1785)所刻《续增城步县志》记载,位于该县城南的长安营亦有一座天王庙:"天王庙,在长安营城南,祀杨氏兄弟,甚灵异。"④ 这座庙宇虽名为天王庙,但并非白帝天王庙,而是祭祀元代的杨完者兄弟,"天王庙,在县东南一百三十里长安营,祀元杨完者兄弟"⑤。因此不能算作白帝天王庙。

截至乾隆六十年(1795),有资料可考的白帝天王庙达15座,其情况如表6-1所示。

表6-1 白帝天王庙情况(截至乾隆六十年)

序号	县属	分布地点	建庙时间	资料来源
1	乾州厅	鸦溪	嘉靖以前(元代)	嘉靖《湖广图经志书》

---

① (清)姜钟琇等修,刘士先等纂《新修麻阳县志》卷二《坛庙》,清同治十三年刻本。
② (清)顾奎光修,李涌纂《泸溪县志》卷十四《坛庙》,清乾隆二十年刻本。
③ (清)徐铉修,萧琯纂《松桃厅志》卷三十二《杂识》,清道光十六年刻本。
④ (清)贾构修,易文炳、向宗乾纂《续增城步县志》不分卷,清乾隆五十年刻本。
⑤ (清)巴哈布、翁元圻等修,王煦、黄本骥纂《湖南通志》卷一百八十七《祠庙三》,清嘉庆二十五年刻本。

续表

序号	县属	分布地点	建庙时间	资料来源
2	凤凰厅	靖疆营	明或明以前	《田氏传边录》
3	泸溪县	城北	顺治十三年	康熙《泸溪县志》
4	永绥厅	潮水溪	雍正八年	乾隆《辰州府志》
5	永绥厅	隆团	雍正十年	乾隆《辰州府志》
6	永绥厅	城西五十里	雍正至乾隆间	乾隆《辰州府志》
7	泸溪县	杨刘溪	顺治至乾隆间	乾隆《泸溪县志》
8	泸溪县	上野茅岭	顺治至乾隆间	乾隆《泸溪县志》
9	泸溪县	下欧溪	顺治至乾隆间	乾隆《泸溪县志》
10	泸溪县	椰木溪	顺治至乾隆间	乾隆《泸溪县志》
11	泸溪县	布条坪	顺治至乾隆间	乾隆《泸溪县志》
12	泸溪县	龙形冲	顺治至乾隆间	乾隆《泸溪县志》
13	慈利县	马公渡	乾隆三年	民国《慈利县志》
14	麻阳县	城北二里	乾隆十六年	同治《麻阳县志》
15	松桃厅	城北五十里	乾隆年间	道光《松桃厅志》

除此以外，笔者查阅湘、鄂、渝、黔四省边区嘉庆以前各方志等资料，并没有发现关于白帝天王及其庙宇的记载。以上论述表明该信仰及其庙宇在嘉庆以前分布的范围仅局限在湘西部分地区，以湖南西部乾州、凤凰、永绥、泸溪四厅县为中心，周边个别地区有少量庙宇分布。

2. 嘉庆以来白帝天王庙宇的地域分布

随着嘉庆二年（1797）以来朝廷的陆续敕封，有越来越多的地方接受和祭祀白帝天王，使其庙宇分布呈现扩展的趋势。

首先，在嘉庆以前就已经有天王庙分布的厅县，自嘉庆以后直到清末，其境内各地又增加了不少的天王庙，使得白帝天王的信仰范围得以扩大。例如，乾州厅，除之前的雅溪天王庙外，同治八年（1869），乾州协官兵又在厅城西协营关圣庙之右，新建了一座"三王行宫"。[①]

凤凰厅，除了原有的靖疆营天王庙外，嘉庆以来又陆续增修了很多。

---

① （清）蒋琦溥修，林书勋续修，张先达续纂《乾州厅志》卷三《坛庙》，清同治十一年修、光绪三年续修本。

从嘉庆三年至道光四年（1798～1824），新修天王庙8座，分别位于：东门外观景山、廖家桥、新场、凤凰营、红树坡、新寨、鸭保寨、靖疆营。① 道光四年至光绪十八年（1824～1892），除以上天王庙外，又增修了5座新庙，分别位于：乐濠、长坡卡、茶田、碑田坳、木林坪。

永绥厅，除原有天王庙外，嘉庆元年（1796），总兵张廷彦、戴求仁等在永绥花园河口汛新建有一座天王庙。张廷彦对建庙经过有详细的记载："予统师讨逆，驻节花园，大小凡数十战，师徒安吉，受降乞命者无虚日，加以大师兵威，首逆石三保亦因而俘获，盖神之默佑居多焉。由是拟于驻军之山立庙以祀之，时永顺太守戴君综理军储，遂以商之，亦以为可，因告诸僚属捐俸襄其事，不逾月遂成。"② 文中提到石三保被俘后建庙，不到一个月即建成天王庙。根据档案记载，石三保于嘉庆元年五月被俘③，可知这座天王庙创建于嘉庆元年石三保被俘房后不久。其位置距厅城很近，"天王庙在河口汛，地距城三里，相传神为杨姓弟兄三人，在宋孝宗朝开九溪十八洞有功，锡王爵，土人立庙，尊为白帝天王，极其灵显"④。此外，据宣统《永绥厅志》记载，永绥厅乡村共分为十二个里：上五里、下五里、上六里、下六里、上七里、下七里、上八里、下八里、上九里、下九里、上十里、下十里。⑤ 每个里皆有一座大的天王庙，"天王，各里皆有大庙"，共计新增天王庙12座。此外，由于清代泸溪县在嘉庆以后未续修县志，其新建天王庙的情况不详。

其次，在嘉庆以前就已经存在白帝天王庙的地区之外，嘉庆以后，很多以前没有白帝天王庙的地方也修建了很多天王庙。这使得白帝天王庙逐渐在湖南苗疆三厅以外的广大地区扩展开来，其分布空间呈现以三厅为中心，向四周不断扩展的趋势。

---

① 道光《凤凰厅志》卷四《坛庙》载："三侯祠，在东门外观景山，旧名天王庙。嘉庆三年，同知傅鼐构修正殿三间，前厅一间，左右厢房二间，住房二间，戏台一座，二门三间，头门三间。又于廖家桥、新场、凤凰营、红树坡、新寨、鸭保寨、靖疆营七处，各建庙一座。"

② （清）张廷彦：《三侯庙碑记》，载董鸿勋纂修《永绥厅志》卷十二《营建门三·坛庙》，清宣统元年铅印本。

③ 参见《何琳奏擒获石三保折》，载中国第一历史档案馆等编《清代前期苗民起义档案史料》下册，光明日报出版社，1987，第227～229页。

④ （清）董鸿勋纂修《永绥厅志》卷四《地理门三》，清宣统元年铅印本。

⑤ （清）董鸿勋纂修《永绥厅志》卷四《地理门三》，清宣统元年铅印本。

在三厅以北的永顺府，乾隆二十八年（1763）修毕的《永顺府志》记载："白帝天王之神，不知何所从出，苗人尊奉之，乾、绥各处皆然。今永属四县，苗寨亦多，苗俗无异，然未闻有其庙者。盖此地原系土司之地，土势盛而苗势微也。"① 这说明至乾隆中期，天王庙及白帝天王信仰在永顺府境内并不盛行。乾隆五十八年（1793）修的《永顺县志》依然没有提到土民信仰白帝天王，甚至连天王庙也只字未提。这种状况持续到乾隆末年。然而，经过清中叶以来的社会动荡和白帝天王获封，情况发生了变化，永顺府龙山县出现了这样的记载：

> 白帝天王之神，不知何所从出，苗人尊奉之，乾、绥各处皆然。今永属四县，苗寨亦多，苗俗无异，然未闻有其庙者。盖此地原系土司之地，土势盛而苗势微也（此《府志》云云。今乡村中间有立庙者。详《风俗纪》）。②

虽然上述出自嘉庆《龙山县志》的文字，完全抄录自乾隆二十八年（1763）的《永顺府志》，但修志者还是实事求是地指出了出现的变化，即乡村中偶有修建天王庙的情况。这说明永顺府龙山县以前并不崇信白帝天王，其庙宇也是后来新建的。据嘉庆《龙山县志》记载，截至嘉靖二十三年（1544），龙山县塘坊坡新修了1座天王庙，"天王庙，在县南四里塘坊坡"③。截至同治十二年（1873），龙山县城西又新修1座，共有天王庙2座，"天王庙二，一在城西营地，一在邑南塘坊坡"④。至光绪年间，龙山县又增1座羊角寨天王庙，共有白帝天王庙3座，"天王庙有三，一在城西营地，一在羊角寨，一在邑南塘房坡"⑤。

永顺府保靖县的情况与龙山县相似，在雍正《保靖县志》中找不到任何与白帝天王信仰及庙宇相关的线索。乾隆年间府志亦未提到该县有天王

---

① （清）张天如等纂修《永顺府志》卷十二《杂记》，清乾隆二十八年刻本。
② （清）缴继祖修，洪际清纂《龙山县志》卷十六《杂识》，清嘉庆二十三年刻本。
③ （清）缴继祖修，洪际清纂《龙山县志》卷六《寺观》，清嘉庆二十三年刻本。
④ （清）张天如纂修，魏式曾增修，郭鉴襄增纂《永顺府志》卷五《寺观》，清同治十二年增刻乾隆本。
⑤ （清）符为霖修，吕茂恒纂，谢宝文续修，刘沛续纂《龙山县志》卷十《祠祀下》，清同治九年修、光绪四年续修刻本。

庙。然而同治《保靖县志》当中却有了记载，不过这些天王庙都是在乾嘉苗民起义致使城乡遭到冲击以及白帝天王获封后建立起来的，城乡共计新修6座天王庙。

天王庙，在县北校场后，大河岸边。嘉庆五年，署知县胡如沅建，钦颁宣威助顺匾额。

四都，天王庙二。一在水荫场。嘉庆初，董、林二人募建，左建观音寺。一在那洞，乾隆六十年苗变，土人避住山中，天王显圣保全。苗退后，民人周永林、方天德募建。同治九年，保举蓝翎千总方正邦又建前厅。六都……天王庙在印山台。①

牛角山，在县东十里，两峰高耸，尖秀若牛角，故名。乾隆六十年苗变，土人避此山，天王显圣保全，后因建庙其上。

南无山，在四都，其峰高耸。咸丰乙卯年，居民避寇其上。越癸亥秋，天王显圣，贡生向朝忠等因为立庙。②

显然，永顺府保靖县天王庙不论是官建还是民建，均在嘉庆二年（1797）敕封白帝天王之后。此外，永顺府永顺县、古丈坪厅也是如此。同治《永顺府志》记载，永顺县"天王庙，向在禹王宫后半山。咸丰四年，土匪滋事，著有灵验，移建于教场马王庙右。同治六年，副将廖辰明续修"③。古丈坪厅之前属于永顺县，乾隆年间亦未见有关于白帝天王及其庙宇的记载，咸丰六年白帝天王被敕封为王以后，当地才在城北新建了一座天王庙，"靖远、绥远、镇远三王庙，在厅城北关外，人称天王庙"④。

永顺府以北的湖南永定县，在嘉庆以前没有天王庙。咸丰六年（1856）白帝天王封王以后，当地将城内旧有的马王庙更名为天王庙，并开始了对白帝天王的祭祀，"天王庙，在县城内，旧名马王庙，像祀楚王马殷、殷子

---

① （清）林继钦、龚南金修，袁祖绶纂《保靖县志》卷六《祀典志·寺观》，清同治十年刻本。
② （清）林继钦、龚南金修，袁祖绶纂《保靖县志》卷二《舆地志·山川》，清同治十年刻本。
③ （清）张天如纂修，魏式曾增修，郭鉴襄增纂《永顺府志》卷五《寺观》，清同治十二年增刻乾隆本。
④ （清）董鸿勋纂修《古丈坪厅志》卷二《舆图》，清光绪三十三年铅印本。

希范。同治中，增祀靖远、镇远、绥远三王，更今名"①。

除了三厅以北的永顺府、永定县外，位于今湖北省西南部的恩施地区在嘉庆之前也没有关于白帝天王的记载。之后，则因白帝天王的敕封和白莲教等的起义而建庙。如湖北来凤，"天王庙，一在旧司场，一在县南三十里玛瑙河。教匪、发匪作乱，俱显灵异。案：白帝天王之祀。始于湖南。嘉庆间，湖督某请入祀典，部议从之"②。来凤位于湖北省西南部，与湖南省永顺府龙山县接界，屡受白莲教起义及太平天国运动的影响，因捍御灾患得力而进入祀典的白帝天王也被来凤县地方官建庙祭祀，以求保境安民。与此相似，鄂西南咸丰、宣恩两县，最早亦是在同治年间的地方志中才有了关于天王庙的记载。如同治《咸丰县志》记载："天王庙，在县南五里。"③同治《宣恩县志》记载："天王庙，县西二里。"④

三厅以西的四川酉阳直隶州下辖秀山、黔江、彭水三县。同治《增修酉阳直隶州总志》记载："白帝天王庙。案：白帝天王之祀始于湖南。嘉庆间湖督某奏请入祀典，部议从之……酉阳州，庙在州东八十里蒲海场之三石坪，又东三十里箐子溪之红豆山，又北六十里之小井溪，均有庙，均甚灵应。三县亦间有小祠。"⑤ 这也说明因白帝天王进入祀典，其信仰才逐渐在酉阳地区兴起，而后周边的秀山、黔江、彭水三县民间也开始建祠祭祀。

在三厅以南地区，沅州府芷江县亦是在嘉庆以后建庙的。

> 三侯庙，俗称天王庙，在潕水东岸。乾隆六十年镇算苗叛，三侯显灵，阴助讨平之，辰、沅获庇以安。嘉庆二十四年，杨光藜、杨启泽、刘世超、周仁达、吕廷封、周宜章、尹世昌、丁文光、江万芳等捐募鼎建（道光十一年，刘世超捐香田，土名泥家垅并岩桥窖边地，共粮三亩零）。道光十八年，陈宏业、赵安柏、胡国崇、彭维松、涂月亭等复募修砌堤岸，酬赛者多蒙福云（道光十八年，赵安柏等十二人复置

---

① （清）万修廉修，张序枝纂《续修永定县志》卷十《祠庙》，清同治八年刻本。
② （清）李勋修，何远鉴、张均纂《来凤县志》卷九《建置志·坛庙》，清同治五年刻本。
③ （清）张梓修，张光杰纂《咸丰县志》卷七《典礼》，清同治四年刻本。
④ （清）张金澜修，蔡景星、张金圻纂《宣恩县志》卷八《典礼》，清同治二年刻本。
⑤ （清）王鳞飞等修，冯世瀛、冉崇文纂《增修酉阳直隶州总志》卷九《祠庙三·通祀》，清同治二年刻本。

买香田，土名铠架坡，田十五丘，粮三亩九分，租谷十二石）。①

此外，沅州府晃州厅，嘉庆以前并无天王庙。嘉庆以后增加了 1 座，"天王庙，在平五里散寨"②。沅州府黔阳县，嘉庆以前亦无白帝天王庙，只有一座灵应祠祭祀宋杨濑兄弟三人。嘉庆二年（1797）白帝天王封侯后，道光十九年（1839）黔阳知县龙光甸在新街口新建了一座祭祀白帝天王的"三侯阁"。咸丰十一年（1861），传说白帝天王显灵保护黔阳城不被太平军攻破，知县黄杰又在双溪铺皂角树脚下新建了一座三王庙，用以祭祀白帝天王，"旧有灵应祠，在下南门外。一在新街口，道光十九年知县龙光甸创修，曰三侯阁。一在皂角树脚，曰三王庙，地基唐世宙捐，咸丰十一年知县黄杰新修"③。

位于沅州府以南的湖南城步县，在嘉庆二年至咸丰六年（1797~1856）白帝天王封侯期间，亦新建了一座三侯庙，"三侯庙，俗称天王庙，在长安营城南。神镇篁人，姓杨，兄弟三人生前保障一方，卒后常昭灵异而于行阵尤显应，故镇篁营崇祀最虔"④。

从以上论述可以看出，嘉庆至宣统年间，白帝天王不断被朝廷加封，其庙宇的地域分布也有了明显的变化：这一神明以三厅为中心，逐渐向四周放射性地扩展。到了清朝末年，其影响力已不再局限于湖南苗疆一隅，成了闻名湘、鄂、川、黔四省边区的重要神祇了。有关白帝天王的故事，也随着各地庙宇的修建和县志的记载而获得了广泛的传播。

---

① （清）盛庆绂、吴秉慈修，盛一林纂《芷江县志》卷十三《坛庙》，清同治九年刻本。
② （清）张映蛟等修，俞克振等纂《晃州厅志》卷四十一《寺观》，清道光五年修、民国二十五年铅印本。
③ （清）陈鸿作等修，杨大涌、易燮尧纂《黔阳县志》卷二十二《礼书四·杂祀》，清同治十三年刻本。
④ （清）盛镒源修，戴联璧、陈志升纂《城步县志》卷四《祠庙》，民国十九年活字本。

第七章　结论

自民国以来，白帝天王的起源便一直是学界关注的热点问题。至今，学界大致形成了三种主要的观点。第一种认为白帝天王源自竹王（三子）崇拜，本质上是苗族信奉的神明。第二种认为白帝天王源自古代廪君巴人，乃是土家族的民间信仰。第三种认为苗族、土家族白帝天王虽各有其源头，但都源自汉族的西方白帝神话。综观三者，白帝天王为竹王之说实际上早在清代乾隆《乾州志》中便已有记载，后世多援引其材料作为力证。然而，这种说法是当时的乾州厅同知王玮为推行礼仪教化而附会正史所产生的，早已遭到同时代及后来不少地方志编纂者的质疑和批评。本书对此已有详细讨论。因此，认为白帝天王（或苗族崇奉的白帝天王）源自竹王（三子）崇拜显然不妥。白帝天王源自汉族白帝神话的说法也主要是由字面意义而来，并无直接证据。此外，二说皆未解释为何白帝天王的脸谱会呈现白、红、黑三种颜色，这与竹王传说或者白帝神话究竟有何联系。相对而言，三说之中，唯有潘光旦先生提出的廪君巴人说在论证上颇为翔实、深入。潘氏认为，白帝天王源自古代廪君巴人，因为巴人崇拜白虎廪君，这一习俗逐渐衍化为白虎神、白帝、白帝天王崇拜，是后世湘、鄂、川、黔土家族所共有的文化习俗；白帝天王三色脸谱，即源自廪君巴人的白虎崇拜和廪君传说。这一观点在学界也获得了较多的认可。

在白帝天王起源问题上，本书部分地继承了潘光旦先生的看法，认为白帝天王源自廪君巴人。白帝天王三色脸谱与廪君巴人崇拜白虎及其起源传说有关。在此基础上，本书指出，民间传说中白帝天王脸谱的排序与廪君巴人起源传说中的等级秩序具有对应关系，即民间传说中白帝天王大哥（白脸）、二哥（红脸）、老三（黑脸）与廪君（白虎）、廪君之族（源自红色洞穴）、四姓臣民（源自黑色洞穴）所反映出的地位等级秩序是完全一致的。这说明白帝天王崇拜与廪君巴人后裔纪念廪君及五姓联盟有着直接的关系。此外，本书还从祭祀仪式的角度对白帝天王与廪君巴人的关系进行了讨论。可以看出，白帝天王以及湘、鄂、川、黔一带土家族地区多种神明的祭祀都承袭了廪君巴人"以人为祠"的祭祀习俗，这是白帝天王源自廪君巴人的重要证据。通过这两个方面的分析可以看出，潘光旦先生提出白帝天王源自廪君巴人的观点是很有见地的。不过，他对于后世民间流传的白帝天王故事却讨论不多。特别明显的是，早期的廪君传说与后来湘西民间盛传的白帝天王故事完全不同。为何后世民间大量传播的白帝天王故事都说白帝天王为宋代杨姓兄弟三人？该故事与廪君巴人有何关系？这是值得我们关注和探讨的，然而无论是潘氏，抑或后来的研究者对此问题都鲜有深入讨论，因此本书围绕这一问题展开了系统的研究。

  本书总的看法是：白帝天王脸谱和祭祀源自廪君巴人，但白帝天王的名称和故事与廪君巴人无关。我们在晚近所看到的白帝天王实际上来自两个不同的文化系统。一个便是潘氏提出的古代廪君巴人，白帝天王的三色脸谱和祭祀习俗即来自这一群体。另一个即本书提出的靖州仡伶杨氏，白帝天王的名称、雅溪天王庙以及杨氏三兄弟的故事均来自这个家族。早期影响白帝天王的是前一个文化系统，即战国末期南下进入湘西的廪君巴人集团将白、红、黑三色神崇拜带入当地，至南宋初年靖州仡伶杨氏北上进入湘西、带去其北地天王祖先故事后，二者发生交融，才形成了集白、红、黑三色脸谱和杨氏三兄弟故事于一身的白帝天王。概言之，白帝天王是由南下的廪君巴人与北上的靖州杨氏所带去的一北一南两种文化叠加、融合所形成的。南宋是促使这两种文化叠加、融合的关键性时期，其原因与偏安一隅的南宋加速对辰、沅、靖州溪峒社会的开发有着密切关系。

  就白帝天王研究而言，前一文化系统已获得潘氏等学者的关注和探讨。后一文化系统却没有引起学界重视和讨论。事实上，后一文化系统中的靖州杨氏家族早已为中外学界所知，比如谭其骧先生在《近代湖南人中之蛮族血统》一文中就已注意到并用大量篇幅介绍了宋代靖州一带杨氏家族的情况。[1]

---

[1] 参见谭其骧《近代湖南人中之蛮族血统》，载《长水粹编》，河北教育出版社，2000，第250~255页。

日本学者冈田宏二亦注意到宋代靖州溪峒的仡伶杨氏。[①] 此外，还有不少学者对杨氏家族首领杨再思、杨完者等进行过讨论。[②] 不过，学界鲜有人注意杨氏与湘西白帝天王之间的联系。本书对这一家族早期的祖先故事、家族北迁湘西的经过和影响等作了深入探讨，提出白帝天王的名称、故事即源自这个家族北宋时期的北地天王祖先故事。

关于白帝天王名称，潘光旦先生提出过两种解释。一是巴人崇拜白虎，而"虎"字在传抄过程中很容易误写为"帝"，他引用清人杜文澜记载的一句谚语"书三写，鱼成鲁，帝成虎"，证明"帝"和"虎"很容易相互抄错，因此巴人崇拜的白虎就成了白帝，白帝天王的名称即由此而来。当然，对于这种解释，潘先生认为它过于"省便"，没有说服力。因此，潘先生又提出并重点分析了另一种解释。他认为白帝天王名称由三个阶段发展而来，先是廪君死后化身为白虎神，后在五行玄学影响下西方白虎之位发展成为白帝，最后人们再于白帝之后冠以无限崇高的天王称号，由此形成了白帝天王的名称。[③] 然而，不论是在廪君巴人起源的清江流域，还是在由廪君巴人建立的川东巴国地区，从战国到清代中期的文献中皆无"白帝天王"这一名称。后因湘西白帝天王获封，传入这些地区，当地文献中才有了关于白帝天王的零星记载。假如白帝天王名称的来历确如潘光旦先生所言，为何廪君巴人及其后裔最集中的两大区域长期以来没有这一名称的相关记载？连白帝天王名称都没有，就更谈不上它在这些地区分三个阶段发展而来。由此可见，白帝天王名称源自廪君巴人的观点是难以成立的。

除潘先生外，杨昌鑫也对白帝天王名称的来历有过探讨。他认为土家族

---

① 参见〔日〕冈田宏二《中国华南民族社会史研究》，赵令志、李德龙译，民族出版社，2002，第 414 页。
② 关于杨再思、杨完者等靖州一带杨氏首领的研究，见廖耀南《杨再思的史实及其族别初探》，《贵州民族研究》1983 年第 1 期；谢国先《试论杨再思其人及其信仰的形成》，《民族研究》2009 年第 2 期；张应强《湘黔界邻地区飞山公信仰的形成与流播》，《思想战线》2010 年第 6 期；张雄《"苗帅"杨完者东征略考》，《中央民族学院学报》1988 年第 5 期；赵志刚《杨完者和元末苗军》，《中南民族学院学报》（哲学社会科学版）1990 年第 3 期；王颋《杨完者与苗、僚武装》，《复旦学报》（社会科学版）2001 年第 1 期；等等。
③ 参见潘光旦《湘西北的"土家"与古代的巴人》，载潘乃穆、潘乃和编《潘光旦文集》第七卷，北京大学出版社，2000，第 512~528 页。

称"虎"为"利",而"利"与"帝"谐音,其崇拜的"白虎(利)"便成了"白帝",又因为后来土家族受到佛教的影响,在其后面加上了"天王"二字,于是形成了"白帝天王"的名称。① 杨昌鑫注意从民族语言角度探讨白帝天王名称的形成,这点颇具启发性。不过,其解释也存在较大的问题。在土家语中,"虎"确实读作"利",与"帝"近似。但"白""白色"也有自己的发音,读作"a si"。② 且土家语为倒序,白虎用土家语说,即"li a si",谐音为"di a si"。"白虎天王"用土家语说,即"天王 li a si",谐音为"天王 di a si"。假设不按倒序,将天王放在白虎之后,白虎天王就成了"li a si 天王",谐音即"di a si 天王"。按土家语发音,不管怎样调整词序,土家族崇拜的白虎天王无论如何也发不出与"白帝天王"相同或相近的音。③ 因此,杨昌鑫对于白帝天王名称来历的解释实际上也是不能成立的。

实际上,白帝天王名称与廪君巴人无关,它来自另一个文化系统,即本书所说的靖州仡伶杨氏家族。因其三位祖先曾在当地平乱有功,死后被当地人立祠祭奠。后来这一地区隶属北宋荆湖北路,人们为纪念三位杨氏祖先,称他们曾显灵于湖北等地,于是朝廷敕封其为"北地天王"。"北地"是指其显灵的地域范围,"天王"则与杨氏崇尚佛教有关。在佛教中,天王为护法神,地位崇高。宋代辰、沅、靖等荆湖北路州县就多有地方首领自称天王来号召民众起义的情况。朝廷为笼络归附的杨氏酋首,敕封其祖先为天王,乃是一种怀柔远人的策略。南宋初年,靖州杨氏被招募到今湘西泸溪防守,杨氏北地天王随之传入当地。此后,杨氏与其部众继续西迁至今吉首、凤凰一带,征服当地峒民。这个过程被称为"开拓辰蛮",成为后来民间传说中天王故事的主要情节。至元朝,杨氏发展成五寨土司。远离杨氏集团核心统治区域的雅溪杨氏、罗氏率先将当地巴人后裔供奉的土神庙改为天王庙,并将北宋北地天王故事置换成南宋初年的故事,来强调统治权威和威慑周边族类。因此,杨氏北地天王祖先神附着在了早先迁入的

---

① 参见杨昌鑫编著《土家族风俗志》,中央民族学院出版社,1989,第196~197页。
② 参见谭志满《土家语的颜色词》,《中央民族大学学报》(哲学社会科学版)2008年第3期。
③ 在相关发音问题上,本书作者还专门请教了湖南大学中国语言文学学院的田洋老师,在此表示感谢。

廪君巴人的三色神之上，完成了三色脸谱和杨氏故事的融合。在湘西南部地区的方言中，"北"与"白"发音一样，后来"北地天王"从口头转为文字的过程中，亦作"白帝天王"或"北帝天王"。这便是白帝天王名称、雅溪天王庙及其杨氏三兄弟"征蛮"故事的由来。

明朝初年，杨氏土司官职被思州田氏取代，杨氏沦为普通百姓。与此同时，朝廷在当地建立了卫所、土司、州县等体制，将当地民众纳入其统治范围，杨氏一族被划入卫所、土司、州县之内，成了国家编户之下的"民"；当地未被纳入统治的人群则通常被称为"生苗"。明代，由于土司煽惑、流民引诱等，诸苗冲击沿边卫所、土司、州县的事件频频发生；明朝则采取建立军堡、营哨、修筑边墙等方式，将民区与苗区隔开。至明后期，民苗之间冲突不断，"民苗有别"的观念得到进一步的强化。受此影响，杨氏借助小说把杨家将故事编入族谱当中，将杨老令公杨业奉为祖先，来强调自身有别于"苗蛮"的"民"之身份。因此，杨氏的白帝天王故事也发生了变化，传说中南宋时期的白帝天王杨氏三兄弟成了杨业子孙。这一故事经过明末清初的传播，到了清朝康熙年间已在凤凰一带民间流传。

清中期，杨氏在苗民起义以及乱后秩序重建过程中损失惨重。道光年间，族人杨胜明开始通过编修族谱来重振杨氏家族。由于谱牒不完整，他修谱时借助了湖南芷江、贵州铜仁的杨氏谱系，该谱系将杨业奉为二世祖，杨昌除为七世孙。与此同时，在屯政压力下，乾州、凤凰一带盛传白帝天王为龙神之子，具有降雨神力。受此影响，杨胜明把乾州一带的白帝天王故事亦采入谱牒，但为了照顾明末清初已有的白帝天王为杨业八世孙的旧闻，他构建了一个白帝天王为龙神之子，后被杨昌除收养的故事。故事本身并没有提及杨昌除与杨业的关系，所以仅从这个故事来看，白帝天王便从清初的杨业八世孙变成了晚清时期的龙神之子，成了一个神异色彩浓厚的人物。此后，杨氏与镇筸总兵杨芳联宗，而杨芳与当地田氏关系甚好，这一故事后来便被乡绅田宗超采入光绪《凤凰厅续志》当中，成了此后流行于当地的一个故事版本。

由上观之，宋元明清时期今湘西南部地区所流传的白帝天王杨姓三兄弟的故事与从靖州迁徙到当地的杨氏家族的兴衰变迁有着密切关系。脱离对这个家族的考察，便不能理解为何这一带民间在讲到白帝天王时，大都认为白帝天王为南宋杨氏三兄弟，征蛮有功，死后为民间所祀。

当然，强调对杨氏家族的白帝天王故事进行考察，并不等于说应该忽视民间和官方的白帝天王叙事。实际上，在杨氏家族之外，清代民间和官方也不乏有关白帝天王的传闻和论说。清前期，朝廷在将今凤凰、吉首、花垣一带苗民纳入统治的过程中，民间流传的白帝天王故事逐渐为地方官了解、利用。此后，在地方治理过程中，白帝天王日益受到官方的重视，地方官在白帝天王来历上也产生了诸多争论，形成了不同的白帝天王起源故事，并影响到此后地方志的编纂以及朝廷对这一神明的了解。经过清中期的苗民起义，民间产生了许多白帝天王灵验故事，它们经过地方官的层层奏请，进入朝廷的视野当中。在参考之前地方官考证和后来民间各种灵验故事的基础上，朝廷将白帝天王纳入祀典，使之成为国家认可的"标准化"神明。由此，白帝天王信仰及其庙宇的分布范围也逐渐从先前湘西南部扩展到湘、鄂、川、黔四省交界地区，白帝天王成了一个跨区域性的神明。

这一过程对于重新理解白帝天王与四省交界地区土家族的关系具有重要意义。潘光旦先生曾提出白帝天王起源于古代廪君巴人，并将其作为湘、鄂、川、黔交界处的土家族共有的文化现象，来论证他们有共同的文化及文化源头，为将土家族识别为一个单一民族提供了证据。本书赞同白帝天王起源于古代廪君巴人的看法，却不认为它是四省交界处的土家族所共有的文化现象。事实上，正如本书所述，白帝天王在三色脸谱和祭祀风俗上承袭了廪君巴人的传统，但其名称、故事以及雅溪天王庙与迁徙到今湘西南部乾州、凤凰一带的靖州杨氏家族有关。自南宋以来，白帝天王崇拜及故事最初只在当地很小的范围内传播，到了清前期流布范围有所扩大，但资料显示它仍未到达湘西北部以及川、鄂土家族地区。经过乾嘉之际及其以后苗民起义、白莲教起义、太平天国等历次社会运动的冲击、洗礼，以及朝廷的多次敕封，白帝天王才逐渐传播到湘西北部、川鄂一带。后来，潘先生在晚清文献中发现四省交界处的土家地区都有白帝天王及其庙宇，于是认为它们都源自古代的廪君巴人。殊不知，白帝天王在湘、鄂、川、黔土家地区的分布是晚近才形成的，并非从源头上开始四省交界处的土家地区就具有这一共同的文化现象。

近年来，研究者越来越关注我国西南地区的某些神明信仰及其故事，这些神明在作为地方神祇的同时又是某姓人的祖先，比如湘西的白帝天王、湘黔交界处的飞山公、粤西南一带的冼夫人、广西浔江一带的三界神等。① 对这一类神祇及其故事的研究，可以帮助我们从地方社会的视角来理解大历史的形成。正如科大卫、何翠萍所指出的那样，中国历史一直是站在中央视角写就并向边缘地区扩散的。这种由中心所驱动的历史书写，将中国文化视为地方被动接受王朝礼仪的过程，从而遮蔽了地方民众的声音。因此，他们相信在田野调查与历史文献分析的基础上，可以透过这些神祇及其故事发掘当地人的声音，从而以当地人的视角来书写历史。② 由于各个地方被整合进王朝国家的时间和方式不同，其族群历史进程亦呈现不尽相同的样貌。倘若要了解这个过程，应将神明故事置于具体的区域社会开发过程中加以讨论，关注边缘社会"何时和如何被整合到主体社会的历史过程，注重这一过程的多样性"③。

在湘西南部地区民间流传最广的故事中，白帝天王既是杨氏祖先又是地方神明，便是当地社会被渐次整合进王朝国家的缩影。然而，其过程颇为复杂。谢晓辉将这一过程定位于明清时期，认为白帝天王既是神明又是祖先，与明代以来湘西武溪一带杨姓土巡检的统治和清代改土归流后的苗疆开发有关。④ 窃以为，其从地方社会的转变来理解地方故事的思路正确且富有启发性。不过，白帝天王作为当地杨氏祖先和地方神明而存在，应置于南宋以来国家权威扩张与土司社会转变的脉络中加以探讨。南宋时期靖州杨氏一支对湘西南部地区的征服、元明时期杨氏权威的发展演变，以及清代国家力量向当地社会渗透过程中对白帝天王的利用和改造，是理解白

---

① 参见科大卫《皇帝和祖宗——华南的国家与宗族》，卜永坚译，江苏人民出版社，2009，第419页；张应强《湘黔邻地区飞山公信仰的形成与流播》，《思想战线》2010年第6期；贺喜《亦神亦祖：粤西南信仰构建的社会史》，生活·读书·新知三联书店，2011；唐晓涛《三界神形象的演变与明清西江中游地域社会的转型》，《历史人类学学刊》2008年第6卷第1、2期合刊；收录在科大卫、何翠萍所编辑的论文集中的多篇文章；等等。见 David Faure and Ho Ts'ui-p'ing (eds.), *Chieftains into Ancestors: Imperial Expansion and Indigenous Society in Southwest China*, UBC Press, 2013.

② David Faure and Ho Ts'ui-p'ing (eds.), *Chieftains into Ancestors: Imperial Expansion and Indigenous Society in Southwest China*, UBC Press, 2013, pp. xi - xii.

③ 赵世瑜：《小历史与大历史：区域社会史的理念、方法与实践》，生活·读书·新知三联书店，2006，第51页。

④ 参见谢晓辉《苗疆的开发与地方神祇的重塑——兼与苏堂棣讨论白帝天王传说变迁的历史情境》，《历史人类学学刊》2008年第6卷第1、2期合刊。

帝天王既为杨氏祖先又为地方神明这一叠加现象形成的重要因素，也是理解清代以来白帝天王故事中主流叙事（杨姓三兄弟）与多元叙事（竹王、马援等）并存的关键。

附录　部分现存白帝天王庙考察记

历史上，湘西境内尤其是今吉首、凤凰、花垣三地有不少白帝天王庙，经过历次社会、政治运动的洗礼，大部分天王庙遭到了破坏，只有少数留存了下来。笔者结合实地调查和文献分析，对部分湘西现存白帝天王庙的兴起、变迁和现状进行了考察。兹将这部分内容作为有关白帝天王的资料附于书后。

一　吉首雅溪天王庙

说到现下，不能不提的便是位于吉首雅溪的天王庙（见图1）和白帝天王。雅溪，是吉首市镇溪街道下的一个居民社区，位于吉首中部，距离市中心大约4公里，与吉首大学新校相邻。社区中间有一口古井，井水碧绿，深不见底，传说井内有龙神居住，因此当地人称之为"龙井"。龙井不远处有一个30米见方的院落，即天王庙。天王庙呈正方形，四周盖以高墙。庙内，有坐西朝东的三开间大殿一座，乃天王庙之正殿。殿高约9米，面宽约16米，以青瓦覆顶，用白墙、赤柱、雕龙、壁画装饰，远远看起来颇为壮观。正殿前方靠右[①]，立有一座高约2米的三层宝塔状焚香炉，用来焚烧香纸。香炉前面是若干香架，供信众燃香祭拜。正殿殿额上有用正楷题写的"天王庙"三个醒目的鎏金大字，在阳光照射之下，十分耀眼。

大殿正面有八根红色大柱支撑，最外侧四根；往里中间为两根，各有一条金龙盘踞其上；再往里亦有两根。大殿外左右两侧各有一座石台，石台之上分别有两尊2米多高的神像，各持器械，怒目圆睁。位于左侧靠外的是一尊金甲门神，头戴金盔，身着金甲，腰部有一虎头，红脸黑髯，手持

[①] 本考察记对天王庙内事物方位的描述，皆从作者观察的角度出发，特此说明。

图1　吉首雅溪天王庙（龙圣　摄）

流星锤，右手高举，左手下摆，双足一前一后，颇有威严。左侧靠里的一尊为判官，头戴黑帽，身穿金袍，红脸黑髯，横眉怒目，双足并拢，挺胸前视，右手高举判官笔，左手低持生死簿。殿外右侧靠外的一尊仍为金甲门神，服饰与左侧者相同，然面部为黑色，双手持剑，右手高举，左手低摆。右侧靠里的一尊为小鬼，面部以及身体均为黑色，上身赤裸，仅有一黄色搭肩遮盖，下身着金色长裙，双手持狼牙棒，右手在上，左手在下。

　　经过殿外左右两侧神像之后，即可看到大殿的殿门。殿门共有三座，从左往右依次排开。中间的殿门是一顶部呈弧形、两侧垂直的门洞，其左右两边的殿门亦为门洞，均为圆形。中间门洞的顶部从左往右题有"天王庙"三个黑色的大字。穿过门洞，即可进到殿内。其正面靠墙的是一个高约1米的台基。台基之上，自左往右依次立着三尊高大的神像，像高约3米，均呈坐姿，端坐在龙椅之上。中间的一尊，面为白色，人称"大王爷"。大王爷头戴黑帽，身穿黄色龙袍和红领黄色披风，慈眉善目，双手五指皆并拢朝下，置于膝上。大王爷右边的一尊，面呈红色，人称"二王爷"。二王爷头戴黑帽，身穿红色龙袍和金色披风，面部威严，双手皆置膝上。其右手五指并拢朝下，左手握拳。大王爷左边的一尊，面为黑色，人称"三王爷"。三王爷头戴黑帽,身着黑色龙袍和紫领黑色披风,怒目圆睁,双手握拳,置于膝上。殿内除了以上三尊高大的神像外,在大王爷正前方还立有大王爷、二王爷和三王爷的三尊小像。小像也为坐态,其造型、颜色特征一如大像,然而个头远逊于前者,大约只有 1 米高(见图 2)。为何殿内的三位天王会各有一大、一小两座神像?据民国时期石启贵先生记载,这主要是为了满足民间祈雨的需要。旧时地方遇到旱灾,附近的百姓就到雅溪天王庙请天王出巡求雨,由于大像太沉,难以抬动,故立有小像,以便百姓抬出庙外求雨,"人民求雨喜迎之。若旱极时,一般为首者邀集若干村民户数,相率至庙迎之。其神像,有座像行像两种。大为座像,小为行像。官府求雨多用座像,乡民求雨,多用行像。其实王神亦同,不过抬之,有便有不便耳"[①]。

图 2　雅溪天王庙白帝天王神像(龙圣　摄)

以上三尊具有白、红、黑三色脸谱的神祇,就是湘西民间最为崇信的白帝天王。传说白帝天王为杨姓三兄弟,为龙神与人结合所生,神勇雄壮,因平蛮有功,死后成神,异常灵验,湘西民间遂修建天王庙来祭祀他们。大殿外左侧的墙壁上,还立有几通碑刻,记载了 21 世纪以来信众捐修天王

---

① 石启贵:《湘西苗族实地调查报告》,湖南人民出版社,1986,第 539 页。

庙的缘由以及捐资情况。其中名为《白帝天王暨还原记》的碑刻上详细记载了民间关于白帝天王的诸多传说故事。①

在正殿之后的是数间后殿,后殿的高度低于正殿,里面供奉着白帝天王的父母——龙神、圣婆。进入正中间的后殿,放眼望去,正面靠墙的位置有一顶部呈弧形、两侧垂直的门洞,门洞左右两边各有一根红色的柱子和一条金色蟠龙,门洞之内是一个高1米左右的石台,台上立着两尊高约1.6米的神像,均为坐姿。其中,右边的一尊神像为龙神,头戴冠冕,身着白色龙袍和黄色披风,双目炯炯有神、直视前方,神像看上去颇有威严。左边的一尊神像为圣婆,头戴褐色花冠,身穿红色衣服和粉色披风,面容慈祥。在龙神、圣婆两边还立着一对高约1米的金童玉女,金童通身黄色,玉女则身穿黄袍和粉色披风。在四尊神像的前方,还有信众还愿时拉起的红色布条(上面写满了信众名字),遮挡住了神像大部分的身体。龙神、圣婆背后的墙上,则绘有龙凤呈祥图,龙凤之间为一轮冉冉升起的红日。

除正殿、后殿外,正殿左右还有不少偏殿,里面供奉着各种神明。例如,地母殿,供奉地母娘娘;东岳殿,供奉东岳大帝、财神等神祇;十王殿,供奉十王;天军殿,供奉天兵天将;阎王殿,供奉阎王爷;娘娘殿,供奉送子娘娘;马厩,里面有三位头戴草帽、身穿蓝色衣服的马夫,牵着白、红、黑三色战马,分别是三位天王老爷的坐骑。

雅溪天王庙历史悠久,早在明代嘉靖《湖广图经志书》当中就有关于它的记载②,可以说是湘西地区最古老的天王庙。清代以来,湘西地区很多的天王庙都把它视为白帝天王祭祀的发源地和祖庙,因此该庙历来香火旺盛。比如,清嘉庆年间溆浦人严如熤在其所纂《苗防备览》一书中即提到:"鸦溪……峰峦层叠,林木荫翳,小溪盘绕其下,地势幽曲……旧有白帝天王庙,香火甚盛。"③ 民国时期,石启贵先生在描述雅溪白帝天王时亦称:"至尊者,莫如天王神。威名赫赫,庙在鸦溪,神像庄严,遐迩崇仰,香火

---

① 参见《白帝天王暨还原记》碑,2003年吉首、张家界、泸溪三地信众立,碑存吉首雅溪天王庙内。
② (明)薛纲纂修,吴廷举续修《湖广图经志书》卷十七《辰州府·山川·泸溪县》,明嘉靖元年刻本。
③ (清)严如熤:《苗防备览》不分卷《险要考》,清道光二十三年刻本。

甚盛。"① 直到"文化大革命"期间，雅溪天王庙被拆毁，庙址被夷为平地，香火才一度中断。② 20 世纪 80 年代以后，随着改革开放的推进和民族民间文化的复兴，信众们在原址上重建了天王庙，相关祭祀活动得以恢复。1991年，雅溪天王庙被认定为吉首市重点文物保护单位③，殿宇逐步得到修缮，香火也日益兴旺起来。直到现在，它仍旧是湘西地区影响最著、规模最大、香火最旺的天王庙。吉首当地人只要提起雅溪，首先想到的便是雅溪的天王庙。此外，在湘西州内，相邻的凤凰、泸溪、古丈、花垣等县也有该庙的信众分布。④ 甚至湘西州以外的张家界、麻阳地区也有不少信众前来此庙祭祀白帝天王。⑤

除了这座庙宇，雅溪还有一座天王庙（见图3），位于附近一个十几米高的土坡之上，两庙之间只有不到百米的距离。从平地出发，登上数十级台阶，就能看到该庙的庙门。庙门上部呈弧形，中间题有"天王庙"三个金色大字，两边是金字红底的楹联，上联曰"奇梁洞口杀敌九千除暴安良威震四海"，下联曰"白马渡边倾缸一二醉身殉国追封三王"。土坡上的这座天王庙为三进式庙宇，只有庙，没有院落和院墙的保护，其规模与平地上的天王庙相比要小很多，加之处于山坡之上，四周又有若干民居环绕，位置比较隐蔽，所以很多外来人只知道雅溪大庙的存在，而不知还有这样一座小庙。

该庙外两间为前殿，供奉有少量的神祇；最后一间为正殿，主要供奉白帝天王（见图4）。正殿面积颇小，大约只有 16 平方米，高 3 米左右，殿顶覆以明瓦，环境颇为简陋。正殿正面的墙上绘有一条栩栩如生的五爪金龙，壁画前竖着白帝天王三尊神像。神像立于 40 厘米高的石基之上，皆为

---

① 石启贵：《湘西苗族实地调查报告》，湖南人民出版社，1986，第 539 页。
② 参见 1993 年立《鸦溪天王庙志略》碑、2003 年立《白帝天王暨还原记》碑，碑存吉首雅溪天王庙内。
③ 参见《吉首市重点文物保护单位》碑，1993 年立，碑存吉首雅溪天王庙内。
④ 参见 2002 年 7 月 9 日花垣信众立《花垣天王庙功德碑》；2010 年 8 月 2 日泸溪县兴隆场镇信士立《功德碑》；2010 年 8 月 2 日泸溪、麻阳县踏虎、兴隆庵信士立《功德碑》；2010 年 6 月 18 日吉首、泸溪、凤凰、花垣、古丈、麻阳众道友立《功德碑》，碑存吉首雅溪天王庙内。
⑤ 参见 2013 年吉首、张家界、泸溪信众立《白帝天王暨还原记》碑；2010 年 8 月 2 日泸溪、麻阳县踏虎、兴隆庵信士立《功德碑》；2010 年 6 月 18 日吉首、泸溪、凤凰、花垣、古丈、麻阳众道友立《功德碑》，碑存吉首雅溪天王庙内。

图 3　雅溪小天王庙（龙圣　摄）

图 4　小天王庙内的白帝天王神像（龙圣　摄）

坐姿，高约 1 米。位于中间者为金袍、白脸、黑髯的大王爷，位于右侧者为红袍、红脸、黑髯的二王爷，位于左侧者为黑袍、黑脸、黑髯的三王爷。

在三天王神像的左右两侧各有一尊呈坐态的神像,个头比天王神像略小,位于右边的是天王的父亲龙神,位于左边的是天王的母亲圣婆。这些神像前的石基上摆放着零星的祭品,包括清油、水果、香纸等。石基前方,有一个高约80厘米的石质香炉,香炉分上下两层,上层顶部堆满了烟灰,插着香烛;香炉的下层呈空心状,里面也盛满了香灰,并插有香烛。香炉前有一排红色的垫子,供人们祭拜时使用。平时,来庙里的人很少,香火也不旺盛,庙内显得比较冷清。相比而言,不论从规模还是香火来看,土坡上的这座小庙比附近平地上的大庙逊色不少。尽管如此,两座天王庙一大一小,相距不过百米,说明白帝天王信仰在雅溪一带非常盛行。

二 吉首乾州仙镇营天王行宫

在吉首市内,除雅溪外,位于市南的乾州新区仙镇营也有一座天王庙。乾州古城北边分布着一列青山,名为仙镇山(又称大坡),山南麓坡脚下是明清时期的驻军之地——仙镇营。仙镇营附近有一个名为"颖瓜"的苗寨,苗寨东北寨口处耸立着一座古庙,即天王庙,又叫天王行宫,始建于清朝。

据说,仙镇营天王行宫的修建与祈雨有关。旧时,乾州一带遇到天旱不雨时,老百姓就去雅溪天王庙将白帝天王的小神像请出,抬到当地临时搭建的雨坛上,作法求雨。仙镇营百姓每次前往雅溪请神回来求雨都特别灵验,于是大家就捐资将临时搭建的雨坛修成了天王行宫,遇到天干无雨时,便去行宫里请神求雨,因此乾州仙镇营才有了这座天王庙。关于该庙修建的缘起,生长于仙镇营颖瓜寨的苗族学者石启贵先生记载得最为详细,他在民国时期所著《湘西苗族实地调查报告》一书中写道:

> 此种作法,各地皆有,惟乾州乡之仙镇营独盛,几乎成为惯例,年年举行。因该处求雨,较为应验,汉苗人士崇信之。昔年举行,是扎临时之雨坛。今之修成岿然行宫,据编者观论其意义,应取名为"古雨坛",方合民众建庙意旨。惜乎,当年为首者,不加审察,故其匾额定名为天王行宫也。[①]

[①] 石启贵:《湘西苗族实地调查报告》,湖南人民出版社,1986,第540页。

在石启贵看来,这座天王行宫原本是为了作法求雨而设的雨坛,故认为取名为"古雨坛"更为贴切。当地何时将雨坛建成了行宫?光绪《乾州厅志》记载:

> 三王行宫,在厅城西协营关圣庙之右,乾州协官兵同治八年公建。①

据此可知,乾州天王行宫建于同治八年(1869)。解放初期,这座行宫遭到破坏。现存庙内一通石碑记载:

> 天王行宫位于乾州城北仙镇营,初为古雨坛,咸丰十一年(公元1861年)冬,地方人士将其改建成天王行宫,为鸦溪三大天王巡行休息之所。行宫面积约二十平方米,砖瓦结构,正中立块一米多高的神台,供奉靖远、镇远、绥远三大天王之灵位。昔日,其四面峰峦叠翠,云遮雾绕,古木参天,溪水清澈,宫前是乾州至花垣的青石古道,历来是人们游玩休息之佳处。且当年百姓视三大天王为神灵,极其崇敬,香火旺盛。每逢天旱,盛大的群众性迎神求雨活动在此举行,其盛况闻名于四省边区各地。然风雨沧桑,天王行宫不幸毁于一九五八年。②

碑称行宫建于咸丰十一年(1861)应是后来的记忆,并不准确。结合以上记载可知,乾州天王行宫建于1869年,毁于1958年。其间,庙宇当道,香火旺盛。自庙毁以后,很长一段时间都无力恢复。直到20世纪末,当地百姓才纷纷捐资,在原址上重建天王行宫,并最终于2000年春季落成。③ 据位于庙外台阶处的另一通石刻题记记载,2006年天王行宫得以再度修缮。④ 现在我们所看到的正是重建和修缮后的天王行宫。

乾州仙镇营的天王行宫与前面提到的雅溪天王庙有很大的不同,它为

---

① (清)蒋琦溥修,林书勋续修,张先达续纂《乾州厅志》卷三《坛庙》,清同治十一年修、光绪三年续修本。
② 参见《天王行宫重修记》碑,2002年5月立,碑存乾州仙镇营天王行宫内。
③ 参见《天王行宫重修记》碑,2002年5月立,碑存乾州仙镇营天王行宫内。
④ 参见《天王行宫重修记》碑,2002年5月立,碑存乾州仙镇营天王行宫内。

楼阁式建筑，虽然其整体面积有限，不如雅溪大庙那般宏伟壮丽，然而其楼阁、小院、大殿一应俱全，看起来十分玲珑典雅（见图5）。楼阁分为两层，飞檐翘角，青瓦朱墙，古香古色。楼阁上层向外突出，其正面的两端下部有两根红色柱子支撑，形成吊脚楼式的建筑结构。楼阁正面右侧朱红色的墙壁上立有七通石碑，上面刻着关于这座天王庙的简介、诗词以及捐资修庙的名录等内容。楼阁正面左侧是间小屋子，一道石墙将其从中隔为两小间，右边的一小间为土地堂，里面供奉土地神；左边的一间为灵官殿，里面供奉五显灵官。楼阁中间，分布着十二级台阶，通向庙门。台阶下宽上窄，呈八字形，俗称"八字朝门"，寓意吉祥。庙门是对开的两扇红色铁门，从右往左贴有"神殿"两个大字。铁门之上为重顶，共有两重。每重中间为青瓦，两头皆飞檐翘角，四个角尖上各有一只白鸽。最顶重的脊背上为双龙抢宝造型的石雕，龙尾朝天，龙头对着正中的宝顶，看上去颇具动感。

图5　乾州仙镇营天王行宫（龙圣　摄）

穿过庙门，出现在眼前的是一个方形的小院。院内与庙门正对着的即正殿，是一间面宽大约6米、高约3米的平房。屋顶以青瓦装饰，屋脊上为双龙抢宝造型的石雕。正殿正面的主体颜色为红色，其中间靠下的地方是殿门，宽约1米，顶部呈弧形，两侧垂直。门顶上为方形、绿色的殿额，自上而下题有"天王行宫"四个金色大字。殿门两侧有一副对联，右联为

"三大天王阴阳管",左联曰"显灵伟名世代传"。对联两边各有一根粗大的红色圆柱,每根柱子上都缠绕着一条脚踏祥云的金龙(见图6)。此外,两根柱子的外侧各开有一扇圆形的窗户。其中右边窗户外侧有一张供桌,上面供着两尊金色的财神像。正殿右侧为两层楼高的偏殿,其中有楼梯可登上二层。正殿前方靠左的院子中还有一座高约2米的蓝色香炉。

图6 天王行宫正殿(龙圣 摄)

进入正殿,居中靠墙的地方是高约1米的石台,石台前方有一张供桌。位于石台上的即白帝天王三尊神像,均为坐姿,长须黑髯,怒目圆睁,双手手指并拢,置于膝上(见图7)。居中的一尊为大王爷,白脸、黑帽、黄袍;位于大王爷右边的是二王爷,红脸、黑帽、红袍;位于大王爷左边的是三王爷,黑脸、黑帽、黑袍。三天王前面放有鲜花、烛台、香炉等物,其背后的墙上则绘有一条穿梭于云中的金龙。金龙头朝下,尾朝上,尾巴左边有一轮红日。三天王的左侧有一道隔墙,墙外是另一张石台,台前有供桌,台上为龙母神像。龙母头戴华丽花冠,身着红袍,面目慈祥地端坐于龙椅之上。三天王的右侧有一个鼓架,上面立着一只皮鼓。其旁墙壁上挂着天王行宫重建落成时信众的合影以及刻有"心想事成"四字的匾额。

图 7　天王行宫内的白帝天王神像（龙圣　摄）

三　花垣茶峒天王庙

位于吉首市西北方向的花垣县现存的天王庙主要有两座。其中一座天王庙也称三王宫，位于县城西南方向大约 30 公里处的茶峒镇。茶峒位于花垣县北部、湘黔渝边境，与重庆市秀山县洪安镇隔清水江相望，这正是沈从文笔下的边城。茶峒天王庙位于该镇西南方香炉山山顶，始建于清代嘉庆年间，清末光绪二十六年（1900）扩建。1942 年，天王庙成为茶峒镇公所驻地。1950 年 7 月土匪围攻茶峒，天王庙又成为驻守当地的四一六团二营的临时指挥所。在 20 世纪 50 年代初期的土改过程中，天王庙被移到塘沟湾庵上，山顶的庙宇被改作粮仓。1956 年初，茶峒西南门失火，烧毁 80 多栋房屋，险些将天王庙粮仓也一并烧毁，好在当地百姓以及学生救援及时，庙中数十万斤粮食得以幸存。此后，庙屋搬到南门外教场坪，仍用作粮仓。山顶的庙宇被拆除，成为空地。"文化大革命"时期，塘沟湾庵中的白帝天王以及其他神像全部遭到毁坏，茶峒的白帝天王信仰中断。改革开放以来，茶峒人民的生活水平越来越高，出门旅游的人也日益多了起来。有些人到湖南衡山参观，看到圣地香火旺盛，不禁回想起昔日茶峒的天王庙，于是萌生了恢复庙宇的念头。此外，还有些年轻人在外地做生意被骗，甚至客死异乡。老年人认为茶峒"不清净",希望能得到白帝天王的庇护,故也产生了重建庙宇的想法。因此,1996 年茶峒镇百姓在杨从喜、张远玉、罗兴福、满益富、龙连英、宋老四等人倡导下,在香炉山原址重建了天王庙。①2004 年,在湘、渝边区百姓的捐资帮助下,天王庙得到进一步修缮。②

随着近年来旅游业不断发展,天王庙也逐渐成了当地一个重要的历史文化景点。为方便游人观光,当地修缮了前往天王庙的道路。现下,只需从位于茶峒西南方河边的码头——拉拉渡渡口往上,穿过一条通往古城的马路,再从马路内侧的登山入口顺着水泥台阶一直往上走到山顶,就能看到天王庙。在进庙之前,先要经过一个四四方方的土地庙。此庙建在一块巨大的石头旁边,规模很小,长宽高都不超过 1 米。庙身为白色,顶部为青瓦,庙正面两边有白底黑字的对联:元宝捧腹赐万良,神像展望护百姓。庙内立着两尊金色的神像,均为坐姿。右边一尊是土地公,眉开眼笑,左手搭在膝上,右手拿着一根长长的拐杖。左边的一尊是土地婆,慈眉善目,双手置于膝上。两尊神像两侧各有鲜花一盆,前面则有香炉、烛台、香纸、油灯以及其他供品。走过土地庙不远,便是天王庙的侧门。该门为墙垣式建筑,共有三重,每重两头皆飞檐翘角。第一、二重墙身为红色,第三重墙身为白色,上面从右往左题有"天王庙"三个黑色大字。除此之外,在第一重墙身的顶部还向外延伸出一个门廊来,其左右两头为翘角,顶部盖有青瓦。门廊左右两端分别有一根红色柱子支撑,其底部为圆形的石质柱基。门廊内开有一个门洞,顶部为弧形,两侧垂直至地面。其两边各有一联,右联曰"催龙山中藏古庙",左联云"碧波潭里映楼阁"。天王庙位于香炉山顶,面朝清水河和秀山县洪安镇,加之所在地势雄伟,视野开阔,因此人们站在庙外侧门放眼望去,那边城、清水河、洪安镇及其远处的风景便尽收眼底、一览无余了。

从侧门进入庙内,可以看到三座一字排开的独立大殿,最左边的一座是龙王宫,居中的为正殿(见图8),最右边的一座则是娘娘殿。正殿建在大约80厘米高的地基上,龙王宫和娘娘殿分别建于其两侧的平地上,因此

---

① 关于茶峒天王庙近代以来的历史变迁情况,可参见欧昌海2012 年3 月1 日根据当地杨从喜、张远玉、罗兴福等老人回忆所整理的《茶峒天王庙》一文。
② 参见《茶峒天王庙志》,2017年2月16日立,庙志悬挂在茶峒天王庙正殿左边窗户外侧。

图 8　茶峒天王庙正殿（龙娟　摄）

二者的高度低于正殿，以突显正殿的雄伟。从侧门进入，首先看到的便是龙王宫。宫外墙为朱红色，宫门为一个圆形门洞，顶上有一个白色扇面，自右往左写有"龙王宫"三个黑色大字。门洞两侧各有一联，左联为"国泰民安"，右联是"风调雨顺"。宫内正面靠墙处是一张约 60 厘米高的长条形石桌。桌前有一个红色跪垫。桌上立着龙王神像，束发，身着褐黄相间的袍子，头上有两只朝上的龙角，红脸怒目，挺胸端坐，双手手指并拢、置于膝上。神像前面摆着香炉、烛台、油灯、香纸、鲜花以及苹果等。石桌之下有一个很小的金色雕像，刻画的是一个船夫形象。船夫头戴草帽，立于船头，右手高举，左手执橹。雕像前有石质香炉，里面有点燃的线香。由于茶峒位于清水河畔，坐船是当地百姓日常生活的一部分，而龙又能控水，故在龙王神像之下立了这样一尊小像，以祈祷风平浪静、船只安全。

　　龙王宫往右是天王庙的正殿，正殿高约 4 米，面宽约 12 米。正殿顶部以青瓦覆盖，屋脊正中间立着一座红色宝顶，其两边各有一条赤色游龙。正殿两侧，皆为高耸的三重式山墙，远远看去，非常雄伟。正殿分为三开间，正面左右两间外墙为朱红色，其靠上的位置各开有一扇长方形的白色窗户，窗纹为镂空的铜钱纹样；正面中间是敞开的殿门。此外，正面的朱墙和殿门外侧，从左至右是四根一字排开的柱子，支撑在地面和屋檐之间，柱子顶部各系有一大红灯笼。居中的两根柱子之间还挂有金黄色的绸带，绸带中间是一朵金花，绸带从金花分别向两根柱子上部延伸，再顺着柱子自然下垂。

　　进入正殿，中间靠墙处有一张高约1米的石台，四周被油漆涂成了红褐色。石台之上是三尊白帝天王神像，神像皆呈坐态，横眉怒目，龇牙咧嘴，下颌有三股长髯，垂至胸前，看上去颇有威严（见图9）。位于中间的是大王爷，脸部为白色，头戴红帽，身着朱红色的龙袍，双手手指并拢朝下，置于膝上；其手指关节突出，指尖锋利，形如龙爪。右边的一尊为二王爷，脸部为红色，头戴红帽，身穿深褐色龙袍。双手置于膝上，其中右手握拳，左手五指并拢朝下。左边的一尊为三王爷，脸部为黑色，头戴红帽，身穿黑色龙袍，双手紧紧握拳，置于双膝之上。在三尊神像背后有黄色的墙布，神像前方挂满了红色的绸布，神像跟前的石台上摆满了五颜六色的鲜花。石台的正前方有一张长条状的石桌，上面放着宝船状的香炉，炉中插着三支香，炉身从左往右刻有"福禄寿喜"四个字。香炉旁边杂乱地摆放着鲜花、香纸、油灯等物。石桌前面还有一张方形供桌，供桌四周被一块红布包裹，桌上左右两边各有一个烛台，二者中间有六个大酒杯、三个小酒杯、一只点亮的蜡烛、两个盛祭品的盘子，盘子里面放着苹果、糕点、油饼等祭品。供桌两边各有一根石柱，上面绘有绿色的蟠龙和白色的祥云。供桌前还有一个大红色的跪垫，以供信士和游客参拜。

图9　大殿内的白帝天王神像（石勇　摄）

　　正殿再往右的另一座大殿是娘娘殿，殿前有一道低矮的朱色院墙，其中间开有一扇圆形的门洞。门洞顶上从右往左题有"恬静园"三个黑色大字，门洞两边有对联云："世外展图景，园内放馨香。"从门洞进去，先是一个很小的院子，紧接着便是青瓦朱墙的娘娘殿。该殿正面左右两边各有一扇长方形的窗户；正面居中的是一个门洞，其顶部为弧形，上方自右而左题有"娘娘殿"三个字。洞门两边有对联曰"以正气育赤子，有大勋于百姓"，以表彰龙母娘娘生下三天王、造福地方百姓的事迹。进入殿门，首先便是一个大红色的跪垫，其后面有一个陶制香炉。香炉后边建有一张高约 80 厘米的石台。石台上立着一尊呈坐态的女性神像，即民间传说中白帝天王的母亲——龙母娘娘（圣婆）。龙母神像头戴花冠，身穿大红色上衣、蓝色裙子、橘色披肩，面部为白色，慈眉善目，看上去和蔼可亲。神像上方挂有一个白色帘幕，从中间展开时可将神像上半身展示出来，合上后可将神像上半身遮住。神像前的石台上还摆放着一盏油灯、两盏长明灯、两支蜡烛、两盆鲜花、三四双童鞋以及饼干等。此外，殿内围绕石台摆满了各种各样的鲜花，以显示人们对龙母的敬意。

　　除了一字排开的三座大殿外，在龙王宫和正殿之间还夹着一座很小的财神殿。由于处在两座大殿之间，而且位置靠后，从左右两侧斜看时，财神殿被其两边的大殿遮挡，很不显眼。只有当人们处在正前方时，财神殿才能显露出来。殿门很窄，大约只有 1 米，门梁上从右往左题有"招财进宝"四个字，其下挂着一些红色的小灯笼和许愿条。殿门两边有对联云："招财进宝通四海，携金纳银达三江。"从殿门进去，地上有一个红色跪垫，其后是一张长条形的石台，上面有一尊坐着的财神像。财神头戴红帽，身着红袍，双手捧着一个金元宝。像前石台上摆放着香炉、香纸、烛台、蜡烛、油灯、鲜花等物。

　　在三座大殿前方的是一个小四合院。小院左侧有一道围墙，将庙内与庙外隔开；右侧则有两间厢房，平时被守庙人当作厨房和宿舍使用。小院前方、与正殿对着的是一座戏台，供庙会时酬神演戏使用，其形制糅合了亭阁和吊脚楼的风格。戏台为正方形，四角各有一根粗大的木头柱子支撑。戏台台面距离地面约有 2 米高，其下空心，人们可从中自由穿梭。戏台左侧有水泥台阶，可从地面登上戏台。出于安全考虑，台上左右两侧有大约 80 厘米高的围栏，对着正殿的一侧则不设围栏，其相对的一侧为后场准备之处，两边各有一狭窄的过道，过道外侧也设有围栏。四根木柱的顶部建有一个方形的屋顶，以青瓦覆盖，以免戏台遭到风雨侵蚀。戏台后是一道高墙，与戏台连成一体。这道高墙的外侧，即天王庙的正面；戏台正下方的墙体处开有一道门洞，即天王庙的正门。从门外正面看，天王庙的这道高墙为朱色，分为三重，每重皆为对称结构，并以青瓦、翘角装饰。最顶重的中间为塔状宝顶，距离地面约有7米。在第三重正下方、第一重和第二重之间，自下而上题有"三王宫"三个灰色大字。门洞两侧则有灰色的对联，云："三山标楚蜀，一水隔川黔。"（见图10）

图10 茶峒天王庙正门（石勇 摄）

历史上，茶峒天王庙远近闻名，一些关于它的故事直到今天仍在当地流传。据罗兴福老人讲述，20世纪最初十年罗启疆带着贵州松桃苗兵从洪安进攻茶峒，当地百姓则请白帝天王保护，并在城墙上插上天王旗帜、架上土炮。那时茶峒与洪安之间还没有大桥，兵至对岸，准备渡江时，突然清水江中涨起大水，迫使苗兵撤退。原来清水江上游的松桃地区下了一夜大雨，苗兵准备过江时，大水刚好涨到茶峒，为什么会这么凑巧？茶峒百姓认为这都是天王保佑的结果。① 在诸如此类的灵验故事影响下，湘、川、黔交界地区的百姓纷纷前来拜神祈福，因此以前茶峒天王庙的香火非常旺盛。解放后因为庙宇迁徙、损毁等，天王庙一度衰落。20世纪90年代中期

---

① 参见杨从喜、张远玉、罗兴福等口述，欧昌海整理《茶峒天王庙》，2012年3月1日。

复庙后，天王庙的香火才又逐渐兴旺起来。每年农历三月三、六月二十四、九月十七庙会期间，三省边境百姓聚集茶峒天王庙内，烧香祭祀、祈福还愿、酬神演戏，呈现一派热闹的景象。

四 花垣浮桥天王庙

除茶峒外，花垣县浮桥还有一座较大的天王庙。浮桥，位于花垣县城东郊，过去是横跨于城东清水江上的一座木桥，故称浮桥。后来，木桥改为石桥，现在浮桥已演变成一个地名，指该桥附近的区域，即浮桥社区。天王庙就位于该社区内。从县城出发，顺着建设路东行不久便到达浮桥南岸，过桥后向右前行一百米左右，马路对面有上山的道路，顺此路上至山顶，即可看到天王庙。

庙外有一条石板路，一直延伸到庙前。该庙没有庙门，入口处建有两个紧挨着的神龛，一高一矮。高神龛里面有一尊站立的金甲门神，右手高举，手中持铜，左手前伸，指向远方。门神右脚踏石，左脚着地，怒目圆睁，颇有威严。矮神龛里面供奉的是土地爷，其像较小，呈坐态，通身金色。高矮神龛前各有一个小香炉，其下均有灰堆，应是烧纸后所形成。高矮神龛右侧有数级台阶，登上台阶后是一个长方形的小院，院子左侧有一间简陋的小屋与高矮神龛相连。屋子没有门，里面有三个马夫和三匹马的雕像。人与马通身皆为金色，马夫站在小石墩上，左手叉腰，右手牵马。很明显，这是一间马厩，里面的雕像是白帝天王三神的马夫和坐骑。

马厩往右（即院子的正中间）有一座大殿，是该庙的正殿（见图11）。正殿以黄色琉璃瓦覆顶，用红色瓷砖贴面。殿顶有两层，每层的四面皆飞檐翘角。下层较为宽大，将整个殿身罩于其下。上层殿顶较小，主要集中在下层殿顶的中间，是一个小的阁顶。正殿在结构上为三开间，左右两间是厢房，中间为正房，正房从左往右有三道朱红色的大门，每道大门均由四扇门板构成。大门前有四根红色的石柱，门与石柱之间为廊道，其上部有精美的彩绘。从正殿中间的大门进去，正对着的是居中的神龛，神龛建在约70厘米高的石台上。台上有白帝天王三尊神像，从左往右依次为三王爷、大王爷、二王爷（见图12）。神像高约160厘米，均呈坐姿。其中，大王爷头戴金帽，面为白色，浓眉大眼，嘴角下沉，髯长且黑，身披黄袍。二王爷头戴金帽，面为红色，浓眉大眼，嘴微张，髯黑长，身披红袍。三

图 11 花垣浮桥天王庙正殿（龙娟 摄）

图 12 花垣浮桥天王庙白帝天王神像（周飞 摄）

王爷头戴金帽，面为黑色，怒目圆睁，嘴大张，髯粗短，身披蓝袍。因三尊神像皆被长袍包裹，其内部服饰的具体情况不得而知。神像前的石台上放有一座小的财神像、些许香烛以及清油等供品。石台下部为镂空的空间，里面供奉着一尊小的土地爷神像，像高 50 厘米左右，通身金色，呈坐态。土地爷左手持杖，右手置于膝上，面容慈祥。石台前有一张案桌，上面有一座香炉，炉内有燃烧后留下的香尾和香灰。案桌前的地上有一张宽大的垫子，供人们参拜神像使用。

在三天王神龛的左右两侧各有一神龛，其大小、形制与前者基本一致。右侧的神龛里面供奉着两尊神像，分别是三天王的父母——龙神、龙母（见图 13）。神像约高 160 厘米，呈坐姿。其中龙神头顶戴金冠，头顶两侧有龙角，面为红色，怒目圆睁，嘴部微张，须髯浓密，身披黄袍。龙母头戴紫金冠帽，面部白皙，柳叶眉，丹凤眼，嘴微笑，身披红袍。神像前摆放有香烛、供品、鲜花、香炉等物。左侧的神龛供奉武将和药王神像。其高度也在 160 厘米左右，同为坐姿。武将居于正位，坐向与天王、龙王、龙母一致。其头戴金盔，面部蜡黄，眉宇飞扬，身披红袍。药王居于次位，在武将左边侧身而坐。其满头发黑，髻挽于顶，吊眉垂眼，身披蓝袍，看上去是一个老人模样，但却充满活力。武将、药王神像前亦有烛台、香纸、香炉、清油以及其他供品。

图 13 花垣浮桥天王庙龙神、龙母像（周飞 摄）

走出正殿，其左右两侧的墙身上各立有数通碑刻，记载庙宇修建和捐款的情况。正殿右侧为两层楼高的偏殿和宿舍。偏殿一层墙身上立有碑刻，二层是一座小阁楼，里面供奉玉皇大帝神像。神像为坐态，头戴黄冕，面部微黄，浓眉大眼，须髯黑长，身披黄袍。在玉皇大帝的两侧，各有一位站立的侍从，其造型一致，但方向相反。他们头戴金色莲花帽，面部暂白，眉目细长，身披红袍，靠近玉帝一侧的手举起，另一只手下垂。神像前左右两边各有一座长明灯。灯前及两侧有透明玻璃将灯和神像封于其中。玻璃外侧有两个香炉，香炉前面摆放着一张跪垫，供人们上香、参拜。

院子外侧居中的地方（即与正殿正门相对之处），有一根旗杆。旗杆右侧有一座三层高的石质宝塔香炉，其通高约2米，底层为香炉状，供人们焚烧香烛；二层、三层为四角宝塔，顶部为葫芦顶。此外，旗杆前面还有一座香炉，炉身为长方体，其上部有六根石柱向上撑起，上面以琉璃瓦覆盖。炉身旁边还有一个长方形的蓄水池，用来防火。院子前方是一片开阔的平地，平地上还有另外三根旗杆。由于该庙建于山顶，其前平坦而无遮挡，人们站在庙中即可俯瞰整个县城。

浮桥天王庙，由宜昌镇总兵张廷彦、永顺知府戴求仁等创建于嘉庆元年（1796）。建庙原因与俘获乾嘉苗民起义首领石三保有关。是年，张廷彦率兵驻扎永绥花园河镇压起义。五月，义军首领石三保等转战至保靖、花园河一带，被张廷彦等擒获。[①]张氏认为擒获石三保以及之前的大小战斗能平安无事，是白帝天王护佑所致，故决定在其驻军的花园河河口山上建庙祭祀。当时的永顺府知府戴求仁（乾隆五十七年至嘉庆元年任职）掌管军需储备，于是张廷彦与之商议建庙事宜，得到戴求仁支持。在二人倡导下，当时驻扎于永绥的大小官员纷纷捐俸，不到一个月便建成了天王庙。嘉庆二年（1797）张廷彦为该庙撰写了《三侯庙碑记》，对建庙的经过有详细的记载。

> 予统师讨逆，驻节花园，大小凡数十战，师徒安吉，受降乞命者无虚日，加以大师兵威，首逆石三保亦因而俘获，盖神之默佑居多焉。由是拟于驻军之山立庙以祀之，时永顺太守戴君综理军储，遂以商之，亦以为可，因告诸僚属捐俸襄其事，不逾月遂成。[②]

[①] 参见《何琳奏擒获石三保折》，中国第一历史档案馆等编《清代前期苗民起义档案史料》下册，光明日报出版社，1987，第227~229页。

[②] （清）张廷彦：《三侯庙碑记》，载董鸿勋纂修《永绥厅志》卷十二《营建门三·坛庙》，清宣统元年铅印本。

嘉庆七年（1802），永绥厅厅城从吉多坪（今花垣县吉卫镇吉多）迁至花园（今花垣县城），张廷彦当时驻军的花园河河口设河口汛，其所建天王庙就在河口汛的山顶上，距厅城仅三里之遥，"天王庙在河口汛，地距城三里，相传神为杨姓弟兄三人，在宋孝宗朝开九溪十八洞有功，锡王爵，土人立庙尊为白帝天王，极其灵显"①。河口汛天王庙的位置从宣统《永绥厅志》刊载的《永绥厅城垣图》②中看得很清楚，就在今天的浮桥旁边。由此可知，河口汛天王庙，即浮桥天王庙的前身，始建于清嘉庆元年（1796），距今已有两百多年的历史。

建庙后，又有绥靖镇总兵魁保、辰沅道傅鼐等重修③，其具体情况不详。据庙内碑刻记载，该庙毁于1949年永绥"城乡事变"，1993年重新修复。④现在我们所看到的浮桥天王庙即重修后的庙宇。经过陆续捐款、修缮，该天王庙已逐步复兴，一年四季香火不断，特别是每年农历"三月三""六月初一"和"七月七"三大庙会期间，前来参拜的人络绎不绝。

五 凤凰观景山天王庙

位于吉首市西南方向的凤凰县，如今还能见到不少天王庙。其中，最大的一座当属凤凰观景山天王庙，又称"三王庙"。该庙位于凤凰县城东南观景山山麓，紧挨着南华山国家森林公园。如果我们从凤凰县东部的虹桥出发，往南沿着虹桥中路前行，首先经过的便是南华山入口，继续往前不远，便是天王庙的山门。山门位于路南，朝向北边的古城和沱江，门两边外侧立着两只栩栩如生的鎏金小狮子。从外形上看，天王庙的山门夹在两座高大的建筑物中间，显得比较狭窄，然而拱门飞檐，看上去极具古典气息。山门共分三重，每重的两端以青瓦、飞檐装饰。第一重以下是赤色的墙身和顶部呈弧形的拱门，拱门两边各有两根圆形石柱，石柱底部有白色圆形柱基，顶部有一个白色狮头。第一重和第二重之间也是赤色的墙身，

---

① （清）董鸿勋纂修《永绥厅志》卷四《地理门三》，清宣统元年铅印本。
② （清）董鸿勋纂修《永绥厅志》卷三《地理门二·永绥厅城垣图》，清宣统元年铅印本。
③ （清）张廷彦：《三侯庙碑记》，载董鸿勋纂修《永绥厅志》卷十二《营建门三·坛庙》，清宣统元年铅印本。
④ 参见《花垣天王庙简介》碑，2003年5月24日立，碑存花垣县浮桥天王庙内。

中间为一个扇面,里面从右往左题有"三王庙"三个绿色的大字。第二重和第三重之间则是一幅青灰色的浮雕。浮雕顶部的第三重以青瓦、飞檐、宝顶修饰,最为典雅。跨进山门,紧接着便是一百多级陡峭的台阶,台阶右侧的墙壁上有三幅壁画,最底下的一幅画的是三王爷牵黑马,中间的是二王爷牵白马,最上面的一幅是大王爷牵白马。

登上最高一级台阶,右侧便是一个开阔的平台。平台分两层,第一层是观景台,从其外侧边缘可以俯瞰整个凤凰县城,古城、沱江、新城尽收眼底。第二层是天王庙的核心区域,殿宇就位于这一层。平台第一层右侧有数十级台阶通往第二层,由此登入,首先看到的便是天王庙的右偏殿,其次是中间的正殿,最后是左偏殿。三座大殿均是青瓦、红墙的传统建筑,其中以正殿最为壮丽。正殿坐南朝北,共有三间,正面宽15米,进深14米,高10米,由24根朱红大柱支撑。殿顶的屋脊左右各有一条金色蟠龙,中间是尖顶宝塔,呈双龙抢宝之状。大殿两侧是高耸的白色山墙,向前延伸,直到超出大殿正面1米而止。大殿正面没有墙壁,而是由68根红色、碗口粗的圆柱拼成一道栅栏,只在殿中间留出一道门来,供进出大殿。这道栅栏高约3米,其顶部与屋檐之间没有其他装饰,形成通透的巨大空间。进入殿内,正中间即是白、红、黑三色脸谱的三尊白帝天王神像,如真人一般大小,身着龙袍,怒目扬眉,栩栩如生,甚是威严。大殿门外的两侧各有一只鎏金小狮子,距离殿门外正中间不远处还有一个石质四角方鼎,鼎内装满香灰,供人们插香烛祭祀。石鼎右前方是一个方形的石质香炉,用来焚烧香纸。石鼎正前方有十几级台阶连通第二层和第一层平台,台阶上方用木头搭顶,形成一条廊道,廊道上面挂满了许愿牌,台阶两侧的栏杆上则拴满了许愿锁。在栏杆外侧左右两边还各有一个巨大的放生池,里面有碧绿的池水、石质的假山和鲜艳的锦鲤。

凤凰城边的这座天王庙建于清代中期。据道光《凤凰厅志》记载,此庙始建于清代嘉庆三年(1798),由凤凰厅同知傅鼐主持修建,"三侯祠,在东门外观景山,旧名天王庙。嘉庆三年,同知付鼎构修正殿三间,前厅一间,左右厢房二间,住房二间,戏台一座,二门三间,头门三间"[①],奠

---

① (清)黄应培修,孙均铨、黄元复纂《凤凰厅志》卷四《坛庙志·三侯祠》,清道光四年刻本。

定了当下所见天王庙的主体格局。此后，随着历代修缮、扩建，天王庙规模逐渐扩大，发展成今天的样貌。历史上，该庙香火旺盛，据说旧时城内各家各户每到小暑前后祭期都要去庙里杀牲祭祀，使之成为凤凰当地的宗教圣地。不仅如此，它还是湘西辛亥革命的重要发源地。1910～1911年，凤凰爱国人士唐力臣、田应全等人在天王庙内秘密谋划联合湘西各族义军推翻清政府统治。1911年10月13日革命取得胜利，国民革命新政权——湘西军政府成立，并在天王庙内举行了庆祝活动。天王庙内的墙壁上，至今仍保存着用朱砂书写的八条辛亥革命起义军的标语——国民兵信条。

1. 信仰三民主义；2. 拥护国民政府；3. 服从最高统帅；4. 发扬尚武精神；5. 熟习军事技术；6. 遵守国家法令；7. 誓行国民公约；8. 踊跃从军报国。

1949年以后，尤其是"文化大革命"时期，凤凰观景山天王庙遭到破坏，各种祭祀活动衰落。改革开放以来，庙宇日益得到修缮，逐渐恢复香火。至2002年，观景山天王庙被认定为湖南省省级文物保护单位[①]，民间祭祀活动逐渐增多。尤其是随着凤凰古城旅游业不断发展，天王庙作为景点之一吸引了不少游人，来此烧香祈福、许愿还愿的人也逐渐多了起来。

六　凤凰都吾天王庙

除了县城东南的天王庙外，凤凰都吾、乌头两村也各有一座天王庙。都吾是凤凰县吉信镇下辖的一个小村落，位于凤凰县东北部。从吉信镇镇政府出发，沿着公路向东行驶大约7公里，即可到达都吾。在尚未进村之前，距离该村大约500米的公路左侧有一片和缓的坡地，天王庙就建在这个坡地上。该庙是一座三开间的平房，以青瓦覆顶、红墙装饰。三间庙屋分别有三个拱形的门洞（见图14）。中间门洞右侧墙壁上悬挂有《三位天王的来历简介》《三天王显灵的传说故事》，右侧墙壁上悬挂着《古桃花源神秘的隐居文化》。

---

① 参见《三王庙（天王庙）》文物保护碑，凤凰县人民政府2002年立，碑存凤凰县观景山天王庙内。

在三间庙屋当中，中间和右侧的两间相通，里面供奉三天王神像。神像位于大约80厘米高的石基上，均呈坐姿，大小如同真人一般。中间的一尊为大王爷，身着金袍，面为白色，右手紧握腰带，左手搭在膝盖上，像前竖有一个白色纸牌位，上书"天王杨金龙（富高）"；神像两边还贴有一幅红纸黑字的对联，上联是"再正通光昌胜秀"，下联为"荣太谷有仕忠时"，分别指凤凰北部与白帝天王有密切关系的"令家杨"和"令家田"两个家族。位于大王爷右侧的是二王爷，金袍赤面，右手扶着腰带，左手紧握宝剑，像前竖立的白色纸牌位上题有"天王杨金彪（富金）"七字。位于大王爷左侧的是三王爷，金袍黑面，与二王爷的姿势正好相反，左手扶着腰带，右手紧握宝剑，像前白色纸牌位上写着"天王杨金篡（富银）"七字。在大王爷的正前方有一张案桌，上面放着一个陶制香炉，里面插满了线香燃尽后留下的香尾。

图14　凤凰都吾天王庙（龙圣　摄）

三间庙屋最左边的一间为龙王殿，里面供有三天王的父母——龙神和龙母。神像位于高约30厘米的石基上，两尊神像通身均呈金色、坐姿。龙神头上有两只明显的龙角，嘴角左右各有一条很长的龙须，右手紧扶腰带，左手则置于胸前，手中握着兵器。龙母头戴花环，花环由红、白、黄几种颜色的鲜花编成，右手微微抬起，左手置于大腿上，手中握着一颗红色的宝珠。龙母前方有一个花瓶，里面插满了鲜花。龙神和龙母并排而坐，龙神在左，龙母在右，两者之间的墙壁上贴着一张红纸，上面用黑色墨笔写有"龙王殿"三个大字。大字正前方紧靠石基的地方置有一张案桌，上面也有一个插满了香尾的陶制香炉。

据村民说，都吾天王庙是近年才兴建起来的，以前虽然大家信奉白帝天王，但村里没有庙。自天王庙建起来之后，村里派专人负责照看，但平日里很少有村民去庙里烧香祭拜。偶尔有些游客来离村子不远的"桃花源"景区游玩，会根据指示牌的指示到庙里参观。

七 麻阳灵山天王庙

与凤凰县南部接壤的麻阳县，在行政区划上已超出了湘西的范畴，然而其与湘西凤凰在地域上相邻、在文化上相近，因而直到今天当地仍有天王庙和白帝天王信仰，故也在此一并加以记录。

历史上，白帝天王庙在麻阳分布广泛，而至今保存下来的已不多。现存者主要有锦和天王庙、灵山天王庙以及其他乡村天王庙。其中最大的一座当属灵山天王庙。该庙位于县城以西大约6公里的灵山上，从公路顺着上山小路直行大约50米，便可进入庙内。庙中间是一个大约100平方米的方形院落。位于院落东侧的是正殿，正殿为单体建筑，面宽约10米，进深约6米，高约5米，坐东朝西，正面窗台以上为白色，窗台以下及大殿侧面、背面皆为红色，顶部以青瓦、飞檐、宝顶装饰，极具古典建筑的韵味。大殿正面中间靠上的部位是黑色的殿额，题有"天王庙"三个金色大字，十分显眼。殿额正下方为殿门，其顶部呈弧形。殿门左右两侧各开有一窗，其顶部亦呈弧形（见图15）。

进入殿内，中央有四根赤色大柱呈口字形分布，将大殿分隔为三进。殿门与靠外的两根柱子之间为第一进，外二柱与内二柱之间为第二进，内二柱与大殿背面之间为第三进。外侧左柱下放有一张方桌，周围摆着四张条凳。外侧右柱下置有一张长条靠椅。外侧两柱上贴着一副对联（其中下联已残缺三字）曰："圣母寿诞信众朝拜求显应，天王威灵进香跪叩□□□。"内二柱上也有一副对联，上联是"白帝天王威镇苗疆除邪恶"，下联是"灵山地主赐福人民保平安"。在内二柱中间，从外往里依次是红色

图15 麻阳灵山天王庙正殿（龙圣 摄）

跪垫、方桌（上有白瓷碗数个、功德香一个、签筒一只）和长条状的案桌（中间有三只白瓷碗，碗后是三个陶制香炉，里面插着燃烧后留下的香尾，两侧各放有鲜花一盆，右侧还点有一盏油灯）。案桌后面是一张高约1米的石台，台上立着三尊白帝天王神像，均呈坐态（见图16）。位于中间的一尊为大王爷，黑帽、白脸，身着黄色龙袍和黄色披风，右手紧握腰带。大王爷左边的一尊神像为二王爷，黑帽、红脸，身穿黑色龙袍和红色披风，左手捋着胡须。大王爷右边的一尊神像则为三王爷，黑帽、黑脸，身着蓝色龙袍和黑色披风，右手置于腰带旁。三天王神像右侧供奉的是他们的母亲——圣母。圣母呈端坐姿势，头戴花冠，面露慈祥，身着蓝橙相间的衣服和蓝色的绣花披风，其两侧各有一位侍女。

正殿的右侧（庙北面）有一座亭阁，为三开间连通式建筑，名"群艺阁"。亭阁左右两间只有一层，以红墙为身、青瓦为顶。中间一间为两层，比左右高出一层。上层底部绘有双龙彩绘，上部则以网格装饰；顶部四角飞檐，中为宝顶，四周覆以青瓦。群艺阁虽名为亭阁，实际上是民间俗称的戏台，中间一间是表演的舞台，左右两间则是供演员换装、准备的地方。正殿对面偏右（庙西侧）有书院一间，名"灵山书院"，以红墙、青瓦装饰。书院左右两侧山墙高耸，有双重飞檐，屋脊中央则有烈日火焰宝顶一座，看上去颇为壮丽。书院右侧（正殿的正对面）有台阶向山下延伸，大约10米开外即是天王庙的山门。山门为独立的石质牌坊，由左右两根粗大的圆形云纹石柱和中间横着的石额组成，方向正对着山下的江水。从庙内最高一级台阶向山门望去，右柱上写有"名垂天地不朽"，左柱上写有"神与日月同行"，中间从右往左为"威振苗疆"四个大字。如果换一个角度，从山门外向庙内望去，则右柱为"今古乾坤昭化育"，左柱为"天海日月共光华"，中间从右往左为"神灵显应"四字。在横联之上还雕刻有烈日火焰宝顶一座，正反两面均为"天王"二字，红底金字，异常醒目。

图16 灵山天王庙白帝天王神像（龙圣 摄）

灵山天王庙的创建时间不详，据传是康熙五年（1665）岩门村李姓修建，但这一说法缺少史料佐证。1951年，庙宇被拆除。直到1997年，灵山天王庙才在岩门溪口百姓的资助下得以重建。当年11月11日，天王庙举行开光仪式，吸引了附近近万名民众前往。此后，灵山天王庙香火日益兴盛，庙宇逐渐得到增修、完善，活动也日益固定化。每年三月三、六月六、九月九，该庙举办庙会，祭天王菩萨。届时，麻阳县城以及岩门周边乡镇的民众和表演队纷纷聚集在庙内，祈福祭拜，表演游乐。直到现在，灵山天王庙庙会仍每年举办，已成为当地一项重要的民俗活动。

八　麻阳新田天王庙

除位于岩门镇的灵山天王庙外，麻阳县新田村也有天王庙。新田村是麻阳县石羊哨乡管辖下的一个小村落，从石羊哨乡政府往北不远，顺着国道往左拐，继续前行大约一公里即可到达该村。新田村全村600多人[①]，以陈姓居多，也有少数其他姓氏。从村子往进山的方向前行，不远处有一块平地，顺着平地登上大约8级台阶，就到了天王庙跟前。该庙是座三开间的平房，其右前方墙根处还有一座很小的土地庙，由白色的石头雕刻、组合而成（见图17）。天王庙正面是很高的山墙，山墙分为两层，第一层两边为飞檐翘角，第二层中间突出、两头翘起。山墙靠下的地方有一个顶部呈弧形的门洞，是进出该庙的庙门。门上方有一个横联，从左往右写着"威灵显应"四个字。在横联之上的是庙额，题有"天王庙"四个大字。门两侧有对联，右联为"菩萨遥观看清人间是非"，左联为"天王远格分清世上善恶"。庙额、横联、对联均为白底红字，看上去非常醒目。

图17　麻阳新田天王庙（龙圣　摄）

[①] 访谈对象：滕姓庙祝，女，60岁；访谈人：龙圣；访谈时间：2008年8月19日；访谈地点：麻阳县新田村天王庙内。

进入庙内，右手边靠墙的位置有一张高约 80 厘米的石台，石台正前方有一供桌，石台上从左往右放有四个黄色的陶制香炉，每个香炉旁边有一支红色蜡烛、三个红色蜡杯。石台后方竖着四尊神像，均端坐在红色的龙椅上。从左至右数，前三尊即白帝天王三兄弟（见图 18），最右一尊是他们的母亲龙母。三天王神像中，居中的是大王爷神像，脸和披风为白色，帽子、袍子为金黄色。大王爷右边的是二王爷，红脸、红帽、红袍、红披风，一袭红色装扮。大王爷左边的是三王爷，黑脸、黑帽、黑袍、黑披风，通身黑色。三王爷与二王爷之间拉有一块红色布条，将三天王膝盖以下的部分遮挡住。位于最右边的龙母，头戴大红色花冠，身着红色衣服和披风，面目颇为慈祥。在四尊神像背后的白墙上，绘有双龙戏珠图，双龙通身蓝色，有黄色的祥云伴其左右。双龙中间是红色的宝珠，四周有红色的火焰围绕。在四尊神像前以及神殿的高处，还悬挂着很多红色的布条以及五颜六色的剪纸，营造出神秘而又庄严的气氛。

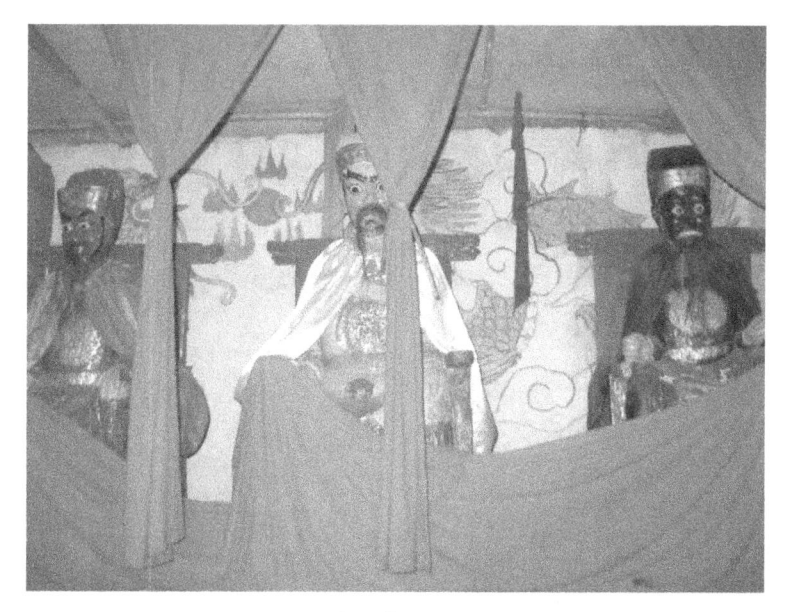

图 18　新田天王庙白帝天王神像（龙圣　摄）

2008 年，笔者调查该庙时，守庙的庙祝是一位姓滕的老年妇女，负责掌管天王庙的祭拜活动。据她讲，新田村以前就有天王庙，后来被拆掉了，现在的这座庙是几年前村民在老庙旧址上重建而成的。平时天王庙的大门是紧闭的，只有每年农历三月三、六月六、九月九以及每月初一、十五才开门。农历三月三、六月六、九月九是天王庙大祭的日子，村民在这三天请人唱戏酬神，附近百姓也纷纷赶来凑热闹，因此这三天是一年当中天王庙香火最旺盛的时候。每月的初一、十五，会有部分村民前来庙里上香，所以每逢这两日庙门也是敞开的。据庙祝透露，这庙里供奉的三位王爷"是三兄弟，最厉害，三十六人杀九千，后来被皇上招去，毒死了，成仙升了天，变成了天王"。因为非常灵验，所以村民建起天王庙供奉他们。[1]

---

[1] 访谈对象：滕姓庙祝，女，60岁；访谈人：龙圣；访谈时间：2008年8月19日；访谈地点：麻阳县新田村天王庙内。

参考文献

一 正史、编年等

（周）左丘明传，（晋）杜预注，（唐）孔颖达正义《春秋左传正义》，北京大学出版社，1999。

（汉）司马迁：《史记》，中华书局，1959。

（汉）宋衷注，（清）茆泮林辑《世本》，中华书局，1985。

（晋）陈寿：《三国志》，中华书局，1959。

（晋）孔晁注《逸周书》，中华书局，1985。

（宋）范晔：《后汉书》，中华书局，1965。

（魏）崔鸿：《十六国春秋》，载《景印文渊阁四库全书》第463册，台湾商务印书馆，1986。

（宋）李俊甫：《莆阳比事》，清嘉庆宛委别藏本。

（宋）李焘：《续资治通鉴长编》，中华书局，1995。

（宋）李心传：《建炎以来系年要录》，中华书局，2013。

（宋）李埴撰，燕永成校正《皇宋十朝纲要校正》，中华书局，2013。

（宋）罗泌：《路史》，上海中华书局，1936。

（宋）佚名：《京口耆旧传》，中华书局，1991。

（宋）岳珂：《金佗续编》，载《景印文渊阁四库全书》第446册，台湾商务印书馆，1986。

（宋）周去非撰，杨武泉校注《岭外代答校注》，中华书局，1999。

（元）脱脱：《宋史》，中华书局，1977。

（元）佚名：《元典章》，陈高华等点校，中华书局、天津古籍出版社，2011。

（明）高岱：《鸿猷录》，中华书局，1985。

（明）廖道南：《楚纪》，载《北京图书馆古籍珍本丛刊》第 7 册，书目文献出版社，1990。

（明）宋濂：《元史》，中华书局，1976。

（明）邹漪：《启祯野乘一集》，载《四库禁毁书丛刊》史部第 40 册，北京出版社，2000。

（清）但湘良纂《湖南苗防屯政考》，清光绪九年蒲圻但氏湖北刻本。

（清）顾炎武：《天下郡国利病书》，上海古籍出版社，2012。

（清）蒋良骐：《东华录》，鲍思陶、西原点校，齐鲁书社，2005。

（清）徐松辑《宋会要辑稿》，中华书局，1957。

（清）严如熤：《苗防备览》，清道光二十三年刻本。

（清）佚名氏编《苗疆屯防实录》，伍新福校点，岳麓书社，2012。

（清）俞益谟编集《办苗纪略》，杨学娟、田富军点校，上海古籍出版社，2018。

（清）张廷玉：《明史》，中华书局，1974。

《明实录》，台本，1962~1968。

《清实录》，中华书局，1985~1987。

赵尔巽：《清史稿》，中华书局，1977。

二　方志

（晋）常璩：《华阳国志》，商务印书馆，1938。

（晋）常璩：《华阳国志》，中华书局，1985。

（宋）王象之：《舆地纪胜》，中华书局，1992。

（宋）祝穆编，祝洙补订《宋本方舆胜览》，上海古籍出版社，2012。

（明）陈道修，黄仲昭纂《八闽通志》，明弘治四年刻本。

（明）陈光前纂修《慈利县志》，明万历元年刻本。

（明）陈洪谟纂修《常德府志》，明嘉靖十四年刻本。

（明）陈以跃纂修《铜仁府志》，明万历刻本。

（明）关廷访修，张慎言纂《太原府志》，明万历四十年刻本。

（明）马协修，吴瑞登纂《辰州府志》，明万历二十五年刻本。

（明）沈庠修，赵瓒纂《贵州图经新志》，明弘治刻本。

（明）王来贤修，许一德纂《贵州通志》，明万历二十五年刻本。

（明）谢东山修，张道等纂《贵州通志》，明嘉靖三十四年刻本。

（明）徐学谟纂修《湖广总志》，明万历十九年刻本。

（明）薛纲纂修，吴廷举续修《湖广图经志书》，明嘉靖元年刻本。

（清）阿琳：《红苗归流图说》，载《楚南苗志》附录，伍新福校点，岳麓书社，2008。

（清）陈宏谋修，范咸、欧阳正焕纂《湖南通志》，清乾隆二十二年刻本。

（清）陈鸿作等修，杨大诵、易燮尧纂《黔阳县志》，清同治十三年刻本。

（清）董鸿勋纂修《古丈坪厅志》，清光绪三十三年铅印本。

（清）董鸿勋纂修《永绥厅志》，清宣统元年铅印本。

（清）董维祺修，冯茂柱纂《重庆府涪州志》，清康熙五十四年刻本。

（清）段汝霖：《楚南苗志》，伍新福校点，岳麓书社，2008。

（清）鄂尔泰、张广泗修，靖道谟、杜诠纂《贵州通志》，清乾隆六年刻、嘉庆补刻本。

（清）符为霖修，吕茂恒纂，谢宝文续修，刘沛续纂《龙山县志》，清同治九年修、光绪四年续修刻本。

（清）顾奎光纂修《桑植县志》，清乾隆二十九年刻本。

（清）顾奎光修，李涌纂《泸溪县志》，清乾隆二十年刻本。

（清）侯晟、耿维中修，黄河清纂《凤凰厅续志》，清光绪十八年刻本。

（清）黄维瓒、潘清修，邓绎纂《武冈州志》，清同治十二年刻本。

（清）黄应培修，孙均铨、黄元复纂《凤凰厅志》，清道光四年刻本。

（清）黄宅中等修，邓显鹤等纂《宝庆府志》，清道光二十九年刻、民国二十三年重印本。

（清）嵇有庆、蒋恩澍修，魏湘纂《续修慈利县志》，清同治八年刻本。

（清）贾构修，易文炳、向宗乾纂《续增城步县志》，清乾隆五十年刻本。

（清）姜钟琇等修，刘士先等纂《新修麻阳县志》，清同治十三年刻本。

（清）蒋琦溥修，林书勋续修，张先达续纂《乾州厅志》，清同治十一年修、光绪三年续修本。

（清）缴继祖修，洪际清纂《龙山县志》，清嘉庆二十三年刻本。

（清）郎廷桂修，张佳晟纂《沅陵县志》，清康熙四十四年刻本。

（清）李勖修，何远鉴、张均纂《来凤县志》，清同治五年刻本。

（清）林继钦、龚南金修，袁祖绶纂《保靖县志》，清同治十年刻本。

（清）潘曙等修，凌标等纂《凤凰厅志》，传抄清乾隆二十三年刻本。
（清）平翰等修，郑珍等纂《遵义府志》，清道光二十一年刻本。
（清）邵时英修，余廷兰纂《泸溪县志》，清康熙六年刻本。
（清）盛庆绂、吴秉慈修，盛一林纂《芷江县志》，清同治九年刻本。
（清）盛镒源修，戴联壁、陈志升纂《城步县志》，民国十九年活字本。
（清）万修廉修，张序枝纂《续修永定县志》，清同治八年刻本。
（清）王鳞飞等修，冯世瀛、冉崇文纂《增修酉阳直隶州总志》，清同治二年刻本。
（清）王玮纂修《乾州志》，清乾隆四年刻本。
（清）翁元圻等修，王煦、黄本骥纂《湖南通志》，清嘉庆二十五年刻本。
（清）吴起凤、劳铭勋修，唐际虞、李廷森纂《靖州直隶州志》，清光绪五年刻本。
（清）吴兆熙、冒沅修，张先抡、韩炳章纂《善化县志》，清光绪三年刻本。
（清）席绍葆等修，谢鸣谦、谢鸣盛纂《辰州府志》，清乾隆三十年刻本。
（清）徐铉修，萧琯纂《松桃厅志》，清道光十六年刻本。
（清）徐澍楷修，雷春沼纂《续修鹤峰州志》，清同治六年刻本。
（清）许绍宗修，邓显鹤纂《武冈州志》，清嘉庆二十二年刻本。
（清）张扶翼纂修，王光电续纂修《黔阳县志》，清雍正十一年增刻本。
（清）张官五等纂修，吴嗣仲续修《沅州府志》，清同治十二年增刻乾隆本。
（清）张金澜修，蔡景星、张金圻纂《宣恩县志》，清同治二年刻本。
（清）张天如等纂修《永顺府志》，清乾隆二十八年刻本。
（清）张天如纂修，魏式曾增修，郭鉴襄增纂《永顺府志》，清同治十二年增刻乾隆本。
（清）张映蛟等修，俞克振等纂《晃州厅志》，清道光五年修、民国二十五年铅印本。
（清）张梓修，张光杰纂《咸丰县志》，清同治四年刻本。
（清）周玉衡等修，杨瑞珍纂《永绥直隶厅志》，清同治七年刻本。
（清）祝钟贤修，李大翥纂《靖州志》，清康熙二十三年刻本。
胡履新等修，鲁隆盎、张孔修纂《永顺县志》，民国十九年铅印本。
刘子敬修，贺维翰纂《万源县志》，民国二十一年铅印本。
田兴奎等修，吴恭亨纂《慈利县志》，民国十二年铅印本。

詹宣猷修，蔡振坚等纂《建瓯县志》，民国十八年铅印本。
郑贤书修，张森楷纂《民国新修合川县志》，民国十年刻本。
朱世镛、黄葆初修，刘贞安等纂《云阳县志》，民国二十四年铅印本。
朱之洪等修，向楚等纂《巴县志》，民国二十八年刻本。

三　文集、笔记、小说

（唐）段成式：《酉阳杂俎》，曹中孚校点，上海古籍出版社，2012。
（前蜀）杜光庭撰，王斌、崔凯、朱怀清校注《录异记辑校》，巴蜀书社，2013。
（宋）曹彦约：《昌谷集》，载《景印文渊阁四库全书》第1167册，台湾商务印书馆，1986。
（宋）洪迈：《容斋随笔》，中华书局，2005。
（宋）洪迈：《夷坚志》，中华书局，1981。
（元）揭傒斯：《揭文安公文集》，《四部丛刊》影旧抄本。
（宋）李纲：《李忠定公奏议》，载《续修四库全书》第474册，上海古籍出版社，2002。
（宋）李光：《庄简集》，载《景印文渊阁四库全书》第1128册，台湾商务印书馆，1986。
（宋）陆游著，钱仲联校注《剑南诗稿校注》，上海古籍出版社，1985。
（宋）陆游：《老学庵笔记》，中华书局，1979。
（宋）苏辙：《栾城集》，上海古籍出版社，2009。
（宋）袁燮：《絜斋集》，清武英殿聚珍版丛书本。
（宋）张耒：《柯山集》，载《景印文渊阁四库全书》第1115册，台湾商务印书馆，1986。
（宋）周必大：《文忠集》，载《景印文渊阁四库全书》第1147册，台湾商务印书馆，1986。
（元）苏天爵：《元文类》，商务印书馆，1936。
（明）沈德符：《万历野获编》，中华书局，1959。
（明）熊大木编撰《杨家将演义》，穆公标点，上海古籍出版社，1995。
（明）佚名：《杨家府演义》，上海古籍出版社，1980。
（清）鄂海：《抚苗录》，广文书局，1978。

（清）黄承增辑《广虞初新志》，清嘉庆八年刻本。
（清）魏源：《古微堂外集》，载《魏源全集》第十二册，岳麓书社，2004。
（清）周凯：《内自讼斋文集》，清道光二十年刻本。

四　其他古籍

（宋）李昉等编《太平广记》，中华书局，1961。
（宋）李昉等撰《天平御览》，中华书局，1960。
（宋）曾公亮、丁度：《武经总要前集》，载《景印文渊阁四库全书》第726册，台湾商务印书馆，1986。
（元）赵道一：《历世真仙体道通鉴》，明正统道藏本。
（明）陈继儒：《虎荟》，中华书局，1985。
（清）吴杰：《澹静斋巡轺百日记》，清道光三十年刻本。

五　社会调查与资料汇编

鄂西土家族苗族自治州民族事务委员会编《鄂西少数民族史料辑录》，1986。
凤凰县人民政府编印《湖南省凤凰县地名录》，1983。
吉首市人民政府编印《湖南省吉首市地名录》，吉首市民族印刷厂印刷，1983。
教育部战区中小学教师第九服务团编《湘西乡土调查汇编》，沅陵合利益群印刷所，1940。
凌纯声、芮逸夫：《湘西苗族调查报告》，民族出版社，2003。
石宏规：《湘西苗族考察纪要》，刘佛林校，飞熊印务公司，1936。
石启贵：《湘西苗族实地调查报告》，湖南人民出版社，1986。
四川黔江地区民族事务委员会编《川东南少数民族史料辑》，四川民族出版社，1996。
中国第一历史档案馆编《清代档案史料丛编》第十四辑，中华书局，1990。
中国第一历史档案馆等编《清代前期苗民起义档案史料》，光明日报出版社，1987。
中国第一历史档案馆：《苗民起义档》。

六　考古发掘报告

北京市文物研究所、重庆市文物局、重庆市涪陵区博物馆：《2001、2003年度涪陵镇安遗址发掘报告》，载《重庆库区考古报告集（2001卷）》下，科学出版社，2007。

重庆市文化遗产研究院、重庆市涪陵区博物馆、重庆市文物局：《重庆涪陵小田溪墓群M12发掘简报》，《文物》2016年第9期。

重庆市文物局、重庆市移民局编《万州大坪墓地》，科学出版社，2006。

重庆市文物考古研究所、重庆市文物局：《涪陵小田溪墓群发掘简报》，载《重庆库区考古报告集（2002卷）》中，科学出版社，2010。

高至喜、熊传薪主编《中国音乐文物大系Ⅱ·湖南卷》，大象出版社，2006。

贵州省博物馆考古组：《贵州省松桃出土的虎钮錞于》，《文物》1984年第8期。

河南省文物考古研究所、重庆市文物局、巫山县文物管理所：《巫山秀峰一中战国、两汉墓地发掘报告》，载《重庆库区考古报告集（2000卷）》上，科学出版社，2007。

廖渝方：《万县又发现虎纽錞于》，《四川文物》1991年第1期。

林时九：《湘西吉首出土錞于》，《文物》1984年第11期。

龙西斌、高中晓：《石门、慈利出土錞于简介》，载湖南省博物馆、湖南省考古学会合编《湖南考古辑刊》第3辑，岳麓书社，1986。

龙西斌：《湖南石门县出土窖藏錞于》，《考古》1994年第2期。

前西南博物院、四川省文物管理委员会：《四川巴县冬笋坝战国和汉墓清理简报》，《考古通讯》1958年第1期。

山东大学考古系：《四川开县余家坝战国墓葬发掘简报》，《考古》1999年第1期。

山东大学考古学系、重庆市文物局、开县文物管理所：《开县余家坝墓地2001年发掘简报》，载《重庆库区考古报告集（2001卷）》中，科学出版社，2007。

山东大学考古学系、重庆市文化局、开县文物管理所：《重庆开县余家坝墓地2000年发掘简报》，《华夏考古》2003年第4期。

四川大学历史文化学院考古系、云阳县文物管理所：《云阳李家坝东周墓地发掘报告》，载《重庆库区考古报告集（1997卷）》，科学出版社，2001。

四川大学历史文化学院考古系、云阳县文物管理所：《云阳李家坝巴人墓地发掘报告》，载《重庆库区考古报告集（1998卷）》，科学出版社，2003。

四川大学考古学系、重庆市云阳县文物管理所：《重庆云阳李家坝巴文化墓地1999年度发掘简报》，载《南方民族考古》第7辑，科学出版社，2011。

四川省博物馆、重庆市博物馆、涪陵县文化馆：《四川涪陵地区小田溪战国土坑墓清理简报》，《文物》1974年第5期。

四川省文物考古研究所、涪陵地区博物馆、涪陵市文物管理所：《涪陵市小田溪9号墓发掘简报》，载四川省文物考古研究所编《四川考古报告集》，文物出版社，1998。

四川省文物考古研究院、渠县博物馆编《城坝遗址出土文物》，上海古籍出版社，2014。

王琳琅、李晓清：《仪陇发现巴式铜剑》，《四川文物》2007年第1期。

王晓宁：《虎钮錞于》，《湖北民族学院学报》（社会科学版）1990年第1期。

王子初主编《中国音乐文物大系·湖北卷》，大象出版社，1999。

夏湘军：《湖南沅陵发现一件錞于》，《考古》1986年第8期。

熊传新：《记湘西新发现的虎钮錞于》，《江汉考古》1983年第2期。

严福昌、肖宗弟主编《中国音乐文物大系·四川卷》，大象出版社，1996。

杨权喜：《江陵纪南城附近出土的巴式剑》，《江汉考古》1993年第3期。

张启明：《阆中县出土虎纹铜钺》，《四川文物》1984年第3期。

张欣如：《溆浦大江口镇战国巴人墓》，载湖南省博物馆编《湖南考古辑刊》第1辑，岳麓书社，1982。

秭归县屈原纪念馆：《秭归兵书宝剑峡悬棺清理简报》，载《湖北库区考古报告集》第五卷，科学出版社，2010。

七　族谱、碑刻、科仪书

《白帝天王暨还原记》碑，2003年吉首、张家界、泸溪三地信众立，碑存吉首雅溪天王庙内。

《茶峒天王庙志》，2017年2月16日立，庙志悬挂在茶峒天王庙正殿左边窗户外侧。

《功德碑》，2010年6月18日吉首、泸溪、凤凰、花垣、古丈、麻阳众道友立，碑存吉首雅溪天王庙内。

《功德碑》，2010年8月2日泸溪、麻阳县踏虎、兴隆庵信士立，碑存吉首雅溪天王庙内。

《功德碑》，2010年8月2日泸溪县兴隆场镇信士立，碑存吉首雅溪天王庙内。

《花垣天王庙功德碑》，2002年7月9日花垣信众立，碑存吉首雅溪天王庙内。

《花垣天王庙简介》碑，2003年5月24日立，碑存花垣县浮桥天王庙内。

《吉首市重点文物保护单位》碑，1993年立，碑存吉首雅溪天王庙内。

《三王庙（天王庙）》文物保护碑，凤凰县人民政府2002年立，碑存凤凰县观景山天王庙内。

《省溪杨氏土司世系源流》，载四川黔江地区民族事务委员会编《川东南少数民族史料辑》，四川民族出版社，1996。

《天王行宫重修记》碑，2002年5月立，碑存乾州仙镇营天王行宫内。

田时瑞抄《令歌》等八卷，湖南凤凰木江坪，1994，手抄本。

《田氏宗谱》，载四川黔江地区民族事务委员会编《川东南少数民族史料辑》，四川民族出版社，1996。

《鸦溪天王庙志略》碑，1993年立，碑存吉首雅溪天王庙内。

（清）杨胜明：《杨氏族谱》不分卷，湖南凤凰，清道光十四年修，手抄本。

《杨氏家谱》，载四川黔江地区民族事务委员会编《川东南少数民族史料辑》，四川民族出版社，1996。

《杨再思氏族通志》编写组编《杨再思氏族通志》，2002。

佚名：《川溪杨氏族谱》不分卷，湖南凤凰，民国续修，手抄本。

佚名：《都吾田氏支谱》不分卷，湖南凤凰，民国续修，手抄本。

八 近人著作

曹毅：《"向王天子"、"白帝天王"考——土家族族源探讨中的一个问题》，《湖北民族学院学报》（哲学社会科学版）1993年第4期。

陈国军：《周静轩及其〈湖海奇闻〉考论》，《文学遗产》2005年第6期。

陈绍义：《虎钮錞于和古代巴人编钟》，载宣恩县政协文史资料委员会编《宣恩文史资料》第14辑，恩施日报社印刷厂，2010。

陈文武、陈一山：《老爷子画与月皮比较研究》，《铜仁学院学报》2017年第4期。

杜勇：《说甲骨文中的巴方——兼论巴非姬姓》，《殷都学刊》2010年第3期。

段渝：《政治结构与文化模式——巴蜀古代文明研究》，学林出版社，1999。

顾颉刚：《史林杂识初编》，载《顾颉刚全集·顾颉刚读书笔记卷十六》，中华书局，2011。

何光岳：《巴人的来源和迁徙》，《民族论坛》1986年第1期。

贺喜：《亦神亦祖：粤西南信仰构建的社会史》，生活·读书·新知三联书店，2011。

黄柏权：《土家族白虎文化》，中国文联出版社，2001。

金汉虚：《苗疆纪行》，《全民抗战》1940年第128期。

科大卫：《皇帝和祖宗——华南的国家与宗族》，卜永坚译，江苏人民出版社，2009。

李丹：《土家族廪嘎人打廪仪式及其价值研究》，《四川民族学院学报》2014年第2期。

李学勤：《殷代地理简论》，载《李学勤早期文集》，河北教育出版社，2008。

立波：《湘西苗民的过去和风俗——一个备忘录》，《中国文化》1940年第1卷第5期。

立波：《湘西行（续）》，《中学生战时半月刊》1939年第7期。

廖耀南：《杨再思的史实及其族别初探》，《贵州民族研究》1983年第1期。

龙圣：《变迁与认同：区域社会史视野下的湘西白帝天王信仰》，《宗教学研究》2013年第2期。

龙圣：《论明代杨家将小说对族群认同的影响——以湖南杨氏家族为例》，《明清小说研究》2014年第3期。

龙圣：《清代白帝天王信仰分布地域考释——兼论白帝天王信仰与土家族的关系》，《民俗研究》2013年第1期。

龙圣：《清代湘西社会变迁与白帝天王信仰故事演变——以杨氏家族为例》，《民俗研究》2011年第3期。

龙圣：《试析清代湘西苗疆天王神判延续的因素》，《民族论坛》2010年第8期。

龙圣：《晚清民国湘西屯政与白帝天王信仰演变》，《吉首大学学报》（社会科学版）2010年第4期。

龙圣：《一个腹地边缘的形成与变迁——以宋至清湘西白帝天王信仰建构为视角》，硕士学位论文，北京师范大学，2009。

陆群：《明清时期湘西天王庙地理分布及其扩展原因探讨》，《青海民族研究》2017年第4期。

陆群：《雅溪天王庙祭祀空间演变及常规化组织活动考察》，载金泽、李华伟主编《宗教社会学（第五辑）》，社会科学文献出版社，2018。

吕养正：《清代苗官制对苗族神判权威性合成之影响》，《吉首大学学报》（社会科学版）2002年第2期。

吕养正：《湘鄂西苗族崇拜"白帝天王"考辨》，《中央民族大学学报》（哲学社会科学版）2002年第1期。

马幸辛：《试探川东北出土的巴蜀铜兵器》，《四川文物》1996年第2期。

玫君：《苗疆杂记》，《潇湘涟漪》1937年第3卷第4期。

梅云来、余波、周昊：《秭归出土青铜兵器概说》，《江汉考古》1997年第1期。

蒙默、刘琳等编著《四川古代史稿》，四川人民出版社，1989。

明跃玲：《冲突与对话——湘西苗疆边墙地区白帝天王崇拜的人类学考察》，《中南民族大学学报》（人文社会科学版）2009年第4期。

明跃玲：《湘西苗疆边墙与白帝天王崇拜文化》，《怀化学院学报》2008年第3期。

潘光旦：《湘西北的"土家"与古代的巴人》，载潘乃穆、潘乃和编《潘光旦文集》第七卷，北京大学出版社，2000。

裴效维：《杨家将故事的产生与嬗变》，《徐州师范大学学报》2005年第1期。

彭官章：《廪君时代考略》，《贵州民族研究》1987年第3期。

彭官章、朴永子：《羌人·巴人·土家族》，《吉首大学学报》（社会科学版）1982年第1、2期。

彭官章：《土家族白虎图腾崇拜》，《民族论坛》1991年第3期。

彭继宽主编《土家族传统文化小百科》，岳麓书社，2007。

钱安靖：《论"梯玛"神图》，《宗教学研究》1995年第Z1期。

沈从文：《从文自传》，岳麓书社，2010。

盛襄子：《湖南苗史述略》，《新亚细亚》1937年第13卷第4期。

盛襄子：《湖南苗猺问题考述》，《新亚细亚》1935年第10卷第5期。

石伶亚：《人神沟通与情感宣泄：特定场景中的纠纷解决——以吉首乡鸦溪天王庙神判活动为考察背景》，《民间法》2011年。

石宗仁：《苗族多神崇拜初探》，《中南民族学院学报》（社会科学版）1986年第4期。

孙珉：《潘光旦的土家族研究》，《社会科学论坛》1999年第4期。

孙旭、张平仁：《〈杨家府演义〉与〈北宋志传〉考论》，《明清小说研究》2001年第1期。

谭必友：《七姓证盟西迁与隐居的史诗——武陵山腹地的廪歌研究》，《中央民族大学学报》（人文社会科学版）2001年第1期。

谭必友、田级会：《廪嘎人丧堂歌与古代薤露歌渊源考》，《中央民族大学学报》（哲学社会科学版）2011年第2期。

谭其骧：《近代湖南人中之蛮族血统》，载《长水粹编》，河北教育出版社，2000。

谭志满：《土家语的颜色词》，《中央民族大学学报》（哲学社会科学版）2008年第3期。

唐晓涛：《三界神形象的演变与明清西江中游地域社会的转型》，《历史人类学学刊》2008年第6卷第1、2期合刊。

田敏：《廪君巴迁徙走向考》，《中南民族学院学报》（哲学社会科学版）1996年第6期。

田敏：《廪君巴与汉上巴之关系探略》，《中南民族学院学报》（哲学社会科学版）1995年第2期。

田敏：《先秦巴族族源综论》，《东南文化》1996年第3期。

田泥、粟世来：《白帝天王：传说与信仰》，《吉首大学学报》（社会科学版）2017年第5期。

铜仁地区地方志编纂委员会编著《铜仁地区志·文化新闻出版志》，贵州人民出版社，2010。

童恩正、龚廷万：《从四川两件铜戈上的铭文看秦灭巴蜀后统一文字的进步措施》，《文物》1976年第7期。

童书业：《春秋左传研究》，上海人民出版社，1980。

王爱英：《变迁之神：白帝天王信仰流变与湘西社会》，《中南民族大学学报》（人文社会科学版）2007年第5期。

王爱英：《文化传承与社会变迁——湘西白帝天王信仰的渊源流变》，《济南大学学报》（社会科学版）2004年第2期。

王颋：《杨完者与苗、僚武装》，《复旦学报》（社会科学版）2001年第1期。

卫聚贤：《红苗见闻录》，《说文月刊》1940年第1卷第10、11期合刊。

伍新福：《明代湘黔边"苗疆"堡哨"边墙"考》，《中南民族大学学报》（人文社会科学版）2003年第2期。

伍新福：《清代湘西苗族地区"屯政"纪略》，《中南民族学院学报》（哲学社会科学版）1983年第2期。

伍新福：《试论清代"屯政"对湘西苗族社会发展的影响》，《民族研究》1983年第3期。

向柏松：《土家族白帝天王传说的多样性与多元文化的融合》，《民族文学研究》2007年第3期。

向柏松：《土家族民间信仰与文化》，民族出版社，2001。

向春玲：《湘西凤凰城天王信仰的历史考察》，《西南民族大学学报》（人文社科版）2007年第3期。

向煦之：《土家地区〈还天王愿神象画〉结构及功能试析——兼谈土家族傩坛祭祀的基本特征》，《吉首大学学报》（社会科学版）1991年第4期。

谢国先：《试论杨再思其人及其信仰的形成》，《民族研究》2009年第2期。

谢晓辉：《苗疆的开发与地方神祇的重塑——兼与苏堂棣讨论白帝天王传说变迁的历史情境》，《历史人类学学刊》2008年第6卷第1、2期合刊。

熊传新：《湘西土家族出土遗物与巴人的关系》，《西南师范大学学报》（人文社会科学版）1980年第4期。

熊晓辉：《巴人古歌试释——土家族〈廪歌〉考辨》，《怀化师专学报》2001年第6期。

杨昌鑫：《土家族风俗志》，中央民族学院出版社，1989。

杨建宏：《略论杨门男将演变成杨门女将的文化意蕴》，《长沙大学学报》2004年第1期。

杨力行：《湘西苗民的信仰》，《西南边疆》1940年第11期。

杨月：《湘西"天王"信仰的道德教化功能研究》，硕士学位论文，吉首大学，2016。

姚慧、吕华明：《湘西天王庙考探》，《遵义师范学院学报》2013年第2期。

玉光：《红苗风土志（六）》，《上海报》1936年8月20日，第2版。

张雄:《"苗帅"杨完者东征略考》,《中央民族学院学报》1988 年第 5 期。

张应强:《湘黔界邻地区飞山公信仰的形成与流播》,《思想战线》2010 年第 6 期。

张正明:《巴人起源地综考》,《华中师范大学学报》(人文社会科学版) 2004 年第 6 期。

赵世瑜:《小历史与大历史:区域社会史的理念、方法与实践》,生活·读书·新知三联书店,2006。

赵正一:《严如熤〈苗防备览〉成书和版本考述》,《黑龙江史志》2014 年第 9 期。

赵志刚:《杨完者和元末苗军》,《中南民族学院学报》(哲学社会科学版) 1990 年第 3 期。

周明阜等编著《凝固的文明》,青海人民出版社,2006。

周兴茂、李梦茜:《论土家族神话中的特殊伦理精神》,《湖北民族学院学报》(哲学社会科学版) 2012 年第 3 期。

朱世学:《巴式柳叶剑的考古发现与研究》,《三峡大学学报》(人文社会科学版) 2015 年第 5 期。

〔美〕苏堂栋:《族群边缘的神话缔造:湘西的白帝天王信仰 (1715—1996)》,申晓虎译,《民族学刊》2013 年第 3 期。

〔日〕冈田宏二:《中国华南民族社会史研究》,赵令志、李德龙译,民族出版社,2002。

David Faure and Ho Ts'ui-p'ing (eds.), *Chieftains into Ancestors: Imperial Expansion and Indigenous Society in Southwest China*, UBC Press, 2013.

Donald S. Sutton, "Myth Making on an Ethnic Frontier: The Cult of the Heavenly Kings of West Hunan, 1715 - 1996", *Modern China*, Vol. 26, No. 4 (Oct. 2000), pp. 448 - 500.

James L. Watson, "Standardizing the Gods: the Promotion of T'ien Hou ('Empress of Heaven') Along the South China Coast, 960 - 1960", in David Johnson, Andrew J. Nathan, and Evelyn S. Rawski (eds.), *Popular Culture in Late Imperial China*, Berkeley: University of California Press, 1985, pp. 292 - 324.

Xie Xiaohui, "From Woman's Fertility to Masculine Authority: The Story of the

White Emperor Heavenly Kings in Western Hunan", in David Faure and Ho Ts'ui-p'ing (eds.), *Chieftains into Ancestors: Imperial Expansion and Indigenous Society in Southwest China*, UBC Press, 2013, pp. 111 – 137.

后　记

作为一个土生土长的湘西人，我自儿时起便知道白帝天王。12岁那年，我考入湘西州民族中学，学校位于乾州万溶江边，距吉首市中心约6公里。从乾州去吉首的路上要经过雅溪，那里的天王庙非常有名。周末闲来无事，我们一帮同学便经常步行前往游玩。庙中高大的神像、袅袅的香烟，给我留下了深刻的印象。不过，那时绝无任何想要研究它的想法。直到后来我去北京师范大学历史学院跟随业师赵世瑜教授念书，才将其纳入研究视野。当然，这与赵老师鼓励和引导我关注家乡、走进田野是分不开的。从2008年开始，我便在老师的指导下不断搜集资料、潜心研究，到现在已有10余年。其间，我完成了有关白帝天王的学位论文，后来又陆续在《民俗研究》《宗教学研究》《明清小说研究》等刊物发表了系列相关论文，为本书的撰写奠定了基础。2012年，我入职山东大学儒学高等研究院民俗学研究所，同时进入山东大学博士后流动站从事中国民间文学研究。在新的学术和教学环境影响下，我对白帝天王的叙事问题产生了浓厚的兴趣，决心要将之写成一本专著。于是便有了呈现在大家面前的这本书。

本书得以面世，要感谢的人很多。首先是业师赵世瑜教授，是他将我引向了学术之路，并长期关注我的成长。在田野调查过程中，杨再全、杨通宣、杨昌基、田时法等老乡热情接待，并向我提供了很重要的资料及信息；我的兄弟姐妹石勇、周飞、龙娟、宁雪频，或陪同田野考察，或提供田野资料，给予我极大的支持。在研究过程中，常建华、王东平、游彪、粟世来等教授曾就相关问题提出了宝贵的指导意见。进入山东大学儒学高等研究院工作后，王学典、李平生、巴金文等领导及老师一直对我关心有加。特别是院学术委员会委员们对后学大力支持，将拙作列入资助计划，解决了本书的出版经费问题。民俗学研究所刘铁梁、李松、张士闪、叶涛、刘宗迪、王加华、朱以青、刁统菊、李浩、赵彦民等同事兼师长，在生活、研究各方面都给予了我极大的支持和帮助。同事李海云、林海聪、任雅萱博士在工作上多有分担，使我能有更多精力完成本书的校改。社会科学文献出版社赵娜老师作为本书的责任编辑，为本书的编校出版提供了许多宝贵的建议。此外，还有很多关心和支持我的人，难以一一道来，在此向大家致以最诚挚的谢意！

龙 圣
2021年1月于济南

图书在版编目(CIP)数据

从祖先记忆到地方传说：湘西白帝天王叙事的形成与变迁 / 龙圣著. -- 北京：社会科学文献出版社，2021.1（2022.10 重印）
ISBN 978 - 7 - 5201 - 7775 - 7

Ⅰ.①从… Ⅱ.①龙… Ⅲ.①民间故事 - 文学研究 - 湘西地区 Ⅳ.①I207.73

中国版本图书馆 CIP 数据核字（2021）第 015106 号

从祖先记忆到地方传说：湘西白帝天王叙事的形成与变迁

著　　者 / 龙　圣

出 版 人 / 王利民
责任编辑 / 赵　娜
文稿编辑 / 许文文
责任印制 / 王京美

出　　版 / 社会科学文献出版社·群学出版分社（010）59366453
　　　　　　地址：北京市北三环中路甲29号院华龙大厦　邮编：100029
　　　　　　网址：www.ssap.com.cn

发　　行 / 社会科学文献出版社（010）59367028
印　　装 / 北京虎彩文化传播有限公司

规　　格 / 开　本：787mm × 1092mm　1/16
　　　　　　印　张：17.5　字　数：288 千字

版　　次 / 2021 年 1 月第 1 版　2022 年 10 月第 2 次印刷
书　　号 / ISBN 978 - 7 - 5201 - 7775 - 7
定　　价 / 119.00 元

读者服务电话：4008918866

▲ 版权所有 翻印必究